ZUGERSEE

Monika Mansour, geboren 1973 in der Schweiz, liebte schon als Kind spannende Geschichten. Nach einer Lehre ging sie auf Reisen und verbrachte mehrere Monate in Australien, Neuseeland und den USA. Danach arbeitete sie am Flughafen, führte eine Whiskybar und war Tätowiererin. 2014 erfüllte sich ihr Traum vom Leben als Schriftstellerin. Sie lebt mit ihrem Mann und ihrem Sohn im Luzerner Hinterland.
www.monika-mansour.com

MONIKA MANSOUR

ZUGERSEE

Kriminalroman

emons:

Bibliografische Information der Deutschen Nationalbibliothek
Die Deutsche Nationalbibliothek verzeichnet diese Publikation in der Deutschen Nationalbibliografie; detaillierte bibliografische Daten sind im Internet über http://dnb.d-nb.de abrufbar.

FSC
www.fsc.org
MIX
Papier aus verantwortungsvollen Quellen
FSC® C083411

Umschlagmotiv: Adrian Hillman/Arcangel.com
Umschlaggestaltung: Nina Schäfer, nach einem Konzept von Leonardo Magrelli und Nina Schäfer
Umsetzung: Tobias Doetsch
Gestaltung Innenteil: DÜDE Satz und Grafik, Odenthal
Lektorat: Irène Kost, Biel/Bienne, Schweiz
Druck und Bindung: CPI – Clausen & Bosse, Leck
Printed in Germany 2022
ISBN 978-3-7408-1498-4
Originalausgabe

PROLOG

Sie wollen die Wahrheit? Meine Geschichte? Meine Version des Todes? Hm, wenn ich die Augen schliesse, sehe ich die Szene lebendig vor mir.

Gerechtigkeit verlangt in meinem Fall nach einer Sünde. Ich sündige mit diesen grauen Händen. Blut glänzt darauf, nasses Blut, ein frisches Rot, selbst in der schwarzen Nacht. Es ist sein Blut. Er ist gross, der Mann, gross und bullig mit mürrischem Gesicht, auch jetzt, als er panisch nach Luft schnappt. Er ist für mich ein Hundesohn, und er sieht aus wie ein Mann, der den Tod verdient.

Es ist eine gute Nacht zum Sterben. Kein Mond, dessen Licht meinen Mord in Szene setzt. Einzig die flackernde Lampe stört, die das Schild der Bahnstation beleuchtet: «Zug Schutzengel». Wie ironisch.

Die Stadt schläft, eingelullt in Regen. Es ist der achte Juni, fünfzehn Minuten nach Mitternacht. Der letzte Zug auf Perron 2 Richtung Luzern ist noch nicht eingefahren. Eine Handvoll Passagiere stehen auf dem Perron. Sie werden den Zug nicht besteigen. Ihre Gesichter sind zu Fratzen verzogen. Es ist die Grausamkeit der Tat, die sie abstösst. Ich kann es verstehen. Es ist der Ekel und der Schock, die sie paralysieren.

Der Mann hat seinen letzten Atemzug geröchelt und liegt als Leiche neben mir auf dem kalten Beton direkt vor dem Gleis in einer Blutlache, die vom Regenwasser fortgeschwemmt wird, ebenso die Traurigkeit, die all die Jahre wie ein gallertartiger Klumpen in mir klebte. Endlich bin ich reingewaschen.

Nicht so sein teurer Anzug, der ist ruiniert. Schade drum. Ich setze mich neben ihn auf den Boden, reine Höflichkeit dem Tod gegenüber, und zünde mir mit den blutigen Fingern eine Zigarette an, das Fleischermesser noch in der Hand. Selbst die beste Wäscherei wird gegen das Blut machtlos sein, und die Schneiderei wird mich verfluchen. Zu viele Stiche mit der Nähnadel wären nötig, um diesen Anzug zu flicken. Ich habe penibel mitgezählt. Die Gerichtsmedizin wird die neunundzwanzig Einstiche in der Akte vermerken. Hat die Anzahl Wunden einen Einfluss auf die Dauer meiner Haft? Vermutlich schon. Neunundzwanzig Einstiche sollten reichen. Eine faire Zahl. Eine schöne Zahl. Eine Primzahl. Nicht irgendeine. Sie ist die sechste Sophie-Germain-Primzahl und zudem die kleinste Primzahl, die die Summe von drei aufeinanderfolgenden Quadratzahlen ist. Sie besitzt eine weitere Besonderheit. Die Neunundzwanzig ist der Primzahlzwilling zu einunddreissig.

Einunddreissig …

Wie die Zeit vergeht.

Mit Messer und Zigarette in den Händen sitze ich neben ihm im Regen, die Zeugen in ihrer Starre gefangen. Aus den Augenwinkeln sehe ich, wie ein junger Mann sein Handy zückt. Endlich. Das hat ewig gedauert.

Langsam stehe ich auf und setze mich ins Trockene auf die Wartebank unter dem Vordach der Haltestelle, die Leiche zwei Meter vor meinen Füssen im Freien. Das Messer behalte ich in der Hand, nicht dass es mir jemand wegnimmt und damit die eindeutigen Spuren verwischt, den Zigarettenstummel schnippe ich aufs Gleis.

Ich warte. Das letzte Warten in Freiheit. Morgen werde ich die Schlagzeilen der Zeitungen beherrschen. Ein grausamer Mord, der rasch geklärt, aber nie gelöst sein wird. Wer bin ich schon für euch? Eine unscheinbare Putzfrau. Eine graue Maus in der schillernden Geschäftswelt des ach so stillen, aber mächtigen Kantons Zug, der bloss ein kleiner Fleck auf der Schweizer Landkarte ist und dennoch als Hauptsitz einiger der grössten Konzerne der Welt dient. Ein Kanton, der mehr Briefkästen hat, als er Einwohner zählt. Ein Steuerparadies für die, die wissen, wie's geht.

Mich hat der Kanton verschlungen. Ich bin ein Nichts, ein Niemand. Ich bin siebenundfünfzig, habe eine kaputte Leber und schlechte Zähne. Ich arbeite nachts als Reinigungskraft in einer Privatbank, und tagsüber bin ich meinem Mann eine gute Ehefrau. Ich koche ihm frisches Gemüse, denn Vitamine sind wichtig für seine Gesundheit. Wir trinken keinen Alkohol mehr, und vor zehn Jahren haben wir uns das Rauchen abgewöhnt – die Zigarette heute Nacht zählt nicht. Einmal im Monat leiste ich mir den Besuch beim Coiffeur. Meine farblosen Locken sind schwer zu bändigen. Ich bin es nicht. Ich bin meinem Mann treu, bezahle pünktlich die Rechnungen und bin im Samariterverein.

Und ich bin eine Mörderin. Habe ich Ihnen gesagt, wie ich heisse? Mein Name ist Katja Rosenstock, aber das haben Sie sicher bereits herausgefunden.

EINS

Staatsanwalt Eckart Lind verliess den Einvernahmeraum. Der Chefermittler in diesem Mordfall, Samuel Bolander, folgte ihm. Sprachlos. Das war mit Abstand das schnellste, detaillierteste und längste Geständnis einer Mörderin, welches Lind je gehört hatte. Ihr Monolog war furchteinflössend, erzählt in der Gegenwart, als begehe sie die Tat erneut. Absicht?

«Welcher Mann kann mit so einer Frau verheiratet sein?», fragte Bolander. «Sie ist kälter als ein Gletscher. Sie redet über den Mord, als würde sie uns ihr Rezept für einen Rollbraten verraten.»

«Habt ihr den Gatten erreicht?»

«Er geht nicht ans Telefon. Vermutlich schläft er. Es ist vier Uhr morgens. Ein Streifenwagen ist hingefahren, um ihn herzubringen.»

Lind behielt seine Angst, dass der Ehemann womöglich ebenfalls Bekanntschaft mit dem Fleischermesser gemacht haben könnte, für sich. «Woher hatte sie das Messer?»

Bolander zuckte mit den Schultern.

Lind spielte mit seinen geknüpften bunten Armbändern am Handgelenk. «Ich meine ja nur, sie kam direkt von der Arbeit. In dem Bürogebäude gibt es keine Küche. Solch ein Messer braucht eine Reinigungskraft nicht für ihre Arbeit.»

«Sie muss es von zu Hause mitgebracht haben.»

«Eine geplante Tat?»

Bolander lehnte sich an die Wand. «Sie sagt, dass sie den Mann nicht kennt. Wählte sie ihn zufällig aus? Ihr willkürliches Opfer war unglücklicherweise zur falschen Zeit am falschen Ort.»

«Es war eine lange Nacht.» Lind löste das Gummiband, welches seine grau melierten, langen Haare zusammenhielt. «Die Mörderin sitzt in U-Haft, und die Gesellschaft ist vor ihr in

Sicherheit. Die offenen Fragen klären wir in den nächsten Tagen. Ich gehe heim und lege mich ins Bett.»

Bolander unterdrückte ein Gähnen. «Ich warte auf den Ehemann und spreche mich später mit der Pressesprecherin ab. Am Morgen kann Rizzo übernehmen und weitere Fakten zusammentragen.» Er massierte sich das Genick. «Mein erster Mordfall, seit Sara den Dienst quittiert hat und ich ihren Platz eingenommen habe. Mein erster Mordfall geht in die Geschichte ein als der am schnellsten gelöste aller Zeiten.»

Lind klopfte Bolander auf die Schultern. «Bilde dir nichts darauf ein. Ich bekomme das Gefühl nicht los, dass Katja Rosenstock hinter Gitter will. Etwas ist faul an der Sache.»

***

«Out!», rief Lucy und schwang den Tennisschläger über ihrem Kopf. «Matchball. Gib es zu, Dad, du hast keine Chance gegen mich.»

Tom brachte sich hinter der Linie in Stellung. Wenn er diesen Aufschlag nicht annahm, war er erledigt. Wie lange war es her, seit er das letzte Mal gegen seine Tochter gewonnen hatte? Drei Monate? Dabei war seine Kleine erst vierzehn. Die Zeit verging zu schnell. Tom wurde alt.

Er blickte auf die Wanduhr der Halle des Tennisclubs Zug. Es war kurz vor sieben an diesem Mittwochmorgen. Tom war kein Morgenmuffel, aber die Energie, die Lucy aufbrachte, um in jeder freien Minute zu trainieren, war unmenschlich. Sie scheuchte ihn vor fünf aus dem Bett, um eine Partie Tennis zu spielen, bevor sie zur Schule musste. Dabei hatte sie heute Abend eine Doppelstunde mit ihrem Tennislehrer gebucht. Das wusste Tom genau. Er bezahlte monatlich die Rechnungen, um Lucys Traum vom Profitennis zu ermöglichen, etwas, wofür seine Ex Karo kein Engagement zeigte. Weder zahlte sie einen Teil der Rechnungen, noch trainierte sie mit Lucy. Einzig bei Turnieren liess sie sich dazu herab, aufgedonnert neben ihrem Gockel von neuem Liebhaber auf der Tribüne Platz zu nehmen.

Lucy liess den Tennisball drei Mal zu Boden schnellen, bevor sie ihn in die Höhe warf, mit dem Racket ausholte und ihn über das Spielfeld schmetterte. Wie ein Geschoss kam er angeflogen. Tom machte einen Satz nach rechts, streckte sich und touchierte den Ball mit der Kante seines Schlägers, was seine Flugbahn ablenkte und ihn steil in die Höhe katapultierte.

«Sieg!», rief Lucy und hüpfte ans Netz. Ihr blonder Pferdeschwanz schwang hin und her. «Gutes Spiel, aber du rostest langsam ein, Dad, echt. Von einem Ex-Kickboxchampion erwarte ich mehr.»

«Haha, mach dich nur über deinen Alten lustig.» Tom ging ebenfalls ans Netz und nahm seine Tochter in den Arm. Sie war bloss noch einige Zentimeter kleiner als er. «Ab unter die Dusche. Du musst zur Schule und ich in die Detektei.»

«Habt ihr denn endlich einen spannenden Fall?»

«Na ja, zu achtzig Prozent verfolgen wir Ehebrecher.»

«Öde.»

Das konnte sie laut sagen. Tom hatte es sich anders erträumt, als Natalie Krieger, Sara Jung und er vor einem knappen halben Jahr die «Trust Investigation GmbH» gründeten, eine Detektei und Sicherheitsfirma in Zug. Natalie war der Computerprofi und ermittelte in der digitalen Welt, Sara, die ehemalige Chefin der Zuger Kripo, kümmerte sich um Recherchen und Personenbefragungen, während Tom für Personenschutz und Sicherheit zuständig war. Ausserdem war er Ausbilder für angehende Sicherheitsleute und gab zusammen mit Sara Selbstverteidigungskurse. Die Einnahmen der Trust liessen bisher zu wünschen übrig. Das wird schon, dachte er, bloss nach allem, was er mit Natalie und Sara bisher durchgestanden hatte, hätte er sich ab und zu einen spannenden Fall gewünscht.

Zusammen mit Lucy sammelte er die Bälle auf dem Platz ein. «Sag mal, wie läuft es mit Alicia in der Schule? Karo lässt mich nur selten mit ihr sprechen.» Seine zwölfjährige Tochter war schwierig. Mode und Beauty waren ihr wichtiger als Mathe oder Deutsch. Auch für Sport interessierte sie sich nicht. Karo liess ihr alles durchgehen. Seine Ex war ein anderes Thema. Sie hatten lange nicht mehr miteinander gesprochen. Weshalb mussten Frauen Toms Leben schwer machen? Weshalb arbeitete er mit Frauen zusammen? Was stimmte nicht mit ihm? Er sollte wieder einmal seine alten Kumpel von Mitchs Boxclub besuchen.

Tom musste los. Jeweils montags, mittwochs und freitags hielten sie bei der Trust um acht Uhr eine Teamsitzung ab. Ein neuer Fall wäre gut, aber bloss kein weiterer gehörnter Ehemann, der seine Frau in flagranti erwischen wollte.

***

Natalie war auch heute die Erste, welche die Detektei aufschloss. Jedes Mal blieb sie für einen Augenblick stehen und atmete tief ein, bevor sie die Halle betrat. Nie zuvor hatte sie auswärts gearbeitet, war bloss zu Hause an ihrem Computer gesessen, um ihren zerbrechlichen Körper zu schützen. Auch wenn es ihrem Pfleger Musa nicht gefiel, dass er um vier Uhr früh aufstehen musste, um ihre Wunden zu versorgen, damit sie pünktlich um sieben bei der Trust eintraf. Ihr neues Selbstbewusstsein tat ihrem Körper gut. Die Wunden, Blasen und schmerzenden Stellen auf ihrer Haut waren ertragbar. Sie brachte es sogar über sich, am Morgen einen Kaffee zu trinken und ein Joghurt zu essen. Natalie war ein Schmetterlingskind. Seit Geburt, seit quälenden fünfundzwanzig Jahren, litt sie an *Epidermolysis bullosa*, einer Krankheit, die genetisch bedingt ihre Haut so zerbrechlich wie die Flügel eines Schmetterlings machte. Der kleinste Stoss verursachte eine Ablösung der Haut, schmerzende Blasen bildeten sich, die aufgestochen werden mussten. Die Krankheit betraf zusätzlich die Schleimhäute und die Speiseröhre, weshalb ihr eine Magensonde half, sich ausreichend zu ernähren. EB hatte ihre Finger über die Jahre zusammenwachsen lassen.

Die Hände sahen entstellt aus, auch die Füsse, bloss die konnte sie in flauschigen Socken und gepolsterten Schuhen verstecken. Aber Jammern war nicht ihr Ding. Sie hatte es gut. Paps war vermögend genug, um ihr einen Pfleger und eine Haushälterin zu bezahlen, wofür sie dankbar war.

Natalie betrat die Firma, die zu einem Drittel ihr gehörte. Die Trust war in einer ehemaligen kleinen Schiffswerft untergebracht, die gleich neben der Papierfabrik in Cham lag. Das Gebäude war heruntergekommen, aber bot genug Platz und war über zehn Meter hoch. Es gab zwei Ebenen. Unten war das Dojo mit zwei Trainingsplätzen. Dazu kam der «Hindernis-Parcours», wie Tom ihn nannte, um den Nahkampf in einem fiktiven Gebäude zu simulieren. Betonplatten mit Fensteröffnungen, Türen, Treppen und Säulen standen in dem zweistöckigen Parcours, der mit Farbklecksen bunt bespritzt war. Natalie schaute gerne zu, wenn die Männer und Frauen mit ihren Fäusten oder Paintballs darin trainierten. Leider war das zu gefährlich für sie. Es hätte ihr gefallen.

In der hinteren Ecke befanden sich die Umkleidekabinen und Duschen. Zwei Frachtcontainer standen daneben an der Wand und dienten als Schulungszimmer, wo Tom und Sara Unterricht gaben. Eine Metalltreppe führte hoch zur Galerie. Zwei schlichte Büros und das Besprechungszimmer lagen unter dem Blechdach des Gebäudes. Die Trust besass diese Lagerhallen-Atmosphäre, die Natalie liebte.

Sie ging hoch und schloss ihr Büro auf. Da sie fast den ganzen Tag hier arbeitete, musste sie es nicht mit Tom und Sara teilen. Sie schaltete das Licht an. Es gab nur ein kleines Fenster an der Seite, was Natalie recht war. Schmetterlingskinder mochten kein starkes Sonnenlicht. Vier Computer standen auf drei Tischen. An der Wand hing ein riesiger Bildschirm, den sie für Videokonferenzen nutzte. Nach wie vor leitete Natalie «Kipekapeka», eine Organisation, die für Menschenrechte, Umweltschutz und gegen die Armut kämpfte. Die Mitglieder kamen aus der ganzen Welt, waren meist reiche junge Leute, welche wie Natalie ihren privilegierten Status für Gutes nutzen wollten. Sie operierten nicht selten mit illegalen Mitteln und kommunizierten häufig im Darknet. Nicht ungefährlich, legten sie sich doch nicht selten mit dem organisierten Verbrechen und korrupten Regierungen an, um Gefangene zu befreien oder Umweltsünden aufzudecken.

Natalie fuhr ihren Computer hoch. Eine Stunde bis zur Teamsitzung. Zu besprechen gab es wenig. Leider. Die ersten Monate ihres Start-ups waren harzig verlaufen. Natalie war das egal, sie war nicht auf das Geld angewiesen. Tom und Sara hingegen schon. Sie holte eine Mappe aus ihrer Tasche und trug sie hinüber ins Besprechungszimmer. Natalie hatte einen Marketingplan ausgearbeitet, um mehr Kunden zu gewinnen. Sie mussten aktiver agieren. Von allein würden die Klienten nicht zu ihnen in die Detektei stolpern.

In diesem Moment klingelte es unten an der Tür.

***

EHEMALIGE CHEFIN KRPO ZUG

«Belle Amie, runter, sofort!» Sara versuchte ihre grau getigerte Katze vom Küchentisch zu scheuchen. Vergeblich. Gegen den treuherzigen Blick dieser Schmusekatze kannte sie kein Rezept. Sie war so anders als der kratzbürstige Herr Geheimrat, der letzten Herbst an Tollwut gestorben war. Dennoch vermisste sie den mürrischen Kater, auch wenn die junge Belle Amie ihr wenig Zeit dazu gab. Sie schnurrte lauter als ein Helikopter, miaute zweimal und tauchte ihre Schnauze in das halb volle Milchglas auf dem Tisch.

«Bitte schön, willst du auch von meinem Joghurt schlabbern?» Sara lehnte sich zurück und verschränkte die Arme vor der Brust. Sie sollte los, es war zehn vor acht. Nach all den Jahren bei der Zuger Polizei war es ungewohnt, selbstständig zu arbeiten. Sie war ihr eigener Chef, und zehn Minuten zu spät zu erscheinen war ihr gutes Recht. Tom und Natalie ging nie der Gesprächsstoff aus, während sie auf Sara warteten. Überarbeiten würde sie sich auch heute nicht. Sara musste am Nachmittag einem Ehemann beibringen, dass die Seitensprünge seiner Frau einzig seiner Phantasie entsprangen. Alter Lüstling. Ein stinknormaler Porno reichte ihm nicht. Nein, er wollte seine Frau in der Hauptrolle. Weit gefehlt. Seine Frau liebte Yoga. Liebte war das richtige Verb. Die Yogalehrerin war attraktiv und beweglich. Was in der Duschkabine nach dem Unterricht geschah, ging niemanden etwas an. Frauen hatten ein Recht auf Privatsphäre.

Dann war da der Afghane, um den sich Sara kümmern musste. Er hatte seiner Besitzerin ein Diamantcollier gestohlen, als er aus der schicken Villa am See getürmt war. Vermutlich floh er vor ihrer unausstehlichen Parfümwolke und den mit Klunkern bestückten Fingern, dekoriert mit langen bunten Fingernägeln, die stundenlang durch das schamponierte Haar des Afghanen kraulten. Sara schauderte es bei dem Gedanken. Der Windhund war weg, nachvollziehbar, aber leider mit dem Diamantenhalsband um die Kehle. Selbst konnte er es ja schlecht ablegen. Sara suchte halbherzig nach dem flüchtigen Afghanen, auch wenn die Besitzerin steif und fest behauptete, dass ihr Liebling entführt worden sei. Dem Hund ging es in Freiheit bestimmt blendend, mittellos war er ja nicht.

Sara überliess Belle Amie das Joghurt und ging ins Bad, bürstete ihre schulterlangen schwarzen Haare, richtete den Kragen ihrer weissen Bluse und strich die schwarze Hose glatt. Ihrer Kleidung war sie auch als selbstständige Unternehmerin treu geblieben. Die bunten Shirts und Blusen, die ihr Natalie gekauft hatte, lagen bis auf Weiteres mit dem Preisschild versehen im Kleiderschrank. Saras Welt war schwarz-weiss, und dementsprechend kleidete sie sich. Sie fasste sich an den Bauch und seufzte lange. Ihre Tochter wäre heute siebenundzwanzig, nur zwei Jahre älter als Natalie. Vielleicht freute sich Sara deshalb, Natalie jeden Morgen in der Detektei zu sehen. Bei Tom war das anders. Wenn sie an ihn dachte, kribbelte es bis in die Fingerspitzen. Kein gutes Zeichen. Es gab eine Regel, an die sie sich hielt: Beruf und Privates mussten getrennt bleiben. Ausserdem war Tom mit vierzig zwei Jahre jünger als sie. Das ging gar nicht.

Sara liess Belle Amie zum Fenster hinaus, schnappte sich die Hausschlüssel und verliess die Wohnung, die in einem ruhigen Wohnquartier in Baar lag.

***

Hubertus Rosenstocks Kaffee schwappte über.

«Bitte, nennen Sie mich Hubi.»

Tom schätzte sein Alter auf gut fünfundsechzig. Er starrte auf das blaue Halstuch, welches Hubi trug. Für ein Halstuch war es im Juni definitiv zu warm, auch wenn das Wetter dieses Jahr keinen Frühsommer zu kennen schien.

Natalie eilte mit einer Haushaltspapierrolle herbei und wischte den Kaffee vom Tisch. «Sorry, ich habe es gut gemeint mit dem Kaffee. Die Tasse war übervoll.»

Hubi begann fürchterlich zu weinen, was das Problem mit der Tasse in seiner Hand nicht löste. Natalie wischte nach.

Als Tom vor einer Viertelstunde in der Detektei eingetroffen war, sass Hubi bereits mit Natalie im Besprechungszimmer. «Wir helfen Ihnen, aber dazu müssen Sie uns erzählen, was passiert ist.» Tom hatte einige Worte abgespeichert, die aus Hubi herausgeplatzt waren:

Ehefrau.

Gefängnis.

Mörderin.

Die drei Worte reichten aus, um Toms Interesse zu wecken. Auf jeden Fall waren sie verheissungsvoller als:

Ehefrau.

Schlafzimmer.

Fitnesstrainer.

Natalie nahm Hubi die Tasse ab, was für ihre Hände keine leichte Aufgabe war. «Ich bringe Ihnen einen frischen Kaffee. Vielleicht lieber einen Espresso? In einer grossen Tasse?»

Tom zog einen Papierblock heran. Er war ein Kerl der alten Schule. Stift und Papier mochte er lieber als einen Bildschirm und eine Tastatur. Die Kaffeemaschine ratterte im Hintergrund. «Also, Herr Rosenstock – Hubi … Wissen Sie was, nennen Sie mich Tom. Wir mögen es bei der Trust unkompliziert.»

«Ich bin Natalie», rief Natalie herüber.

«Also, Hubi, um Ihnen helfen zu können, müssen wir die ganze Geschichte kennen, von Beginn weg.»

Hubi nickte heftig. «Deshalb bin ich hier. Ich will Sie beauftragen, die Wahrheit herauszufinden. Ich kenne nämlich nur das Ende.»

Tom wartete die folgenden Schluchzer ab, während Natalie Hubi den Espresso in einer grossen Tasse servierte. So dürfte es gehen. Es ging. Hubi trank den Kaffee in drei kurzen Zügen aus, ohne einen Tropfen zu verschütten.

Er war ein grosser Mann. Gut genährt. Auf eine schlichte Art elegant. Er trug eine graue Hose, ein weisses Hemd und ein dunkles Sakko, dazu diesen blauen Baumwollschal. Seine spärlichen Haare waren weiss, die buschigen Augenbrauen aber dunkelgrau.

Natalie setzte sich neben Tom und zog ihren Laptop heran. «Warum beginnen wir dann nicht mit dem Ende und rollen die Geschichte von hinten auf? Was ist letzte Nacht passiert? Es geht um Ihre Frau, richtig?»

«Ja, mein Täubchen, Katja. Sie wurde verhaftet.» Hubi stöhnte. «Die Polizei sagt, sie sei eine Mörderin.»

«Wen soll Ihre Frau ermordet haben?», fragte Tom.

«Ich weiss es nicht. Einen Mann. Beim Schutzengel.»

Natalie tippte mit zwei Fingern auf der Tastatur ihres Laptops herum. «Zug Schutzengel? Die Bahnstation?»

Hubi nickte.

«Wie hat die Polizei Ihre Frau gefasst?», fragte Tom und schrieb fleissig Worte aufs Papier, damit er mit Natalie mithalten konnte.

«Katja hat den Mann getötet und dann auf die Polizei gewartet.»

«Wie hat sie ihn getötet?», fragte Natalie.

Hubis Hand schnellte an seinen Mund. Die Augen füllten sich mit Tränen. «Mit einem Messer. Unserem Messer. Die Polizei hat es mir gezeigt. Ich kenne das Messer, habe es Katja zu Weihnachten geschenkt. Es hat ihren Namen eingraviert. Sie beschwerte sich immer über ihr altes, stumpfes Fleischermesser. Dieses war teuer. Beste Qualität. Ein Unikat. Katja freute sich darüber, sagte, damit Fleisch zu schneiden sei, als würde man durch Butter stechen.» Sich der Bedeutung seiner Worte bewusst werdend, schniefte Hubi lauter. «Über zwanzig.»

«Über zwanzig was?», fragte Tom.

«Messerstiche.»

Diese Information musste Tom erst einmal sacken lassen. Hubis Frau hatte einen Mann mit über zwanzig Messerstichen getötet? Mit was für einer Frau war der gute Hubi verheiratet?

«War sie früher schon gewalttätig?», fragte Natalie und rückte ein Stück näher an Tom heran.

«Niemals. Katja ist eine gute Seele. Die beste Ehefrau, die sich ein Mann wünschen kann. Sie ist mein Engel.»

Nach diesem Schutzengel-Mord wohl ein gefallener Engel, dachte Tom. Er schaute auf seine Armbanduhr. Es war Viertel nach acht. Sara verpasste den Beginn des ersten richtigen Falles der Trust.

«Wann haben Sie von der Tat erfahren?», fragte Natalie.

«Die Polizei klingelte heute Morgen um vier Uhr an meiner Wohnungstür. Sie brachten mich zur Polizeizentrale.»

Tom stellte die nächste Frage. «Konnten Sie mit Ihrer Frau sprechen?»

«Nein. Die Polizei hat mich nicht zu ihr gelassen. Heute wird sich ein Pflichtanwalt bei mir melden. Wir können uns keinen eigenen Anwalt leisten. Am Nachmittag darf ich dann kurz zu ihr.»

Wenn er sich keinen Anwalt leisten konnte, konnte sich Hubi auch keine Detektei leisten, dachte Tom. Kein zahlender Kunde, keine Tennisstunden für Lucy und kein dringend nötiger Service für seinen alten Peugeot, dessen Auspuff er seit Tagen halb am Boden mitschleifte. Tom hörte, wie unten die Tür geöffnet wurde. «Mit wem haben Sie bei der Polizei gesprochen?»

«Mit einem – ähm – Moment, er hat mir seine Karte gegeben.» Hubi griff in sein Sakko. «Hier.» Er schob Tom die Karte über den Tisch.

«Zuger Kriminalpolizei – Giovanni Rizzo – Ermittler», stand darauf. «Welche Details hat Ihnen Herr Rizzo erzählt, die Ihre Frau entlasten könnten?»

«Keine. Fünf Passanten haben den ... den Mord –»

«Mord?» Sara stand unter der Tür.

Natalie nickte heftig. «Setz dich dazu. Herr Rosenstock braucht unsere Hilfe. Seine Frau wurde heute Nacht wegen Mordes verhaftet.»

Das liess sich Sara nicht zweimal sagen. Sie legte den Schalter gleich um und schlüpfte in die Rolle der Polizistin. «Was haben die Passanten beobachtet?»

Sie setzte sich neben Tom und warf einen Blick auf seine Notizen. Erstaunt hob sie die Augenbrauen und starrte ihn an. Tom nickte. Saras Zeigefinger tippte auf die Zahl «20+» auf dem Papier. Tom nickte erneut.

«Atmen Sie tief durch, Hubi, und erzählen Sie weiter», sagte Natalie ruhig. Sie wusste, dass Saras strenge Art auf manche Menschen einschüchternd wirkte.

«Fünf Zeugen haben den Mord beobachtet. Jemand hat gefilmt, wie Katja sich mit dem Messer in der Hand auf die Wartebank neben dem Gleis setzte.»

«Es gibt fünf Zeugen und einen Videobeweis?», fragte Sara. «Wie sollen wir Ihrer Frau helfen, Herr – ähm –»

«Rosenstock», ergänzte Tom.

«Herr Rosenstock.»

«Bitte, nennen Sie mich Hubi.»

«Ich bin Frau Jung.»

Natalie rollte die Augen. «Es gibt unterschiedliche Gründe, weshalb ein normaler Mensch plötzlich zum Mörder wird. Selbstverteidigung, Notwehr, Gehirnwäsche, Hypnose, ein

Trauma in der Vergangenheit, Rache, Erpressung, ein Hirntumor.»

Tom kannte weitere Motive, wollte Hubi aber nicht damit belasten.

Sara entdeckte Rizzos Karte auf dem Tisch. «Haben Sie schon mit Staatsanwalt Lind gesprochen?»

«Nein.»

«Gut, den übernehme ich. Von ihm bekomme ich alle nötigen Informationen. Natalie, nimm Herrn Rosenstocks Personalien auf und händige ihm unseren Vertrag aus. Tom, ich will, dass du dir den Tatort ansiehst.»

Na toll, ihr erster Mordfall, und Sara führte sich auf wie die Kripochefin. In dieser Detektei waren sie Partner und Natalie und er keine Handlanger. Wenn Tom dieses Verhalten duldete, würde Sara nie lernen, was Partnerschaft bedeutete. Er wies sie und Natalie an, ihm ins Büro nebenan zu folgen. Dort starrten sie sich einige Sekunden herausfordernd an.

Bevor Tom zu Wort kam, setzte sich Natalie zur Wehr. «Sorry, Sara, ich habe bereits vor zehn Minuten mit Lind telefoniert. Er erwartet mich. Du darfst dich um das Administrative kümmern. Und sprich mit Herrn Rosenstock über die Ehe und die Vergangenheit seiner Frau, sie –»

Sara stemmte die Hände in die Hüften. «Ich werde nicht –»

Tom klopfte ihr auf die Schulter, beugte sich zu ihr vor und flüsterte in ihr Ohr: «Das ist die Strafe, wenn man zu spät zur Arbeit erscheint. Und sei lieb zu Hubi, ja? Kannst du das sein? Einmal nur?»

ZWEI

Sei lieb, sei lieb, äffte Sara in Gedanken Toms Worte nach. Durch Liebsein löste man keine Fälle. Sie hatte die Personalien aufgenommen. Hubertus Rosenstock war siebenundsechzig, seit zwei Jahren pensioniert. Er hatte die letzten fünfzehn Jahre in Zug auf dem Sozialamt gearbeitet. Davor war er in Zürich als Sozialarbeiter auf den Strassen unterwegs. Die Rosenstocks zogen nach ihrer Heirat vor zweiundzwanzig Jahren in eine Wohnung an der Steinhauserstrasse in Zug, wo sie noch heute wohnten.

«Ihre Frau hat einen Mann erstochen.» Sara lehnte sich an die Wand und verschränkte die Arme. «Sie hat sich der Polizei gestellt. Es gibt Zeugen. Weshalb wollen Sie unsere Dienste?»

«Helfen Sie uns.» Es war ein Flehen, ein verzweifelter Hilferuf nach Hoffnung.

«Ihnen oder Ihrer Frau?»

Hubi liess beschämt das Kinn in den blauen Schal fallen. Weshalb trug er zu dieser Jahreszeit einen Schal? Seine Hand zitterte, als er sie hob. «Ich liebe sie. Ohne mein Täubchen …»

Täubchen? Sara zog einen Stuhl unter dem Tisch hervor und setzte sich. «Wenn wir Ihnen helfen, müssen Sie uns etwas versprechen. Sie müssen uns die Wahrheit erzählen, die ganze Wahrheit, sonst funktioniert das hier nicht. Wir sollen einer Mörderin helfen, dazu muss es einen guten Grund geben.»

«Sie ist unschuldig.»

«Sind Sie sicher? Wie kann das sein? Glauben Sie an eine Verschwörung?»

«Es war Notwehr.»

Sara zog ihren Mund schief. «Sie denken, Ihre Frau wurde von einem Fremden angegriffen und verteidigte sich mit über zwanzig Messerstichen? Trägt sie das Fleischermesser immer in der Handtasche mit sich herum?»

«Nein.»

«Keine Notwehr also. Kannte sie den Mann?»

Hubi kratzte mit seinen kurz geschnittenen Fingernägeln über die Tischplatte. «Die Polizei hat mir nicht gesagt, wer der Mann ist.»

Sara schrieb einige Stichworte in ihr rotes Notizbuch. «Hat Ihre Frau viele Freunde und Bekannte?»

«Ähm – nein.» Er hob den Zeigefinger. «Sie ist im Samariterverein.»

Sara schob Hubi die Taschentuchbox zu, die in der Mitte des Tisches stand. Seine Augen waren wässrig. Sie sollte Mitleid fühlen. Er sah lieb aus, wie ein guter, treuer Ehemann eben. Sara würde darauf wetten, dass er jede Spinne in der Wohnung sorgfältig einfing und draussen in ein Gebüsch setzte. Niemals würde er ein Insekt platt drücken. Das war das Problem mit solchen Männern. Böse Weibsbilder suchten sich diesen Typ Mann, um auf dessen Nase herumzutanzen. War Katja Rosenstock ein böses Weibsbild? Sah danach aus. Hubi konnte von Glück reden, dass er lebte. Wenn die Trust diesen Fall annahm, dann nicht, um Katja zu helfen, sondern um Hubi die Augen zu öffnen.

Sara tat etwas, was sie nie tat: Sie wurde lieb. Behutsam griff sie nach Hubis zitternder Hand. «Wir gehen folgendermassen vor. Ich bringe Ihnen Papier und Stift, und Sie schreiben wichtige Hinweise, Ereignisse und Daten auf, die uns weiterhelfen könnten: die Vergangenheit Ihrer Frau, wie Sie sich kennengelernt haben, wann Sie heirateten, über ihre Familie und so weiter.» Sie zog die Hand weg und versuchte sich an einem Lächeln. «Notieren Sie Details über ihr Umfeld, über ihre Arbeit, Freunde, Feinde. Meine Partner stellen bereits erste Nachforschungen an. Ich bereite unterdessen den Ermittlungs-Vertrag vor. Bei einem Fall wie dem Ihren erheben wir einen Pauschal-Vorschuss von dreitausend Franken, der umgehend zu begleichen ist. Wir nehmen Bargeld, Kreditkarten, und sogar mit der Handy-App können Sie bei uns bezahlen. Wöchentlich wird eine Pauschalraten-Zahlung von eintausend Franken fällig.

Definitiv abgerechnet wird mit der Schlussabrechnung, in der wir Ihnen die effektiv geleisteten Arbeitsstunden und Spesen detailliert aufführen. Erfolgsgarantie geben wir keine.»

Hubi griff nach einem der Taschentücher aus der Box. «Ich habe zwanzig Franken in meinem Portemonnaie und knapp eintausend Franken auf dem Bankkonto. Die nächste Überweisung der AHV kommt erst in zwei Wochen, aber die brauche ich für die Miete.»

Sara half gerne guten Menschen, aber ihr Nachname war nicht Pestalozzi. Sie lehnte sich über den Tisch. «Ihre Frau hat bestimmt ein Bankkonto. Sie arbeitet als Reinigungskraft. Auch sollte Ihre Frau für unsere Kosten aufkommen, schliesslich hat sie den Ärger verursacht.»

«Wir teilen uns nur ein gemeinsames Bankkonto.»

Bingo, dachte Sara. Katja Rosenstock war ein böses Weibsbild, bestimmt besass sie heimlich ein weiteres Konto auf ihren Namen.

***

Sie hatte geflunkert, ein klein wenig. Klar bemerkte Tom es. Er kannte ihr Talent, zu lügen. Aber Sara die Oberhand überlassen? Niemals. Natalie hatte gleich versucht, mit Staatsanwalt Lind zu telefonieren, kaum hatte sie die Trust verlassen. Bei der Staatsanwaltschaft hiess es, er habe nach einer Nachtschicht den Tag freigenommen. Natalie rief ihn zu Hause an, aber seine Frau, die den Anruf entgegennahm, reagierte wütend und verlangte, dass sie ihren Ehemann schlafen liess.

Na, dann liess sie den guten Lind eben schlafen. An Arbeit mangelte es ihr nicht. Natalie steuerte ihren extra für ihre Bedürfnisse umgebauten Honda Jazz Hybrid Richtung Walchwil. Sie würde von zu Hause aus recherchieren.

War das aufregend.

Der erste Mordfall lag auf dem Tisch der Trust – und was für einer.

Vor dem schmiedeeisernen Einfahrtstor gab sie den Sicherheits-PIN-Code in die Steueranlage ein, die Tom damals eingebaut hatte. Das Tor schob sich mit leisem Motorengeräusch zur Seite. Die grosszügige Auffahrt zur Villa war leer. Paps und ihre Stiefmutter Rebecca mussten bereits in ihr neues Labor gefahren sein, das sie seit ein paar Monaten führten. Natalie stellte den Wagen vor dem Eingang ab, nahm aber nicht die Stufen zur Tür, sondern ging um die hufeisenförmig angelegte Villa herum. Wie vermutet fand sie Alexandra auf der Terrasse neben dem Papiliorama vor. Sie sass mit der kleinen Imani auf einer Decke am Boden und spielte mit Bauklötzen.

Imani entdeckte Natalie und sprang auf. «Tili! Tili!»

Natalie ging in die Knie und umarmte ihre bald zweijährige Adoptivschwester. Sie strich ihr über das krause Haar. Imani hatte die wunderschöne dunkle Haut ihrer Mutter geerbt.

«Nanu?», wunderte sich Alexandra, ihre Haushälterin. «Schon zu Hause? Keine Arbeit in der Detektei?»

Natalie strahlte. «Im Gegenteil. Wir haben einen richtigen Fall. Aber ich arbeite lieber in meinem Geheimzimmer. Ist ruhiger.»

Alexandra band ihre blonden Haare im Nacken zusammen. «Es ist herrliches Wetter. Weshalb willst du dich in deine Dunkelkammer verziehen?»

«Ich mag es dunkel und düster. Ist Musa im Haus? Er soll sich mein rechtes Bein ansehen. Es brennt wie Lava.»

«Er ist drüben im Pförtnerhaus.»

Natalie nickte und genoss für eine Sekunde die traumhafte Aussicht auf den Zugersee mit der Rigi im Hintergrund. Sie humpelte hinüber zum Pförtnerhaus, wo Musa wohnte. Er war ihr Pfleger und Mädchen für alles in der Villa. Als er ihr die Tür öffnete, sprach er aufgebracht am Handy. Natalie verstand kein Wort. Musa musste mit seiner Schwester in Nigeria telefonieren. Natalie nahm auf seinem Sofa Platz und wartete.

Als Musa auflegte, prustete er Luft durch die Lippen. «Kleine Schwestern, die machen nur Ärger.» Er grinste plötzlich. «Nana ist schwanger. Ich werde Onkel.»

«Wow! Gratuliere. Darf ich dich dann Onkel Musa nennen?»

Sein Gesichtsausdruck veränderte sich langsam von freudig erregt zu tief betrübt.

Natalie wusste, dass er seinen Neffen oder seine Nichte nie zu sehen bekommen würde. Musa war homosexuell und musste deshalb vor seiner Familie aus Nigeria fliehen. Sein Vater war erzkonservativ, und der Staat strafte Homosexualität mit Gefängnis oder Schlimmerem. Einzig mit seiner kleinen Schwester hatte Musa telefonisch Kontakt.

«Weshalb bist du zurück?», fragte er. «Schmerzen?»

«Immer», seufzte Natalie. «Die Blase an meinem rechten Oberschenkel brennt. Aber deshalb bin ich nicht hier. Ich muss einige wichtige Recherchen anstellen und eine Akte anlegen. Hilfst du mir mit den Papieren?» Natalie hob die Hände. Hände, die für Feinarbeit schwer zu gebrauchen waren. Durch die unzähligen Wunden und Verletzungen sah die Haut aus wie nach einer Brandverletzung.

Der Drucker ratterte, um die Informationen in dreifacher Ausführung auszudrucken. Da kam einiges zusammen, in kurzer Zeit. Im Netz war Natalie ein Genie. Sie fand Hinweise, egal, wie tief ein Geheimnis verborgen lag. Und wenn das World Wide Web ausgepresst war, wechselte sie an ihren Desktop und rief den Tor Browser auf. Natalie stellte sich das Netz wie einen Ozean vor. Die obere Schicht bestand aus warmem, salzhaltigem Wasser, perfekt zum Schwimmen und Schnorcheln oder um sich mit einer Tauchausrüstung die bunten Korallenriffe anzuschauen. Dann kam die Thermokline, welche das Oberflächenwasser von der kalten Tiefsee trennte. Der Tor Browser war ihre Thermokline. Öffnete sie das Tor und ging hindurch, tauchte sie ab in eine riesige, unbekannte Welt voller Untiefen, Gefahren, aber auch Möglichkeiten, Neues zu erforschen. Es war ihre einzige Chance, mit dem kranken, schwachen Körper so etwas wie Adrenalin und Action zu erfahren. Aber obwohl Natalie über zwei Stunden in der digitalen Tiefsee nach Katja

Rosenstock suchte, sie fand dort unten nichts. Also zurück an die Oberfläche.

Natalie schaute sich die drei Ordner an, die Musa angelegt hatte. Ja, sie fand einiges über Katja, direkt unter der Oberfläche, aber nichts Tiefgründiges, nichts Spektakuläres. Die Frau war langweilig.

«Sie soll eine brutale Mörderin sein?» Musa blätterte durch einen der Ordner und zeigte auf ein Bild von ihr, das letzten Sommer am Zuger Stierenmarkt aufgenommen worden war. Es zeigte Katja vor einem Tisch des Samaritervereins, flankiert von zwei Frauen mittleren Alters.

«Seit über zwölf Jahren arbeitet sie als Reinigungskraft für ‹Tex Global Financial›», fasste Natalie ihre Recherchen zusammen. «Jeweils Dienstag bis Freitag. Die HR-Abteilung stellt ihr gute Referenzen aus: zuverlässig, pünktlich, sauber, ruhig, diskret und stets zuvorkommend. Davor arbeitete Katja für ein Putzinstitut. Kennen wir den Grund für den Stellenwechsel?»

Musa blätterte durch die angelegte Akte. «Nein.»

Natalie sprach in ihr Diktiergerät. «Abklärung Stellenwechsel.»

Musa blätterte weiter. «Keine finanziellen Probleme. Die Rosenstocks sind nicht vermögend, haben aber keine bekannten Schulden oder Betreibungen offen.»

Natalie nickte. «Hubi bezieht AHV, Katja ihren Lohn für die Achtzig-Prozent-Stelle bei der Tex. Sie sind seit über einundzwanzig Jahren verheiratet. Keine Meldungen über häusliche Gewalt. Der Auszug aus dem Strafregister der Rosenstocks ist sauber. Hubi und Katja zogen nach der Heirat in die Zwei-Zimmer-Wohnung an der Steinhauserstrasse in Zug.» Sie schaute auf. «Wir haben einiges, was ihr Leben die letzten zwanzig Jahre betrifft. Sie führte ein anständiges, bürgerliches Leben. Aber was fällt dir auf?»

Er klappte den Ordner zu. «Wir wissen, dass Hubi früher in Zürich als Sozialarbeiter tätig war. Aber Katja? Vor ihrer Heirat scheint sie nicht existiert zu haben.»

«Richtig. Fragen wir den Ehemann.» Natalie griff zum Telefon und rief Sara an. Hubi war nicht mehr bei ihr. Natalie wich Saras Frage, was Lind erzählt habe, aus. «Ich komme so gegen drei Uhr heute Nachmittag zur Trust, dann tauschen wir unsere Ergebnisse aus.» Sie legte auf. Es war kurz vor Mittag und wurde Zeit, Lind aus dem Bett zu holen. «Musa, fährst du mich?»

«Und dein Bein?»

Das Bein hatte Natalie beinahe vergessen. Die Erinnerung daran brachte die Schmerzen zurück. «Ich gebe dir fünfzehn Minuten.»

Sie gingen hoch in ihren Beautysalon, wie sie das Zimmer nannte, das einer Arztpraxis glich. Natalie legte sich auf die Behandlungsliege, und Musa entfernte vorsichtig den Verband, der fast ihr ganzes Bein bedeckte. Um sich von den Schmerzen abzulenken, griff Natalie nach dem Handy und rief Rico an. Sie hatten in den letzten Wochen ein paarmal telefoniert. Selten ging das Gespräch gut aus.

«Hey, Zigeuner, was treibst du so?», fragte sie gespielt locker. Ihre Hormone tanzten, wenn sie seine Stimme hörte.

«Wir stellen ein Baugerüst auf. Und du? Wie geht es dir?»

«Gut. Autsch!»

«Bist du mit Musa in der Folterkammer?»

«Sprechen wir nicht darüber. Wie geht es Gypsydancer?» Natalie liebte Ricos schwarzen Wallach. Letzten Herbst ritten sie auf den Rossberg und übernachteten dort. Eine eher unglückliche Romanze, wie sie schmerzhaft feststellen musste. Rico war nicht nur im Geiste ein Zigeuner, er war tatsächlich ein Jenischer und würde niemals sesshaft werden. Nicht für eine Frau. Und da gab es dieses Problem mit seiner Schwester Mirjam, das Natalie aus der Welt schaffen musste. «Hast du mit ihr gesprochen?»

«Es geht nicht, das weisst du. Ich kann ihr das nicht antun.»

«Die beiden haben ein Recht auf die Wahrheit.»

«Nat, es gibt Geheimnisse, die besser im Verborgenen bleiben.»

Sie musste über seine Worte nachdenken. Welche Geheimnisse hatte diese Katja Rosenstock vergraben?

***

«Zug Schutzengel». Tom starrte auf das blaue Schild mit der weissen Schrift an der roten Wand, an welcher die Treppe hoch zu Perron 2 führte. Oben war das Perron mit flatternden Bändern der Polizei abgesperrt. Tom blieb davor stehen und schaute sich um. Zwei Uniformierte unterhielten sich unter dem Vordach der Haltestelle. Einige Fahrgäste beäugten von Perron 1 aus den Tatort auf der anderen Seite der beiden Gleise.

Tom hielt eine Ausgabe der lokalen Zeitung in der Hand. Der Mord hatte es noch nicht auf die Titelseite geschafft, aber in den Online-Medien war er die Schlagzeile. Solch eine Bluttat sprach sich in dem kleinen Zug rasch herum. Dass es eine Bluttat war, daran gab es keine Zweifel. Sie geschah direkt vor der Sitzbank unter dem Vordach. Blut war wegen des Regens letzte Nacht keines zu sehen, bloss die weisse Markierung am Boden, wo die Leiche gelegen hatte. Er machte mit seinem Handy einige Fotos.

Einer der Polizisten bemerkte es und kam auf Tom zu. «Keine Bilder. Bitte gehen Sie zurück.»

Tom zückte seine Karte. «Trust Investigation. Wir wurden beauftragt, den Mord zu untersuchen.»

«Das ist Sache der Polizei.» Der Mann war jung, ehrgeizig und übte sich in einer ernsten Miene.

«Kennt die Polizei die Identität des Opfers?»

«Wir geben keine Auskunft, das ist Gegenstand der laufenden Ermittlungen. Gehen Sie weiter.»

«Wann geschah der Mord?»

Demonstrativ legte der Polizist seine Hand an die Waffe am Hosenbund.

Tom wollte keinen Ärger und steckte sein Handy weg. Er hatte genügend Bildmaterial zusammen. «Bestellen Sie Bolander und Rizzo schöne Grüsse von mir. Und auch Oberstaatsanwalt Lind.»

Dem Polizisten missfiel Toms Ansage. «Gehen Sie. Das ist meine letzte Warnung.»

Tom hob defensiv die Hände. «Bin schon weg.» Er ging die Treppe wieder hinunter. Weshalb dieser Tatort? Hatte er eine Bedeutung? Der Name vielleicht? Das Trassee lag erhöht über dem gleichnamigen, dicht bebauten Quartier in Baar. Zwischen den modernen Wohnhäusern stand die kleine historische Kapelle, die dieser Haltestelle den Namen gab: die Schutzengelkapelle. Seine Frau nehme meistens die Bahn, um nach Hause zu fahren, hatte Hubi am Morgen erklärt, auch wenn es nur eine Station bis Zug Chollermüli war. Ihre Wohnung an der Steinhauserstrasse lag näher zur Chollermüli, und Hubi wollte nicht, dass Katja die Strecke von der Tex nachts im Dunkeln allein lief.

Unten an der Treppe klebte der Fahrplan auf einem blauen Schild. Der letzte Zug Richtung Luzern fuhr unter der Woche um zwölf Uhr zwanzig von Gleis 2 ab. Das musste mehr oder weniger die Tatzeit gewesen sein. Hubi sagte aus, dass Katjas Nachtschicht bei Tex Global Financial jeweils von siebzehn Uhr bis um Mitternacht dauerte. Tom schaute hinüber auf die andere Strassenseite, wo das Uptown gleich hinter dem Stierenmarktareal und vor der Bossard Arena in die Höhe ragte. Die Tex hatte sich in dem modernen Hochhaus mit der Glasfassade auf zwei Stockwerken eingemietet. Tom wusste wenig über das Finanzunternehmen. Das musste sich ändern.

Er ging die Allmendstrasse entlang, die Katja jede Nacht nehmen musste, wenn sie mit der Arbeit fertig war. Es waren keine dreihundert Meter bis zu ihrem Arbeitsort, schätzte Tom.

Es gab zwei Haupteingänge. Im Erdgeschoss befanden sich ein Restaurant und mehrere Geschäfte. Ab der sechsten Etage wurden in dem Gebäude Wohnungen vermietet. Ganz oben im achtzehnten Stockwerk lag die Sky Lounge. Tom kannte die Bar, von der aus sich eine grandiose Sicht über die Stadt und den See bot.

Er musste suchen, bis er einen Hinweis auf die Tex Global Financial fand. Einzig ein kleines Schild an der Tafel mit den Klingeln wies darauf hin. Typisch. In Zug mussten grosse Geschäfte diskret ablaufen. Tom betrat das Gebäude und ging zu den Liften. Die Tex hatte die Stockwerke vier und fünf für sich gemietet, wie er der Anzeigetafel im Lift entnehmen konnte. Er drückte auf die Vier.

Als er aus der Kabine trat, befand er sich in einem grossen, edlen Empfangsraum. Die Theke war aus weissem Marmor, der Boden aus schwarzem Schiefer. Es gab einen Brunnen neben der Ecke mit den ledernen Chesterfield Sesseln, aus dem es leise plätscherte. An den Wänden hingen moderne Ölgemälde. Drei Damen sassen am Empfang, eine schöner als die andere: blond, brünette, schwarzhaarig. Sie trugen Designerkleider, soweit das Tom beurteilen konnte. Was sie verband, waren der rote Lippenstift und die rot lackierten Fingernägel.

Blondie strahlte und stand auf. «Guten Morgen und herzlich willkommen bei der Tex Global Financial. Bei wem haben Sie einen Termin?»

Tom rückte sein altes dunkelblaues Hemd zurecht. Für einmal trug er kein T-Shirt zu der Jeans. Er versuchte es auf gut Glück. «Herr Müller erwartet mich.»

Blacky tippte auf der Tastatur ihres Computers herum. «Haben Sie den Termin bei Herrn Walter oder Herrn Beat Müller?»

Tom entschied sich für Beat.

Blacky kräuselte die Nase. «Er ist in einer Besprechung, die bis am Mittag dauert. Ich sehe hier keinen Termin. Wie ist Ihr Name?» Sie schaute Brownie an, die ebenfalls ihre Fingernägel über die Tastatur fliegen liess. Blondie hielt an ihrem antrainierten Lächeln fest.

«Iten», antwortete Tom, ein Nachname, der zu den häufigsten im Kanton Zug gehörte.

Die Frauen wurden hektisch. Tom beschloss, den Millionär in Lumpenkleidung abzugeben. «Sagen Sie nicht, Sie haben den Termin verschlampt. Ich bin nur selten in der Schweiz und habe mir vor Wochen den Termin durch meine Sekretärin bestätigen lassen. Ich will meine Millionen nicht auf einem lausigen Sparkonto verwelken lassen. Ich will zu Herrn Müller, umgehend.» Tom schaute auf seine Armbanduhr. «In zwei Stunden geht mein Flieger nach New York.» Hatte er zu hoch gepokert?

Blacky und Brownie griffen zeitgleich nach den Telefonhörern. Blondie kam auf ihren schwindelerregend hohen Absatzschuhen um die Theke herum und führte Tom zu den Chesterfield Sesseln. «Wir kümmern uns darum, Herr Iten. Tut uns sehr leid. Bei der Tex geht es heute Morgen ein … ein wenig hektisch zu und her. Darf ich Ihnen einen Kaffee servieren?»

Es tat Tom weh, die nette Dame wütend anzufahren. Er mochte solche Spiele nicht, aber da er schon mal hier war, wollte er sich bei der Privatbank umschauen. «Unglaublich. Sie lassen mich am Empfang warten wie einen gewöhnlichen Bankkunden. Inakzeptabel. Ich verlange, in Herrn Müllers Büro zu warten.»

Blondie war unschlüssig, aber Brownie übernahm entschlossen. «Folgen Sie mir, Herr Iten.»

Na also, ging doch. Tom folgte ihr durch die Glastür, die sie mit einem Badge öffnete. Der Korridor war lang, rechts und links befanden sich Vorzimmer und Büros hinter gläsernen Wänden. Privatsphäre gab es nicht. Tom schaute sich die metallenen Schilder mit den eingravierten Namen und Berufsbezeichnungen an den Türen an: Analyst, Associate Director, Director.

Beat Müller war ein Associate Director.

Brownie öffnete die Glastür. Im Vorraum sass eine Sekretärin. Ebenfalls brünett, teures Kostüm, rote Lippen, rote Nägel. Die beiden Frauen wechselten einige Worte.

«Meine Damen, ich muss auf die Toilette», sagte Tom. In diesem Büro gab es nichts Interessantes zu entdecken, und Beat Müller wollte er auf keinen Fall über den Weg laufen.

Die neue Brownie übernahm und führte Tom weiter den Gang hinunter.

Mehrere Personen standen vor einem Büro weiter vorne und diskutierten heftig. «Was ist das für eine Menschenansammlung?», fragte Tom.

Die Frau zuckte leicht zusammen. «Bitte entschuldigen Sie. Es gab einen … einen Todesfall in der Firma, deshalb …» Sie ging rasch an den Personen und dem Büro vorbei, dessen Türe weit offen stand. Statt einem metallenen Namensschild hing bloss ein Zettel mit ausgedrucktem Namen am Eingang: «Jacques Reynard, Director BRA». Tom warf einen Blick durch die Glaswand. Drei uniformierte Polizisten standen im Vorzimmer und unterhielten sich mit einem Mann mit langen braunen Locken. Rasch wandte Tom den Kopf ab. Zu spät.

«Tom! Was zum Teufel suchst du hier?», rief Rizzo ihm nach.

Tom brauchte eine hammermässige Ausrede. Aber immerhin wusste er, wen Katja Rosenstock mit über zwanzig Messerstichen ermordet haben musste: Jacques Reynard, Director BRA.

***

Natalie entschied sich für ein dunkelblaues Khangatuch mit einem sonnenähnlichen Muster in Gelb und Rot. Sie liebte diese leichten Baumwollstoffe, die auf ihrer Haut bequem zu tragen waren. Dass eine grosse, dünne und bleiche «Weisse» in der Kleidung afrikanischer Frauen durch Zug stolzierte, zog Aufmerksamkeit auf sich, vor allem, wenn Natalie zusätzlich ein Tuch wie einen Turban um den Kopf wickelte. Ihre eigene Haarpracht liess zu wünschen übrig. Blonde, dünne, kurze Büschel, dazwischen häufig kahle Stellen. Perücken trug sie nur in Ausnahmefällen, meist, wenn sie ihren Paps zu Anlässen der Zuger Schickeria begleiten musste. An Tagen voller Selbstvertrauen trug sie Naturhaar, an miesen Tagen lieber afrikanische Kopftücher.

Heute war ein guter Tag.

Sie trug blond.

Und der Tag wurde besser.

Sie verliess die Villa und ging zur Garage. Der silberfarbene Mercedes fehlte. Ihr eigener Jazz war ihr zu eng und der VW Touareg zu mächtig. Natalie tippte den Code in den kleinen Wandtresor ein und griff nach dem passenden Wagenschlüssel. Sie warf ihn Musa zu.

Der grinste.

Natalie hob das Kinn. «Verkneif dir die Vorfreude, Chauffeur. Wir halten uns brav an die Geschwindigkeitsbegrenzung.»

Die Forchwaldstrasse hinunter an den See war auf fünfzig Kilometer die Stunde begrenzt. Musa fuhr fünfundsechzig. Schade, dass das Wetter trüb und regnerisch war. Graue Wolken hingen wasserbeladen bis an die Wipfel der Bäume, der Zugersee war bedenklich schwarz verfärbt. Einzig das rote Porsche Carrera 911 GTS Cabriolet raste wie ein Farbklecks den Hang hinunter. An ein offenes Dach war nicht zu denken.

«Warum der Porsche?», fragte Musa, der selten zu dem Vergnügen kam, ihn zu fahren.

«Passt zu den Farben meiner Kleidung. Und vor Staatsanwälten darf man protzig aufkreuzen. Ich will meinem Team heute Nachmittag Antworten liefern und nicht mit leeren Händen ins Büro kommen.»

«Ihr seid keine Konkurrenten. Arbeitet miteinander, nicht gegeneinander. Das ist kein Wettbewerb.»

«Doch, ist es. Und deshalb werden wir die Besten in der Branche sein.»

Staatsanwalt Eckart Lind wohnte in einer alten, leicht heruntergekommenen Villa am Guggiweg, gleich hinter dem Rosengarten. Das Haus mit den Erkertürmen und den moosbewachsenen Fassadenschindeln war für Passanten beinahe unsichtbar hinter zwei mächtigen Trauerweiden, Haselsträuchern und Hecken verborgen.

Es war kurz vor ein Uhr. Musa liess den Motor des Porsches zweimal kräftig aufheulen, bevor er ihn zum Schweigen brachte.

Er stieg aus, ging um den Wagen herum und half Natalie aus dem tief liegenden Beifahrersitz. «Soll ich mitkommen?»

Natalie musterte ihn von oben bis unten. Er trug eine Jeans und ein enges weisses T-Shirt, das seinen durchtrainierten Körper knackig in Szene setzte. «Kennst du dich mit Hühnern aus?»

Musa zog die Augenbrauen hoch. «Na ja, ich mag Eier. Und Coq au Vin.»

«Ich rede von quicklebendigen Seidenhühnern, Paduanern, Appenzeller Spitzhauben, Brahma Hühnern, den Phönix.»

Musa kratzte sich den kurz geschorenen Kopf. «Gerade benimmst du dich wie ein Huhn. Ich bin bloss der Chauffeur und warte hier.»

Natalie hakte sich grinsend bei ihm unter. «Nein, mein hübscher Sklave, du kommst mit und kannst die Dame des Hauses unterhalten. Sara meint, sie sei ein Federvieh liebender Hausdrache. Frau Lind hat eine kleine, feine Hühnerzucht im Garten. Lass sie dir zeigen. Ich brauche den Staatsanwalt allein unter vier Augen.»

Fünf Minuten später erweiterte Musa sein Fachwissen über Edelhühner-Rassen, und Natalie sass auf dem abgenutzten Ledersofa in Linds Wohnzimmer. Der Staatsanwalt schlürfte seinen Kaffee und liess sich durch ihren Besuch nicht aus der Ruhe bringen. Seine Haare waren ungekämmt, er hatte Augenringe, und der türkisfarbene Pyjama mit dem Donald-Duck-Aufdruck sass schief. Lind legte seine nackten Füsse auf den Hocker vor sich und starrte Natalie an. «Sie gönnen einem alten Herren keinen Schlaf, was?»

«Wir müssen einen Mord aufklären.»

Lind legte den Kopf zurück aufs Sofa. «Der Mord ist aufgeklärt.»

«Wir kennen das Ende, nicht, was davor war.»

«Kindchen, das ist Polizeiarbeit, und die Staatsanwaltschaft gibt keine Auskunft in diesem Fall.»

Natalie ging zu Plan B über, der half meistens. Sie rutschte auf dem Sofa hin und her, griff nach einem Kissen, setzte sich darauf, verzog schmerzerfüllt das Gesicht, hob das Khangatuch über ihrem Schienbein hoch, um Lind einen Blick auf ihr einbandagiertes Bein zu gewähren. Sexy war anders, aber die Rolle der Verführerin beherrschte Natalie eh nicht.

Deshalb Plan B: die Leidende.

Lind setzte sich auf. «Geht es Ihnen gut?»

«Nein», jammerte Natalie. Warum wollten diese verdammten Tränen nie fliessen, wenn man sie brauchte. «Ich lebe seit fünfundzwanzig Jahren in dieser Hölle gefangen, und nur die Ablenkung hilft gegen die Schmerzen. Die sind schön.» Sie zeigte auf Linds bunte, handgeknüpfte Armbänder.

«Wir unterstützen in Bolivien ein Kinderhilfsprojekt. Jedes Jahr bekommen wir von den Kindern solche Armbänder geschenkt.»

Natalie hatte über Lind recherchiert, bevor sie herkam. Sie kannte das Hilfsprojekt. Es wurde Zeit, zu pokern. «Sie wissen von Kipekapeka, der Organisation, die ich gegründet habe? Sie half in Bolivien zwei Schwestern. Sie sind seit einem Jahr bei ‹Risa de los niños› untergebracht, wo sie die Schule besuchen und eine Ausbildung absolvieren können.»

Lind setzte sich kerzengerade hin. «Das ist die Organisation, die meine Frau und ich unterstützen.»

Natalie holte tief Luft. «Ist nicht wahr! Voll krass! Kennen Sie Jimena und Olivia?»

«Natürlich.» Lind suchte hektisch nach einem pinkfarbenen Band an seinem Handgelenk. «Das hier, das hat mir Jimena zu Weihnachten geknüpft. Wir waren letzten Herbst nach dem Fall mit dem erschlagenen Nachtwächter dort zu Besuch. Die armen Mädchen, ihre Geschichte ist ...»

«Traurig, ich weiss. Der Vater sitzt im kolumbianischen Knast wegen Drogenhandel, die Mutter verunfallte auf dem Feld, und ihre Tante hatte kein Geld, sie aufzuziehen.»

«Das ist unglaublich.» Lind stand auf und marschierte im Zimmer auf und ab. «Wir haben ...»

«... vieles gemeinsam. Wir wollen den Menschen helfen, das Richtige tun. Es gibt keinen Mord ohne Motiv. Ich denke, Katja Rosenstock lenkt uns mit ihrem Geständnis ab. Wir müssen herausfinden, weshalb.» Die erste Person Plural war die Wahl, um Lind zum Verbündeten zu gewinnen.

Er zupfte sich am kurzen Bart. «Ablenken? Wovon?»

«Dem Motiv.»

«Was ist das Motiv?»

Natalie klopfte mit der Hand sanft auf das Lederpolster neben sich. Lind setzte sich zu ihr. Sie schwieg einen Moment, zog die Spannung mit Genuss in die Länge. Draussen gackerte ein Seidenhuhn, oder war es eine der Spitzhauben? Sie lehnte sich zu Lind hinüber und lieferte ihm ein Motiv, welches, spielte keine Rolle. Sie musste ihm bloss etwas liefern, um die Sache am Laufen zu halten. «Notwehr», flüsterte sie in sein Ohr. «Katja hatte Angst.»

Lind flüsterte zurück. «Woher wissen Sie das?»

«Hubi.» Eine weitere Lüge.

«Hubi?»

«Ihr geliebter Ehemann. Er ist unser Kunde. Die Staatsanwaltschaft sollte mit der Trust zusammenarbeiten. Wir sind gut, richtig gut. Sind Sie nicht auch an einem sauber gelösten Fall interessiert? Die Presse stürzt sich bereits auf den Schutzengel-Mord. Sie können sich keine Fehler erlauben – und sorry, aber Bolander als Saras Nachfolger kann ihr nicht das Wasser reichen. Tauschen wir Informationen aus. Ihnen winkt das Lob von Presse und Staat, wir haben einen zufriedenen Kunden, der zahlt und uns weiterempfiehlt.»

Lind überlegte.

Natalie massierte sich erneut das schmerzende Bein mit ihren geschundenen Händen.

Frau Lind betrat das Wohnzimmer. Sie war klein und zierlich, mit langen, offenen Haaren mit lilafarbenen Strähnen und einer rosafarbenen Pfingstrose als natürlichem Schmuck. Sie trug ein buntes Batik-T-Shirt zu der grünen, weiten Leinenhose. Ihr

Lachen war fröhlich. Kein Hausdrache, dachte Natalie, eher ein in die Jahre gekommenes Blumenkind. Im Schlepptau kam Musa, ein schwarz-weiss gesprenkeltes Huhn im Arm.

«Mausebär, schau nur, Melodie lässt sich von Musa tragen. Ist das nicht phantastisch? Warte, ich hole einige Sonnenblumenkerne aus der Küche.»

«Elfchen, das ist unglaublich.» Lind starrte Musa an. «Wie machen Sie das?»

Musa setzte sich mit dem Huhn auf dem Schoss in den Sessel gegenüber. Das Huhn schloss die Augen und legte seinen Kopf auf seinen Unterarm. War Natalie gerade auf einem LSD-Trip? Lind schien es zu sein. Er lächelte verzückt. Was war in dem Kaffee gewesen? Seine Augen starrten sie glasig an.

Das war ihre Chance, zuzuschlagen. «Letzte Nacht, was ist da genau abgelaufen beim Schutzengel?»

DREI

Gewohnheiten sind Verräter. Polizisten sollten diese meiden, denn Kriminelle können sie damit aufspüren, unter Druck setzen und bedrohen. Sara war keine Kriminelle. Sie war Detektivin. Ein Wort, an das sie sich schwer gewöhnte. Der Nachteil: Es klang scheisse. Der Vorteil: Sie konnte die Methoden der Kriminellen übernehmen – und sie war von der Pflicht befreit, lästige Rapporte zu schreiben. Ihr rotes Notizbuch tat den Dienst. Das zückte sie in dem Moment, in dem Rizzo pünktlich wie ein Schweizer Uhrwerk um ein Uhr aus dem Restaurant Aabächli trat, das gleich neben dem Kantonsgericht lag und nur einen Steinwurf von der Zuger Polizei entfernt war.

«Rizzo, wir müssen reden.» Begrüssungsfloskeln waren unnötig. Giovanni Rizzo war ihr Laufbursche gewesen. Kluger Typ, emotional, empathisch, ein schnuckeliger Lockenkopf, hatte italienische Wurzeln und so viele Nichten und Neffen, dass es sein Lohn als Beamter nicht zuliess, allen angemessene Geburtstags- und Weihnachtsgeschenke zu kaufen. Rizzo stand zu seinen Macho-Genen, was oft zu Konflikten mit Sara geführt hatte. Sie war keine geborene, aber geformte feministische Oberzicke. Und das war gut so. Es half.

Würmchen … Sara schob den bitteren Gedanken beiseite. Keine Gefühlsduselei.

Das rote Notizbuch, sie schlug es auf und versperrte Rizzo den Weg. «Was wisst ihr über Katja Rosenstock?»

«Genug.» Rizzo war kein Machogrinsen abzugewinnen.

Sie nahm ihre Sara-Jung-Haltung ein: breitbeiniger, fester Stand auf dem grauen Plattenboden, Arme verschränkt, Kopf leicht schief und im Ausgleich dazu den Mund in die entgegengesetzte Richtung verzogen, um das optische Gleichgewicht beizubehalten. «Euer Fehler, dass ihr Hubi nicht zugehört habt.»

«Wem?»

«Hubertus Rosenstock, ihrem Gatten.»

«Er hat heute Nachmittag einen Termin bei Lind.»

«Zu spät. Mensch, Rizzo, was habe ich euch gelehrt? Friss keine Knochen, die dir von Fremden zugeworfen werden.»

«Das Sprichwort ist mir neu.»

«Katja lügt.»

«Die Beweise nicht. Sie hat den Mann getötet.»

«Katja ist ein Ex-Junkie, wisst ihr das? Hubi hat es mir erzählt. Liegt rund zwanzig Jahre zurück, aber … Junkies sind Opfer und Täter. Sie lernen zu lügen, um zu überleben. Katja lügt, was diese Tat betrifft, da bin ich mir sicher.»

«War klar, dass ihr den Fall übernehmt. Sind euch die Ehebrecher ausgegangen? Es spricht sich in Zug herum, dass Ehebruch zur Gefahr wird. Die Scheidungsstatistik beweist das, seit Trust Investigation ermittelt.»

«Weich nicht vom Thema ab. Wusstet ihr von ihrem Drogenproblem?»

«In der Tatnacht war sie clean. Nicht einmal Alkohol oder Koffein waren im Blut zu finden.»

«Ist lange her, dass sie sich den letzten Schuss setzte. Fragt Hubi. Traurige Geschichte.»

«Seit wann hast du Skrupel?» Rizzo bemerkte sofort, dass er einen Fehler begangen hatte. Er war ein Familienmensch, und Saras Geschichte war Familie. Schmerzhafte Familie. Tödliche Familie.

Er krebste zurück und legte ihr versöhnlich die Hand auf die steife Schulter. «Lass gut sein. Wir werden deinen Hubi bevorzugt behandeln. Dass seine Frau eine Mörderin ist, können wir aber nicht verleugnen.» Rizzo atmete durch. «Hast du die fünftausend dabei?»

«Fünftausend was?»

«Franken. Bargeldlos zahlen geht auch.»

«Giovanni Rizzo, willst du mich bestechen?»

Rizzo zog seine Augenbrauen tief und zeigte auf das rote Notizbuch. «Ist das nicht dein Kassabüchlein?» Er grinste.

Arschgeige. Demonstrativ blätterte Sara eine Seite um. «Hier steht, Katja ist ein Ex-Junkie, aber wer zum Teufel war das Opfer?» Sara schaute Rizzo erbarmungslos in die Augen. Als Chefin der Zuger Polizei hatte dieser Blick genügt, um ihre Untergebenen anzutreiben. Als Detektivin einer bisher bedeutungslosen Detektei kam er eher lächerlich rüber.

Rizzos Grinsen wurde breiter. «Das Opfer? Diese Information ist fünftausend Stutz wert, oder?»

Sara klappte das Notizbuch zu und drehte sich um.

«Du weisst es nicht?», rief ihr Rizzo hinterher.

Sara fuhr herum. «Was?»

«Zahl die fünftausend Kaution, hol deinen Tom aus dem Knast und frag ihn nach dem Opfer. Er weiss Bescheid. Gute Arbeit der Trust – aber riskant. Und teuer.»

Sara starrte Rizzo an, den Körper eingefroren, damit ihr Gehirn in einem Tempo arbeiten konnte, das jeden Superrechner überbot. Eineinhalb Sekunden später griff sie zu ihrem Telefon und drückte eine Kurzwahlnummer. «Natalie, du musst sofort fünftausend Franken überweisen.» Sie schaute Rizzo an. «Wie lautet die Kontonummer?»

***

«Hast du Hunger?»

Tom nahm Natalie in den Arm. «Alles gut. Die Verpflegung im Knast war besser als bei der Trust. Ausserdem war es nur ein Blitzaufenthalt.» Er schob Natalie einen Stuhl am Besprechungstisch zurecht. Sie setzte sich.

Sara sass gegenüber. «Du schuldest ihr fünftausend Kröten. Deine Lohnzahlungen werden vorerst ausgesetzt.»

Natalie winkte ab. «Lass es, Sara, wir buchen das Geld unter Spesen ab.»

«Und du denkst, der liebe Hubi bezahlt?» Sie schob ihnen ein Papier zu. «Er hat den Vertrag nicht unterzeichnet, kann nicht bezahlen. Hubi ist lieb, und ja, er tut mir leid. Aber er kann kaum die monatlichen Rechnungen begleichen. Sein Konto ist leer.»

«Soll heissen?», fragte Tom.

«Was hast du über das Opfer herausgefunden?», fragte Natalie rasch.

«Er heisst Jacques Reynard, ist Director BRA bei Tex Global Financial», erzählte Tom.

Natalie verlor keine Zeit und loggte sich bei zwei Laptops gleichzeitig ein. Tom war kein Computergenie. Den einen Browser kannte er, über den sich Natalie ins World Wide Web einloggte, um Informationen zum Opfer herauszusuchen. Was sie auf dem anderen Rechner anstellte, wollte er nicht wissen. Er kannte das Logo des Tor Browsers: die harmlose Zwiebel in dem O von Tor. Wenn Natalie in das Deep Net eintauchte, wurde es kryptisch. Sie suchte gezielt Kontakte auf und verschickte Anfragen zu Jacques Reynard. Dies war ihre dunkle Welt, wo sie kein Schmetterlingskind, sondern eine echte Heldin war.

Sara musste nicht auf die Monitore schauen, um zu verstehen, wo Natalie sich herumtrieb. «Findest du auch Geheimes über mich im Darknet?»

Natalie nickte. «Klaro. Die Datenmenge im Deep Web ist rund fünfhundertmal grösser als die des Surface Web. Es finden sich garantiert Informationen über dich in diesem Pool.»

«Und du denkst, du erfährst alles über Jacques Reynard, wenn du darin stocherst?»

«Nicht alles, nur die schmutzigen Geheimnisse. Er ist schliesslich Banker.»

«Und die sind per se kriminell?», fragte Tom.

«‹Bad Banks›? Kennst du die deutsche Serie? Solltest du dir reinziehen. Wenn die deutschen Banker schon übel sind, was sind dann die Schweizer? Denkt ihr ernsthaft, wir haben Good Banks bei uns, und den Geldinstituten geht es darum, sich um die Anleger zu kümmern – im menschlichen Sinne?»

«Du bist voreingenommen», sagte Sara. «Nicht alle Banker sind übel.»

«Jacques Reynard muss es gewesen sein.» Natalie blickte vom Monitor auf. «Er war kein Zufallsopfer. Katja hatte bestimmt ihre Gründe.»

«Was ist ein Director BRA?», fragte Sara.

«Hm», nuschelte Natalie. «Keine Ahnung, aber ich werde dir bald eine Antwort liefern.»

«Ich vermute, er arbeitet erst seit Kurzem bei der Tex», sagte Tom. «Sein Namensschild an der Tür war nur provisorisch, ein Computerausdruck auf Papier.»

«Vielleicht hat er Katja Rosenstocks Erspartes an der Börse verzockt?», bemerkte Sara.

Natalie schüttelte den Kopf. «Ein Bankdirektor kümmert sich nicht um Kleinanleger. Hätte sie ihn wegen ihrem Ersparten mit über zwanzig Messerstichen ermordet? Wir müssen dem nachgehen.»

Sara schnippte mehrmals mit den Fingern. «Hallo?» Sie zeigte auf den Ermittlungsvertrag. «Hubi hat nicht unterschrieben. Es gibt keinen Fall für uns. Schliessen wir die Akte.»

«Pro bono», sagte Natalie und tippte weiter auf der Tastatur herum.

«Pro was?»

Tom biss sich auf die Lippen. «Du solltest mehr Krimiserien schauen, die mit den ermittelnden Anwälten. ‹The Good Wife› oder ‹Suits›. Dann wüsstest du, was ein Pro-bono-Fall ist.»

Wütend stand Sara auf. «Outest du dich als ein Serienjunkie? Ich mag keine Junkies, egal, welcher Art.»

«Chill your face», sagte Tom. Diesen Ausdruck hatte er von seiner Jüngsten, Alicia. «Frau weg, Töchter weg, was soll ich deiner Meinung nach abends allein in meiner verflucht engen Wohnung tun? Ja, ich kümmere mich um meinen dementen Vater, aber manchmal muss ich abschalten. Soll ich die Nächte lieber in einem Puff verbringen oder mir Pornos reinziehen?»

«Tom! Wir haben –»

Natalie hob den Zeigefinger. «Sag nicht, wir haben ein Kind am Tisch sitzen. Ich bin volljährig, und auch wenn die Männer bei einer verkrüppelten Frau wie mir nicht gerade Schlange stehen, so weiss ich sehr wohl über zwischenmenschliche Interaktionen Bescheid – zumindest in der Theorie. Und einen Porno habe ich auch schon gesehen.»

Tom schielte zu Natalie hinüber. Ihm entging nicht, wie die Röte in ihre Wangen schoss und sie sich schnell hinter dem Bildschirm versteckte. Er widerstand dem Drang, ihre Hand zu nehmen. Er mochte Natalie, sehr, aber er war zu alt und zu verbraucht für sie. Sie hatte Besseres verdient. Er schaute Sara an, die ihn genau beobachtete. Die Beziehung zu ihr war kompliziert, wesentlich komplizierter. Sein schlechtes Gewissen liess ihr zu viel durchgehen. Er musste mit Natalie darüber sprechen. Einmal mehr. Ein Gespräch, das wie zuvor im Streit enden würde.

Tom beschloss, ein Machtwort zu sprechen. «Sara, setz dich. Wir übernehmen den Fall pro bono. Du bist zwei zu eins überstimmt. Pro bono, freiwillig geleistete Arbeit ohne Bezahlung für das Gemeinwohl. Lösen wir diesen Fall, bringt er uns Medienpräsenz und dadurch neue Kunden. Wenn wir es intelligent anstellen, wird der Mord während Wochen die Schlagzeilen beherrschen. An die Arbeit. Lüften wir das Geheimnis um Katja Rosenstocks Bluttat.»

Natalie klappte den einen Laptop zu. «Die Anfragen über Jacques Reynard sind raus. Jetzt heisst es abwarten.»

«Was hat dir Hubi über die Drogensucht seiner Frau erzählt?», fragte Tom und starrte auf das rote Notizbuch von Sara.

Sie schwieg lange, unschlüssig. Eine Frau wie Sara mochte es nicht, wenn sie überstimmt wurde. «Hubi war Sozialarbeiter in Zürich, bevor er die Stelle auf dem Sozialamt in Zug annahm», begann sie mürrisch. «Er arbeitete viele Jahre auf dem Platzspitz und nach dessen Schliessung 1992 im Kreis 5. Er lernte Katja auf dem stillgelegten Bahnhof Letten kennen. Sie war damals heroinsüchtig. Nachdem die Behörden auch dieses Areal 1995 für die Drogensüchtigen schlossen, verloren sie sich für fast zwei Jahre aus den Augen, bis er sie in einem der neu entstandenen Fixerräume wieder traf. Er konnte sie überreden, an einem

Methadon-Programm teilzunehmen. Das war ihr Weg aus dem Drogensumpf.»

«Wie hat sie den Drogenkonsum finanziert?», fragte Natalie.

«Sie hat Drogen verkauft, das hat Hubi erzählt. Und gestohlen.»

«Prostitution?», fragte Tom.

«Darüber wollte Hubi nicht reden. Er behauptet, nicht alles über Katjas Vergangenheit zu wissen. Dass er keine Fragen dazu stellte, sei eine Bedingung gewesen, damit sie bei ihm blieb.»

Natalie atmete tief durch. «Eine Frau mit Geheimnissen.»

«Ich fahre morgen nach Zürich und höre mich um», sagte Tom.

«Das liegt lange zurück», sagte Sara. «Was willst du finden?»

«Antworten. Ich brauche ein Bild von Katja von damals. Hubi hat bestimmt Fotos.»

«Ich fahre zu ihm», entschied Natalie. «Er braucht garantiert eine tröstende Seele nach seinem Gespräch mit Lind heute Nachmittag. Ich schaue mich unauffällig in der Wohnung der Rosenstocks um und frage nach einem Bild von Katja.»

Tom nickte. «Nimm Musa mit.»

«Ich brauche keinen Aufpasser.»

«Wie du meinst. Aber ruf mich an, wenn du Hubis Wohnung verlässt, okay?»

«Ja, Daddy, mache ich.»

«Lass sie, Tom. Sie ist erwachsen.»

Er starrte Sara an. «Und was tust du? Weigerst du dich, an unserem ersten Pro-bono-Fall mitzuarbeiten?»

Sara schaute ihn böse an. «Fühlen wir dieser Katja Rosenstock persönlich auf den Zahn. Lind schuldet mir einen Gefallen. Ich will mit ihr sprechen. Allein. Von Frau zu Frau.»

***

Zu Hubis Wohnung in der Steinhauserstrasse war es nicht weit. Der in die Jahre gekommene Wohnblock stand direkt an der

Hauptstrasse, gleich nach der Abzweigung zu den Schrebergärten Fröschenmatt. Ja, der Wohnblock passte zu Hubi und Katja. Wetten, die Küche war mit gelben und spitalgrünen Kacheln dekoriert?

Die Küche war mit gelben und spitalgrünen Kacheln dekoriert. Der Laminatboden war tristes Braun. Aber der Kaffee war gut. Dunkle Röstung, gebrüht auf dem Plattenherd in einem italienischen Espressokocher. Natalie nippte an der Tasse, die einen Sprung hatte.

Hubi trug einen dunkelblauen Sporttrainer mit weitem Beinschnitt und ausgelatschte Pantoffeln. Der duftende Kaffee konnte den Geruch der Wohnung nicht überblenden: Desinfektionsmittel, Kernseife, Mottenkugeln, Mundspüllösung waren die Worte, die Natalie dazu spontan in den Sinn kamen.

Hubi weinte.

Sie reichte ihm ein Blatt von der Küchenpapierrolle, die auf dem kleinen, quadratischen Küchentisch mit dem geblümten Plastiktischtuch lag.

Hubi schnäuzte sich die Nase. «Ich bin müde.»

Natalie schaute auf die Küchenwanduhr. Es war kurz nach fünf. «War Staatsanwalt Lind nett zu Ihnen?»

Hubi nickte. «Er gab mir die Telefonnummer von einer Rechtsberatung und versprach, dem Pflichtverteidiger Dampf zu machen. Er war ehrlich und gab zu, dass es nicht gut für meine Frau aussieht.»

«Konnten Sie sie sprechen?»

«Kurz.»

«Was hat sie gesagt?»

«Ich solle mir keine Sorgen machen.»

Was sollte Natalie mit dieser Aussage anfangen? «Und weiter?»

«Dass sie mich liebt.»

Ein Melodrama. Natalie schluckte schwer, was wehtat und gut war. Der Schmerz hielt sie in der Realität. Sie kannte die schönen Seiten der Liebe nicht, nur die schmerzenden. Tom.

Rico. Zum Teufel. Hubi hatte immerhin zwanzig Jahre an der Seite seiner grossen Liebe verbringen dürfen.

Er hob beide Hände hoch, es fiel ihm schwer. Er zuckte leicht. Natalie schrieb es dem Weinkrampf zu.

«A-L-S», sagte Hubi.

Natalies Vater besass ein Labor und arbeitete ein Leben lang daran, Heilungen für Krankheiten zu finden – ihre eingeschlossen. Sie wusste genug mit den drei Buchstaben anzufangen, um Hubi in einem anderen Licht zu sehen. Liebeskummer war eine Sache, die Todesstrafe ein anderes Kaliber. «Seit wann wissen Sie es?»

«Seit einem guten Jahr.»

Dann blieb ihm noch Zeit, drei bis fünf Jahre vielleicht? Bei ALS wusste das niemand so genau. Der berühmte Astrophysiker Stephen Hawking lebte fast fünfzig Jahre mit der Krankheit, aber er litt an der jugendlichen Form von ALS, was bei Hubi nicht anzunehmen war.

«ALS ist eine fortschreitende chronische Erkrankung des zentralen und peripheren Nervensystems. Ich leide an der spinalen Verlaufsform.» Hubi schien diesen Satz aus einem Medizinbuch auswendig gelernt zu haben. «Die Krankheit beginnt an Armen und Beinen und endet an der Beatmungsmaschine. Es gibt keine Heilung.»

«Es gibt Therapien», sagte Natalie. Sie wusste, wovon sie sprach. Für EB gab es auch keine Heilung, nur Therapien. Sie hob ebenfalls die Hände. Die Linke war einbandagiert. «Na, dann sind wir Verbündete in dieser unfairen Welt. Müsste ich nicht Auto fahren, würde ich auf einen Schnaps bestehen, um auf unser beschissenes Schicksal anzustossen. Sorry für die Ausdrucksweise. Aber ist doch wahr. Immer trifft es die Guten.»

Hubi nickte.

«Katja hat Ihnen also heute nichts über ihre Tat erzählt?»

Er schüttelte den Kopf. «Sie sagte nur, es musste sein.»

Es musste sein? Klang das nach einer Zwangsstörung oder eben doch nach Notwehr? «Weshalb?»

Hubi schüttelte resigniert den Kopf.

Natalie setzte bei der Vergangenheit an. «Sie haben Frau Jung heute Morgen erzählt, dass Katja drogensüchtig war.»

«Ja, so lernten wir uns kennen. Ich war damals Sozialarbeiter in Zürich.»

Ein romantischer Gedanke. Gutmütiger Sozialarbeiter rettet Drogensüchtige, sie verlieben sich, sie wird clean, die beiden heiraten und werden glücklich. Bloss der Epilog gefiel Natalie nicht, er machte die Lovestory zunichte: Mord, tödliche Krankheit, Einsamkeit, finanzielle Notlage. Keine guten Stichworte am Ende eines Märchens. «Was war davor? Was wissen Sie über Katjas Jugendjahre?»

«Nichts.»

Natalie hob überrascht eine Augenbraue. «Sie müssen etwas über das Leben Ihrer Frau vor dem Drogenkonsum wissen. Es muss einen Grund für Ihren Absturz in die Drogenszene gegeben haben. Wo lebte sie? Wie wuchs sie auf? Was ist mit ihrer Familie?»

«Ich weiss es nicht. Das war die Bedingung für unsere Heirat. Ich durfte sie nie danach fragen. Und ich tat es nie. Es war nicht nötig. Ich liebe Katja so, wie sie ist. Das reicht mir.»

Guter Hubi. Armer Hubi.

Natalie lehnte sich über den Tisch vor. «Wir müssen aber danach forschen, das ist Ihnen bewusst, oder? Ihre Vergangenheit könnte der Schlüssel sein, der sie aus dem Knast bringt oder zumindest ihren Aufenthalt verkürzt. Ich brauche ein Foto von ihr aus der Zeit, als Sie heirateten.»

«Natürlich.» Er stand auf und schlurfte ins Wohnzimmer.

Beiger Teppich, abgewetztes Ledersofa, Bücherregal und ein kleiner Fernseher auf einem Beistelltisch. Die Blätter des mickrigen Farns im Übertopf waren braun und gekräuselt. Die Pflanze litt an akuter Dehydration.

Hubi zog ein Fotoalbum aus dem Bücherregal und setzte sich damit aufs Sofa. Natalie nahm neben ihm Platz. Es war ihr Hochzeitsalbum aus dem Jahr 2000, das verriet der verschnörkelte

Einband. Hubi schlug es auf. Zum ersten Mal sah Natalie ein Bild von Katja. Es war am See aufgenommen worden. Hubi schick in Schale geworfen, kein Frack, aber ein eleganter dunkelblauer Anzug. Sein Bäuchlein war nicht vorhanden, die Haarpracht war voller und dunkelbraun. Er strahlte Katja an, die sich bei ihm eingehakt hatte. Sie war schwer zu beschreiben. Ihr Blick war direkt in die Kamera gerichtet. Das Kinn leicht erhoben, was sie unnahbar und stolz herüberkommen liess. Arrogant? Misstrauisch war das bessere Wort. Wem misstraute sie? Hubi? Ihrem Glück, aus der Drogenhölle entkommen zu sein? Sie trug ein schlichtes weisses Hochzeitskleid, knielang, mit Spitze am Dekolleté. Ihre wilden blonden Locken zierte ein mit Perlen bestickter Haarreif. Make-up trug sie dezent. Ihre Nase war leicht spitz, aber sie sah ganz gut aus, auch wenn die harten Gesichtszüge sie streng wirken liessen. Eine reservierte Frau, dachte Natalie, ihre Augen jedoch, die waren hellwach, intelligent. Sie sprachen eine komplett andere Sprache als ihr Erscheinungsbild. Wie war das möglich? Zweifelte Hubi nie an ihr?

Er schien Natalies Gedanken zu lesen. «Meine Freunde und Familie waren gegen diese Hochzeit. Katja liess selten Menschen an sich heran. Aber ich wusste, dass sie mich liebt, mehr brauchte ich nicht.»

Spontan griff Natalie nach Hubis Hand. Er zog sie nicht weg, was die meisten Menschen taten, die sich vor ihren Fingern ekelten. Schon bei dramatischen Liebesfilmen musste Natalie weinen, das hier war emotionaler und schwer auszuhalten. Ihre Stimmung übertrug sich auf Hubi.

Er schniefte. «Ich kann ihr nicht helfen, oder? Ich habe wenig Geld und kann –»

«Wir übernehmen den Fall pro bono», sagte Natalie rasch. «Wir werden Ihnen und Katja helfen, so gut wir können. Versprochen.» Seine Hand zuckte. Natalie wusste nicht, ob die Bewegung der Gefühlslage oder ALS zuzuschreiben war. Sicher war, dass seine Sorgen den Krankheitsverlauf beschleunigten. «Haben Sie denn jemand, der sich um Sie kümmert?»

«Meine Eltern sind tot. Ich habe keine Geschwister, und meine wenigen Freunde sind eher Bekannte, die nichts mit dem Mann einer brutalen Mörderin zu tun haben wollen. Eine ehemalige Arbeitskollegin vom Sozialamt steht mir bei, sie hat mich auf euch aufmerksam gemacht.»

«Tatsächlich?» War die Trust schon so bekannt? Hubi kann bei uns in der Villa wohnen, kam Natalie spontan der Gedanke. Aber ihr Paps würde nicht begeistert sein. Nach dem Drama um Imanis Mutter musste sie ihrem Vater versprechen, die Menschen, denen sie half, nicht heimzubringen. Es war ein gutes Versprechen, denn sonst wäre ihre Villa überfüllt mit Dutzenden Gästen, die Unterschlupf suchten. Nein, Natalie musste einen anderen Weg finden. Deshalb brauchte sie das Motiv der Tat.

Sie blätterte das Album durch und entschied sich für ein Porträt von Katja. Mit ihrem Handy schoss sie ein Foto und schickte es Tom weiter. «Das war's auch schon. Ich lasse Sie dann mal in Ruhe. Schlafen Sie sich aus. Wir sprechen uns morgen, in Ordnung?»

Hubi stand auf. «Es tut mir leid, dass ich Ihnen so viel Mühe mache.»

«Ach was, das machen wir gerne. Deshalb haben wir die Trust Investigation gegründet.»

Es klingelte an der Wohnungstür.

«Erwarten Sie Besuch?»

Hubi wirkte verwirrt, so als hätte er die Türklingel seit Jahren nicht gehört. Er schüttelte den Kopf.

«Wetten, das sind die Pressegeier, die herausgefunden haben, wer Sie sind und wo Sie wohnen. Überlassen Sie die mir. Ich wimmle sie ab.» Natalie richtete den Sitz ihrer Khangatücher und marschierte zur Wohnungstür. Sie riss sie entschlossen auf.

Draussen stand eine kleine Frau, nicht mehr ganz jung, aber mit einem strahlenden Lächeln im Gesicht. Sie trug einen grossen Koffer bei sich. Eine Vertreterin, war Natalies erster Gedanke. «Wir kaufen nichts.»

Die Frau reichte ihr die Hand. «Ich hätte auch nichts anzubieten.»

Auf den Mund gefallen war sie nicht. Natalie nahm ihre Hand, erwartete den entsetzten Gesichtsausdruck, den die Menschen aufsetzten, kaum sahen sie ihre Hände.

Nicht diese Frau. Sie musterte Natalies Hand, ihr Gesicht, ihre Statur. *«Epidermolysis bullosa?»*

«Woher –»

«Davon stand nichts im Auftrag. Ich soll mich hier um einen Herrn mit ALS kümmern.»

«Sind Sie von der Spitex?»

«Nein. Ich bin selbstständig.» Sie reichte Natalie ihre Karte. «Sonja Moser», stand darauf, «diplomierte Pflegefachfrau HF». «Ich wurde engagiert, um mich um Herrn Rosenstock zu kümmern.»

Hubi kam an die Tür. «Sie wurden engagiert? Von wem?»

Die Frau zuckte mit den Schultern. «Anonym. Ich bekam eine Vorauszahlung für ein Jahr, mit Option auf Verlängerung. Sie müssten dann Herr Hubertus Rosenstock sein? Freut mich, Sie kennenzulernen. Wir werden gut miteinander auskommen, versprochen. Ich bin sehr umgänglich.» Sie lächelte. «Vorerst werde ich zweimal täglich bei Ihnen vorbeischauen. Jeweils morgens und abends um etwa acht Uhr, passt Ihnen das? Wir werden gemeinsam einen Therapieplan erarbeiten. Also machen Sie sich keine Sorgen.»

Genau der Satz, den Katja benutzt hatte, um Hubi zu beruhigen: *Keine Sorgen machen.*

Natalie hörte, wie jemand das Treppenhaus hochkam.

Sonja Moser war redselig und gut gelaunt. Sie reichte Hubi ebenfalls ihre Karte. «Rufen Sie mich an, wenn Sie Hilfe brauchen. Ich wohne nur ein paar Strassen weiter. Das ist praktisch. Wenn Sie mich kurz reinlassen, dann kann ich Ihnen meine Empfehlungsschreiben und Referenzen übergeben, und wir können uns besser kennenlernen. Ausserdem brauche ich Ihre Einwilligung, um Ihre Krankenakte zu lesen.»

Eine Frau kam die Treppe hoch, blieb stehen und las das Schild an Hubis Wohnungstür. «Herr Rosenstock?»

«Der bin ich», antwortete er, überfordert mit der Situation.

Die Frau strahlte. Sie war in den Sechzigern, dünn und gross gewachsen. «Sehr gut. Wie vereinbart komme ich mich vorstellen. Ich bin Klara Hablützel, ihre neue Haushaltshilfe. Morgen beginne ich, wie es im Vertrag steht, mit der Arbeit.»

«Arbeit?», fragte Hubi. «Vertrag?»

«Aber sicher. Der Vertrag ist vom Auftraggeber, der nicht genannt werden möchte, unterschrieben. Ich werde Ihnen täglich das Mittagessen liefern, zweimal die Woche für Sie einkaufen und die Wohnung sauber halten. Mir wären Dienstag und Freitag am liebsten.» Sie schaute Frau Moser, Natalie und Hubi der Reihe nach an. «Weshalb stehen wir alle im Treppenhaus herum? Dürfte ich kurz hineinkommen und mir die Wohnung ansehen?»

«Wer hat Sie engagiert?», fragte Natalie.

«Der Auftraggeber wollte anonym bleiben, hat aber ein Jahr im Voraus bezahlt, mit der Option ...»

«... auf Verlängerung», beendete Natalie den Satz.

«Genau.»

«Sind Sie eine Kollegin von Katja?», fragte Hubi.

«Nein. Wer ist Katja?»

Hubi seufzte und bat die Frauen in die Wohnung. Er hielt Natalie zurück. «Haben Sie das arrangiert?», flüsterte er in ihr Ohr.

Jetzt fühlte sie sich schlecht. «Nein, habe ich nicht.»

«Hmm», brummte er und führte die Frauen ins Wohnzimmer. Die beiden plauderten bereits, als wären sie alte Freundinnen.

Es wurde eng in Hubis kleiner Zwei-Zimmer-Wohnung. Natalie folgte ihnen. Man konnte Fremden nicht trauen, und an die Heinzelmännchen glaubte sie nicht. Sie musste Hubi beschützen, sollten die Damen plötzlich über ihn herfallen. Wie sie das im Notfall tun konnte, wusste sie nicht. Sie war mit Abstand der mieseste Bodyguard auf der Welt. Sollte sie Tom anrufen? Oder Sara? Zumindest war diese Entwicklung hier mehr als sonderbar, was nicht bedeutete, dass sie Hubi eine Pflegefachfrau und Haushaltshilfe nicht gönnte.

***

Sara verbrachte den restlichen Nachmittag im Büro. Sie schlug sich mit Finanzen herum. Nicht ihre Spezialität. Bei der Polizei konnte sie solche Recherchen dem Dienst für Wirtschaftsdelikte übertragen, bei der Trust musste sie selbst ran.

Die Tex Global Financial AG war eine Bank, simpel ausgedrückt. Sara recherchierte im Netz, um alle möglichen Informationen und Referenzen über die Tex einzuholen. Auf der eigenen Website warb die Firma für ihr internationales Private Banking. Das Kerngeschäft bestand aus dem Angebot der Vermögensplanung, -finanzierung und -verwaltung bedeutender privater und institutioneller in- und ausländischer Finanzanlagen verschiedener Risikoklassen. Neben dem Hauptsitz in Zug betrieb die Tex fünf weitere Filialen in der Schweiz und siebenunddreissig Niederlassungen in Metropolen auf der ganzen Welt. Wobei die Tex damit warb, nebst dem Devisen-, Wertschriften- und Edelmetallhandel auch spezialisiert auf dem Gebiet der Kryptowährungen zu sein. Die Tex verwaltete ein Vermögen von rund dreihundertfünfzig Milliarden US-Dollar und beschäftigte weltweit knapp fünftausend Angestellte. Die Referenzen waren gut. Einzig vor zwölf Jahren ermittelte das US-Justizministerium wegen Geldwäscherei und Steuerhinterziehung, aber das taten die Amis damals bei fast jeder Schweizer Bank.

Sara wollte das komplexe Bankgeschäft verstehen, gab aber bald auf. Sie besass ein Spar- und ein Lohnkonto, keine Anlagefonds, Portfolios, Aktien oder Bitcoins. Sie versuchte, über die Website Informationen zu Jacques Reynard zu finden. Fehlanzeige. Die Kontaktdaten waren allgemein gehalten und Finanzberater nicht als Personen aufgeführt. Sie tippte seinen Namen unter «Suchen» ein, bekam aber nur eine Warnung auf Englisch, dass Personen und Angestellte geschützt waren und persönliche Daten aus Sicherheitsgründen nicht über die Website preisgegeben wurden.

Sara wechselte die Strategie. Soziale Medien – sie waren der digitale Müllhaufen, auf dem Informationen landeten und auf ewig liegen blieben. Über drei verschiedene Suchmaschinen suchte Sara nach Reynard, danach bei Facebook, Instagram, Twitter, Xing und LinkedIn. Fehlanzeige. Der Mann war kamerascheu oder ein Geist. Sie überlegte sich, bei der HR-Abteilung der Tex anzurufen, aber da war nach dem Mord bestimmt die Hölle los und die Polizei vor Ort. Dating-Apps waren ihre nächste Idee. Doch Jacques Reynard schien nach keiner Frau zu suchen, zumindest nicht unter seinem richtigen Namen. Wenn Sara bloss Zugriff auf die Datenbank der Polizei hätte. Zumindest wüsste sie danach, ob ihr Opfer ein Schweizer Bürger war.

Natürlich. Es gab das gute alte Telefonbuch – wenn auch in digitaler Form. Sie fand mehrere Reynards im Kanton Wallis und in Genf, aber keinen mit Vornamen Jacques. Sie erinnerte sich daran, wie Tom gesagt hatte, dass sein Namensschild nur ein Papierausdruck war. Und was war mit dieser Bezeichnung BRA nach dem Director? Sie griff zum Hörer und wählte die Direktnummer von Bolander. Der nahm nach dem dritten Klingeln ab.

«Sara?»

«Sieh an, du hast meine Nummer gespeichert.»

«Du bekommst von mir keine Informationen.»

«Ach komm, ihr seid chronisch unterbesetzt. Ich kann dir Arbeit abnehmen, damit ihr den Fall rasch gelöst bekommt.»

«Wir haben den Fall gelöst.»

«Ich meine die Hintergrundinformationen. Das Motiv, das kennt ihr nicht, richtig?»

«Was willst du?»

«Informationen zu Jacques Reynard. Ich finde rein gar nichts über das Opfer. Als ob er nicht existiert hätte.»

Es wurde still in der Leitung. Sie hörte Bolander seufzen. «Wie gut ist dein Portugiesisch?»

«Portugiesisch?»

«Ja. Ruf mal in Rio an.» Er legte auf.

Sara starrte auf ihr Handy. Rio? Meinte er Rio de Janeiro? In Brasilien?

Director BRA.

Hastig holte sie erneut die Website der Tex auf den Bildschirm. Wo lagen noch gleich die Niederlassungen der Bank? Da! Tatsächlich. Tex Global Financial besass eine Niederlassung in Rio de Janeiro. Was hatte das zu bedeuten? Hatte Katja einen Brasilianer ermordet? War er der Director in Brasilien? Weshalb war er dann in der Schweiz? Aber Jacques Reynard war ein französischer Name …

Sie seufzte. Es lag viel Arbeit vor ihr. Unbezahlte Arbeit. Sie schaute auf die Uhr. Es war bald sieben, Zeit für den Feierabend. Als Selbstständige konnte sie sich diesen Luxus leisten, kein Kommandant, der ihr im Nacken sass und Druck machte. Die Arbeit lief ihr nicht davon, und die Leiche würde sie eh nicht mehr zum Leben erwecken können. Sie hatte das Recht auf Feierabend.

Sara fuhr den Computer herunter, stand auf, löschte das Licht, schloss ihr Büro und verliess die Detektei.

***

Das Schild über der Eingangstür hing schief und litt unter Farbverlust. Es spielte keine Rolle. Tom kannte den Club nur zu gut. Hier hatte damals alles angefangen. Hierher war er nach dem Tod seines Bruders geflohen. Hier hatte er den Halt gefunden, den er brauchte, um die schrecklichen Bilder aus seinem Hirn zu prügeln. Die schweren Sandsäcke waren in seiner Vorstellung zu den Tätern geworden, die seinen Bruder zu Tode geprügelt hatten. Damals war Tom hilflos danebengestanden … Ein zwanzigjähriger Wirtschaftsstudent, ein bleicher, schwacher Junge, der dabei zusah, wie sein kleiner Bruder starb.

Nie mehr würde er nur zusehen, das hatte er sich nach der Beerdigung geschworen.

Sein Leben nahm danach einen völlig anderen Verlauf, innerhalb von nur wenigen Monaten. Der Abbruch des Studiums, Karo, die schwanger wurde. Die Heirat. Mitch …

Er trat ein.

Der Boxclub war in das gleiche schummrige Licht getaucht wie damals. Die schmalen Fenster unter der hohen Decke in der ehemaligen Lagerhalle mitten im Industriegebiet an der Sihlbruggstrasse in Baar boten zu wenig Licht, die Neonröhren flackerten und warfen Schatten auf den Ring, der fast majestätisch in der Mitte des Clubs aufgebaut war. Rund ein Dutzend Männer und zwei Frauen trainierten an diesem Mittwochabend. Neue Gesichter, die Tom nicht kannte. Es roch nach Schweiss, altem Leder und verbrauchter Luft. Tom liebte es.

Er durchquerte den Raum und ging auf das Büro zu, das hinten lag. Neugierige Blicke folgten ihm. Dies war kein Club, den ein Neuling motiviert zu einem Schnuppertraining betrat. Wer hier trainierte, musste einen Grund – und Beziehungen – haben. Es war ein Privileg, wie Mitch es ausdrückte, bei ihm im Club Mitglied zu sein. Mitch war in der Szene eine Legende. Ein Kanadier, der es bei Kämpfen des WBA-Verbands vor bald dreissig Jahren bis fast nach ganz oben schaffte. Als aufstrebender Boxer erkämpfte er sich seinen Weg zur Spitze. Nur ein Sieg trennte ihn von der Chance, den amtierenden Boxweltmeister Evander Holyfield herauszufordern. Doch Mitch verlor den Kampf gegen einen Russen durch K. o. in der achten Runde. Eine Niederlage mit dramatischen Folgen. Durch eine Hirnblutung war seine rechte Körperhälfte gelähmt. Mitch erholte sich nie mehr vollständig. Nach über einem Jahr Rehabilitation konnte er wieder gehen, aber sein Lachen blieb für den Rest seines Lebens schief, und den rechten Arm konnte er bis heute nur wenig anheben. Als Vollblutboxer gab es für Mitch kein Aufgeben. Er heiratete seine Schweizer Freundin und zog nach Baar, wo er drei Jahre nach seiner Niederlage den Club eröffnete, den er schlicht «Mitchs Boxclub» nannte.

Mitch war zu Toms Mentor geworden. Er baute ihn auf,

riss ihn nach dem Tod seines Bruders aus seiner Depression und machte aus einem schwachen, ängstlichen Jungen einen Kickboxchampion, der Kämpfe und Preise gewann, bis ein Tritt sein Knie zertrümmerte und Tom seinen ganz grossen Traum vom internationalen Champion aufgeben musste.

Ein untersetzter, muskulöser Mann steuerte auf ihn zu. «Echt jetzt? Ist das Tom Engels? Mann, hab dich vermisst.»

«Diego! Wirst du nie zu alt für diesen Sport?»

Diego zog seine Boxhandschuhe aus und umarmte Tom herzlich. «Zweiundsechzig Jahre alt und fit wie ein Turnschuh.»

«Und kein Gramm Fett an deinem Körper.» Tom musterte seinen alten Sparringspartner. Er hatte von Diego einiges gelernt.

«Nicht wahr», rief ein anderer Boxer und kam auf sie zu. «Alter, hab gehört, du machst dein eigenes Ding. Personenschutz?»

«Ja. Irgendwie muss das Geld ja reinkommen. Wie geht's, Dani? Wann steht der nächste Kampf an?»

Dani grinste und zeigte seinen Bizeps. «Bin bereit. In zwei Wochen steig ich in den Ring. Mein neunter Kampf, und es wird mein neunter Sieg, da kannst du drauf wetten.»

Tom nickte anerkennend. «Als du hier vor Jahren angefangen hast, warst du ein Kind. Wie nannte Mitch dich noch gleich? Spargeltarzan? In welcher Gewichtsklasse kämpfst du?»

«Leichtgewicht.»

«Ich dachte Strohgewicht.»

«Tom, verarsch mich nicht. Ich war nie Strohgewicht.»

Diego nahm Dani in den Schwitzkasten. «Hab aus unserem Spargeltarzan einen guten Kämpfer gemacht. Aber du solltest mit ihm einmal über den Ring tänzeln. An deine Beinarbeit kommt unser Dani nicht ran.»

Tom seufzte. «Das Knie macht solche Kunststücke nicht mehr mit.»

Diego nickte. «Das waren Zeiten damals, was?» Dani nickte trotz Schwitzkastengriff ebenfalls heftig, was ihm einen Punch von Diego einbrachte. «Was nickst du? Du hast in die Windeln geschissen, als Tom einen Pokal nach dem anderen abräumte. Los, zurück an den Punchingball, Spargeltarzan.»

Wehmütig schaute sich Tom in dem Club um. Es hatte sich wenig verändert. An der Championsgalerie, wie Mitch die Wand gleich neben seinem Büro nannte, hingen die Bilder der Sieger, welche der Club hervorgebracht hatte, viele davon vergilbt. Auch wenn Tom in den Jahren seiner Profizeit in einem Kickboxclub in Zürich trainierte, so hingen dennoch seine Siegerfotos an der Wand.

«Er wird sich freuen, dich zu sehen», sagte Diego. «Du warst lange nicht hier.»

«Zu lange. Wie geht es ihm?»

«Die üblichen Geldsorgen. Der Club verschlingt mehr, als er ausspuckt. Uns fehlt ein Champion, der die Kassen füllt.»

«Aber er hält sich über Wasser?»

«Ja, mit dem üblichen Zustupf, das weisst du.» Diego schaute misstrauisch. «Warum fragst du?»

«Weil ich genau diese Hilfe brauche.»

«Mann, nicht du auch. Ich dachte, du verdienst ehrlich deine Brötchen. Läuft es mit Trust Investigation so mies?»

«Du weisst davon?»

«Klar. Wir sind alle informiert. Schon vergessen, wir sind und bleiben eine Familie.» Er nickte Richtung Bürotür. «Geh zu ihm.» Diego zog seine Boxhandschuhe über und ging zurück zu den Sandsäcken.

Tom klopfte an die Tür, die zur Hälfte aus Glas bestand. Ein Namensschild hing daran: «Mitch». Mehr stand nicht darauf. Hinter der Glasscheibe hing eine Rolljalousie. Sie war schief und verstaubt und versperrte den Blick auf Mitchs chaotisches Büro. Ein Chaos, das seine Ordnung hatte. Mitch verstand sich nicht gut mit den Behörden. «Wenn die je mein Büro durchsuchen», sagte er jeweils mit Stolz, «dann finden die in dem Chaos rein gar nichts. Dieses Chaos wird mir eines Tages den Arsch retten.» Tom wusste, dass der Boxclub Mitchs Leidenschaft war, den er durch unsaubere Geschäfte mitfinanzierte. Mit Drogenhandel liess sich leichtes Geld verdienen, und zum Waschen von schmutzigen Scheinen war der Club ideal. Mitch war ein kleiner Fisch in dem Drogensumpf. Er vertickte nur das Nötigste, das er zum Überleben brauchte, aber er hatte Beziehungen und kannte die richtigen Dealer.

«Ay!», rief Mitch. Seinen kanadischen Akzent legte er nie ab, auch wenn er gut Schweizerdeutsch sprach.

Tom trat ein und grinste. «Mitch.»

«*What the fuck … Tommy Boy?* Bist du das? Meine Augen sind lausig geworden.»

Tom wusste, dass Mitch auf dem rechten Auge fast blind war. Er stand auf, stützte sich dabei mit der linken Hand auf dem Tisch ab und humpelte auf Tom zu, der rechte Arm hing schlaff am Körper herunter. Mitch war erst fünfzig, sah aber einige Jahre älter aus.

Sie umarmten sich herzlich. Mitch roch nach kaltem Zigarettenrauch und Minzbonbons. Ein vertrauter Geruch.

«Was suchst du hier? Sag nicht, du willst wieder trainieren? Hab gehört, du ziehst dein eigenes Ding durch. Sind wir neuerdings Konkurrenten?»

«Nein, Mitch, ich bilde keine Kämpfer aus, sondern Sicherheitsleute. Anderes Business.»

«*Really?*» Er zwinkerte ihm zu. «Setz dich. Ein Bier?»

«Klar.»

Mitch holte zwei Flaschen aus dem summenden Kühlschrank in der Ecke. Sie stiessen auf die guten alten Zeiten an und redeten Small Talk, bis Mitch die nächste Runde Bier aus dem Kühlschrank holte.

«*Enough bullshit.* Was willst du?»

«Kontakte.»

«Zu wem?»

«Drogendealern.»

«*Fuck! Tommy Boy.* Ich hielt dich für einen anständigen Kerl. Was nimmst du? Koks? Hör auf mit dem Scheiss.»

«Ich bin sauber.» Tom hob die Bierflasche. «Bis auf ein Bierchen ab und zu. Nein. Es ist beruflich. Ich muss jemanden finden und brauche Kontakte zu Dealern, die nach der Schliessung des Platzspitzes in Zürich gehandelt haben.»

«Das ist lange her. Die Szene hat sich stark verändert. Geht es konkreter?»

«Bahnhof Letten, so zwischen 1995 und 1998. Wer kontrollierte damals dieses Gebiet?»

«Das waren schwierige Zeiten. Die Behörden machten Druck. Schlossen den Platzspitz, dann den Letten. Das Geschäft verlagerte sich ständig. Es gab Machtkämpfe. Und zu dieser Zeit war ich neu im Business in der Schweiz ...»

«Ich suche nach einer drogensüchtigen Frau, die damals in kleinen Mengen Stoff vertickte. Wen kann ich fragen?»

Mitch pfiff leise. «Das waren damals Hunderte, wenn nicht Tausende von Mädchen und Frauen, die anschafften und nebenbei dealten, um an Stoff zu kommen. Wie willst du da die Eine finden?» Er nahm einen langen Zug aus der Bierflasche. «Du willst Fragen stellen? Wow, das sind keine Männer, mit denen du mal eben ein Bierchen trinken kannst. Die Szene ist gefährlich. Die mögen es nicht, wenn ein Fremder herumschnüffelt. Und die Dealer und Bosse von damals sind längst durch professionelle Drogenkartelle und Banden abgelöst worden.»

«Gib mir einen Namen.»

«War Prostitution im Spiel?»

«Vermutlich schon.»

«Linda Rose. Sie führt den ‹Rosengarten› im Kreis 5. Richte ihr Grüsse von mir aus. Sie kann dir weiterhelfen. Aber achte auf deinen Hosenstall, Tommy Boy, ihre Mädchen sind nicht mehr ganz jung, aber heiss und erfahren.»

VIER

«Hallo, Nat.»

Ihre Finger froren über der Tastatur ein. Diese Stimme, weich wie Watte und tief und dunkel wie der Grund des Darknets. Was wollte er hier? Ihre Augen rollten nach unten. Sie trug heute keine Khangatücher, sondern eine flauschige Baumwollhose und ein Longshirt in Grau. Grau. Die Farbe stand ihr voll nicht. Der Kopf war unbedeckt, ihre Haare kurz, struppig und unfrisiert.

Natalie wagte einen Blick über die Schulter. Lässig stand er an den Türrahmen gelehnt, sein Lächeln spitzbübisch und unbekümmert. Er trug zerrissene Jeans und ein eng anliegendes schwarzes T-Shirt. Seine Haare hatte er im Nacken zusammengebunden. Der kurze Kinnbart stand ihm gut. Unübersehbar war die zehn Zentimeter lange Narbe an der rechten Schläfe. Er sah nicht klassisch gut, aber kriminell attraktiv aus, und Natalie wusste, dass sie ihm hoffnungslos verfallen war. Das Drama ging in die nächste Runde.

«Coole Location für eine Detektei.» Er war zum ersten Mal hier.

«Bist du mit Gypsydancer hergeritten?»

«Nein, der geniesst eine freie Woche bei Oma. Ich bin mit dem alten Chopper hergefahren.»

Natalie schaute sich um. «Boomer?»

«Der Streuner muss auf Gypsydancer aufpassen. Ich kann den Hund nicht mit auf den Bau nehmen.»

«Du arbeitest in Zug?»

«Nein. Wir haben eine Baustelle in Rothenburg für die nächsten drei Wochen.»

«Aha.» Natalie erinnerte sich daran, dass sie zwischendurch Luft holen sollte.

«Wo sind die anderen?», fragte Rico.

«Unterwegs.» Tom war heute Morgen nach der Besprechung nach Zürich gefahren und wollte sich später mit Hubi treffen. Sara versuchte ihr Glück bei Katja im Gefängnis.

«Die lassen dich allein zurück?»

«Ich bin kein Kind.»

«Nein. Bist du nicht.»

Natalie wurde wütend. Er spielte ihr den besten Kumpel vor, dabei wusste er genau, was sie fühlte. Natalie musste an den Ausflug letzten Oktober auf den Rossberg zurückdenken, an die Nacht in seinen Armen. An den Kuss. Ihr erster und einziger Kuss, den sie bisher von einem Mann erhalten hatte. Bei dem einen Kuss war es geblieben. Rico war ein Zigeuner, den sie niemals bändigen konnte. Nicht mit ihrem physischen Handicap.

«Gut siehst du aus.»

Lügner. Sie wollte das Kompliment erwidern, hielt sich aber zurück. «Setzen wir uns ins Besprechungszimmer. Kaffee?»

«Klaro.»

Logo. Das Leben war unkompliziert.

Natalie hatte ihre Hände nicht unter Kontrolle, als sie ihm den Kaffee an den Tisch brachte. Sie setzte sich so weit wie möglich von ihm weg.

«Es ist kurz vor Mittag. Lust, was essen zu gehen?»

«Nein», schoss es aus Natalie heraus. Sie ertrug kein freundschaftliches Gespräch und suchte die Konfrontation. «Hast du mit Mirjam gesprochen?»

Er lehnte sich im Stuhl zurück und verschränkte die Arme hinter dem Kopf. «Habe sie in den letzten Tagen nicht gesehen. Meine Schwester hat keine Zeit für ihren grossen Bruder. Aber ich habe gehört, ihr arbeitet an einem interessanten Fall?»

«Hast du gehört?»

«Du weisst, dass Tom eine Klatschbase ist.»

«Du hast mit ihm gesprochen?»

«Gestritten. Echt, ihr zwei seid unausstehlich. Du bettelst darum, dass ich Mirjam die Wahrheit erzähle, und Tom droht mir, wenn ich ihr was sage. Könnt ihr euch endlich einigen, damit wir eine Lösung finden?»

«Auf welcher Seite stehst du?»

Er stand auf und ging im Raum auf und ab. «Unschlüssig. Das kommt selten vor. Aber es geht hier um die Zukunft und das Glück meiner Schwester.»

Natalie wollte sofort ausholen, um ihn auf ihre Seite zu ziehen, aber Rico war schneller. Er kam mit drei grossen Schritten auf sie zu und drückte ihr seine Hand auf den Mund. «Kannst du einen Moment still sein, ja?»

«Warum?», flüsterte sie durch seine Finger. Sie waren warm und unglaublich sanft. «Ist da jemand?»

«Hörst du sie, die Stille? Kein Streiten. Ich mag die Stille, wenn wir zusammen sind. Es ist so friedlich, wie damals in der Höhle, aber das hast du bestimmt vergessen.»

«Oh, du Schuft!» Sie boxte ihm, so hart es ihre Hände zuliessen, in den Oberarm. «Musst du nicht auf den Bau?»

Langsam nahm er die Hand von ihrem Gesicht. «Ich mache eine lange Mittagspause. Wollte dich zum Essen einladen.»

«Ich muss arbeiten.»

«Ja, das habe ich mir gedacht.» Er wich von ihr zurück. «Na dann, sei schön fleissig.» Er verliess das Besprechungszimmer. Weg war er.

Natalie rief ihm hinterher. Vergeblich. So ein Zigeuner aber auch. Er spielte mit ihr, tauchte auf, wie es ihm in den Sinn kam, und liess sie dann wie eine naive Göre im Regen stehen. Sie ging zurück in ihr Büro. Ihr Magen knurrte. Hätte sie das Angebot annehmen sollen? Ihr Hals fühlte sich heute gut an, einige Bissen hätte sie essen können. Sie starrte auf den Relaxsessel in der Ecke, wo sie sich gewöhnlich über Mittag hinlegte und sich eine Mahlzeit aus dem Beutel über die Magensonde gönnte.

Sie weckte den Computer aus dem Schlaf und loggte sich erneut ins Internet ein. Ihr war nicht nach Fertigfutter.

«Es gibt Eiersalat, Kürbissuppe und Pilzragout mit Kartoffelstock. Zum Dessert Omas gebrannte Crème. Wo steht die Mikrowelle?»

Natalie war baff. Sie drehte sich im Stuhl um und starrte Rico an, der mit zwei Tüten in den Händen unter dem Türrahmen stand und grinste.

***

Der «Rosengarten» in Zürich war ein Etablissement der alten Schule und kämpfte gegen die modernen Erotikclubs mit ihren blutjungen Mädchen ums Überleben. Toms Besuch war kurz gewesen. Er gab sich geheimnisvoll, verriet seine Identität nicht und verlangte nach der Chefin. Linda Rose nahm sich jeweils donnerstags frei und war nicht zu sprechen. Sechs Frauen hatte Tom angetroffen, erfahrene Damen, nicht so jung wie die meisten Prostituierten, die aus dem Ostblock oder asiatischen Raum in die Schweiz geführt wurden, dafür freundlich und redselig. Freier hatten an diesem Nachmittag keine vorbeigeschaut, und so trank Tom mit den sechs Damen Kaffee und plauderte über Gott und die Welt – und über Drogen. Kein beliebtes Gesprächsthema. Die Plauderlaune der Damen wurde abrupt durch Lippenstiftnachziehen, Textnachrichtenschreiben, Wäschewaschen, Gassigehen, Suppekochen und eine Spesenabrechnung unterbrochen. Tom blieb allein auf dem roten Plüschsofa zurück, seine Füsse in Fellpantoffeln, da das Betreten des Etablissements mit Schuhen strikte untersagt war. Der flauschige Hochflorteppich in Silbergrau war zwar abgenutzt und platt getreten, aber sauber, das musste man dem «Rosengarten» lassen.

Tom brütete eine Minute auf dem Sofa vor sich hin und fragte sich, ob er das Thema zu direkt angegangen war, als eine der Damen ihm ein Mobiltelefon – eines der vorvorletzten Generation – auf einem Silbertablett servierte. «Linda Rose möchte Sie sprechen.»

Tom nahm den Anruf entgegen. Er war allein im Raum.

Kurz stellte er sich vor und erzählte Linda Rose von seinem Anliegen. Es dauerte einen Augenblick, ehe sie antwortete. Ihre Stimme war tief, heiser und hypnotisch. Zigaretten und Alkohol mussten ihren Stimmbändern dieses Timbre verpasst haben, das faszinierend war. Sie klang wie eine Wahrsagerin, die zögerte, mit der bitteren Wahrheit über eine Tragödie in der Zukunft herauszurücken. Tom hörte gebannt zu, wagte nicht, ihren Monolog zu unterbrechen, brachte zwischendurch einzig ein «Sicher», «Ich verstehe», «Ja, natürlich» oder «Aha» hervor. Nach seiner Aussage, dass er jemanden kenne, der das tun könne, legte sie wortlos auf.

Tom erhob sich, bezahlte für den Kaffee und gab ordentlich Trinkgeld, wofür er eine Quittung verlangte. Er grinste.

Als er den «Rosengarten» verliess und hinaus auf die Strasse ging, fühlte es sich an wie ein Sprung in eine andere Dimension: harter grauer Asphalt, röhrende Automotoren, der Gestank aus den Müllsäcken, die darauf warteten, an diesem Nachmittag von der Kerichtabfuhr am Strassenrand aufgelesen zu werden, und nicht zuletzt die Taubenscheisse, in die er mit seinen mehr oder weniger neuen Lederschuhen, die er sich extra für die Arbeit gekauft hatte, trat.

Tom ging zu seinem alten Peugeot 106, den er zwei Strassen weiter abgestellt hatte. Natürlich war die gekaufte Zeit in der Parkuhr längst abgelaufen, und der Strafzettel wedelte ihm im aufkommenden Wind fröhlich entgegen. Er steckte ihn in sein Portemonnaie neben die Quittung vom «Rosengarten». Spesen wurden üblicherweise vom Klienten übernommen.

Unschlüssig hockte sich Tom hinters Steuer. Was mit dem restlichen Tag anfangen? Er musste an die Teamsitzung vom Morgen denken. Hubis mysteriöser Wohltäter, zum Beispiel. Nicht dass Tom ihm keine Haushälterin und Pflegerin gönnte. Obwohl, Neid kam auf, wenn er dabei an seinen alten Herrn dachte, der in der Wohnung unter ihm wohnte und mittlerweile rund um die Uhr betreut werden musste. Seine Demenz schritt ungebremst voran, und es gab immer seltener Tage, an denen er

Tom als Sohn erkannte, dafür viele Tage, an denen er nach seiner Frau fragte, die vor Jahren verstorben war. Seine Betreuerin war eine gute Seele, die aber nicht vor den monatlichen knallharten Rechnungen zurückschreckte, die sie Tom zustellte.

Tom musste an das Gespräch mit Linda Rose zurückdenken. Natürlich wusste sie längst, wer er war. Mitch war nicht nur ein ehemaliger Profiboxer, er war auch ein Tratschweib. Die beiden mussten sich nahestehen, obwohl Linda Rose vom Alter her, der Stimme nach zu urteilen, dessen Mutter sein könnte. Wollte Tom an Informationen kommen, musste er ihren Bedingungen nachgeben. Sara würde nicht gefallen, was sie morgen für ihn erledigen musste.

Auf dem Heimweg machte er halt auf der Autobahnraststätte in Affoltern am Albis und erledigte dort einige Einkäufe, eine Flasche Rotwein inklusive, für alle Fälle. Zurück in Zug stattete er Hubi einen Besuch ab. Bestimmt konnte er ihm noch das eine oder andere Detail über seine Frau entlocken.

Hubi sass bei Tee und Hafergebäck am Tisch, als die Haushaltshilfe Tom ins Wohnzimmer führte. «Ich bin Klara. Ich bringe Hubi täglich das Mittagessen. Auch einen Tee? Natürlich. Der tut gut, mit extra Brennnesseln. Setzen Sie sich.»

An Hubis Mundwinkel klebte ein Krümel des Haferkeks, als er Tom leicht beschämt anlächelte. Tom schenkte sich die Frage, wie es ihm ging. «Haben Sie Neuigkeiten von Ihrer Frau?»

«Frau Jung hat mich informiert, dass sie sie heute Nachmittag besuchen will.»

Tom war gespannt, wie das Gespräch verlaufen würde. Er war neugierig auf diese Katja Rosenstock.

Plötzlich stolperte er über all die Rosen.

Weshalb war ihm das vorher nicht aufgefallen? Rosenstock, «Rosengarten», Linda Rose? Ein blöder Zufall? Soll vorkommen. «Kennen Sie den ‹Rosengarten› in Zürich?»

Hubi schlürfte seinen Tee und schaute auf. «Ist das ein Restaurant, das Sie empfehlen können? Warten Sie, ja, es gibt einen ‹Rosengarten› in Zollikerberg und einen im Kreis 7. Ich kenne

Zürich gut, wissen Sie, habe lange in der Stadt gearbeitet.» Hubi wollte nach einem weiteren Keks greifen.

«Ich spreche nicht von einem Restaurant.»

Die Hand von Hubi zog sich zurück – kein Keks. «Sie sprechen von Madame Linda Roses Etablissement im Kreis 5?»

«Sie kennen Linda Rose?»

«Natürlich. Wenn man als Sozialarbeiter auf Zürichs Strassen unterwegs ist, kennt man Linda Rose. Sie ist die gute Seele im Rotlichtmilieu. Sie hat es nicht leicht. Früher war das anders. Vor dreissig Jahren war sie die unbestrittene Grande Dame der Rotlichtszene. Kein Weg führte an ihr vorbei.»

«Kennt Ihre Frau Linda Rose?»

«Persönlich eher nicht. Linda Roses strikte Regel ist es, dass ihre Damen clean sein müssen.»

«Hat Ihre Frau –»

Hubis Stimme wurde hart. «Was denken Sie, wie eine Heroinsüchtige an das Geld kommt, das sie für ihren täglichen Schuss braucht? Verwechseln Sie den Drogenstrich nicht mit einem gut geführten Bordell. Das sind zwei komplett unterschiedliche Welten. Sie haben keine Ahnung, was meine Frau alles durchmachen musste. Sie als Prostituierte hinzustellen ist ungerecht. Sie war ein Opfer, ein Opfer einer brutalen Vergangenheit, die sie nicht einmal mir anvertraute. Ich habe das respektiert. Jeder Mensch hat ein Recht auf Geheimnisse. Und glauben Sie mir, wahre Liebe besteht darin, die Geheimnisse seines Partners oder seiner Partnerin zu respektieren.»

***

Was Sara an Zug schätzte, war die Lage der behördlichen Institutionen. Die Staatsanwaltschaft war im gleichen Bau wie die Polizei untergebracht, das Kantonsgericht lag nur einen Steinwurf dahinter, und die Strafanstalt war just das Gebäude neben der Polizei und durch einen unterirdischen Gang mit ihr verbunden. Verhaftete Personen konnten in die Tiefgarage gefahren werden, bei der Polizei verhört, durch den Staatsanwalt befragt und anschliessend direkt durch den Tunnel in die Strafanstalt überführt werden. Ebenso war der spätere Gang zum Gericht ohne Fahrzeuge möglich. Praktisch und unkompliziert, so mochte es Sara.

Im Gegensatz zum Schutzengel-Mord. Der war bloss nach aussen hin eine klare Sache. Je tiefer sie gruben, desto mysteriöser wurde er, was allein die Tatsache bewies, dass Hubi eine Haushaltshilfe und Pflegefachfrau gespendet bekam, der Trust aber keinen Rappen überweisen konnte. Die Sache stank zum Himmel.

Sara stand vor dem Polizeigebäude und warf einen kurzen Blick nach oben. Der Himmel war gezeichnet mit einer Palette aus Grautönen. Ausserdem blies eine Bise.

Sie betrat die Polizeizentrale. Da sie keinen Ausweis mehr besass, musste sie am Empfang warten, bis Lind sie abholte. Sie hatten sich auf vierzehn Uhr verabredet. Sara war fünf Minuten zu spät, Lind eine halbe Stunde. Ihr Temperament kochte über, als er mit einem Grinsen und offenen Armen auf sie zusteuerte. «Na, hast du uns vermisst? Löst Polizeiluft schnuppern keine Reue aus? Ich hätte dich gerne im Team behalten, trotz allem. Nichts gegen Bolander, er macht seinen Job gut, aber du warst, sagen wir, einzigartig.»

Sara hatte ein ambivalentes Verhältnis zu Lind. Sie waren wie Yin und Yang, aber, zugegeben, zusammen ein tolles Team gewesen.

«Ist Frau Rosenstock bereit?»

«Sie hat deinem Besuch zugestimmt, ausnahmsweise, weil es der Wunsch ihres Mannes war.»

Katja Rosenstock sass hinter dem Tisch im Besucherzimmer: steifer Rücken, Kinn erhoben, überhebliche Mimik. Arrogant? Ihr krauses, kurzes Haar war eher grau als blond, der Teint fahl. Sie blickte aus dem Fenster. Kaltes Neonlicht brannte im Zimmer.

Sara hatte ihr gegenüber Platz genommen und grüsste freundlich. Die Wände warfen ihre hohl klingenden Worte zurück. Die kalte Atmosphäre im Besucherzimmer war Sara als Polizistin nie aufgefallen. Sie hätte Blumen mitbringen sollen oder zumindest zwei Kissen. Die Stühle waren hart.

Katja sagte kein Wort, drehte langsam den Kopf und schaute Sara neugierig herablassend an. Diese zierliche Frau soll einen Mann mit über zwanzig Messerstichen ermordet haben, wunderte sich Sara, die einigen Mördern und ein paar wenigen Mörderinnen gegenübergesessen hatte. Katja strahlte keine Angst aus, keine Wut, dafür Selbstsicherheit.

Sara zupfte ihre weisse Bluse zurecht. Sie musste das Gespräch psychologisch korrekt angehen, sonst hatte sie verspielt. Sie hatte sich die letzte Nacht penibel darauf vorbereitet. Da sie keine Beamtin mehr war, blieb ihr mehr Handlungsspielraum als bei einem polizeilichen Verhör.

Sara stellte sich Katja vor, verriet, dass sie und die Trust Investigation im Auftrag von Hubertus Rosenstock Ermittlungen anstellten. Sie legte ihr rotes Notizbuch auf den Tisch. «Katja Rosenstock, siebenundfünfzig, richtig?»

Katja lehnte sich im Stuhl zurück und verschränkte die Arme.

Es war schwierig, ein geduldiges Lächeln aufzusetzen. Geduld war nicht Saras Tugend, aber in diesem Fall wohl notwendig. «Sie arbeiten bei der Tex Global Financial. Seit wann?»

Schweigen.

«Herr Rosenstock hat uns engagiert, weil er Ihnen helfen will. Er glaubt an Ihre Unschuld oder zumindest an ein Motiv, das die Tat erklärt. Helfen Sie uns?»

«Helfen?»

Endlich ein Wort. Es war das falsche, aber ein Anfang. «Helfen Sie Ihrem Mann?» Die Frage konnte noch persönlicher formuliert werden. «Helfen Sie Hubi?»

Katja seufzte und lehnte sich vor. «Das tue ich.»

Ein Satz. Gut. Darauf liess sich aufbauen. «Seit wann arbeiten Sie für die Tex?»

«Hm, seit über zwölf Jahren, glaube ich.»

«Eine lange Zeit. Wie waren die Arbeitsbedingungen?»

«Gut.»

«Sie arbeiteten immer Nachtschicht?»

«Ja, damit ich tagsüber für Hubi sorgen konnte.»

Sara ging auf die persönliche Ebene, um das Vertrauensverhältnis aufzubauen. «Über zwanzig Jahre das Leben mit jemandem zu teilen muss schön sein.»

«Sie sind nicht verheiratet?»

«Nein. Mister Perfect lässt auf sich warten.» Es sollte locker klingen.

Ein Lächeln huschte über Katjas Gesicht. Das Eis war gebrochen. Sara konnte den nächsten Schritt wagen. «Gehen wir zwei Tage zurück. Erzählen Sie mir von Ihrer Arbeit, wie Sie Feierabend machten und zum Schutzengel gingen. Versuchen Sie sich zu erinnern, was genau dort passiert ist. Erzählen Sie alles, was Ihnen einfällt, auch scheinbar unwichtige Details. Nehmen Sie sich Zeit.»

Katja überlegte.

Sara schwieg und liess ihr die Zeit, die sie brauchte.

«Ich begann pünktlich um fünf», sagte Katja. «Erst reinigte ich das obere Stockwerk mit den Sitzungszimmern, dann die Toiletten und die Büros einen Stock tiefer, zum Schluss den Empfang. Um Mitternacht verliess ich die Tex und ging zum Schutzengel.»

«Haben Sie unterwegs jemanden angetroffen?»

«Nein.»

«Was ist auf der Bahnstation passiert?»

«Ich habe auf Perron 2 auf den Zug Richtung Luzern gewartet. Da waren Menschen.»

«Menschen?»

«Auf beiden Perrons. Die letzten Züge in beide Richtungen fahren fast gleichzeitig ab.»

«Weiter?»

«Er war da.»

«Ein Mann?»

«Ein Banker.»

«Woher wissen Sie, dass er ein Banker war?»

«Grosskotzig, arrogant, stank nach gestohlenem Geld.»

Gestohlenem Geld? Diese Aussage war Gold wert. Sara ging vorerst nicht darauf ein. «Was ist dann passiert?»

«Ich habe ihn mit meinem Fleischermesser erstochen und auf die Polizei gewartet.»

Wow, das ging definitiv zu schnell. «Was hat er zu Ihnen gesagt?»

«Nichts.»

«Woher kennen Sie den Banker?»

«Gar nicht.»

«Sie haben ihn angegriffen, weil er Ihnen unsympathisch war? Weil er ein Banker war? Warum ihn?»

Katja schwieg.

«Weshalb glauben Sie, dass er Geld gestohlen hat?» Sara lehnte sich im Stuhl zurück und beobachtete Katja. Sie schien nicht verängstigt, eher unschlüssig starrte sie nach oben. Was überlegte sie? Sara liess gute zwei Minuten verstreichen, ehe sie erneut versuchte, ein Gespräch aufzubauen. «Sie schauen an die Decke …»

«Es waren neunundzwanzig Messerstiche, das sagt der Bericht.»

«Das waren viele. Erzählen Sie nochmals, was geschah, als Sie die Bahnstation Schutzengel betraten.»

«Er stand am Perron und wartete auf den Zug.»

«Hat er Sie angesehen?»

«Nein.»

«Sie konnten sein Gesicht nicht erkennen?»

«Ich sah nur seinen Hinterkopf.»

«Aber Sie wussten, dass er Banker war?» Bingo! Sara hatte sie festgenagelt. «Sie wussten, dass er am Bahnhof sein würde.»

Schweigen.

«Sie kannten Jacques Reynard?»

Katja musste die Frage nicht beantworten. Sara wusste die Antwort. Sie zog ein Foto hervor, das zwischen den Seiten ihres Notizbuches lag. Es war während der letzten Weihnachten aufgenommen worden und zeigte Katja und Hubi. Sie hielt stolz ihr Geschenk in die Kamera. «Was hat es mit dem Messer auf sich? Warum erzählen Sie mir nicht, wie es dazu kam, dass Sie Ihr persönliches Küchenmesser in der Tatnacht in Ihrer Tasche mit sich trugen? Es ist ein Geschenk von Hubi. Ihr Name ist eingraviert.»

Katja starrte Sara an. Diesmal war nicht Neugier in ihrem Blick, sondern die Wachsamkeit eines Bodyguards. «Hubi ist ein Juwel. So einen Mann auf der Strasse zu finden ist wie ein Sechser im Lotto.»

«Sie sprechen von Ihrer Zeit im Drogenmilieu in Zürich?»

Zum ersten Mal flackerte Wut in Katjas Augen auf. «Darüber spreche ich nicht.»

«Sie meinen, ich soll aufhören?»

«Verpiss dich, frigides Drecksweib, und lass deine dreckigen Finger von Hubi, sonst mache ich dich kalt!»

***

Tom traf Natalie im Papiliorama, ihr gläserner Käfig, wie sie ihn nannte. Schmetterlinge schwirrten wie bunte Punkte auf, als er eintrat. Natalie trug blaue Khangatücher und sass auf dem Bett. Mit ihrer Krankheit war es schwierig, Weltreisen in exotische Länder zu unternehmen. Das hier war ihr Amazonas.

«So nachdenklich?»

«Mensch, Tom, was machst du hier?» Sie sprang zu hastig vom Bett auf, verzog sofort das Gesicht.

«Schmerzen?»

«Das Bein will nicht heilen. Aber egal. Was tust du hier?»

«Eine Freundin besuchen.»

Sie quälte sich ein Lächeln auf. Ihr ging es schlecht. Tom kannte sie unterdessen gut genug, um ihre Signale zu deuten.

«Was ist los? Du warst heute Abend bei der Teamsitzung mit den Gedanken woanders.»

«Der Fall beschäftigt mich eben. Saras Vernehmung von Katja war krass. Die Frau spinnt. Die hat Hubi total manipuliert. Armer Mann.»

«Hubi war Sozialarbeiter. Er ist geschult in Psychologie. Ich glaube nicht, dass sie ihn so einfach manipulieren kann.» Tom setzte sich neben Natalie aufs Bett.

Sie schubste ihn mit der Schulter an. «Was ist mit dir? Was soll Sara morgen für dich tun, wenn ihr nach Zürich fahrt? Hast du uns auch alles über deinen Besuch in dem Bordell erzählt?»

Tom entging nicht, wie die Röte in ihr Gesicht stieg. Er legte den Arm um sie. «Ja, die Damen waren äusserst zuvorkommend und haben mich verwöhnt.»

Energisch schob Natalie seine Hand von ihrer Schulter. «Lüstling.»

Er grinste. «Du solltest mich besser kennen.»

«Ja, für deinen miesen Geschmack, was Frauen betrifft.»

Er schaute ihr direkt in die Augen. «Nicht immer liege ich falsch.»

«Tom Engels, du flirtest mit mir. Das geht gar nicht! Du bist alt und –»

«Sag nicht hässlich. Ich sehe nämlich verdammt gut aus.»

«Ja. Tust du. Ist das der Grund, weshalb du nicht mit Sara über Mirjam sprechen willst?»

Das lag Natalie also auf der Seele. Mirjam. Natürlich. «Es ist kompliziert.»

«Rico hat mich heute in der Detektei besucht.»

Toms Gedärme krümmten sich. Diese miese Ratte. «Wegen Mirjam?»

Natalie stand auf. «Weshalb muss es immer um Mirjam gehen? Nein, verdammt, diesmal ging es um mich.»

Toms Beschützerinstinkt brach aus. Er schoss vom Bett auf und nahm Natalies Gesicht in seine Hände. Es fühlte sich kalt an. Er wischte ihr eine Träne von der Wange. «Nicht, Natalie. Du kennst die Wahrheit. Nicht ihn.»

«Was soll ich denn tun? Er ist so –»

«Charmant? Witzig? Gut aussehend? Unbekümmert?»

«Er ist lieb und behandelt mich wie eine normale Frau.»

Tom nahm sie in den Arm. Ja, das tat Rico. Und er mochte Natalie, da war sich Tom sicher. Aber er kannte Rico zu lange, kannte seine dunklen Seiten. «Du bist eine wunderbare Frau. Aber Rico, er wird dir das Herz brechen.»

FÜNF

«Du übertreibst.» Sie liess ihn zögernd in ihre Wohnung. «Und du bist eine halbe Stunde zu früh. Was hast du da in der Hand?»

Tom grinste und hob die Einkaufstüte hoch. «Ich war gestern auf der Autobahnraststätte schicke Klamotten kaufen.»

«Sind dir Jeans und T-Shirts ausgegangen?» Sara führte ihn in die Küche, die Katze auf dem Arm. «Darf ich mein Frühstück beenden, bevor wir nach Zürich fahren? Was wollen wir dort? Das hast du gestern beim Meeting nicht im Detail ausgeführt. Brauchst du Rückendeckung bei der Vernehmung von Drogendealern? Soll ich meine Waffe einstecken?»

Tom setzte sich ihr gegenüber an den winzigen Küchentisch. «Du hast eine Waffe? Warum überrascht mich das nicht? Aber nein, ich brauche deine anderen Waffen.»

Sie trank einen Schluck Kaffee und rührte in ihrem Joghurtbecher.

«Ist das dein Frühstück?»

Sie schob sich einen Löffel Beerenjoghurt in den Mund. «Welche anderen Waffen?»

«Die einer Frau.»

Sara prustete laut heraus. Tom konnte nicht definieren, ob seine Antwort sie schockierte oder amüsierte. Joghurtspritzer landeten auf dem Tisch und auf ihrer weissen Bluse.

«Scheibenkleister! Tom! Jetzt muss ich mich umziehen.»

Er reichte ihr die Tasche. «Siehst du, deshalb war ich einkaufen. Das ist für dich.»

Es kam selten vor, Sara in Schockstarre zu erleben. Tom genoss die wenigen Sekunden. «Mach dich hübsch für mich, würdest du das tun, ja?»

«Tom, ich …»

«Hast du Make-up?»

«Ich … was? Ähm, Lippenstift und Mascara.»

«Dachte ich mir. Die Verkäuferin hat mich beraten. Kompaktpuder, Rouge, Lidschatten, roter Lippenstift, die Farbe heisst ‹Hot Girl›, dazu der passende Nagellack, und tja, die Mascara hast du jetzt doppelt, kannst sie verschenken, wenn du willst. Etwas fehlt … genau. Wie heisst der noch gleich, Kajal, genau, den habe ich dir auch besorgt. Und Parfum. Loulou heisst es. Blumig-orientalisch, die Verkäuferin hat es empfohlen, da es sehr, sehr dominant riecht. Das passt perfekt. Auch der Name, den können wir gleich übernehmen.»

«Tom, wovon zum Teufel sprichst du?»

Er stand auf und zog sie vom Stuhl hoch. «Husch, husch, kleine Raubkatze, mach dich hübsch. Um zehn Uhr hast du ein Vorstellungsgespräch bei Madame Linda Rose. Ihr fehlt eine Domina in ihrem Etablissement. Ich dachte, das passt zu dir. Ihre Damen werden dich herumführen, während ich mit Linda Rose die Bedingungen aushandle. Ich werde als dein Zuhälter einen guten Job machen, versprochen.»

«Ich soll was?»

Eine Stunde später sassen sie im Wagen. Sara hatte eine Ewigkeit gebraucht, um sich zurechtzumachen. Wenigstens wusste Tom, was er ihr zu Weihnachten schenken würde: einen Make-up-Kurs. Er hatte übernehmen müssen, damit das Resultat vorzeigbar war. Die Klamotten standen ihr gut. Er hatte ihre Grösse perfekt geschätzt.

Schelmisch schielte er zu ihr hinüber. Ihre knallroten Lippen waren geschürzt. Sie schmollte, die Arme vor der Brust verschränkt, was wenig half. Das glitzernde schwarze Trägertop war zu ausladend, und die Lederjacke mit den Nieten war so geschnitten, dass sie unmöglich geschlossen werden konnte. Die schwarze Lederhose stand ihr gut. Sara hatte eine tolle Figur. Tom befürchtete, dass er bei den Schuhen übertrieben hatte. Sara stolperte mehr mit den hochhackigen Stiefeln, als dass sie damit aufreizend gehen konnte. Ihr Gang würde ihre Tarnung auffliegen lassen.

Linda Rose hatte sich nur bereit erklärt, mit ihm zu sprechen, wenn er unter falscher Identität in ihr Etablissement kam. Die Zürcher Rotlichtszene hatte ihre Augen und Ohren überall, erklärte sie am Telefon. Aber sie war bereit, zu helfen, da sie Hubi kannte. Sie schuldete ihm einen Gefallen, weil er eine ihrer Damen vor einem brutalen Zuhälter gerettet hatte, damals, vor zwanzig Jahren.

«Bauchfrei? Muss das sein?»

«Mir gefiel das Top.»

«Wo hast du diese Sachen aufgetrieben?» Sara starrte ihn böse an.

«In einem Erotik-Shop der Autobahnraststätte.»

«Ja, war ja klar. Was hast du der Verkäuferin erzählt?»

«Dass meine Freundin tagsüber die brave Beamtin ist und nachts gerne ihre Phantasie auslebt.» Der Fausthieb auf seinen Oberschenkel war gnadenlos. «Autsch! Du musst deine Rolle nur spielen, nicht an mir ausprobieren.»

«Ha! Wer weiss, vielleicht gefällt es mir, dich zu erniedrigen. Wenn wir von dieser bescheuerten Mission zurück sind, lasse ich dich im Dojo zehn Runden wie ein Hund auf allen vieren im Kreis rennen und Stöckchen holen. Danach darfst du mir im Büro zu Füssen liegen, angeleint. Gehorchst du nicht, gibt es Schläge. Darauf kannst du Gift nehmen.»

Tom wusste, wie schwierig die Aufgabe für Sara war. Er hatte sie nie anders als mit weisser Bluse und schwarzer Hose gesehen. Ihre schwarzen Haare, die sie kinnlang in einem strengen Pagenschnitt trug, hatte sie für ihre neue Rolle nicht verändert. Sie passten perfekt zur Domina Loulou. Fast tat sie ihm leid. Sie überspielte ihre Unsicherheit mit Wut. Spontan griff Tom nach ihrer Hand. Ihre Nägel waren kurz geschnitten, glänzten aber für einmal in Rot. «Du wirst das toll machen. Keine Angst. Ich lasse bestimmt keinen Freier auch nur in deine Nähe. Du wirst in diesem Aufzug keinem Mann über den Weg laufen. Ich will bloss, dass du mit den Damen redest, vor allem mit Vivien. Linda Rose hat Vivien vor über zwanzig Jahren vom

Drogenstrich geholt. Heute ist sie die gute Seele des ‹Rosengarten›, bedient ab und zu Kunden und sorgt für Ordnung im Haus. Aber Vivien ist sehr misstrauisch. Deshalb musst du als Domina mit ihr reden, sie traut keiner Aussenstehenden. Sorry, geht leider nicht anders.»

***

Natalie rief in Rio de Janeiro an. Sie unterhielten sich auf Englisch. *«Hey, Jamiro, wie geht's so?»*

«Wow, Nat, bist du das? Um diese Uhrzeit? Es ist spät, ich wollte gerade schlafen gehen.»

Natürlich. In Rio war es fünf Uhr morgens.

«Sorry, dass du nicht gleich ins Bett kannst.»

Jamiro lachte. *«No problem.»*

«Hör zu, es ist dringend. Können wir uns in einem Chatroom treffen?»

Einige Sekunden wurde es still in der Leitung. *«Okay.»* Ohne ein weiteres Wort legte Jamiro auf.

Natalie sass zu Hause in ihrem Geheimzimmer, fuhr einen ihrer drei Computer hoch und loggte sich über den Tor Browser ins Darknet ein. Sie rief gezielt eine Onion-URL-Adresse auf.

Opening IRC Chat@IP Port 7491 on 523.93.471.023
User ‹ww3gfh› oi!

Sie wartete auf Jamiro in dem gesicherten virtuellen Raum. Persönlich hatte sie ihn nie getroffen, wie die meisten Mitglieder von Kipekapeka. Jamiro half ihr vor zwei Jahren bei einem Fall von Zwangsprostitution, bei welchem sie einen kleinen Menschenhändlerring in Rio und São Paulo auffliegen liessen. Jamiros Vater war ein hohes Tier in der Politik, seine Mutter ein ehemaliges Fotomodel. Die Familie war steinreich und Jamiro gelangweilt. Er war ein guter Kerl mit einem schlechten Gewissen, weil er alles hatte und andere in seinem Alter unter erbärmlichen Verhältnissen in den Favelas aufwuchsen. Aber Jamiro war auch ein Adrenalinjunkie. Wohltätigkeitsveranstaltungen langweilten ihn. Deshalb war er Kipekapeka beigetreten. Natalies Organisation ermöglichte es den Mitgliedern, im Geheimen Gutes zu tun für jene, die Hilfe brauchten, jenseits der legalen Möglichkeiten, aber strikte an Moral und Ethik gebunden.

Ein grünes Licht blinkte in der oberen linken Ecke auf dem dunklen Monitor auf. Jamiro war online und tippte eine Nachricht.

‹rio12zz› oi, nat. ruok? what's up?
‹ww3gfh› yep. still aas.

Ja, das war sie, *alive and smiling*. Natalie kam gleich zur Sache. Sie schrieb ihm ihr Anliegen.

‹ww3gfh› need to find some1. ned2 know abt TEX global financial in Rio. director JACQUES REYNARD, u know of him?

Jamiro schrieb ihr, dass er die Bank kenne und schon von Reynard in der Zeitung gelesen habe. Natalie wollte, dass Jamiro zur Tex-Niederlassung in Rio ging, um dort Geld in ein Portfolio zu investieren. Es spielte keine Rolle, wie er es anlegte, aber er sollte sich gleichzeitig bei den Bankern umhören und alles über Jacques Reynard in Erfahrung bringen: Klatsch, Tratsch und Fakten. Jamiro war Feuer und Flamme und fragte, ob eine Million Dollar als Einsatz reichten. Natalie musste lachen. Ihr hätte auch ein Portfolio von fünfzigtausend Dollar gereicht.

Sie verabschiedete sich von ihm, loggte sich aus dem privaten Chatroom aus und fand sich in ihrem abgedunkelten Zimmer wieder. Wie weiter? Tom und Sara waren auf geheimer Mission unterwegs nach Zürich und würden erst am Nachmittag zurück sein. Sie stand auf, verzog aber gleich das Gesicht. Ihr Körper litt. Heute Morgen war sie mit verklebten Augen aufgewacht. Es war nicht gut für ein Schmetterlingskind, heulend einzuschlafen. Liebeskummer ertrug sie nicht, weder seelisch noch körperlich. Gosh, sie war ein Wrack, das Musa dringend reparieren musste. Ein paar Stunden im Beautyzimmer würden ihr guttun. Der Fall konnte warten. Sie schickte Musa eine Textnachricht, dass sie oben im Behandlungszimmer auf ihn warten würde.

***

Was für ein beschissenes Schauspiel. Sara stand hinter Tom. Dem gefiel offenbar seine Rolle als Zuhälter. Sie würde es ihm heimzahlen, aber vorerst schwieg sie.

Linda Rose sass in einem roten Samtsessel und rauchte genüsslich eine Zigarette, die auf einer langen Zigarettenspitze steckte. Ihr dick aufgetragenes Make-up machte es unmöglich, ihr Alter zu schätzen. Sara vermutete, dass sie um die siebzig sein musste. Linda Rose trug ein enges schwarzes Kleid mit tiefem Ausschnitt. Eine gute Figur hatte die Dame, das musste man ihr lassen. Ihre Haare waren dunkelrot und lockig. Eine Perücke, mit Sicherheit. Sie zog an der Zigarette, die andere Hand lag entspannt auf der Armlehne des Sessels, die Beine übereinandergeschlagen. Ihre Füsse steckten in eleganten High Heels. Sie beäugte Tom wie eine Raubkatze. Diese Frau war gerissen, das wusste Sara gleich. Wie sonst konnte sie in so einem Business bis heute überleben?

Sara realisierte entsetzt, dass sie unabsichtlich Schutz hinter Toms breiter Schulter gesucht hatte. Dieses Verhalten war ihr neu. Es lag an dem Outfit. Diese dämliche Kleidung machte sie schutzlos. Sie hasste das Gefühl. Und sie hasste den Raum, in dem sie sich befanden. Linda Rose hatte sie in den Keller geführt, der kein Keller war, sondern eine obszöne Folterkammer. Der Boden bestand aus glänzend schwarzen Fliesen, die Wände waren dunkelgrau. Auf einem weissen Regal waren ordentlich diverse «Arbeitsmaterialien» verstaut, Dinge aus Metall und Leder, die Sara nicht beschreiben konnte. Rote Seile hingen an

Haken an der Wand. Es brauchte einiges, um Sara Angst einzujagen. Dieser Raum tat es. In der rechten Ecke stand ein Sklavenstuhl, die Lehne zu einem Kreuz gezimmert, mit schwarzem Leder überzogen und metallenen Ringen und Fixierungsgürteln versehen. Eine Bondagebank stand auf der anderen Seite. Hinter dem roten Sessel war ein Andreaskreuz an der Wand fixiert, seitlich hing ein übergrosser Käfig von der Decke. Der Pranger hinter ihr liess sie schaudern. Der penetrante Geruch nach Rosen brachte das Fass zum Überlaufen.

Als es an der Tür klopfte, zuckte Sara unweigerlich zusammen. Zwei spärlich bekleidete Damen traten ein, die eine jung und hübsch, die andere über ihrem Zenit für dieses Business. Sie stellten sich wie zwei Bodyguards neben Linda Rose auf. Diese lächelte, nicht uncharmant. «Na dann, Tom, stell uns dein Mädchen vor.»

Tom packte Sara am Handgelenk und zog sie neben sich. Sie hätte ihn erwürgen können, sträubte sich, bis sein warnender Blick sie traf.

Linda Rose musterte sie. «Ansehnlich, aber nicht mehr ganz jung. Wie alt bist du?»

Sara schwieg.

«Sie hat Erfahrung», sagte Tom. «Loulou kann Männern Angst einjagen, das kann sie wirklich.» Aalglatt brachte er den Satz über die Lippen, doppelte mit einem Grinsen nach und beendete seine Behauptung mit einem kräftigen Klaps auf ihren Hintern.

Sein Verderben.

Aus einem Impuls heraus reagierte Sara so, wie sie es sich über die Jahre bei der Polizei antrainiert hatte, wirbelte herum, packte Tom am Oberarm, drehte ihn auf den Rücken und kickte mit dem Fuss gegen die Innenseite seines Beines, was ihn auf die Knie fallen liess. Da kniete er, zu ihren Füssen, den Arm auf dem Rücken, die Daumenschraube angezogen.

«Au!», protestierte er, was Sara härter zupacken liess. Sie zog ihre Mundwinkel hoch und starrte Linda Rose an. «Schwarzer

Gürtel in Judo und Jiu-Jitsu. Bei mir entkommt keiner seiner Strafe.»

Schweigen.

Plötzlich brach Linda Rose in heiseres Lachen aus. «Tom, mein Süsser, es scheint, als ob dein Mädchen dich im Griff hat und nicht umgekehrt.»

«Autsch, ist ja gut», sagte Tom. Ihm stand der Schweiss auf der Stirn. «Ich sagte doch, sie kann Männern eine Heidenangst einjagen. Deshalb ist sie so gut in ihrem Metier. Loulou, lass mich los. Wir können ein andermal spielen. Ich verhandle hier gerade über deine Vertragsbedingungen.»

Ein klein wenig begann Sara dieses Spiel zu mögen. Statt Tom aus dem Knebelgriff zu befreien, stellte sie ihren Fuss, der in dem hochhackigen Lederstiefel steckte, auf sein Schulterblatt. «Du handelst besser verdammt gute Bedingungen aus, sonst wirst du leiden, verstanden, mein Sklave?»

«Ja, ist ja gut.»

«Wie heisst das?» Sara wand sich innerlich vor Lachen.

«Geht klar, Loulou.»

«Habe ich gesagt, dass du mich so nennen darfst, wenn ich mit dir spiele? Das heisst ‹Jawohl, Frau General›.»

«Frau General?», fragte Linda Rose amüsiert.

Tom fiel es schwer, zu sprechen. «Sie mag Militärspiele, meine süsse Loulou.»

«Wie nennst du mich?» Sara durfte ihm das nicht durchgehen lassen, wollte sie nicht, dass die Tarnung aufflog. Sie drückte Tom den Absatz härter gegen die Schulter.

«Au! Verdammt. Ist ja gut, Frau General.»

«Wie?»

«Jawohl, Frau General.»

Sieg. «Guter Fusssoldat. Rühren.» Sie liess ihn frei.

Linda Rose drückte der jungen Dame rechts von ihr die Zigarettenspitze in die Hand und erhob sich. «Mir gefällt, was ich sehe.» Sie trat vor Sara. «Zieh dich aus.»

Überrumpelt fiel Sara die Kinnlade herunter.

Tom reagierte sofort, stand auf und zog sie an seine Seite. «Nicht so schnell. Erst reden wir über die Vertragsbedingungen.»

Linda Rose huschte ein Lächeln übers Gesicht, das aus der Nähe betrachtet mit Falten durchfurcht war. Sie griff nach Saras Kinn und drehte ihren Kopf nach rechts und links. «Hübsches Gesicht. Streng und eisern. Gefällt mir.»

Sara ballte ihre Hände zu Fäusten. Gleich würde sie zuschlagen. Tom bemerkte es und packte eine ihrer Fäuste. Seine Hand war warm, zu warm.

Amüsiert wandte sich Linda Rose von Sara ab. «Vivien, zeig du unserer neuen Domina den ‹Rosengarten›. Tom und ich gehen hoch in mein Büro. Michelle, bring uns Kaffee, danach will ich nicht gestört werden.»

***

«Du bist still heute.» Musa wickelte den neuen Verband um Natalies Bein.

«Kennst du Liebeskummer?»

«Wer nicht? Ich musste ihn in Nigeria zurücklassen, als ich floh.»

«Ihr habt keinen Kontakt mehr?»

«Nein. Ich weiss, dass er geheiratet hat und Vater geworden ist. So ist das Leben zumindest für ihn sicher.»

«Bereust du deine Flucht, dass du deine Familie zurückgelassen hast?»

«Nein. Ich habe eine neue Familie gefunden.» Er strahlte.

«Kannst du mich in den Arm nehmen? Ich brauch grad einen Freund, bei dem ich weiss, woran ich bin.»

«Komm her, kleine Schwester.» Musa hielt sie fest.

Es tat gut. Natalie bekam ihren Kopf nicht frei. Ihre Hormone spielten wegen des Zigeuners verrückt.

«Nimmst du von deinem Sklaven einen Ratschlag an?»

«Raus damit», nuschelte sie in seine Schulter.

Musa legte seine Hände auf ihre Oberarme und schob sie

leicht von sich weg, schaute ihr tief in die Augen. «Lass dir Zeit. Überstürze nichts. Wenn er es wert ist, wird er warten.»

Natalie zwang sich ein Lächeln auf. «Er verflüchtigt sich leicht, das ist das Problem. Wusch.» Sie machte mit dem Arm eine kreisende Bewegung. «Er ist wie Sauerstoff. Unsichtbar, aber stets präsent. Harmlos und doch lebenswichtig. Aber in der falschen Mischung kann es zu einer explosiven Reaktion kommen, die tödlich ist.»

«Hast du gestern heimlich ein Liebesdrama im Fernsehen geguckt? Ich mache mir echt Sorgen um dich.»

«Das liegt an Hubi. Ich muss oft an ihn denken.»

«Der neue Fall?»

«Er rettet eine Frau vom Drogenstrich, sie verlieben sich, heiraten, leben glücklich über zwanzig Jahre. Und eine einzige unerklärliche Tat zerstört alles, was sie sich aufgebaut haben.»

«Das gibt es nicht.»

Natalie schaute Musa an. «Was?»

«Eine unerklärliche Tat. Es gibt einen Grund, also finde ihn und jammere nicht herum. Selbstmitleid steht dir nicht, Fräulein Krieger. Und lüg mich nicht an.»

«Lügen?»

«Lügen kannst du gut, das wissen wir. Aber du merkst es manchmal selbst nicht. Du schwafelst über Sauerstoff. Lebenswichtig. Explosiv. Wer ist denn dein Sauerstoff? Rico? Oder Tom?»

Natalie sprang von der Pritsche auf. Musa protestierte, weil er nicht mit ihrem Bein fertig war.

«Logo. Das ist es. Musa, du bist genial. Hubi lügt. Irgendetwas verheimlicht er uns.»

«Die Wahrscheinlichkeit ist gross. Aber wie willst du das herausfinden?»

«Indem ich tue, was ich gut kann. Ich lüge.»

***

Tom ging zu Fuss von der Langstrasse über den Hauptbahnhof ins Niederdorf. Im Altstadtviertel war es an diesem späten Morgen ruhig. In den alten, mit Pflastersteinen bedeckten Strassen flanierten die Einheimischen und Touristen durch die teils engen Gassen und schauten in die Schaufenster der Boutiquen. Tom wusste, dass das beschauliche Dörfli nachts ein anderes Gesicht hatte und zu einem Vergnügungsviertel wurde, wo sich in den Pubs, Bars und Nachtclubs ein bunt gemischtes Publikum zeigte.

Er blickte auf sein Handy. Er hatte die Navigationsfunktion eingeschaltet. Die digitale Dame im Smartphone erklärte ihm den Weg zu der Wohnung, die Linda Rose ihm als Adresse genannt hatte. Tom erinnerte sich an das Gespräch, das sie in ihrem Büro geführt hatten. Mit seiner Tarnung als Zuhälter konnte sie offen mit ihm reden. Sie war eine vorsichtige Frau. Das war der Grund, weshalb sie bis heute mit ihrem «Rosengarten» im Rotlichtmilieu geduldet wurde. Eine Konkurrenz zu den modernen Erotikclubs mit den blutjungen Schönheiten war ihr Etablissement nicht, aber der «Rosengarten» setzte auf langjährige, treue Kundschaft und zählte zum Inventar der Sündenmeile wie ein Sammlerstück mit emotionalem Wert, das man in einem neuen, modernen Büro nicht entsorgen wollte. Linda Rose erzählte ihm, dass die kriminellen Banden aus dem Ostblock sie genau beobachteten. Ein Fehler, und sie und ihre Damen würden wie Ware verscherbelt oder entsorgt. So spielte sie das Spiel mit – und verhielt sich still. Tom erzählte ihr, dass er nach Informationen über Katja Rosenstock suchte. Mitte bis Ende der Neunziger habe sie auf dem Drogenstrich gearbeitet. Sie war heroinabhängig und vertickte den Stoff in kleinem Stil.

«Du sprichst von Hubertus Rosenstocks Frau?», fragte Linda Rose nach.

«Ja.»

«Ich kenne sie nicht wirklich, habe sie ein-, zweimal getroffen, als die beiden bereits verheiratet waren. Ich weiss, dass er sie aus der Gosse geholt hat, mehr aber auch nicht.»

«Ich muss an die Dealer von damals ran.»

«Davon gab es Hunderte, aber nur einen, der den Überblick behielt. Du musst mit dem ‹Wächter vom Platzspitz› reden.» Küde sei ruhiger geworden, erklärte sie, aus dem Drogengeschäft ausgestiegen. Sollte jemand Katja von früher kennen, dann er. Ohne seine Zustimmung wurde damals kein Drogengeschäft abgewickelt. Er sass mehrmals im Knast und lebte nun bereits seit einigen Jahren ein braves, bürgerliches Leben – mehr oder weniger.

Steinbockgasse. Tom erreichte sein Ziel. Er blieb stehen und schaute sich um. Da war es wieder, dieses Gefühl, das ihn nicht losliess. Wurde er beobachtet? Verfolgt? Er entdeckte niemand Verdächtigen. Es musste Einbildung sein. Wer sollte ihn an diesem Freitagmorgen in Zürich beschatten?

Er suchte bei den Klingelknöpfen nach dem Namen, den Linda Rose ihm gegeben hatte: Kurt Dubach.

***

Natalie trug die beiden Kaffeetassen ins Wohnzimmer. Hubi folgte mit einer Packung Guetzli. Er zitterte, als er die Verpackung umständlich öffnete. Natalie hätte ihm gerne geholfen, aber ihre gezeichneten Finger waren keine Hilfe.

«Ich darf Katja erst am Sonntag wieder besuchen», sagte Hubi. Er schien durch den Wind. «Die Auflagen in der Untersuchungshaft sind streng.»

«Frau Jung war gestern bei ihr.»

«Hat Katja mit ihr gesprochen?»

Natalie schwieg einen Augenblick. Noch konnte sie zurück. Sie wollte Hubi nicht unnötig leiden sehen, aber eine kleine Lüge brachte manchmal Ungeahntes ans Licht. Sie würde es gleich wissen. Und alles war ja nicht gelogen. «Das Gespräch verlief erst harzig, aber Frau Jung ist professionell ausgebildet als ehemalige Polizistin. Tatsächlich hat sich Katja ihr anvertraut, zu einem gewissen Grad zumindest.»

Hubi wurde hellhörig. Natalie entging nicht, wie er mit den Fingern auf seinem Oberschenkel kratzte.

«Katja kennt das Opfer. Es war also kein Zufall», erklärte Natalie.

«Sie – kennt – den – Mann? Wer … wer ist er?»

«Er heisst Jacques Reynard, ist bei der Tex angestellt und führt die Niederlassung in Rio de Janeiro.»

«Rio?» Hubi war mit dieser Information überfordert, das wurde Natalie rasch klar.

Dennoch wagte sie den nächsten Schritt. «Katja hat uns von dem Seitensprung erzählt.» So pauschal wie möglich hielt sie ihre Aussage. In zwanzig Jahren Ehe kam ein Seitensprung schon mal vor. Beziehungsprobleme waren der Auslöser Nummer eins bei Gewaltverbrechen.

«Seitensprung? Meine Katja? Mit wem …?» Hubis Stimme stockte.

Seine Ansage machte zumindest deutlich, dass es ihm nicht in den Sinn kam, selbst damit gemeint zu sein. Eins zu null für Hubi. Er hatte sich das Abzeichen «treuer Ehemann» verdient.

«Wie kann das sein? Meine Katja hat nie einen anderen Mann auch nur angesehen. Schon gar keinen Banker. Niemals. Sie hasst Herren in Anzügen.»

Zwei zu null für Hubi. Er hatte den Test bestanden. «Sorry», sagte Natalie und entschuldigte sich für ihre kleine Lüge. «Es war ein Test. Wir müssen sicher sein, dass Sie ehrlich mit uns sind.»

Hubi schnappte nach Luft. Er schloss kurz die Augen, um seine Emotionen in den Griff zu kriegen. «Ich war Sozialarbeiter, habe mit drogenabhängigen Menschen gearbeitet.» Er schaute Natalie an. «Ich bin es gewohnt, dass man mir ins Gesicht lügt und erkenne Lügen von Weitem. Ihnen habe ich geglaubt.»

Klaro, dachte Natalie, sie war Weltmeisterin darin, andere zu täuschen. All die Jahre hatte sie ihrem Paps vorgespielt, wie gut es ihr ging, obwohl die Schmerzen und die Einsamkeit sie innerlich quälten. «Es war nicht alles gelogen.»

«Katja kannte den Mann?»

«Scheint so.»

«Einen Banker? Geschäftsführer in Rio? Kennt er sich mit Geldtransfers aus?»

«Ich denke schon. Das ist sein Beruf. Warum?»

«Weil Sie recht haben. Ich war nicht ehrlich.» Hubi stand auf. «Ich wollte es Ihnen erst nicht sagen, aber kommen Sie ...» Er führte Natalie an den Laptop, der im Schlafzimmer auf einem kleinen Tisch stand. Ein leistungsstarker Rechner neuester Generation. Natalie war überrascht. Hubi loggte sich auf der Seite einer Schweizer Regionalbank ein. Er scannte den Code auf dem Bildschirm mit seinem Handy. «E-Banking kenne auch ich, obwohl Katja sich um unsere Finanzen gekümmert hat. Das ist unser einziges, gemeinsames Konto, das selten mehr als dreitausend Franken Saldo aufweist. Und das auch nur, nachdem Katja ihre Lohnzahlung erhalten hat. Schauen Sie ...» Er tippte mit dem Zeigefinger auf den aktuellen Kontostand.

Natalie brauchte einen Moment, die vielen Stellen vor dem Komma zu deuten. Sie beugte sich vor. Nein, es gab keine Zweifel.

Hubi war unglaubliche 1'001'432,45 Schweizer Franken reich.

Er schaute sie ratlos an. «Ich habe die Bank angerufen. Es handelt sich um eine Schenkung von einer Stiftung, welche den Gönner nicht preisgeben kann. Alles legal, solange die Steuerbehörden ihren Anteil abkassieren. Ich denke, Ihre Ermittlungen gehen jetzt nicht mehr als Pro-bono-Fall durch.»

***

Die Damen vom «Rosengarten» waren überraschend freundlich. Sie führten Sara hoch in den Gemeinschaftsraum, wo Männer keinen Zutritt hatten. Es gab eine Kochnische, zwei Sofas, einen Fernseher, einen Computer und in der Mitte einen grossen Esstisch. Sie tranken gemeinsam Kaffee, dazu gab es Gugelhopf, den Vivien gebacken hatte. Die Damen plauderten über Kleidung, Politik und natürlich über Männer. Sara verdrückte das zweite Stück Kuchen. Tom hatte vor einer halben Stunde den «Rosengarten» verlassen. Er traf sich mit einem ehemaligen Drogendealer. Sie fühlte sich unsicher.

Bis auf Vivien verabschiedeten sich die Damen. Es wurde Zeit, sich zurechtzumachen. Um vierzehn Uhr öffnete der «Rosengarten».

Vivien führte Sara herum und zeigte ihr das dreistöckige Gebäude. Es gab acht Zimmer, den SM-Keller, die Love-Lounge und die Bar mit der Tanzfläche. Sie stellte ihr Teddy vor, der für die Sicherheit der Damen sorgte, ein grimmig blickender Hüne, ein Ostfriese mit tätowierten Oberarmen. Vivien kniff ihm in die Wange. «Er ist die gute Seele des Hauses.» Sie führte Sara erneut hinunter in den SM-Keller und setzte sich auf den Sklavenstuhl, als wäre er ein gemütlicher Sessel. «Seit wann arbeitest du in diesem Metier?»

«Ein paar Jahre», log Sara und versuchte vergeblich, die Lederjacke über ihrem freien Bauch zu schliessen. Sie gab auf und verschränkte die Arme.

«Hätte ich dir nicht zugetraut. Du trittst nicht auf wie eine Domina. Aber deinem Zuhälter hast du es echt gezeigt. Hut ab.»

Sara konnte sich ein «Er braucht das» nicht verkneifen. Es wurde Zeit, dass sie das Ruder in die Hand nahm, bevor sie Vivien ein Lügengebilde auftischen musste. «Und du, bist du schon lange im ‹Rosengarten›?»

«Über zwanzig Jahre. Linda Rose hat mich aus der Gosse geholt. Ich war ein Wrack, im Dauerrausch, habe mich für einen Schuss an elende Wichser verkauft.»

Sara nahm allen Mut zusammen und setzte sich rittlings auf die Bondagebank. «Ich habe eine Freundin, der es gleich erging.»

«Wie vielen von uns.»

«Sie hat den Ausstieg geschafft, sich in ihren Märchenprinzen verliebt, einen Sozialarbeiter, wurde clean, und die beiden haben geheiratet.»

Viviens Augen weiteten sich. «Du sprichst von Katja und Hubi?»

«Wow, natürlich», rief Sara und hoffte, dass ihre schauspielerische Leistung überzeugte. «Du kennst die beiden?»

«Hubi sehr gut. Er war immer für uns da. Eine gute Seele. Katja war damals übler dran als ich. Es ging ihr echt mies.»

«Ja, sie war zu sensibel für das Leben auf der Strasse.»

«Nein, das war es nicht.» Vivien geriet in Klatsch- Ekstase. «Katja spritzte sich zu viel und verkaufte ihren Körper an mehr Freier als wir anderen zusammen. Ihr Untergang konnte ihr nicht schnell genug gehen. Ich denke, sie wollte sterben, war aber zu feige für einen Selbstmord.»

«Warum?»

«Ich glaube, sie wollte sich für etwas bestrafen, das in ihrer Vergangenheit lag.»

Genau diese Vergangenheit musste Sara ausgraben. «Was?»

«Keine Ahnung. Aber wenn Katja high war, reagierte sie nicht auf ihren Namen, so, als existiere sie nicht. Sie litt an schlimmen Alpträumen. Wir haben manchmal zusammen unter einer Brücke an der Limmat geschlafen. Sie schrie im Schlaf. Sie sagte … wie war das noch gleich? Genau. Sie sagte: ‹Nicht ins Wasser, geh nicht ins Wasser.› Ich dachte, sie meinte mich damit, aber das Wasser muss etwas mit ihrer Vergangenheit zu tun gehabt haben. Sie litt an Wahnvorstellungen. Ja, das taten wir alle, aber bei ihr war es auch in Momenten, in denen sie auf keinem Trip war. Deshalb hatte sie wohl auch keine Freunde. Ihre Launen änderten sich von traurig und depressiv zu unberechenbar und aggressiv. Zudem fühlte sie sich ständig verfolgt.»

Schizophrenie, dachte Sara. Litt Katja an einer psychischen Erkrankung, und hatte sie deshalb Reynard erstochen?

«Sag mal, wie geht es ihr denn? Sind sie und Hubi noch zusammen?»

«Ja, sind sie. Und glücklich verliebt wie am ersten Tag.»

«Dann gibt es also Märchen. Warum lässt mein Prinz auf sich warten? Und deiner? Was denkst du, Loulou, lässt Tom dich bei uns arbeiten?»

Der hatte nichts zu melden, dachte Sara. «Wir werden sehen. Ihr habt es nett hier. Ich werde oben auf ihn warten.»

Das Warten dauerte länger als geplant. Wo blieb Tom? Sara stand an der Bar und nippte an ihrem Mineralwasser.

Die ersten Freier betraten den «Rosengarten».

«Aber hallo, meine Süsse», sprach sie ein älterer Herr mit Bierbauch an. «Bist du neu hier? Was kostet es denn, wenn du meinem Kumpel da unten einen bläst?» Seine ausgestreckten Finger zielten auf ihren Busen, kamen aber nie dort an.

Saras Knie verpasste dem geilen Sack einen Beruhigungsschlag, der lange nachwirken würde. «Ich bin unbezahlbar», murmelte sie, die Hände zu Fäusten geballt.

Vivien sah die Szene, eilte herbei und kümmerte sich sofort entschuldigend um den Freier. «Berti, du musst vorsichtiger sein. Loulou ist eine Domina, die kannst du nicht so ansprechen, sie wird echt böse.» Sie warf Sara einen vernichtenden Blick zu.

Den Job im «Rosengarten» konnte sie wohl abschreiben. «Ich warte draussen auf Tom.»

Auf der Strasse zog sie das Handy aus der Tasche und wählte seine Nummer. Nur die Combox antwortete. Wo steckte Tom? Sie ging los, um ihn zu suchen. Die Blicke der Männer auf der Langstrasse folgten ihr. Sara sträubten sich die Haare. Verlegen schaute sie sich um. Wurde sie verfolgt? Sie bekam dieses beklemmende Gefühl nicht los, dass jemand sie beobachtete. Sie musste zum Auto. Schnell. Dort war sie sicher. Tom hatte den Wagen im Parkhaus Helvetiaplatz im zweiten Untergeschoss parkiert.

Der Peugeot war da.

Tom nicht.

Natürlich hatte Sara keinen Schlüssel. Sie hörte, wie die Tür der Parkebene zum Treppenhaus ins Schloss fiel, und wirbelte herum, entdeckte aber keine Menschenseele. Sie war allein hier unten. Als Polizistin wäre sie mit der Situation locker umgegangen, als Domina machte sie sich beinahe in den engen Schlüpfer. Sie konnte den Impuls zu flüchten nicht unterdrücken. Er war stärker. Ebenso das Gefühl, dass sie beobachtet wurde. Sie hörte Schritte, sah aber niemanden. Litt sie ebenfalls an Schizophrenie? Sie musste sich zwingen, nicht aus der Tiefgarage zu rennen, betrat das Treppenhaus und hechtete die Stufen hoch, den Blick zurück über die Schulter. Hinter ihr war niemand.

Dafür vor ihr.

Sie prallte mit ihm zusammen.

«Hoppla!» Er fing sie mit einem starken Griff auf.

Sara atmete heftig und blickte hoch in Toms Augen. «Wo warst du, verdammt?» Sie wollte sich nicht eingestehen, dass sie zitterte.

«Sara, alles okay? Was ist passiert?»

«Etwas stimmt hier nicht. Ich habe einen Instinkt, und der trügt nie. Ich werde beobachtet und verfolgt.»

Tom legte den Arm um ihre Schultern. «Los, gehen wir. Nichts wie weg.»

Sie starrte ihn an. «Du auch?»

Er nickte.

SECHS

IST REPORTER

EHMALIGE CHEFIN DER KRIPO ZUG
INHABERIN DEDEKTEI

«Ihr wurdet gestern in Zürich verfolgt?» Natalie war besorgt.

Tom zuckte mit den Schultern und schaute Sara an, die ihm am Besprechungstisch stumm gegenübersass. Sie hatte den Kaffee, der vor ihr stand, nicht angerührt. Diesen Morgen war sie ausnahmsweise pünktlich zur Besprechung erschienen. Sorgen machten ihm die Schatten unter ihren Augen. Hatte er zu viel von ihr gefordert? Die starke, unbeugsame, selbstsichere Sara hatte sich ihm von einer verletzlichen Seite gezeigt. Kaum legte sie die «Uniform» ab, war sie angreifbar, deshalb trug sie wieder eine weisse Bluse und schwarze Hosen. Kein Make-up. Hätte Tom geahnt, welche Überwindung es sie gekostet haben musste, in die Rolle einer Domina zu schlüpfen, hätte er sie nicht darum gebeten. Sein Fehler. Aber ein Fehler, der sie in ihrem Fall entscheidend weiterbrachte. Er schenkte ihr ein versöhnliches Lächeln, was sie bemerkte, worauf sie aber nicht reagierte. Blumen, dachte Tom. Schokolade? Er hatte keine Ahnung, ob Sara Schokolade mochte. Er wusste nichts über sie, ausser dass sie heimlich Katzen liebte und bloss ein Joghurt zum Frühstück ass. Gut, er kannte ihre tragische Vergangenheit, die Tortur, der ihre Eltern sie ausgesetzt hatten, die heimliche Schwangerschaft und der Erstickungstod ihrer neugeborenen Tochter, der keiner war.

Mirjam. Ihr Würmchen.

Ein heikles Thema. Es konnte Wunden heilen oder sie weiter aufreissen.

«Könnte der Grund sein, dass die Zürcher Zuhälter keinen neuen Mann in ihrem Revier dulden?» Natalie blieb hartnäckig. «Er ist dir bis zur Wohnung von diesem Küde gefolgt. Und jemand hat auch Sara aufgelauert und ist ihr nach bis in die Tiefgarage? Aber auf der Heimfahrt ist euch niemand gefolgt?»

«Nein.» Tom atmete tief durch. «Er kennt meine Autonummer. Und wenn der oder die Kerle ein wenig Grips besitzen, bringen sie uns rasch mit der Trust in Verbindung. Vermutlich ist unsere Tarnung aufgeflogen. Fragt sich nur, ob dieses Wissen für die Typen von Interesse ist.»

«Wir sollten Linda Rose warnen», schlug Sara vor.

Tom nickte. «Ich werde sie anrufen.»

Natalie blickte zwischen ihm und Sara hin und her. Ihr entging die Spannung nicht, die herrschte.

Tom wechselte das Thema. «Hubi zählt jetzt also zu den Millionären?»

«Ja. Und glaub mir, er hat keine Ahnung, woher das Geld stammt. Wir gingen gestern gemeinsam zur Bank. Der Betrag wurde von einer Stiftung überwiesen. Die wiederum hat den Auftrag bekommen, im Namen eines anonymen Spenders eine Schenkung weiterzuleiten. Komplizierte Sache. Ich habe Paps' Anwalt angerufen. Offenbar dürfen die sich an ihre Schweigepflicht halten und müssen den Spender nicht nennen, vorausgesetzt, das Geld kommt aus einer sicheren Quelle und die Steuerbehörde ist informiert.»

«Die Sache stinkt zum Himmel», sagte Sara. «Die Rosenstocks leben zwanzig Jahre glücklich und bescheiden, dann ermordet Katja einen Banker, stellt sich der Polizei, und Hubi kassiert. Er bekommt eine Pflegefachkraft und Haushaltshilfe bezahlt und ein schönes Taschengeld obendrauf, und das ein Jahr nach seiner Diagnose ALS?»

«Wir denken das Gleiche», sagte Tom.

«Was denn?», fragte Natalie. «Ihr denkt, Katja wurde angeheuert, ein hohes Tier bei der Tex zu ermorden, und wurde dafür bezahlt? Ihr denkt, sie opferte sich, damit Hubi möglichst lange und gut mit seiner Krankheit leben kann? Wow, das muss Liebe sein.»

«Das ist Blödsinn!» Sara stand wütend auf. «Profis heuern keine unscheinbare Reinigungsfachkraft an, um einen Manager mit über zwanzig Messerstichen abzuschlachten. Nein. Katja kannte den Mann, da bin ich mir sicher.»

«Woher stammt dann die Million?», fragte Natalie und hielt nicht zurück, die Beleidigte zu spielen. «Führt Katja ein Doppelleben? Ist sie heimlich reich? Oder hat sie in der Vergangenheit eine Bank überfallen und das Geld bisher versteckt gehalten?»

«Spekulieren hilft nicht», sagte Tom. «Wir müssen mehr über Katja und Reynard in Erfahrung bringen.»

«Ein Psychiater muss sie begutachten», sagte Sara. «Diese Vivien erzählte mir, Katja sei psychisch angeschlagen gewesen, litt unter Alpträumen und war manisch-depressiv. Die Probleme können auf die Drogen und Prostitution zurückzuführen sein, aber was, wenn nicht? Wenn psychische Probleme sie in die Drogensucht trieben?»

«Und dank Hubi unter Kontrolle gebracht werden konnten», fügte Natalie hinzu. «Du denkst an Dr. Jekyll und Mr. Hyde? Gespaltene Persönlichkeit? Wow, das wäre krass. In dem Fall hätte Mr. Hyde für über zwanzig Jahre geschlummert und wäre beim Schutzengel als blutrünstiges Monster wiederaufgetaucht? Dann wäre Jacques Reynard so eine Art Trigger gewesen. Heisst, sie müsste ihn aus der Vergangenheit kennen.»

«Hey, jetzt übertreibt ihr aber.» Tom musste die phantasievollen Hypothesen zurück auf den Boden der Tatsachen bringen. «Das hier ist kein Psychothriller. Wir haben es mit echten Menschen zu tun. Bleiben wir bei den Fakten. Und die hat mir gestern Küde geliefert. Er hat Katja anhand des Fotos erkannt, das Natalie aus Hubis Fotoalbum besorgt hat. Er kennt sie seit den Anfängen ihrer ‹Drogenkarriere›. Sie hat für einen kleinen Ganoven und Drogenhändler Ware vertickt. Damals war sie noch nicht abhängig. Küde meint, sie brauchte das Geld, deshalb dealte sie. Sie war schräg, erzählte er, kalt und gleichgültig, aber sehr intelligent. Sie konnte mit Zahlen umgehen. Machte Küde Geschäfte mit ihrem Dealer, war sie meist mit dabei. Einen Taschenrechner brauchten sie nie, um die Gewinnanteile auszurechnen.»

«Wo ist dieser Dealer jetzt?», fragte Natalie.

«Er wurde in den Neunzigern erschossen. Katja rutschte danach komplett in die Szene ab, spritzte sich letztlich Heroin und landete auf dem Drogenstrich. Küde behauptet, ihr einen Job als ‹Buchhalterin› angeboten zu haben, aber sie wollte davon nichts wissen, hatte ihn nur wütend angefahren. Er ist überzeugt, dass sie ihren Absturz ins Verderben regelrecht gesucht hat.»

«Genau», sagte Sara. «Eine Art grausamer, langsamer und elender Selbstmord über Jahre hinweg.»

«Und sie tut es wieder», sagte Natalie. «Diesmal sucht sie nicht den Tod, sondern jahrelange Haft. Sie leidet an Selbstzerstörung. Gibt es dafür einen psychologischen Begriff?»

Sara griff nach der Kaffeetasse. «Du denkst, sie ist nicht berechnend, sondern krank?»

«Überlegt mal. Wir können davon ausgehen, dass Katja etwas Traumatisches erlebt hat, um sich auf diese brutale Art aufzugeben. Deshalb müssen wir mehr über ihre Vergangenheit erfahren.»

«Wie weit bist du mit Jacques Reynard?», fragte Sara.

Natalie seufzte. «Jamiro ist dran. Ich habe unterdessen die Mitglieder des Samaritervereins kontaktiert. Alle sagen das Gleiche aus. Katja war nett und engagiert, pflegte aber keinen persönlichen Kontakt und erzählte nie etwas Privates.»

«Ich werde bei meinen ehemaligen Kollegen nachfragen», sagte Sara. «Sonst kommen wir nicht weiter.»

Es klingelte unten an der Eingangstür.

«Nanu, erwarten wir einen Kunden?», fragte Natalie.

«Nein.» Tom stand auf und ging hinunter, um den Besucher in Empfang zu nehmen. Er war unruhig. Dass er und Sara gestern beschattet wurden, gefiel ihm nicht.

Auf dem Weg zur Tür holte er einen Schlagstock aus dem Regal der Trainingsgeräte. Er deponierte ihn griffbereit an der Wand. Vorsichtig öffnete er die schwere Metalltür, die nicht abgeschlossen war, wenn sie in der Detektei waren. Er erwartete, einer Horde grimmiger Schlägertypen gegenüberzustehen. Falsch gedacht.

Ein Engel strahlte ihn an. «Hallo.» Der Engel reichte ihm die zarte Hand und lächelte, als gäbe es nichts Böses auf dieser Welt.

Tom konnte sich nicht rühren, starrte in ein Paar mandelförmige braune Augen.

«Ich biete nicht jedem meine Hand an. Nehmen Sie sie.» Sie strahlte heller als ein Heiligenschein. «Ich bin Ahri.»

Tom musste erst seine angespannten Muskeln lockern, um ihre Hand nehmen zu können. Er griff vorsichtig zu, nicht dass er ihr wehtat.

Ihr Händedruck war kräftig. «Hubi schickt mich. Ich habe ihm versprochen zu helfen.»

Bekam der alte Mann nicht nur eine Pflegefachfrau und Haushaltshilfe, sondern auch einen Schutzengel geschenkt? Was hatte Tom in seinem Leben falsch gemacht?

Er liess ihre Hand nicht los, konnte nicht.

Tom war dabei, sich zu verlieben.

***

Sara hatte Miesepeter-Laune hoch drei und zwängte sich qualvoll ein Lächeln auf, als sie die Polizeizentrale betrat, in der Hand eine Tüte mit frischen Gipfeli. Bestechungsware, die den Zweck erfüllte und ihr den Weg hoch zur Kriminalpolizei erkaufte. Die Wut in ihrem Kopf war nicht allein auf gestern zurückzuführen, ein Tag zum Kotzen, nein, heute Morgen hatte diese Ahri den Bogen überspannt. Sie setzte sich zu ihnen an den Sitzungstisch, als gehöre sie bereits zum Team. Tom war komplett neben der Spur gewesen. Ahri erklärte, sie sei eine gute Bekannte der Rosenstocks. Sie arbeitete auf dem Sozialamt in Zug einige Jahre mit Hubi zusammen, bevor er pensioniert wurde. Auch wenn sie Katja kannte, neue Informationen konnte sie nicht wirklich liefern.

Bolander nahm Sara oben an der Treppe in Empfang. «Extra wegen dir hat mich Lind an meinem freien Wochenende herbeordert.»

«Kaffeeklatsch», sagte Sara und hielt die Tüte hoch.

«Du hast uns als Chefin nie Gipfeli mitgebracht.»

«Die Privatwirtschaft scheint sich positiv auf mein soziales Verhalten auszuwirken.»

Bolander setzte ein erzwungenes Lächeln auf. Er besass nicht den Charme oder die Emotionen von Rizzo, aber er war ein guter Mann. Pflichtbewusst. Ehrlich. Gewöhnlich halt, äusserlich wie innerlich.

«Hör zu, wir haben diesen Fall am Hals, der gelöst scheint, es aber nicht ist. Ich will die Sache abschliessen und wieder Idioten von Ehebrechern hinterherspionieren. Es ist deshalb in unser beider Interesse, wenn wir das Wissen zusammenlegen.»

«Sara, das ist hier kein Fernsehkrimi, in dem wir tun und lassen können, was den Autoren Dummes einfällt. Es gibt Regeln, daran halten mein Team und ich mich.»

«Du warst schon immer langweilig», bemerkte Sara, bereute aber gleich die harten Worte. Sie fiel in alte Verhaltensmuster zurück. Es musste an dem Gebäude liegen. «Wo ist Rizzo? Er mag Gipfeli, denke ich zumindest. Für einen Espresso hat der schöne Italiener bestimmt Zeit.»

Bolander blieb breitbeinig eine Stufe über ihr stehen, versperrte ihr den Weg und verschränkte zu allem Überfluss die Arme vor der Brust.

Eine Frechheit war das. Sara zeigte mit erhobenem Finger auf ihn. «Klau mir nicht meine Körpersprache. Das macht dich nicht zu einem besseren Chef.»

«Raus hier», knurrte Bolander.

Lind steuerte energiegeladen auf sie zu. «Leute, was soll die Szene im Treppenhaus? In mein Büro, alle beide. Rizzo wartet bereits.»

Da sassen sie, das ehemalige eingeschworene Team der Zuger Kripo. Lind servierte den Kaffee höchstpersönlich. Rizzo verdrückte das zweite Gipfeli, und Bolander schmollte.

Sara zückte ihr rotes Notizbuch. «Ich habe Informationen und Fragen, auf die ich Antworten will.»

«Wie läuft es bei der Trust Investigation?», fragte Lind. Die Ruhe in Person. Sara hatte nie herausgefunden, wo in seinem Büro er die Schachtel mit den Joints versteckt hielt. Wie sonst konnte er diese Gelassenheit ausstrahlen? «Natalie hat mich vor drei Tagen besucht, regelrecht aus dem Bett geholt. Mit ihr zu plaudern war nett.»

Sollte das eine Aufforderung sein? Sara hielt nichts von *nett*. Nett brachte einen im Leben nicht weiter.

Die Tür ging auf, und Lüscher trat ein. Ein Grund für Sara, nett zu werden. Sie sprang von ihrem Stuhl auf und begrüsste ihn herzlich. Er hatte es verdient. Konnte es sein, dass sie ihren Mann vom Kriminaltechnischen Dienst vermisste? Sie hatte ihn seit ihrer Kündigung vor über einem halben Jahr nicht mehr gesehen. Lüscher war jung, könnte beinahe ihr Sohn sein. Er hatte blondes Haar, das ihm bis zu den Schultern reichte, und eine markante schwarze Hornbrille, hinter welcher hochintelligente Augen sie anlächelten. Er trug einen kurzen Kinnbart. Karohemd und Jeans waren Standard bei ihm.

«Hey, Sara, ist 'ne Weile her.»

Sie hielt sich zurück. In den Arm nehmen ging gar nicht.

«Na, dann sind wir komplett», sagte Lind, «fangen wir an. Damit keine Missverständnisse aufkommen, dieses Gespräch ist rein freundschaftlicher Natur. Small Talk während einer Kaffeepause, nichts weiter, weil wir Freunde von früher sind. Kein Eintrag in den Akten.» Er schaute auf die Armbanduhr. «Es ist zehn Uhr fünf. Wir haben bis halb elf Pause.»

Bolander wollte intervenieren, aber Linds gnadenloser Blick bremste ihn.

Spiesser, dachte Sara.

Lind setzte sich. «Erzähl, liebe Sara, was treibst du so den ganzen langen Tag bei der Trust?» Er griff nach einem Gipfeli.

Ich soll den Anfang machen? Bitte schön. «Ach, gestern fuhren Tom und ich nach Zürich. Ein netter Ausflug.» Schon wieder nett. «Ich habe in einem edlen Bordell mit den Damen Kaffee getrunken, und Tom hat den ‹Wächter vom Platzspitz›, einen ehemaligen Drogendealer, besucht und mit ihm über Gott und die ungerechte Welt geplaudert.»

«Einfach so?», fragte Rizzo.

«Tja, so schnell und unbürokratisch geht das bei der Trust. Und das Tolle daran ist», sie hob ihr rotes Notizbuch hoch, «ich muss keine ellenlangen Protokolle verfassen, sondern bloss Notizen in mein Büchlein schreiben.» Sie grinste, genoss den Moment und erzählte, was sie und Tom herausgefunden hatten. «Nun seid ihr an der Reihe», beendete sie den Bericht. «Ich will mehr über Reynards Identität erfahren. Er ist wie ein Geist, den ich nicht fassen kann.»

«Ein Geist aus Fleisch und Blut», sagte Lüscher. «Ich kenne den Autopsiebericht vom Institut für Rechtsmedizin in Zürich. Neunundzwanzig Stichverletzungen, drei davon umgehend tödlich: Herz, Lunge, Halsschlagader. Die Klinge war zwanzig Zentimeter lang und messerscharf. Die meisten Stiche wurden von hinten ausgeführt, die letzten dann, als er am Boden lag, von vorne. Das Gesicht blieb unverletzt. Seine Männlichkeit aber nicht.»

«Sie hat in seine ...?» Sara wollte die Frage nicht aussprechen.

«Dreimal.»

«Du hattest recht, Sara», sagte Rizzo. «Deine Vermutung, dass Katja das Opfer kannte, scheint richtig.»

«Ein Mord im Blutrausch», sagte Bolander. «Psychische Probleme der Täterin? Drogen waren keine im Spiel, das ergab das Screening des Blutbildes.»

«Die Antwort liegt in der Vergangenheit», sagte Lind. «Bloss wie graben wir die Ursache aus? Sie muss über zwanzig Jahre zurückliegen.»

Sara war verblüfft, dass die Polizei genauso wenig über Katjas Vergangenheit zu wissen schien wie die Trust. «Ihr müsst doch etwas über Katja im System haben? Sie hat Ausweispapiere.»

«Ja, sie hat Ausweispapiere als Katja Rosenstock, aber wir vermuten, die sind eine Lüge», antwortete Rizzo. «Sie lebte als Junkie auf der Strasse, war obdachlos. Als Hubertus Rosenstock sie überzeugen konnte, auf Entzug zu gehen, hatte sie keine Papiere mehr bei sich. Das ist nicht ungewöhnlich für Obdachlose. Sie gab an, Katja Keller zu heissen, nannte ein Geburtsdatum und einen Geburtsort. Wir haben das mit den Behörden von Zürich abgeklärt. Es gab diese Katja Keller, keine Familienangehörigen. Nachbarn erinnerten sich an die junge Frau, die in die Drogenszene abrutschte. Diese Informationen genügten den Behörden damals, um ihr neue Ausweise auszustellen.»

Lüscher übernahm. «Zu der Zeit gab es keine Gesichtserkennungssoftware, keine biometrischen Daten waren hinterlegt. Die Bilder, die wir von der echten Katja Keller haben, bevor sie in die Drogenszene abrutschte, sind unscharf, und sie ist darauf sehr jung. Menschen verändern sich mit dem Alter und nach schwerem Drogenmissbrauch. Ich habe gestern die Fotos von damals und heute durch unser Programm gejagt. Laut Software stehen die Chancen eins zu drei, dass es sich um die gleiche Person handelt.»

«Ihr denkt, sie hat die Identität einer anderen Frau angenommen?», fragte Sara. «Was ist dann mit der richtigen Katja Keller passiert?»

«Wissen wir nicht. Überdosis, untergetaucht, ausgewandert, Opfer eines Verbrechens … Unsere Katja muss sie gekannt haben, musste wissen, dass die echte Katja Keller nie mehr auftauchen würde, und nutzte so ihre Chance, an Ausweispapiere zu kommen und ihre wahre Vergangenheit geheim zu halten.»

«Identitätswechsel.» Sara pfiff leise und schaute Bolander an. «Kein Fall, den du schnell beiseitelegen kannst, was? Deshalb müssen wir alles über Jacques Reynard in Erfahrung bringen. Kennen wir seine Vergangenheit, finden wir die Wahrheit über Katja heraus. Was wisst ihr über ihn?»

Bolander lehnte sich vor. «Ich dachte, das hier ist ein lockeres Austauschgespräch unter Freunden. Du bist an der Reihe.»

Diese kleine Ratte. Sara zeigte ihre Zähne, doch die Blicke der drei anderen sprachen eine klare Sprache. Sie musste mit

Neuigkeiten herausrücken. Natalie würde das nicht gefallen. «Wir haben es bei diesem Fall nicht nur mit einer Mörderin zu tun, sondern auch mit einem grosszügigen Wohltäter.»

***

Natalie traf sich zum Lunch mit ihrem Vater, Rebecca und der kleinen Imani im Restaurant Rössli in Cham. Sie bestellte ein Rindstatar mit weichem Zopf statt Toast. Der Hunger war gross, und ihre Speiseröhre war für einmal schmerzfrei.

«Du siehst gut aus», bemerkte Rebecca.

«Nein, tut sie nicht», kritisierte Harri, der Imani auf dem Schoss schaukelte. «Du überarbeitest dich. Deine Augen sind entzündet.»

«Sind sie nicht», protestierte Natalie und suchte Unterstützung bei ihrer Stiefmutter und Ärztin, die ihr wissend zuzwinkerte.

Rebecca griff nach der Hand von Harri. «Du überfürsorglicher Vater, deine Tochter ist erwachsen. Lass sie Erfahrungen sammeln. Sie weiss, dass wir für sie da sind, wenn sie uns braucht.»

«Sie hätte auch bei uns in unserem Labor arbeiten können», schmollte Harri. Er hatte Mühe, loszulassen. Verständlich. Natalies Mutter war vor Jahren ins Ausland geflohen, weil sie mit der Krankheit ihrer Tochter nicht klarkam. Statt Haarschleifen in hübsche blonde Locken zu binden und Ballettschuhe überzuziehen, musste sie mehrmals täglich Natalies Verbände wechseln und ihr Weinen wegen der Schmerzen ertragen. Sie entschied sich für Flucht. Nicht so Harri. Er zog sie allein auf, mit Hilfe von Pflegefachpersonen, Haushälterinnen, Kindermädchen und Privatlehrern. Er arbeitete hart und versuchte, eine Heilung für EB zu finden. Er suchte noch immer, nach all den Jahren, aber es war jetzt einfacher. Seit einigen Monaten führten Rebecca und er ihr eigenes Forschungslabor.

Natalie kam eine Idee. «Du bist Ärztin. Kennst du dich mit psychischen Erkrankungen aus?»

«Ich bin keine Psychiaterin, meine Fachrichtung war Gynäkologie, das weisst du. Aber ja, ein wenig kenne ich mich aus. Ich besuchte während meiner Studienzeit einige Kurse und Vorlesungen auf diesem Gebiet. Wo drückt der Schuh?»

«Kind, du sagst uns, wenn du Probleme hast.»

«Paps, krieg dich ein. Es geht nicht um mich, sondern um eine Klientin. Wir suchen nach ihrer Identität. Sie ist heute siebenundfünfzig. Wir können ihren Lebenslauf nur rund fünfundzwanzig Jahre zurückverfolgen. Wir wissen nicht, wer sie war oder was sie vor ihrem dreissigsten Geburtstag tat. Sie rutschte damals in die Drogenszene und Prostitution ab. Wir wissen von Menschen, die sie während dieser Zeit kannten, dass sie an Alpträumen litt, vermutlich Angst vor Wasser hatte, manisch-depressiv und schizophren war und gut mit Zahlen umgehen konnte. Später kämpfte sie sich ins Leben zurück, wurde clean, heiratete und fand eine Anstellung als Reinigungskraft. Wie kann ich mit diesen Informationen etwas anfangen?»

«Aus psychologischer Sicht?», fragte Rebecca.

«Ja.»

«Du sagst, sie begann mit dem Drogenkonsum nach ihrem dreissigsten Geburtstag?»

«Vermutlich.»

«Dann denke ich nicht, dass es an den Familienverhältnissen in der Kindheit lag. Meistens rutschen solche Opfer schon vor dem Erreichen der Volljährigkeit in die Szene ab. Gut möglich, dass ein späteres Trauma für ihren Absturz verantwortlich ist. Ebenso muss etwas vorgefallen sein, das sie aus der Depression zurückholte.»

Hubi, dachte Natalie. Die Liebe.

«Ich würde darauf tippen, dass sie an einer posttraumatischen Belastungsstörung litt. Angstträume sind ein typisches Symptom. Vielleicht wäre sie fast ertrunken oder hatte sonst ein schlimmes Erlebnis im Zusammenhang mit Wasser. Eine PTBS zeigt sich sehr unterschiedlich.»

«Kann die Krankheit geheilt werden?»

«Ja. Bei einer raschen und richtigen Therapie bestehen gute Heilungschancen. Allerdings war die Forschung auf diesem Gebiet vor fünfundzwanzig Jahren nicht so weit wie heute. Es gibt auch Fälle, bei denen eine PTBS einen chronischen Verlauf nimmt.»

Das Mittagessen wurde serviert. Natalie strich sich gedankenversunken das Tatar auf eine Scheibe Zopf, von der sie zuvor die Kruste abgeschnitten hatte.

Das Restaurant war zum Bersten voll, die Tische eng gestellt. Sie hörte einem gut genährten Mittvierziger zu ihrer Rechten zu, wie er mit offenem Mund auf seinem Stück Fleisch herumkaute und seinen Arbeitskollegen dabei vom Wochenendausflug an den Comersee erzählte. Das Ehepaar hinter ihr stritt sich über das Modell eines neuen Kinderwagens. An dem Vierertisch ihr gegenüber sassen Studenten und erklärten einander den Sinn einer neuen App. Einzig die Frau zu ihrer Linken war ruhig und schrieb konzentriert etwas in ihr Notizbuch, ohne aufzublicken, schaffte es aber, sich gleichzeitig mit der Gabel in der linken Hand Salat in den Mund zu schaufeln. All die Menschen, dachte Natalie, mit ihren eigenen persönlichen Freuden, Sorgen und Taten, mit ihren Geheimnissen und Bürden, die sie mit sich schleppen.

Sie schaute Rebecca an. «Ist es möglich, die Symptome einer PTBS jahrelang vor den Mitmenschen geheim zu halten und zu unterdrücken? Können sie plötzlich erneut ausbrechen?»

«Du sprichst von einem Trigger, einem Auslöser, der die unterdrückte Angst wieder hervorruft?»

«Ja. Kann so ein Mensch dann gefährlich werden?»

Harri blickte Natalie besorgt an. «Du machst mir Angst mit deinen Fragen.»

«Mensch, Paps, es geht nicht um mich, sondern um eine Klientin der Trust.»

Rebecca fuhr sich durch ihr kurzes Haar. «Da bin ich überfragt. Du solltest mit einem Psychiater sprechen. Versuche es in einer psychiatrischen Klinik. Weisst du, in welcher Stadt sie wohnte?»

Als Obdachlose hatte Katja in Zürich gehaust. Aber wo hatte sie vorher gelebt? Zürich war Natalies bester Anhaltspunkt. «Was ist mit der ärztlichen Schweigepflicht? Wie komme ich an Patienteninformationen von einer psychiatrischen Klinik?» Das war nur das eine Problem. Schwieriger war es, die richtige Klinik ausfindig zu machen. Hinzu kam, dass Wochenende war.

«Benutze deine Phantasie», schlug Harri vor. «Du willst ja vorerst keine Einsicht in die Krankenakte, sondern nur wissen, ob jemand diese Frau kannte.»

«Oder sei ehrlich», meinte Rebecca. «Sag, dass du von der Trust kommst und im Auftrag eines Klienten nach ihr suchst.»

Harri schürzte die Lippen. «Oh, ehrlich zu sein ist für meine Tochter aber ganz schön schwierig.»

«Paps!»

Rebecca schnappte sich Imani von seinem Schoss und legte ihr das Lätzchen an. «Du findest deine Antworten», sagte sie augenzwinkernd, «auf jede Frage. Ich vertraue auf dein Talent, die richtigen Entscheidungen zu fällen.»

***

Tom wusste, dass er diese Frau zum Lunch einladen musste, bevor sie aus seinem Leben entschwebte. Klar hatte er sich dafür ungläubige Blicke von Sara und Natalie eingefangen. Egal. Sie sassen im Chinarestaurant «Bambus». Ahri hatte dieses Restaurant vorgeschlagen. Sie pickte mit den Stäbchen ein gedämpftes Dim Sum vom Teller und tunkte die Teigtasche in Sojasauce.

«Tut mir leid, dass ich heute Morgen keine brauchbareren Informationen liefern konnte. Aber die Rosenstocks liegen mir am Herzen, also will ich helfen, wo ich kann.»

«Wie kommt eine … eine Frau wie Sie zum Zuger Sozialamt?» Konnte Tom einem Engel so eine blöde Frage stellen?

«Wo gehöre ich Ihrer Meinung nach denn hin?», fragte Ahri.

«Sehe ich nicht qualifiziert genug aus? Jaaa, ich weiss schon, mein koreanischer Genpool lässt mich jung aussehen, aber glauben Sie mir, die dreissig habe ich hinter mir und die Qualifikationen hart erarbeitet. Ich bin gut in meinem Job.» Mit einer lässigen Bewegung strich sie sich die langen braunen Haare, die gefärbt wirkten, hinters Ohr. Sie sprach perfektes Schweizerdeutsch, auch wenn ein Rhythmus in ihren Worten mitklang, der seinen Ursprung in Korea haben musste. Sie neigte dazu, einzelne Vokale und die Satzenden zu dehnen, was süss klang.

«Ist die Arbeit auf dem Sozialamt nicht sehr –»

«Erschütternd, deprimierend, hart. Jaaa. Ist sie. Aber wenn ich meinen Job gut mache, dann sehe ich die strahlenden Augen von Menschen, die wieder eine Perspektive in ihrem Leben haben. Ein grosser Lohn.»

Wow. Sie war perfekt.

«Ich bin in Zug Fachverantwortliche für Kind, Jugend und Familie. Ein Rund-um-die-Uhr-Job. Ich sehe viel Trauriges, deshalb lache ich gerne, wenn ich mal ein paar Stunden freihabe.»

Sie lachte.

Ahri war die Natürlichkeit in Person. Sie trug kein Make-up, oder wenn, dann so, dass Tom es nicht bemerkte. Vielleicht Lipgloss und Wimperntusche? Ahri war höchstens eins sechzig gross, was ihre Gelassenheit und Selbstsicherheit nicht beeinträchtigte. Sie trug ein lockeres weisses Strickshirt und eine Jeans-Latzhose, dazu rosafarbene Ballerinas.

«Hubi hat recht, Sie sind nett, alle drei. Er hat Glück, Sie an seiner Seite zu haben. Ein guter Tipp.»

«Tipp?»

«Ihre Detektei.»

«Wir wurden empfohlen?»

Sie strahlte, sagte aber nichts, sondern kaute genüsslich auf dem nächsten Dim Sum herum.

«Sie kennen Hubi von der Arbeit?»

«Er war mein Mentor. Ich habe viel von ihm gelernt in den

drei Jahren, in denen wir auf dem Sozialamt in Zug vor seiner Pensionierung zusammengearbeitet haben.»

«Und er hat Sie zu uns geschickt?»

«Ich habe gehört, was passiert ist, und ihn besucht. Dass er Ihre Detektei aufsucht, war meine Idee.»

«Wie gut kennen Sie seine Frau?»

«Ich war ein paarmal bei den Rosenstocks zum Essen eingeladen.»

«Was für ein Mensch ist Katja?»

Ahri steckte sich ein Stück Poulet süsssauer in den Mund, kaute und überlegte. «Wir wissen beide, dass sie eine dunkle Vergangenheit hat. Ich dachte, sie sei darüber hinweg, habe ihr Leben im Griff. Sie war nie eine fröhliche Person, aber ich war mir sicher, sie habe bei Hubi ihren Frieden gefunden. Sie liebt ihn, davon bin ich überzeugt. Die beiden sind Seelenverwandte, jaaa, das gibt es.» Sie strahlte Tom an und blinzelte zweimal. «Wollen wir nicht auf das Du wechseln?»

Auf keinen Fall wollte er ihr widersprechen.

SIEBEN

Es war niederschmetternd. Gestern Nachmittag hatte Natalie umgehend eine Suchaktion gestartet und an alle psychiatrischen Kliniken in der Deutschschweiz Anfragen verschickt. Einige wenige hatten mit einer nahezu identischen Formulierung geantwortet: «Tut uns leid, aber über Patienten dürfen wir keine Auskunft weitergeben.» Da gestern Samstag war, standen die Antworten der meisten Kliniken noch aus, aber Natalie vermutete, dass ihre Anfragen zu keinem positiven Resultat führen würden.

Sie hockte am Pool in einem weichen Sessel, den Laptop auf den Knien. Es war Sonntagmorgen, und Paps und Rebecca waren mit Imani auf einem Spaziergang. Das Wetter war angenehm, leicht bewölkt, nicht zu heiss, so wie es Anfang Juni sein sollte.

«Du starrst auf den Laptop, als wäre er eine Kristallkugel», sagte Alexandra und brachte ihr einen Eistee. «Erwartest du eine Nachricht?»

«Die Hoffnung stirbt zuletzt, was?»

«Hat sich Rico gemeldet?»

«Ihn habe ich nicht auf dem Radar. Auf den Zigeuner ist eh kein Verlass. Ist Musa im Haus?»

«Nein. Es ist sein freier Tag, und er ist mit Kollegen an den See gefahren.»

Natalie seufzte. «Hast du Lust auf einen Ausflug? Wir können meinen Wagen nehmen. Eine Spritztour, eine Rundfahrt und zurück zur Villa.»

Alexandra lächelte traurig und tätschelte vorsichtig Natalies Oberarm. «Ein andermal, ja? Ich wollte heute Morgen einen Kuchen backen. Ruf mich, wenn du etwas brauchst.»

Natalie schaute ihr hinterher. Es war Ewigkeiten her, seit Alexandra die Villa verlassen hatte. Sie litt an einer PTBS. Ihr

Ex-Mann hatte sie windelweich geprügelt. Mehrfach. Natalie hatte durch Kipekapeka davon erfahren und Alexandra überzeugt, sich von dem brutalen Kerl zu trennen. Eine Trennung, die für Alexandra im Spital endete. Natalie überredete Paps, sie bei sich als Haushälterin aufzunehmen. In der eingezäunten und überwachten Villa war Alexandra sicher vor ihrem stalkenden Ex, der keine Ruhe gab, auch nicht, nachdem er seine lächerliche Strafe von einem Jahr Knast, davon sieben Monate auf Bewährung, abgesessen hatte. Alexandra lebte seit bald vier Jahren bei ihnen und hatte in der Zeit das Anwesen keine fünfmal verlassen. Sie bekam Panik, kaum setzte sie einen Fuss nach draussen. Nach wie vor kam zweimal im Monat ein Psychologe zu ihr in die Villa. Sie machte Fortschritte, langsam.

Natalie kam eine Idee.

Sie folgte Alexandra in die Küche. «Ich brauche deine Hilfe.»

Mit einer halbierten Eierschale in der Hand drehte sich Alexandra zu ihr um. «Hast du Schmerzen?»

«Nein, vergiss meinen Schrottkörper. Es geht um den Fall, an dem wir arbeiten. Ich habe den Namen einer Frau und bin fast sicher, dass sie Anfang der neunziger Jahre wegen einer posttraumatischen Belastungsstörung in Behandlung war. Wie finde ich heraus, wo und wann das gewesen sein könnte? Wen frage ich? Ich habe Dutzende Kliniken angefragt, aber die wollen mir nicht weiterhelfen.»

Alexandra griff nach dem Zucker. «Hm, das liegt rund dreissig Jahre zurück? Patientenakten dürfen die Kliniken nicht weitergeben.»

«Ich will ja keine Einsicht in die Akte, ich will wissen, wo und wann sie in Behandlung war.»

«Namen vergisst man rasch. Hast du ein Foto? Mit einem Bild erinnert sich jemand vielleicht leichter an die Frau.»

«Klar habe ich eines.»

«Okay, schick es mir auf mein Handy. Ich werde es Dr. Ahrend weiterleiten. Ich kenne ihn seit Langem, er ist ein Vollblutarzt und sieben Tage die Woche für seine Patienten da. Er kennt viele Psychiater und Psychologen, die auf PTBS spezialisiert sind. Wenn er eine Anfrage startet, ist die Chance grösser, dass du an Informationen kommst.»

Die Idee war genial.

Gesagt, getan.

Danach hiess es abwarten und Eistee am Pool trinken. Sobald der Kuchen im Ofen war, leistete Alexandra ihr Gesellschaft. «Was läuft da zwischen dir und Rico?»

Das leidige Thema. Natalie liess den Kopf zurück in den Sessel fallen und seufzte. «Ich weiss nicht, ob das Schmetterlinge oder Spinnen sind, die in meinem Bauch herumkrabbeln, wenn ich ihn sehe.»

Das herzhafte Lachen von Alexandra wurde durch ein Klingeln am Eingangstor unterbrochen. «Nanu? Erwartest du Besuch?»

«Nein.» Natalie zog die Augenbrauen tief. Rico? Nein. Er wusste, dass Paps ihn nicht hierhaben wollte. Paps traute ihm nicht über den Weg. Paps irrte sich selten.

Alexandra ging in die Küche. Dort hingen die Monitore, welche die Aufzeichnungen der Überwachungskameras auf dem Grundstück zeigten. «Es ist eine Frau», rief sie Natalie aus der Küche zu. «Ich kenne sie nicht. Eine Asiatin.»

Asiatin? Da kannte Natalie nur Frau Won vom Zentrum für traditionelle chinesische Medizin – und die mysteriöse Ahri, die gestern bei der Trust aufgetaucht war und Toms Verstand und seine Seele aufgesaugt hatte wie in ein schwarzes Loch. «Wie sieht sie denn aus?»

«Jung und attraktiv.»

Ahri. Was wollte sie hier?

Alexandra stand fragend unter der Terrassentür.

«Ich kenne die Frau», sagte Natalie. «Bring sie zu mir an den Pool.»

Zwei Minuten später sass Ahri strahlend im Sessel neben Natalie. «*Omo, omo!* Was für eine Aussicht auf den Zugersee.»

«Hubi hat Sie hergeschickt?», fragte Natalie. Sie wollte sich nicht festlegen, ob sie die quirlige Koreanerin mochte. «Weshalb?»

«Heute ist Sonntag, ich vermutete, dass ich bei der Trust niemanden antreffen würde. Und ich war neugierig auf Sie und wollte Sie persönlich besser kennenlernen. Zudem ist mir etwas eingefallen, das wichtig sein könnte. Es geht um Zahlen.»

«Zahlen?»

«Jaaa. Wussten Sie, dass Hubi neu eine Haushaltshilfe und Pflegefachkraft hat? Verrückt, nicht? Wer ist sein Wohltäter? Aber ich gönne ihm die Unterstützung. Er hat so hart gearbeitet all die Jahre, hat seine Energie den Menschen gegeben, die Hilfe brauchten. Ich habe viel von ihm gelernt.» Sie schaute Natalie an, einen Tick zu intensiv.

«Ähm, dann haben Sie seinen Platz bei den Behörden eingenommen?»

«Ich bin seine Nachfolgerin.» Sie neigte den Kopf nach vorne wie zu einer kurzen, demütigen Verbeugung, legte die Hand aufs Herz und lächelte stolz.

Ahri hatte darauf bestanden, die Schuhe vor der Tür zu lassen. Sie sass in Socken im Schneidersitz auf dem Sessel, lustige Socken mit Schriftzeichen versehen, in Pink.

Natalie musste ihrem Wesen auf den Grund gehen. «Leben Sie schon lange in der Schweiz?»

«Ich kam mit meinen Eltern her, als ich zehn war. Umma und Appa sind zurück in Seoul, schon seit ein paar Jahren. Ich besuche sie oft.» Sie wackelte mit den Zehen. «Keine Schuhe im Haus und kitschige Socken gehören zu ‹unserer› Kultur. Und die Musik. Ich ziehe den Gangnam Style dem ‹Buurebüebli› vor.» Sie strahlte Natalie an. Wäre Ahri ein Mann, hätte sie den Blick eindeutig deuten können. Flirtete sie mit ihr? Natalie konnte Tom verstehen. Wer einem so in die Augen schaute, übernahm die Kontrolle. Besass Ahri hypnotische Eigenschaften oder eine Extraportion Charme? Rico hatte keine Chance gegen diese Frau. Oh Mann!

«In meiner Heimat ist es nicht üblich, aber hier in der Schweiz mag ich es unkompliziert. Darf ich dir mein respektvolles Du anbieten?»

Ein respektvolles Du war Natalie noch nie angeboten worden. Welchen Preis musste sie dafür bezahlen? Sie zwang sich ein Lächeln auf, was Ahri mit einem Klatschen in die Hände quittierte. Da war Natalie billig davongekommen. Gutes Geschäft? Das würde sich zeigen.

Es zeigte sich. Ahri legte los, plauderte übermütig und herzlich in einem Tempo, sodass Natalie kaum mit dem Zuhören hinterherkam. Ahri erzählte von ihrer Arbeit, danach von Hubi. Es wurde klar, dass sie ihn vergötterte wie einen K-Pop-Star. «Du hast schöne Augen», wechselte sie abrupt das Thema.

«Ähm …» Natalie war in Gedanken bei Ahris vorletztem Satz und brauchte einen Augenblick, um diese Aussage zu verarbeiten. «Augen?» Die Augen, die jeden zweiten Morgen verklebt waren, wenig Wimpern besassen und bei denen das Blau ausgewaschen war wie bei einer alten Jeans?

«Ich bewundere dich. Ich bewundere starke Frauen.»

Natalie war durch den Wind. Das gewohnte Szenario war, dass Frauen sie bemitleideten und so etwas sagten wie: «Oh du armes Ding, hast du Schmerzen? Wie kannst du mit diesen Händen Gegenstände halten? Sicher kannst du auf deine Haut kein Make-up auftragen. Und eine Magensonde? Was ist mit Sex? Kannst du Kinder kriegen? Oh, wie schrecklich!»

Natalie atmete tief durch. «Tja, wir sind nicht das schwache Geschlecht, was?»

«Du erinnerst mich an Katja. Sie ist auch stark.»

Mit einer blutrünstigen Mörderin wollte Natalie keinesfalls verglichen werden. Sie beschloss, die Bemerkung zu ignorieren. «Was denkst du über ihre Tat?»

Ahri wurde für den Bruchteil einer Sekunde still. «Der Mann muss sie bedroht haben, irgendwie. Bestimmt war er gefährlich. Sie hat sich gewehrt.»

Nahm Ahri Katja in Schutz? «Sie war eine Reinigungskraft, er ein hohes Tier bei der Bank. Woher kannten sich die beiden überhaupt?»

«Das weiss ich nicht. Aber beurteile einen Menschen niemals anhand von dem, was er tut, sondern anhand von dem, wer er ist.»

War das eine koreanische Lebensweisheit?

«Katja ist sehr intelligent», fuhr Ahri fort. «Sie kann mit Zahlen umgehen. Mehr noch, sie ist ein Rechentalent. Ich war einmal bei den Rosenstocks zum Abendessen eingeladen. Wir haben geplaudert und kamen auf das Thema Mathematik. Katja behauptete, mich im Kopfrechnen zu schlagen.» Ahri strahlte. «Ich bin sehr gut im Kopfrechnen, aber gegen Katja war ich chancenlos.»

Wow, dachte Natalie, Katja war ein Mathegenie. Dieser Fakt half wenig beim Entwirren des Falles.

«Und sie ist gut mit dem Computer. Sie besuchte Kurse, keine Ahnung, was für Kurse, aber viele. Was seltsam ist. Eigentlich haben die Rosenstocks kaum etwas am PC erledigt. Hubi rief mich an, wenn er mir etwas mitzuteilen hatte. Mails schreiben lag ihm nicht. Und Katja, sie hat sich zu Hause um den Haushalt gekümmert und ging abends zur Arbeit.»

«Wozu dann die Computerkurse?»

Ahri zuckte mit den Schultern. «Vielleicht aus Spass. Sie hatte bis auf den Samariterverein keine Hobbys, soviel ich weiss.»

Alexandra kam herbeigeeilt. «Natalie, wir haben sie gefunden. Dr. Ahrend kennt einen Professor Schönbächler, der kennt die Frau von früher. Er hat sie damals in der Klinik Schlosstal in Winterthur behandelt. Heute arbeitet er in der Klinik Hard in Embrach. Hier ist seine Telefonnummer. Er hat dieses Wochenende Dienst und erwartet deinen Anruf.»

«Klinik?», fragte Ahri. «Ihr sprecht von Katja?»

«Sorry. Auch wir von der Trust Investigation unterliegen der Schweigepflicht.»

Ahri strahlte. «Ich soll gehen? Sicher.»

Natalie hatte nie erlebt, dass ein Mensch einen Rauswurf mit einem bezaubernden Lächeln quittierte.

Was stimmte nicht mit Ahri?

***

«Wer sind Sie? Gehen Sie aus meiner Wohnung. Rösli! Rösli, wo bist du?»

Tom trat traurig einen Schritt zurück, um seinen alten Herrn nicht weiter zu ängstigen. «Paps, ich bin's.» Er wusste, er sprach die Worte zu leise, als dass sein Vater ihn hören konnte.

Dieser blickte hektisch um sich, suchte nach seiner Frau, die vor Jahren verstorben war – nicht so in seiner Erinnerung.

Die Frau der Spitex nahm Tom zur Seite. «Er gehört in ein Pflegeheim. Es wird zu gefährlich. Seine Pflegerin kann nur auf die Toilette, wenn er schläft. Er ist letzten Monat zweimal heimlich aus der Wohnung ausgebüxt. Patienten wie er sind –»

«Ich weiss», sagte Tom. Aber er brachte es nicht übers Herz, seinen Vater in ein Pflegeheim zu verbannen, das ihm fremd war und welches er nie mehr verlassen würde.

«Es muss nicht gleich morgen sein, aber gewöhnen Sie sich an den Gedanken.»

Tom verliess die Wohnung und ging einen Stock höher, wo seine bescheidene Zwei-Zimmer-Wohnung lag. An diesem Sonntag war er allein, seine Töchter waren bei der Mutter. Tom hasste diese einsamen Sonntage. Er überlegte, in die Detektei zu fahren, als er Stimmen im Treppenhaus hörte. Zwei Männer kamen die Stufen hoch. Schwergewichte. Bevor er die Wohnungstür öffnen konnte, hörte er, wie eine vertraute Stimme seinen Namen rief.

Mitch.

Tom drehte sich um. Neben Mitch stand Küde.

«Tommy Boy, hast du für zwei alte Kumpel ein Bierchen im Kühlschrank?»

Hastig blickte Tom sich um, bevor er die beiden in seine

Wohnung liess. Dies war nicht die Art von Besuch, die gerne gesehen wurde. Mit Drogendealern am Sonntagmorgen Bier zu trinken war ein heisses Eisen.

Tom liess sie in sein Wohnzimmer, während er Bier aus dem Kühlschrank holte.

Er hörte, wie Mitch durch die Lippen pfiff. «Tommy Boy, in so einer schäbigen Bude musst du hausen? Warum bist du nicht zu mir gekommen? Für dich gäbe es immer einen Job, gute Bezahlung inklusive.»

«Ich bin zufrieden, danke.»

Mitch rammte Küde, der um einige Jahre älter, aber nicht minder muskulös war, seinen Ellbogen in die Rippen. «Sag ich doch. Er ist bescheiden. Und eine ehrliche Haut.»

Küde blickte misstrauisch, griff in seine Lederjacke und legte ein Klappmesser neben die Bierdose, die Tom ihm servierte.

Mitch protestierte. «Fuck, Küde, das muss nicht sein.»

Küde strich sich mit einer selbstbewussten Geste seine Haare über dem Kopf glatt. «Was denkt ihr, weshalb ich überlebt habe? Vorsicht ist mein zweiter Vorname. Dein Box-Kumpel arbeitet mit der Ex-Chefin der Zuger Kripo zusammen. Nimmst du es mir übel, dass ich misstrauisch bin?»

Tom setzte sich lässig auf den Wohnzimmertisch. In dieser Position konnte er schneller reagieren, als wenn er vom tiefen Sofasessel aufspringen musste. «Ihr kennt euch?»

«Von früher», sagte Mitch grinsend.

«Linda Rose hat dich zu mir geschickt», sagte Küde. «Sie sagte, dass du von Mitch ihre Adresse hast. Da dachte ich mir, ich rufe meinen alten Kumpel mal wieder an. Ist 'ne Weile her, seit wir Geschäfte gemacht haben.» Küde öffnete die Bierdose. «Sagen wir, wir haben uns seit Jahren aus den Augen verloren. Ich bin jetzt ein anständiger Bürger, und nur wenige kennen meine wahre Identität. Aber als der Name von Mitch fiel, ging mir gleich ein Licht auf. Weshalb sollte ich dir nicht helfen? Also habe ich ihn im Boxclub besucht, und er meinte, wir sollten doch gleich zu dritt auf alte Zeiten anstossen. Hier sind wir, um zu helfen. Hast du das Foto von dieser Frau, über die wir in meiner Wohnung gesprochen haben, Mitch gezeigt?»

Nein, hatte Tom nicht. Weshalb sollte er?

«Sag ich doch, ein Fehler.» Küde rempelte Mitch mit dem Ellbogen an. «Ihr Drogendealer lebt zwar nicht mehr, aber Mitch kannte ihn gut. Also rück mal das Bild raus.»

Tom nahm sein Mobiltelefon hervor und suchte in der Galerie nach Katjas Foto. Er zeigte es Mitch.

«Du suchst nach ihr?» Mitch starrte Tom entsetzt an. «Das ist eine total verrückte und durchgeknallte Person. Ihr Knie werde ich nie vergessen. Es landete zwischen meinen Beinen wie ein Torpedo.»

Tom war baff. «Du kennst sie?»

«Ihr Dealer hiess Marco, eben der, der nicht mehr lebt. Marco kaufte monatlich bei mir ein. Einmal, da kam er mit ihr angetanzt. Während er den Stoff prüfte, flirtete ich mit ihr. Hey, Tommy Boy, du kennst meinen Charme. Es war harmlos. Aber die Frau hat mich ohne Vorwarnung wie ein Psycho angegriffen.»

«Wann war das? Und wo?»

«Zürich natürlich. Ich liess mich damals nach meiner Verletzung in der Schweiz nieder. Es war ein gutes Jahr nach meiner Niederlage, deshalb weiss ich das noch. Also vor siebenundzwanzig Jahren.»

«Was weisst du über Katja Keller? So hiess sie damals vor ihrer Heirat.» Sara hatte den Namen gestern beim Treffen mit ihren ehemaligen Berufskollegen in Erfahrung gebracht und Natalie und Tom am Abend davon erzählt.

«Katja Keller? Nein, Tommy Boy, so hiess die Lady nicht.»

«Daran erinnerst du dich?»

«Klar. Sie musste mir ihren Ausweis zeigen. Ich traue niemandem bei einem Drogendeal. Ihren Namen vergass ich nie. Meine Eier schmerzen noch heute, wenn ich an sie denke.»

Es wurde spannend. Endlich eine neue Spur. «Wie hiess sie?»

Mitch lehnte sich entspannt auf dem Sofa zurück und trank

in langen Zügen sein Bier leer. Er rülpste, strich sich mit dem Unterarm über den Mund und grinste. «Petra hiess sie. Petra Hess.»

***

Sara war bereit für die Klapsmühle, so tief war sie gesunken. Ihr brummte der Schädel, als sie an diesem Sonntagmittag erneut nach Zürich fuhr. Gänsehaut kroch ihr über die Arme, als sie an den Besuch im Bordell zurückdachte. Das ungute Gefühl, beobachtet zu werden, wurde sie nicht los, und es hatte sie bis in den Schlaf verfolgt. Mit einem Schaudern erinnerte sie sich an den Traum zurück. Sie lief barfuss auf einer asphaltierten, nassen Strasse. Nachts. Aber sie kam nicht vom Fleck. Die Schritte hinter ihr wurden lauter, schneller. Sie keuchte, schnappte nach Luft, nahe dem Kollaps. Sie schrie um Hilfe, die nicht kam.

Wenn sie sich in ihren Alpträumen nicht auf Natalie und Tom verlassen konnte, konnte sie es im wachen Zustand? Tom war heute nicht aufzutreiben. Anders Natalie, die Sara vor einer Stunde angerufen hatte. Sie hatte eine Spur gefunden, die ihnen weiterhalf. Die Spur hiess Professor Schönbächler. Und der hatte Zeit. Laut Natalie plauderte er gerne und ausschweifend. Und er liebte es, am Sonntagnachmittag Kaffee zu trinken und Kuchen zu essen. Na dann, nach der Flasche Wein, die sich Sara gestern Abend mit ihrer Katze geteilt hatte, waren Kaffee und Kuchen das, was sie brauchte. Sie hasste Sonntage. Spaziergänge waren nicht ihr Ding. Und Freunde oder Familie, die hatte sie nicht. Arbeit war gut.

Sara fasste sich mit der rechten Hand an den Bauch, während sie mit der anderen das Steuerrad festhielt. Vor dem Gubristtunnel war für einmal die Fahrbahn frei. Ihr schwarzer Audi A3, den sie vor drei Monaten von einem Autohändler gekauft hatte, hatte einige Kilometer auf dem Zähler, war aber spritzig genug, um die Fahrt nach Zürich zu geniessen. Ein Upgrade im Vergleich zu Toms alter Klapperkiste.

Sara nahm die Ausfahrt Kloten und fuhr über Lufingen nach Embrach. Die Klinik Hard befand sich am Dorfende, umgeben von Feldern und Wald.

Am Empfang fragte Sara nach Professor Schönbächler. Er erwarte sie in der Cafeteria, hiess es. Na, das war ein Informant, wie man ihn sich wünschte.

Ein Erdbeertörtchen stand für Sara auf dem Tisch, dazu eine Flasche Mineralwasser. Der Professor stand auf, um sie herzlich zu begrüssen. Er war ein Riese von einem Mannsbild, in jeder Dimension. Er griff Saras Hand mit seinen Pranken und ruckelte sie heftig auf und ab. Haare hatte der Professor spärlich auf dem Kopf, trug aber einen ordentlich gestutzten blonden Vollbart.

«Frau Jung, wie schön, dass Sie es einrichten konnten. Darf ich Ihnen einen Kaffee holen? Cappuccino? Espresso? Ich lade Sie ein.»

«Schwarzer Kaffee ist gut», sagte Sara und versuchte, ihre Hand freizubekommen, ohne Gewalt anzuwenden.

Sie setzte sich, während der Professor im Selbstbedienungsrestaurant ihr Getränk holte. Eine seltsame Atmosphäre herrschte. Oberflächlich betrachtet war alles normal, Menschen trafen sich, unterhielten sich, lachten, plauderten. Das Café war zu einem Drittel voll. Aber unter der Oberfläche stimmte wenig. Da war der Mann in der Ecke, der sich die Hand blutig kratzte. Die junge Frau am Fenster, deren Kopf hektisch und unnatürlich wackelte, der alte Herr, dessen Hände wie in einem Krampf gekrümmt waren und der unablässig das Besteck vor sich ausrichtete, dann das Ehepaar, das verlegen mit einer älteren Dame am Tisch sass und nicht wusste, worüber sprechen. Sara zuckte zusammen, als eine Frau hinter ihr schrie, als wäre sie vom Teufel besessen.

Um sich abzulenken, schaute Sara zu dem Gemälde an der Wand: bunte Farbtupfer und hektisch ausgeführte Striche in Schwarz. Für dreihundert Franken könnte sie es bei sich im Wohnzimmer aufhängen.

«Natalie ist reizend», sagte der Professor, als er ihr den Kaffee eher ungeschickt servierte. Der Professor erinnerte Sara an einen Hochseefischer; er hätte besser auf einen Kutter gepasst als in eine psychiatrische Klinik. Natalie? Wie lange hatten die beiden telefoniert, um bereits beim Du angelangt zu sein?

«Schade, konnte sie nicht herkommen. Aber ich verstehe schon, dass das Leben mit EB nicht leicht ist.» Er schob Sara ein Schokoladenherz in Goldpapier, mit einer Kunstblume dekoriert, über den Tisch. «Geben Sie das Natalie. Etwas anderes verkaufen sie nicht in der Cafeteria.»

«Aha, ein Geschenk. Wie hat sie sich das verdient?»

Der Professor grinste breit. «Mit Freundlichkeit. Und Offenheit.»

Sollte das eine Andeutung sein? Sara zog die Augenbrauen tief, ihr Abwehrmechanismus in Alarmbereitschaft. Sie traute Seelenklempnern nicht über den Weg. Sara war nie bereit gewesen, ihren psychischen Schrott, den sie mit sich herumtrug, an einen Fremden zu verscherbeln.

Schönbächler musterte sie.

Was hatte Natalie ihm erzählt? Vielleicht gab sich der Professor äusserlich plump und naiv, aber wenn er es bis zum Professor gebracht hatte, musste hinter dieser spartanischen Fassade ein intelligenter Mensch stecken. Sara bekam das Gefühl nicht los, dass er ihre Seele bereits analysierte. Instinktiv legte sie ihre Hände auf ihren Bauch. Zu spät realisierte sie diese verräterische Geste und griff sofort nach der Kaffeetasse.

«Sie wollen mit mir über eine Zeit vor rund fünfundzwanzig bis dreissig Jahren sprechen?»

Sara zog ihr Handy hervor und zeigte Katjas Bild, das sie darauf gespeichert hatte.

Der Professor nickte und schaute Sara an, nicht das Foto. «Natalie hat es mir bereits heute Morgen zugestellt, als sie mich anrief und um Hilfe bat.»

«Hat sie? Warum –» Sara schluckte schwer. Warum zum Teufel musste sie dann herfahren, wenn die beiden am Telefon alles besprochen hatten? Worum hatte Natalie den Professor gebeten? Sollte er Sara gleich hierbehalten? Niemals.

«Ich habe die Frau damals behandelt», begann er, um Sara die Panik zu nehmen, wie sie zu spät begriff. «Sie wurde wegen eines akuten Zusammenbruchs eingeliefert. Details darf ich keine verraten. Damals arbeitete ich als Assistenzarzt in der Klinik Schlosstal in Winterthur. Sie blieb einige Wochen bei uns und entliess sich dann selbst. Sie war noch nicht bereit, ihr Leben wieder in die Hand zu nehmen. Ihr Name liegt mir auf der Zunge.»

«Wer hat sie eingeliefert?»

«Hm, ich glaube, es war eine behördliche Einweisung vom Sozialamt ihrer Wohngemeinde.»

«Wissen Sie, welche Gemeinde das war?»

«Nein, beim besten Willen nicht.»

«Litt sie an einer posttraumatischen Belastungsstörung?»

«Sie litt», sagte der Professor. «Da Sie nach ihr suchen … wissen Sie, was aus ihr geworden ist? Natalie wollte es mir nicht erzählen.»

«Ihr Mann, Herr Rosenstock, hat uns engagiert, um nach Antworten zu suchen, die in der Vergangenheit liegen. Eine Vergangenheit, die er nicht kennt.»

«Dann hat sie geheiratet? Damals hiess sie nicht Rosenstock, der Name sagt mir nichts.»

«Ja. Sie nannte sich Keller. Aber wir vermuten, dass der Name falsch ist.»

Der Professor verzog den Mund. «Mein Erinnerungsgedächtnis ist eigentlich sehr gut, aber Keller? Der Name sagt mir auch nichts. Sie hiess anders. Was macht sie heute?»

«Sie sitzt in Untersuchungshaft.»

«Im Gefängnis? Weswegen?»

«Mord. Sie erstach einen Mann mit neunundzwanzig Messerstichen.»

Sara hatte ihn eiskalt überrumpelt. Schönbächler lehnte sich auf der Sitzbank zurück und verschränkte die Arme vor seinem massiven Oberkörper. «Mord? Etwa der Mord an dem Zuger Bahnhof? Die Zeitungen berichteten gross darüber.»

Sara nickte.

Der Professor massierte sich niedergeschlagen den Bart. «Ich habe sie nicht als gewalttätige Patientin in Erinnerung. Das passt nicht.»

«Sie lebte die letzten zwanzig Jahre als brave Ehefrau und reinigte in einer Privatbank die Büros.»

«Eine Reinigungskraft?»

«Weshalb erstaunt Sie das?»

«Weil sie hochgebildet war.»

Jetzt setzte sich Sara gerade hin. «Wie meinen Sie das?»

«Sie hatte studiert. Mathematik. Genau. Wenn ich mich recht erinnere, war sie an der ETH.»

«An der ETH? Hier in Zürich?» Das war ein Ding. Die Eidgenössische Technische Hochschule zählte zu den renommiertesten Universitäten der Welt, spezialisiert auf Studiengänge im technischen, mathematischen und naturwissenschaftlichen Bereich. Wie endete eine Studentin der ETH als Reinigungskraft? Sara rief sich wieder das Bild von Katja in Erinnerung, als sie sie in der U-Haft besucht hatte. Diese unscheinbare, graue, zierliche Frau war ein Mathegenie? Weshalb hatte Hubi nichts davon gesagt? Log er sie an? Oder kannte er diese Seite seiner Frau nicht?

Der Professor klopfte sich mit den Knöcheln gegen die Stirn. «Ja! Genau. Sie hiess Hess.»

«Katja Hess?»

Er runzelte die Stirn. «Nein, nicht Katja Hess. Petra Hess, ja, so hiess die Frau.»

***

Natalie fuhr mit ihrem Honda Jazz von der Villa weg. Sie musste in die Detektei, dem Sonntag zum Trotz. Kurz schaute sie auf die Mappe mit den Papieren, die neben ihr auf dem Beifahrersitz lag. Unglaublich!

Natalie warf einen Blick in den Rückspiegel. Das schmiedeeiserne Tor schloss sich hinter ihr. Die kleinen Räder brauchten dringend Öl, knirschten hässlich, als sie das schwere Tor über die Führung rollten, bis es mit einem lauten Rumps zum Stehen kam. Hinter dem Gitter stand Alexandra und sah ihr besorgt hinterher.

Natalie gab Gas. Die ersten Regentropfen platschten auf die Windschutzscheibe. Der Himmel war angepisst. Dunkle, schwere Wolken kämpften um ihr Vorrecht, sich entladen zu dürfen. Sie mussten sich hinter den Mythen versteckt haben, so schnell hatte das Wetter umgeschlagen.

Egal. Natalie musste zur Trust. Tom wartete auf sie. Auch Sara war unterwegs.

Die einzelnen Regentropfen waren bloss die Vorreiter der Apokalypse. Natalie nahm erst die zweite, enge Kurve hinunter zum See, als sich eine regelrechte Sintflut über ihr ergoss. «Oh Kacke! Wo kommt das her?» Sie bremste ab und liess die Scheibenwischer hektisch hin- und herwischen, doch sie konnten es mit den Wassermassen nicht aufnehmen. Das Tageslicht schien vor dem Unwetter zu flüchten. Über den Voralpen entlud sich ein tiefes Donnergrollen. Weshalb hatte Natalie die Warnung der Meteorologen, dass mit Gewittern in der Zentralschweiz zu rechnen sei, ignoriert?

Mit ihrem Handicap und dem umgebauten Wagen war Natalie imstande, Auto zu fahren, aber sie war weit davon entfernt, in Extremsituationen handeln zu können. Dies war eine. Die Strasse war bereits überflutet. Durch das Gefälle rauschte das Wasser hinunter zum See. Sie würde ein Boot brauchen, kein Auto, und schon gar keinen kleinen Jazz. Natalie wusste, dass fünfzig Meter weiter vorne eine Ausweichstelle am Strassenrand war, wo sie den Wagen abstellen konnte. Sie musste diese Sintflut aussitzen. Lange würde das Gewitter nicht über Walchwil herziehen. Als wollte es widersprechen, warf es einen grellen Blitz aus den schwarzen Wolken und schleuderte ihn mit voller Kraft auf den Rossberg, an dessen Hang Walchwil lag. Natalie glaubte zu spüren, wie die Erde bebte. Fast zeitgleich folgte der Donner.

«Wow!» Endlich sah Natalie vor sich die Ausweichstelle. Fast hätte sie sie verpasst. Sie konnte keine zehn Meter weit sehen, so dicht war der Regen, der ihr Scheinwerferlicht absorbierte. Tageslicht war nur diffus vorhanden. Natalie fuhr auf die Ausweichstelle, stellte den Motor ab, liess aber die Warnblinker an. Es gab keine andere Möglichkeit, als das tobende Gewitter auszusitzen. Sie schaltete über sich das Innenlicht an, nahm ihr Handy, gab Alexandra kurz Bescheid, dass es ihr gut ging, und griff dann zeitgleich mit dem nächsten Blitzeinschlag nach der Mappe auf dem Beifahrersitz. In ihrem faradayschen Käfig war sie vor dem Gewitter in Sicherheit.

Natalie schaute die Papiere durch, die sie ausgedruckt hatte. Teils waren es alte Zeitungsberichte, teils Informationen, die sie auf die Schnelle mehr oder weniger legal von der Seite der ETH hatte downloaden können. Zudem hatte ihr heute Morgen endlich Jamiro aus Rio geschrieben. Viel war es nicht, was er über diesen Jacques Reynard gefunden hatte, aber es war ein Anfang.

Grelles Scheinwerferlicht blendete Natalie, als es in ihrem Rückspiegel reflektierte. Hinter ihr parkierte ein anderer Wagen. Der Fahrer hielt nichts von Warnblinkern, sondern setzte auf Scheinwerfer. Natalie drehte ihren Rückspiegel zur Seite und konzentrierte sich wieder auf die Papiere.

Bisher kannte sie von ihr drei Namen: Katja Rosenstock, Katja Keller und Petra Hess. Eine weitere Scheibe der Zwiebel war geschält, aber bis zum Kern waren sie keinesfalls vorgedrungen. Wer war diese Frau, die Namen wechselte wie andere ihre Kleider? Natalie hatte es schwarz auf weiss vor sich. Petra Hess absolvierte ihr Studium an der ETH in Zürich in Financial Mathematics, erlangte den Abschluss als Jahrgangsjüngste und Jahrgangsbeste. Sie promovierte mit fünfundzwanzig. Die jüngste Mathematik-Doktorandin an der ETH, ein Rekord, den sie bis heute hielt. Natalie zog einen Ausdruck hervor. Ihre

Doktorarbeit. Sie trug den schönen Titel: «Specification Analysis of continuous-time Stochastic Volatility Models». Natalie hätte Chinesisch lesen können und gleich wenig verstanden. Sie blätterte die Dissertation durch. Nach der Einleitung folgten endlose Seiten mit Formeln und Gleichungen.

Sie seufzte und legte die Papiere weg. Der Regen liess nach. Das Scheinwerferlicht des Wagens hinter ihr schien schwächer. Sie drehte sich im Sitz um. Der Wagen hatte näher zu ihr aufgeschlossen. Weshalb bekam Natalie ein mieses Bauchgefühl? Einbildung? Jeder Fahrer würde bei so einem Gewitter den Schutz einer Ausfahrt suchen. Im Wageninneren war es dunkel. Sie konnte nur eine Silhouette erkennen. Der Fahrer trug eine Baseballkappe auf dem Kopf und starrte geradeaus. Saras Worte kamen ihr in den Sinn, wie sie das Gefühl nicht loswurde, verfolgt zu werden.

Blödsinn. «Schieb keine Panik, Mädchen», sprach Natalie sich Mut zu und stellte das Autoradio an. Dass ausgerechnet The Police inbrünstig «Every Breath You Take» durch den Äther schicken musste, half trotz der lieblichen Melodie nicht weiter. Die Textzeile *«I'll be watching you»* in einer Endlosschleife liess Natalie erschaudern. Sie stellte das Radio ab. Besser die Stille ertragen. Vorsichtshalber startete sie den Motor. Noch regnete es zu stark, um weiterzufahren. Sie griff nach dem Handy und rief Tom an.

«Natalie? Wo bist du?»

Sie leitete den Anruf auf die Gesprächsanlage des Wagens um. «Ich ... ich muss das Gewitter aussitzen. So kann ich nicht weiterfahren.»

Es war kurz still in der Leitung. Warum konnte Tom nicht drauflosplaudern und sie beruhigen?

«Alles okay?»

Dass sie Angst hatte, konnte sie ihm nicht beichten. Shit! Ihre Angst war blöde Einbildung. «Ja, Mann, mach dich locker.» Wem sagte sie das. «Petra Hess hat einen Doktortitel in Mathe, wusstest du das?»

«Du hast gesagt, du willst die Neuigkeiten mit mir im Büro besprechen. Warum jetzt am Telefon? Was ist los?»

Verdammt. Er kannte sie zu gut. Aber sie wäre nicht Natalie Krieger, fiele ihr nicht eine passende Ausrede ein. «Kannst du jemanden auftreiben, der sich mit Mathe auskennt?»

«Meinen alten Mathelehrer?»

«Höhere Bildung.»

«Weshalb fragst du mich? Dein Vater hat bestimmt bessere Beziehungen in akademischen Kreisen. Ich bin bloss ein Low-Class-Bodyguard.»

Wieder der Blick über die Schulter.

Der Wagen stand definitiv näher als vorher.

Auch wenn die Wolken dem Tageslicht langsam wichen und die schwarze Silhouette des Fahrers in eine Grauschattierung überging, so konnte Natalie unmöglich erkennen, wer am Steuer sass.

Sollte sie weiterfahren? Die Forchwaldstrasse wand sich noch einige enge Kurven hinab bis zum See, und das Wasser, das sich an der Flanke des Rossbergs gesammelt hatte, nutzte die asphaltierte Strasse, als wäre sie eine Wasserrutschbahn im Alpamare.

Ein greller Blitz schlug ein, weiter entfernt diesmal, irgendwo im Gotthardmassiv. Der Donner war kein Knall, sondern ein rollendes Knurren, das mit einem abrupten Ruck endete. «Verflucht! Was –?»

«Natalie, alles in Ordnung?»

Nein. Der Wagen hatte sie gerammt. Na ja, angestupst wäre das bessere Wort. Was sollte das? Zufall? Versagten die Bremsen? Provokation? Drohung?

Natalie stellte sicher, dass ihre Türen verriegelt waren. Als ein zweiter Ruck ihren Jazz aufrüttelte, drückte sie spontan und wütend auf die Hupe.

«Natalie!» Sie hörte Tom durchs Telefon rufen. «Was ist los? Sprich mit mir.»

Sollte sie ihm ihren Letzten Willen durchgeben? Um Hilfe

flehen? Oder ihr gesamtes Repertoire an Fluchwörtern auspacken und sich dem Arsch hinter ihr stellen? Der Wagen stand zu nah, als dass sie die Marke oder das Nummernschild erkennen konnte. Sie glaubte sich zu erinnern, dass es ein Appenzeller Nummernschild war. Appenzell Innerrhoden? Gemietet also. Ein grauer Mittelklassewagen. Doppelt so stark wie ihr Jazz. Sie war machtlos, wollte der Wagen sie von der Ausweichstelle die Böschung hinunterstossen, die vor ihr lag.

So schnell, wie sich der Regen über ihr ergossen hatte, so schnell war er vorbei. Im Zeitraffer stoben die grauen Wolken auseinander.

Der Motor des Wagens hinter ihr röhrte auf. Der Fahrer legte den Rückwärtsgang ein.

Holte er für den finalen Stoss Anlauf?

«Tom!»

«Natalie!»

Der Fahrer liess im Leerlauf den Motor auf Hochtouren aufheulen.

Um aus ihrem Auto zu springen, blieb keine Zeit. Zudem wäre sie als Mensch ohne metallene Schutzhülle dem Verfolger hilflos ausgeliefert. Natalie überlegte loszufahren, aber mit ihren wenigen PS hatte sie auf der Strasse keine Chance gegen den Angreifer. Es gab die Möglichkeit, ihm durch eine kontrollierte Fahrt die Böschung hinunter auszuweichen. Eine Möglichkeit mit grossem Risiko.

Sie startete den Motor und fuhr langsam an.

Dann gab der Wagen hinter ihr Gas, liess die Reifen kurz durchdrehen und schoss auf sie zu.

Natalie schrie.

Im letzten Augenblick zog der Fahrer das Lenkrad nach links, überholte sie und fuhr an ihr vorbei auf die Strasse.

In Panik hatte Natalie den Aufprall mit zusammengekniffenen Augen abgewartet. Ein grosser Fehler. Sie sah nur, wie der Wagen um die nächste Kurve aus ihrem Blickfeld verschwand.

Sie zitterte am ganzen Körper.

«Natalie, antworte! Was ist da bei dir los?»

Sie keuchte heftig. «Tom, ich brauche einen Bodyguard!»

***

Sara hatte Natalie und Tom gleich nach dem Verlassen der psychiatrischen Klinik den Namen Petra Hess durchgegeben. Zu spät, wie sich zeigte. Tom war auf anderem Weg darüber gestolpert.

Sie war auf dem Heimweg. Die ersehnte Runde Jogging musste sie verschieben. Tom hatte zurückgerufen, kurz bevor sie in Zug ankam, und Sara zur Villa der Kriegers beordert. Es ginge um Natalie, mehr wollte er nicht verraten.

Als Sara auf den Vorplatz der Villa fuhr, war der Boden durchnässt und mit Pfützen versehen. Sara hatte auf der Autobahn das Gewitter in der Ferne gesehen, das sich über Zug entleert hatte.

Mitten auf dem Vorplatz stand Natalies blauer Wagen, umringt von der Familie wie eine Attraktion. Toms Peugeot stand abseits neben der Garage. Sara stieg aus. Neben Tom und Natalie standen Alexandra, Musa, Harri und Rebecca. Alle begutachteten das Heck von Natalies Honda.

«Was gibt's Interessantes?», fragte Sara, folgte den Blicken der anderen, unschlüssig, worauf sie starrten.

«Da.» Natalie zeigte auf die hintere Stossstange. «Seht ihr?»

Harri nahm seine Tochter in den Arm. «So geht das nicht weiter, Tom.»

«Rufen wir die Polizei», schlug Alexandra vor.

«Gibt es Zeugen?», fragte Rebecca.

Natalie seufzte.

«Was ist denn da?», fragte Sara und ging in die Knie. Wenn sie genau hinschaute, sah sie einen kleinen Kratzer an der Stossstange. Sie fuhr mit dem Finger darüber. «Wegen diesem Kratzer habt ihr mich herbestellt? Es ist Sonntag, und eine Irrenanstalt reicht mir pro Tag.»

«Sara, wie reizend, dass du gekommen bist», sagte Harri. Er konnte ihr niemals vergeben, dass sie ihn letzten Herbst verhaften liess. Jeder Bulle hätte in Anbetracht der Beweise damals nach dem Einbruch ins Labor so gehandelt. Sara sah nicht ein, weshalb sie sich entschuldigen sollte.

«Natalie wurde fast von der Strasse gedrängt», erklärte Tom.

Sara horchte auf. «Absichtlich?»

«Ja. Jemand hat mich während des Gewitters verfolgt und bedroht.»

Also wurde auch Natalie beobachtet? Das war nicht gut. «Er hat es aber nicht geschafft. Warum?»

«Es war wohl nur eine Drohung», erklärte Tom. «Der Fahrer wollte ihr Angst einjagen.»

Sara seufzte. Sonntag ade. «Wir sollten uns in der Detektei treffen. Je weniger Personen über den Fall Bescheid wissen, desto sicherer scheint es für die Beteiligten.» Sie war stolz auf die elegante Art, wie sie die Kriegers und ihre Angestellten loswerden wollte.

«Das Papiliorama geht auch», sagte Harri. «Wir lassen Natalie heute nicht mehr vom Gelände.»

«Paps, du kannst mich nicht einsperren.»

«Oh, das kann ich sehr wohl.»

«Ich habe zwei Bodyguards an meiner Seite.»

Zwei? Nein, dachte Sara, sie war keine Babysitterin. «Treffen wir uns im Büro», sagte sie bestimmt und wollte zum Wagen gehen, aber Tom packte sie am Oberarm. «Ab ins Papiliorama mit dir.»

Es war heiss in dem noblen Gewächshaus. Es roch nach Moder, und die Luftfeuchtigkeit war Gift für ihre weisse Bluse. Sara hasste Schweissflecken unter den Armen. Sie verschränkte diese vorsichtshalber. Nicht für lange. Ein Schmetterling setzte sich auf ihre Hand. Sie scheuchte das Insekt weg. Ekliger war der Gecko, der über ihr an der Glasscheibe klebte.

Natalie erzählte von dem Vorfall und Tom anschliessend

von dem Besuch von Küde und Mitch. Sara gefiel das Milieu nicht, in welchem sie sich bewegten. Hinzu kam ihr Besuch in der psychiatrischen Klinik. War klar, dass eine unscheinbare Reinigungskraft, die einen Mann abschlachtete, keine gewöhnliche Geschichte mit sich herumtrug.

«Akuter Zusammenbruch», begann Sara, «so beschrieb der Professor den Zustand von Katja alias Petra, wie sie sich damals nannte. Mehr wollte er nicht verraten. Seine Andeutung bestätigt unsere Vermutung einer PTBS. Tom, du hast am Telefon gesagt, dass ihr herausgefunden habt, was sie vor ihrem Zusammenbruch tat. Was?»

Natalie übernahm. «Wir konnten immerhin ein Puzzleteil von rund sieben Jahren in ihrem Lebenslauf aufdecken, als Katja zwischen achtzehn und fünfundzwanzig Jahre alt war.»

«Lasst mich raten, sie machte eine Lehre als Raumpflegerin?»

«Nein.» Natalie lächelte siegesbewusst. «Sie studierte an der ETH und schrieb eine Dissertation in Mathematik. Ihr Kerngebiet war Financial Mathematics. Wir sollten sie ab sofort Dr. Katja Rosenstock nennen oder Dr. Petra Hess, auf diesen Namen lautet ihre Doktorarbeit.»

«Einen Doktor in Mathe?» Diese Information musste Sara erst verdauen. Aber Schönbächler hatte die ETH ja auch erwähnt. «Sie arbeitet mit einem Doktortitel in einer Bank – als Putzfrau?»

«Du hast recht», sagte Tom. «Das ist schräg.»

«Wir fahren morgen zur ETH», sagte Natalie. «Tom und ich hoffen, einen Dozenten zu finden, der sich an Petra Hess erinnern kann. Oder wir finden im Archiv etwas, wenn Tom die Damen der Verwaltung nett fragt.» Sie schielte zu Tom.

Sara massierte sich den Kopf. «Sie macht ihren Doktortitel an der ETH, wird drogensüchtig, prostituiert sich, kommt von dem Scheiss los, heiratet, arbeitet zwanzig Jahre als Reinigungskraft und versorgt als brave Hausfrau ihren Gatten, bevor sie einen blutrünstigen Mord begeht?» Sara holte tief Luft. Sie besass keinen Hochschulabschluss, würde aber nie in ihrem Leben so tief fallen. Sie wusste, wovon sie sprach, sie hatte weiss Gott ihr eigenes Trauma, das ihre Seele zerriss. Sie griff in die Brusttasche der Bluse und zog eine Packung Zigaretten hervor.

«Vergiss es», drohte Natalie. «Die Schmetterlinge –»

«Lass die armen Viecher frei.» Sie zündete sich die Zigarette an. «Wenn ihr euch in Zürich vergnügt, soll ich mich um den Stalker kümmern, was?»

«Du bist unser Jagdchampion», sagte Natalie.

«Habt ihr Schnaps im Haus?» Ihre Laune war im Eimer.

«Sara», protestierte Tom.

«Was? Ist jedenfalls besser, als einen Mann abzuschlachten. Da versinke ich besser in Selbstmitleid und besaufe mich. Bis auf den Job und das Aussehen sind Katja und ich uns ähnlich, was denkt ihr, hm?»

Natalie riss ihr die Zigarette aus der Hand, warf sie zu Boden und trat die Glut mit dem Schuh aus. «Wir müssen über deine Vergangenheit reden.»

Sara schaute sie an. «Müssen wir? Vielleicht habe ich keinen Mann umgebracht, aber ich habe mein Baby ermordet. Ich sollte mit Katja eine Zelle teilen und nicht selbstgefällig hier herumsitzen. Ach, vergesst es. Wann war das Leben jemals fair?»

***

Tom brachte Sara heim und stellte sicher, dass sie ein Sandwich ass, bevor sie sich vor dem Fernseher aufs Sofa legte. Er wählte für sie einen Rosamunde-Pilcher-Film. Wohl nicht die beste Wahl. Als er sie in der Wohnung mit schlechtem Gewissen zurückliess, hatte sich die Katze neben ihr eingerollt und zufrieden geschnurrt.

Er hätte heimgehen sollen, aber ihm war nicht nach der engen Wohnung, deshalb spazierte er auf der Promenade den See entlang. Allein sein war in gewissen Momenten schwer zu ertragen. Er griff nach dem Handy, starrte es an und steckte es

in seine Jeanstasche zurück. Dort blieb es nicht lange. Er setzte sich ans Ufer, holte es erneut hervor und wählte eine Nummer.
«Ahri?»

Fünfzehn Minuten später fütterte Ahri die Schwäne auf dem See.

«Sie scheinen dich zu kennen.»

Ahri lachte und sprach begeistert auf die Tiere ein. «Du bekommst auch ein Stück, das ist für dich, Benvolio. Hey, husch, weg da, Romeo. Lass deiner schönen Julia ein Brot übrig. Du bist gierig, Gräfin Montague.»

Tom lachte. «Shakespeare?»

«Jaaa. Ich bin hoffnungslos romantisch, eine Schwäche von mir. Ich liebe das Drama.»

«Hast du deshalb mit dem Brot hinter einer Hausecke auf meinen Anruf gewartet?»

«Ich stalke dich.»

«Du – was?»

«Oppa, nicht gleich nervös werden.»

«Oppa?»

Ahri seufzte. «Respekt vor der Hierarchie ist wichtig in Korea. Frauen sprechen ältere Männer, die sie mögen, gerne mit Oppa an, den Bruder zum Beispiel oder den Freund oder Ehemann.»

Ein Bruder wollte Tom auf keinen Fall sein, und von der Ehe hatte er definitiv genug. Freund war okay. «Bleib bei Tom.»

Ahri kicherte, die Hand vor dem Mund. «Wir haben eine weitere Tradition, die dir gefallen wird.» Sie setzte sich ins Gras am Ufer und griff in ihre grosse Umhängetasche. «Bei mir bekommen nicht nur die Schwäne Verpflegung.» Sie holte zwei kleine Gläser hervor. Schnapsgläser, war Toms erster Gedanke. Ihnen folgte eine grüne Glasflasche mit asiatischer Beschriftung. «Soju!», rief Ahri begeistert aus. «Wetten, du hast noch nie unseren Reisschnaps probiert? Der ist magisch. Je nach Stimmung schmeckt er süss oder bitter. Versuchen wir ihn.»

Sie goss die beiden Gläser voll und reichte eines Tom, der sich neben sie gesetzt hatte. *«Geonbae!»*

«Prost.»

Sie stiessen an, und Ahri leerte das Glas in einem Zug, verzog den Mund, vergeudete aber keine Zeit und schenkte nach.

«Willst du mich abfüllen?» Der Reisschnaps schmeckte definitiv bitter.

«Hm …» Sie schaute in die Tasche. «Ich habe nur zwei Flaschen dabei. Reicht nicht ganz für ein Saufgelage, aber zum Lockerwerden schon. *Geonbae.*» Ahri trug eine weite Jeans und ein lockeres Shirt in rosa Farbtönen. Sie sah aus wie eine Studentin. Jung, frisch und ohne die Sorgenfalten der Erwachsenen auf der Stirn. «Kommt ihr in dem Fall voran? Ich werde versuchen, Katja zu besuchen. Sie braucht Unterstützung. Ich habe schon einige meiner Schützlinge aus dem Gefängnis geholt. Ist nicht lustig dort. Ach, ich habe Hubi gefragt wegen den Computerkursen, die Katja vor Jahren besuchte. Stell dir vor, da ging es nicht um ein Schreib- oder Tabellenkalkulationsprogramm, sondern ums Programmieren.»

Programmieren? Das passte zu einer Frau Doktor der Mathematik. Tom wollte Ahri von Katjas Studium erzählen, bekam aber keine Gelegenheit, ihr fröhliches Plaudern zu unterbrechen.

Stattdessen füllte sie ihm das fünfte Glas und fuhr fort. «Ich war am Morgen bei Natalie. Wow, ihre Villa ist toll. Diese Aussicht. Ich mag sie, deine Freundin.»

«Sie ist nicht –»

«Eine starke Frau. Ich mag starke Frauen.» Sie zeigte ihren Oberarm in Bodybuilder-Manier, auch wenn der Bizeps nicht zu erkennen war. «Wir brauchen keine Muskelkraft, weisst du. Wir Frauen sind besondere Wesen. Einzigartig. *Geonbae!*» Sie leerte das fünfte Glas ex und schenkte ihnen gleich nach.

Worin sie ihn schlug, war das Trinken. Tom schwirrte bereits der Kopf. Er hatte nichts im Magen. Sie hätte ihm das Brot füttern sollen, nicht den Schwänen. Er war sich sicher, dass er ihr aus der Hand gegessen hätte. Amüsiert betrachtete er sie.

«Du bist sooo süss», schnurrte sie mit einem Kussmund. «Du findest mich auch süss, habe ich recht? Das haben wir gleich gespürt, jaaa? Wollen wir zu dir? Ich weiss, Oppa, ich bin ungezogen und zu direkt, unverschämt unsittlich.» Sie kicherte. «Das ist der Grund, weshalb ich in der Schweiz geblieben bin. In Seoul hätten mich meine Eltern mit einem gut gebildeten Mann verkuppelt, dessen Familie ein hohes Ansehen pflegt. Ist wichtig dort, Rang, Namen und Bildung.» Sie bekam Schluckauf. «Mir ist das egal. Ich frage nicht nach deinen Eltern und deiner akademischen Karriere. Ich will heute Nacht einen Mann, und du gefällst mir. Was denkst du? Lust auf Spass mit einer angetrunkenen, wunderschönen Frau?»

«Nur wenn du mir versprichst, mich nicht mehr Opa zu nennen.»

«Gute Ansage. Darauf trinken wir – Oppa. Aber versprechen tue ich nichts. *Geonbae!*»

ACHT

«Was für ein beschissener Morgen», sagte Natalie und reichte Tom den Pappbecher mit dem Kaffee. Sie blickte aus dem Fenster. «Das soll ein Frühsommer sein? Kalte Pisse, die aus grauem Matsch trieft.» Sie blickte hoch in den Himmel, dessen Zeichen auf Weltuntergang standen.

«Hast du miese Laune?», fragte Tom grinsend und legte den fünften Gang ein. Sein Peugeot keuchte und gab sein Bestes auf der nassen Autobahn.

«In deiner alten Karre müssen wir uns wenigstens keine Sorgen um Aquaplaning manchen. Fährt der auch schneller als siebzig? Die Brummis überholen uns schon.»

«Ich will den Auspuff nicht verlieren.»

«Wir hätten Paps' SUV nehmen sollen.»

Tom nahm einen Schluck aus dem Pappbecher und reichte ihn Natalie zurück. «Was ist los? Keine Lust auf Mathe? Nein, lass mich raten. Rico?»

«Er hat mich gestern Abend angerufen.»

«Worum ging's?»

«Streit. Mirjam. Was sonst. Hast du nicht gesehen, wie Sara gestern gelitten hat? Sie denkt, sie sei eine Mörderin.»

«Lösen wir den Fall und kümmern uns dann um die beiden.»

«Du hast Schiss. Sorry, Alter, dass du mal ein Techtelmechtel mit Mirjam hattest und jetzt ihre Mutter auf dich steht.»

«Tut sie nicht.»

Natalie prustete laut Luft durch ihre Lippen. «Männer sind so was von blöd und engstirnig.»

Tom lachte.

«Was ist dein Grund für die gute Laune, Mr. Sunshine? Nicht einmal mein Nörgeln scheint sie zu vertreiben.»

«Halt die Klappe und trink deinen Kaffee», sagte Tom. «In

vierzig Minuten sind wir in Zürich. Bis dahin will ich meine Ruhe und den Gedanken nachhängen.»

Fünfzig Minuten später fuhr Tom ins Besucherparkhaus des Campus Zentrum der ETH mitten in der Stadt Zürich. Von der Rämistrasse her betraten sie das historische Hauptgebäude. In der Eingangshalle befand sich ein Infostand.

«Versuchen wir unser Glück», sagte Natalie und steuerte direkt auf die Dame zu, die dort hinter der Theke arbeitete. «Guten Morgen. Wir brauchen Informationen zu einer Dr. Petra Hess, die an der ETH vor zweiunddreissig Jahren in Financial Mathematics promoviert hat. Der Titel ihrer Doktorarbeit lautet ... Moment ...» Natalie zog ihr Handy aus der Tasche und holte ein Foto auf den Bildschirm. «Hier, genau: ‹Specification Analysis of continuous-time Stochastic Volatility Models›.»

«Ui.» Die junge Frau war kurzzeitig überfordert. «Das ist lange her. Seither hat sich an der ETH viel verändert. Das Departement of Mathematics ist hier, ja, das stimmt schon.»

«Gibt es Dozenten, die damals schon unterrichtet haben, oder haben Sie eine Liste von Doktoranden aus jener Zeit? Vielleicht Fotos?»

«Für Einsicht ins Archiv müssten Sie einen Antrag stellen, der genehmigt werden muss. Sind Sie von der Presse?»

Natalie reichte ihr ihre Visitenkarte. «Trust Investigation GmbH.»

«Oh.» Die Frau war kein Talent in kreativer Gesprächsführung.

«Was ist mit emeritierten Dozenten?»

«Ja, vielleicht.»

«Haben Sie Namen? Eine Liste? Oder können Sie anrufen?»

Sie liess Natalie stehen und ging nach hinten in ein Büro.

Tom legte Natalie seine Hand auf die Schulter. «Du machst ihr Angst mit deiner miesen Laune.»

«Ich mache jemandem Angst? Ich bin eine fragile Fehlbildung der Biologie. Du bist hier der Muskelprotz und Schlägertyp.»

Die Frau kehrte zurück.

Tom schob Natalie beiseite und strahlte sie an. «Wir wollen Sie nicht unnötig belästigen, aber es ist dringend. Wir müssen jemanden finden, der Petra Hess kannte.»

Die Frau lächelte vorsichtig zurück. «Oh. Ja. Sorry. Ich habe mich erkundigt. Wir dürfen keine Informationen über Studierende oder ehemalige Studierende herausgeben. Datenschutz, Sie verstehen. Sie müssen einen Antrag stellen, der geprüft werden muss.» Sie reichte ihm einen Zettel mit einer Mailadresse. «Frau Iseli ist dafür zuständig, aber sie ist in den Ferien und erst nächste Woche zurück.»

Na toll, dachte Natalie, sie hätte den Morgen auch im Bett verbringen und schmollen können. Sie schaute einer Gruppe Menschen zu, die sich um einen älteren Herrn versammelten, welcher ihnen die Architektur das imposanten Gebäudes erklärte. Eine Campusführung für nicht studierende Neugierige, vermutete Natalie. Der Führer war mit Herzblut dabei, machte einen Witz, der die Gruppe zum Lachen brachte. Natalie kam auf eine Idee. «'tschuldigung. Wer ist das da drüben?»

Die Frau an der Auskunft schaute auf. «Professor Brettschneider? Oh, er arbeitet ehrenamtlich, macht zweimal im Monat die öffentliche Führung durch unseren Campus. Das hier ist allerdings eine private Gruppentour. Warum?»

«Professor Brettschneider? Hat er früher hier gearbeitet?»

«Ja. Er war Professor für Mathematik. Sie sollten ihn fragen.»

Kluge Feststellung, dachte Natalie und steuerte auf die Gruppe zu. Tom eilte ihr hinterher. «Die sind in einer privaten Führung.»

«Gesellen wir uns dazu.»

Sie blieben nicht lange unbemerkt.

«Wer sind Sie?», fragte eine ältere Frau mit Hornbrille. «Sie gehören nicht zu unserer Firma.»

«Richtig. Wir sind von Trust Investigation und müssen uns Ihren Professor Brettschneider für fünf Minuten ausleihen. Du da!» Natalie winkte einen Studenten heran, der an einer der Steinsäulen in der Halle lehnte und offenbar auf jemanden wartete. Zögernd kam er auf sie zu. «Wie heisst du?», fragte Natalie.

«Ähm, Cyril Bach.»

«Cyril. Nett, dass du uns hilfst.» Natalie kam in Fahrt. «Meine Damen und Herren, Cyril wird Sie in die Cafeteria führen, wo Professor Brettschneider Sie nach einer Stärkung wieder abholen wird, um die Führung fortzusetzen.» Sie strahlte Cyril an. «Danke für deine Hilfe. Wir schulden dir was.»

«Ähm?»

«Junge Dame», mischte sich Brettschneider ein. «Was soll das?» Der Professor sprach Hochdeutsch. Er war gross und kräftig, altmodisch elegant gekleidet mit schütterem grauen Haar und einer imposanten Nase.

«Wir müssen Sie dringend sprechen», sagte Natalie, «nur fünf Minuten. Es geht um Leben und Tod. Setzen wir uns kurz auf die Bank da drüben, ja.»

Schnaufend setzte sich Brettschneider zwei Minuten später auf die Bank. Er war wütend, sein Kopf rot. «Sie sind eine unverschämte Person.»

Mit dieser Kritik konnte Natalie leben. Ricos Worte gestern waren schlimmer gewesen. Sie blickte über die Schulter zurück. Tom war in sicherer Entfernung stehen geblieben. Feigling.

Natalie setzte sich neben Brettschneider. «Specification Analysis of continuous-time Stochastic Volatility Models. Kennen Sie diese Arbeit?»

Sie hatte seine Aufmerksamkeit. «Sie haben Petra Hess gefunden?»

Wieso gefunden? Ging sie verloren, wunderte sich Natalie. Stattdessen sagte sie: «Ja, wir kennen sie – ihr neues Ich zumindest. Und wir denken, dass Sie ihr altes Ich kennen. Klären Sie uns über Petra Hess auf. Waren Sie ihr Dozent?»

Brettschneider nickte, die Gruppenführung war vergessen. «Frau Hess war brillant, ihrer Zeit voraus.»

«Sie war eine Art weiblicher Einstein?»

Brettschneider lachte, tief und laut. «Nein, nicht Physik. Ihr Kerngebiet war Financial Mathematics. Die Banken und Firmen rissen sich um sie.»

«Wohin ging sie nach dem Studium?», fragte Tom, der zuhörte und langsam näher kam.

«Das weiss ich nicht. Sie machte ein Geheimnis daraus. Ich glaube, sie fand eine Anstellung bei einem grossen Unternehmen. Ich wollte ihre Karriere weiterverfolgen, aber da kam nichts. Als ob sie von der Bildfläche verschwunden wäre. Ich prognostizierte ihr eine grossartige Zukunft, aber lag falsch. Es gibt keinen Algorithmus, der die Karriere einer Person vorausberechnen kann. Der menschliche Faktor ist nicht berechenbar.»

«Was war besonders an ihr?»

«Ihre Art zu denken. Ihre Art, ein mathematisches Problem pragmatisch zu lösen.»

Entsprach die Ermordung Jacques Reynards auch einer pragmatischen Lösung eines Problems? Eines menschlichen Problems? «War sie auffällig? Aggressiv? So in der Art?»

«Petra Hess? Nein. Sie war sehr ruhig, still, viele hielten sie für arrogant. Es war der Neid, weil ihr Gehirn besser funktionierte als das der anderen Studenten. Sie war jünger und intelligenter, lag nie falsch bei ihren Berechnungen und war zu selbstsicher, um die Freundschaft mit anderen nötig zu haben.»

Was für eine traurige Aussage, dachte Natalie. Wenn sie nie falschlag mit ihren Berechnungen, lag sie dann auch nicht falsch, als sie den Mord beging?

«Sie hatte keine Freunde?», fragte Tom.

«Nein, aber sie hat manchmal jüngeren Semesterstudenten Nachhilfeunterricht erteilt. Ich glaube, sie brauchte das Geld. Da war ein junger Mann, mit dem ich sie oft zusammen sah. Er war in einer meiner Klassen, aber an seinen Namen erinnere ich mich nicht. Er war nur Durchschnitt.»

Nur Durchschnitt? Weshalb klang das so bemitleidenswert? «Was ist mit Familie? Woher kam Petra Hess?»

«Oh, wir lehren hier Mathematik und führen keine Datenbank über Familienstammbäume, das verstehen Sie sicher.» Brettschneider stand auf. «Ich muss zurück zu der Gruppe. Sie haben für die Führung bezahlt.»

Natalie hielt ihn zurück. «Denken Sie nach. Nur ein kleiner Hinweis, etwas, das uns weiterhilft, Petras Vergangenheit aufzuarbeiten.»

Brettschneider tat ihr den Gefallen und überlegte. «Sie nörgelte über Brot.»

«Wie bitte?» Die Antwort war seltsam. «Brot?»

«Und Kuchen. Sie beschwerte sich über die Qualität des Brotes in unserer Kantine und über den Kuchen. Sie schrieb einmal einen Brief deswegen an die Geschäftsleitung.»

Tom kratzte sich an der Stirn. «Sie beklagte sich nur über das Brot? Nicht über das Essen?»

«Ja. Mit Brot kannte sie sich gut aus. Sie wusste ganz genau, wenn ein Buttergipfeli mit Schmalz statt mit Butter verarbeitet wurde.»

Natalie schaute Tom an. Brot war ihr nächster Hinweis, ihr nächster Krümel auf dem Weg zurück in die Vergangenheit. Es könnte schlimmer sein.

Brettschneider verabschiedete sich. «Grüssen Sie Dr. Hess von mir, sollten Sie sie sprechen. Sagen Sie ihr, sie soll sich bei mir melden. Ich will wissen, was aus ihr geworden ist.»

Natalie hielt sich zurück, dem Professor zu verraten, dass Dr. Petra Hess vom Mathegenie zur blutrünstigen Mörderin mutiert war.

***

«Du zahlst.» Lind setzte sich.

Sara schob ihm die Speisekarte zu. «Als ob Staatsanwälte nichts verdienen.»

«Das grosse Geld macht man in der Privatwirtschaft.»

Lind hatte keine Ahnung, wie schlank ihr Portemonnaie war. Sie sassen im «Kraftmarkt». Es war schwierig genug gewesen,

Lind zu einem Lunch mit ihr zu überreden, aber da Hubi neu zu den Millionären zählte, würde sie garantiert die Quittung mitnehmen und auf die Spesenabrechnung setzen.

«Um was geht's?», fragte Lind. «Ich entscheide danach, ob mir der Appetit bleibt oder vergeht.»

«Tauschen wir Informationen aus. Ich habe Neuigkeiten über Katja. Bloss bei der Identität von Jacques Reynard stecken wir fest. Hilf uns. Wir haben keinen Zugriff auf die nötigen Datenbanken.»

Lind studierte die Speisekarte. «Ich nehme das Rinds-Spiessli mit Kartoffelsalat und ein Schnitzwasser.»

Sara bestellte für sich das Asia-Menü und ein Bier.

«Ist es nicht zu früh für Alkohol?»

«Privatwirtschaft, da darf ich das.»

«Du siehst müde aus.»

«Vielleicht solltest du mir einen deiner Joints zustecken. Zigaretten helfen nicht wirklich.»

«Du rauchst wieder?»

«Schlechte Angewohnheit, was? Wie soll ich sonst die endlosen Stunden totschlagen, die ich vor den Fenstern anderer Menschen spioniere, nur um ein heisses Foto zu schiessen?»

«Und weshalb denkst du, dass ich einen Vorrat an Joints an Lager habe?»

«Komm schon, du verkappter Hippie, dein verzückter Gesichtsausdruck ist ohne THC im Blut nicht erreichbar. Ausserdem weiss ich, dass das keine Kräuter sind, die bei euch drinnen auf der Fensterbank stehen.»

«Falscher Hanf ist legal.» Lind grinste. «Was hast du für uns über Katja Rosenstock, oder soll ich Katja Keller sagen?»

«Ein drittes Alias.»

«Noch eines? Wie viele Namen hat diese Frau?»

«Mindestens drei. Der dritte lautet Petra Hess.»

Linds Neugier war geweckt. «Wie das?»

«Ein Drogendealer hat sie erkannt. Ebenso ein Psychiater. Keine Details, du musst nur den Namen wissen. Jage ihn durch das System.» Sie lehnte sich im Stuhl zurück. «Du bist an der Reihe. Was hast du für mich über das Opfer?»

Die Servicefachkraft brachte die Getränke. Lind nutzte die Zeit, um nach der passenden Antwort zu suchen.

«Ich will keine alte Ware», sagte Sara. «Ich weiss, dass Jacques Reynard die Niederlassung in Rio leitet. Was ist seine Verbindung zur Schweiz? Weshalb kam er nach Zug? Seit wann ist er hier?»

«Er ist Brasilianer.»

«Mit diesem Namen?»

«Er hat die brasilianische Nationalität seit etwas mehr als zehn Jahren. Wir arbeiten daran, wessen Staatsbürger er davor war.»

«Schweizer?» Wäre naheliegend.

«Nein, jedenfalls nicht unter dem Namen Jacques Reynard.»

Wenn Katja ihre Namen wechseln konnte wie die Kleidung, konnte es dieser Jacques auch.

«Liefere mir mehr über Katja Rosenstock, oder soll ich Petra Hess sagen?»

«Bleiben wir bei Katja, macht es einfacher. Aber hoffe nicht, für deine lausige Information über Reynard bekommst du von mir etwas zurück. Vergiss es. Das wäre ein mieser Handel.» Sara verschränkte die Arme. Lind wusste mehr, todsicher.

«Er hat eine erwachsene Tochter. Sie lebt in Manaus und arbeitet für eine Umweltorganisation. War schwer, sie ausfindig zu machen. Wir konnten sie gestern per Mail erreichen. Sie will so schnell wie möglich in die Schweiz fliegen und uns aufsuchen. Sie kann Antworten liefern.»

«Wie heisst sie? Ich will mit ihr sprechen.»

«Schalt einen Gang zurück. Sie hat ihren Vater auf brutale Weise verloren. Zeige etwas Mitgefühl.» Er schaute sie an, sein Blick schwankte zwischen Mitleid und Ekel.

Sara ignorierte seine Bemerkung. «Wenn er eine Tochter hat, was ist dann mit seiner Frau? Kommt sie nicht? Ist er geschieden?»

«Soweit wir wissen, war er nie verheiratet. Du bist dran. Was weisst du über unsere Täterin?»

Sara erzählte ihm, dass Katja an der ETH vor rund dreissig Jahren studiert und promoviert hatte.

Lind war platt. «Eine Reinigungskraft mit einem Doktortitel? Warum in Gottes Namen putzt sie dann all die Jahre die Büros einer Privatbank?»

«Wenn du mich zu ihr lässt, kann ich sie fragen.»

«Vergiss es. Der eine Besuch war eine Ausnahme.»

«Dann eben nicht. Du bist an der Reihe.»

«Ich habe nichts weiter über Reynard.»

«Nutz mich nicht aus. Ich war offen zu dir.»

«Nichts über Reynard, dafür über Katja. Kurz vor ihrem Absturz ins Drogenmilieu wurde sie verhaftet. Einfacher Diebstahl. Sie wollte in einem Juweliergeschäft Ohrringe mitgehen lassen, als sie sich welche zeigen liess.»

Sara seufzte. Gab es irgendein Verbrechen, das die liebe Katja Rosenstock nicht begangen hatte?

***

Spontane Entscheide waren für Tom untypisch, aber nachdem er mit Natalie aus Zürich zurück war und sie heimgefahren hatte, überkam ihn wieder diese Leere, die er schwer ertragen konnte. Es war seine Vergangenheit, die ihn belastete, genau wie die Vergangenheit von Katja Rosenstock ungelöst war. Tom entschloss sich, das zu ändern, und wählte eine Nummer, die er lange nicht angerufen hatte. Das Gespräch verlief kurz, stockend, kühl. Letztlich ging sie auf seinen Wunsch ein, ihn zu treffen. Sie war aber bis sechs bei der Arbeit und hatte um acht eine Doppelstunde Yoga. Danach hatte sie Zeit für ihn.

Tom ging joggen, nahm eine Dusche und briet sich ein Schnitzel zum Abendessen. Um halb zehn fuhr er los, diesmal an Zürich vorbei Richtung Sankt Gallen, sein Wagen lautstark über die vielen Kilometer protestierend, die er heute fahren musste. Er nahm die Ausfahrt zur Raststätte Kemptthal kurz vor Winterthur.

Jetzt stand sie vor ihm. «Auf einem Parkplatz? Echt? Hier kann es nachts gefährlich werden. Du hättest auch zu mir nach Frauenfeld kommen können.»

Nein, hätte er nicht. Es wäre zu privat geworden. «Quatsch.» Tom grinste, ging auf sie zu und nahm sie in den Arm. «Gut siehst du aus.»

«Ist lange her.»

«Ja.»

Sie schob ihn von sich weg. «Was ist los? Wir haben uns Ewigkeiten nicht mehr gesehen, und plötzlich willst du mich im Dunkeln hier treffen?»

«Du hast dich nicht verändert.» Er musterte sie. Sie trug ihre langen schwarzen Haare offen. Ihre Grübchen in den Wangen liessen die leicht strengen Gesichtszüge weicher erscheinen. Sie trug einen übergrossen Sweater mit dem Aufdruck einer Rockband und eine schwarze Jeans. Gespielt misstrauisch verschränkte sie die Arme vor der Brust.

Tom hätte bei dieser Geste aufschreien können. Das Leben war nicht fair. Seine Schultern fühlten sich schwer an. «Wie geht es dir?»

«Mir? Blendend. Ich habe einen guten Job –»

«Job?»

«Gemeindeverwaltung Weinfelden. Nichts Aufregendes, aber wir haben ein tolles Team.»

«Cool.»

«Ich sagte, der Job sei gut, nicht cool.» Sie schaute sich um. «Was war so dringend, dass wir uns hier auf halbem Weg treffen? Willst du über meine langweilige Arbeit plaudern?»

«Lass uns ein paar Schritte gehen.» Tom wusste selber nicht, weshalb ihn der Drang überrollt hatte, Mirjam zu treffen.

Sie hakte sich bei ihm unter. «Es könnte fast romantisch sein, wäre das Rauschen der Autobahn Meeresrauschen. Erinnerst du dich an unseren Ausflug nach Rimini? Gott, wir waren Kinder.»

«Du warst ein Kind, neunzehn Jahre alt. Ich war damals schon alt.»

«Du warst zweiunddreissig und hattest deine gefühlt hundertste Krise mit Karo, wolltest dich scheiden lassen.» Mirjam seufzte. «Es hätte etwas werden können, wenn nicht …»

Tom nahm ihre Hand. «Das ist Vergangenheit.»

Sie blieb stehen und schaute ihn an. «Sag mir nicht, dass deine Zeit in der U-Haft leicht war. Es war meine Schuld.»

«Sag das nicht. Dank deinem Alibi …»

Schweigen.

Er fühlte, wie sie leicht zitterte. Ihre Finger krallten sich in seinen Oberarm. Tom reagierte nicht. Wusste nicht, wie. Er schaute hoch in den Himmel. Vom Mond war nichts zu sehen, aber er war da, lauerte hinter den Wolken, die sein Licht reflektierten. Die Nacht damals war ebenfalls düster gewesen. Es hatte in Strömen geregnet …

Regentropfen fielen auf seine Stirn.

«Ich denke nur selten daran, weisst du.» Sie nickte tapfer. «Ich verdränge es meist erfolgreich.»

Sie log. «Schaut Rico nach dir?»

«Er ist ein Zigeuner, kommt und geht, wie es ihm passt. Du weisst, dass man sich nicht auf ihn verlassen kann.» Sie liess Toms Arm los und ging einige Schritte vor. «Wir sollten reingehen. Ich mag den Regen nicht.» Abrupt drehte sie sich zu ihm um. «Warum willst du mich sprechen, ausgerechnet in so einer Nacht?»

Es war ein Fehler, hier zu sein. Natalie. Sie war daran schuld. Sie hatte ihn zu diesem Anruf genötigt, auch wenn sie es nicht wusste. «Siehst du deine Eltern oft?»

«Meine Eltern? Wie kommst du auf sie? Du weisst, wie wütend sie auf mich wegen meiner Vergangenheit sind. Aber es wird besser, wir sehen uns ab und zu.»

«Mirjam, ich –»

«Tom! Sei still. Warum musst du die alten Erinnerungen ausgraben?»

«Wir müssen über die Vergangenheit reden. Ich muss dir –»

Mit drei grossen Schritten war sie bei ihm und packte ihn am Kragen. «Wir müssen nichts. Du hast mich damals gerettet. Dafür habe ich mich bedankt.»

«Mit einem falschen Alibi? Warum bist du nach deiner Aussage ins Ausland?»

«Ich brauchte Abstand. Immerhin warst du ein verheirateter Mann und ich bloss ein dummes Kind, das zu nah ans Feuer ging und sich verbrannte. Es war eine gefährliche Zeit.»

Sie liess ihn los und drehte sich im Kreis, stampfte mit dem Fuss auf den nassen Asphalt, bis es spritzte. «Ich bin heute noch wütend auf mich, wenn ich daran zurückdenke.»

Tom steckte die Hände in die Hosentaschen und liess den Kopf sinken. «Ich hätte –»

«Red keinen Blödsinn. Nach dem Abend hast du mich nicht mehr als Frau gesehen, sondern nur noch als Opfer. Ich konnte deinen mitleidigen Blick nicht ertragen.»

«Du hättest –»

«Oh, vergiss die Möglichkeitsform. Es ist passiert, Tom. Es ist vorbei, und es ist gut so, wie es gekommen ist. Eine Karte zu Weihnachten und ein kleines Geschenk zum Geburtstag, mehr brauchen wir nicht voneinander. Wenn du mir nichts mehr zu sagen hast, fahre ich heim. Ich muss morgen früh raus und zur Arbeit.»

Einem Impuls folgend, packte er sie am Handgelenk. «Wir müssen reden. Nicht über den Vorfall. Es geht um deine Familie.»

«Hat dich Rico geschickt?»

«Weshalb sollte er?»

«Er hat mich gestern besucht. Etwas stimmt nicht mit ihm.»

«Was hat er dir erzählt?»

«Also doch.» Wütend entzog sie ihm den Arm.

Der Regen wurde stärker. Auf dem Parkplatz war es beängstigend ruhig. Sie waren alleine, alleine mit den schnell vorbeiziehenden Lichtern der Wagen auf der Autobahn.

«Macht keine Dummheiten», sagte sie. «Nicht wegen mir. Und nicht wegen dieser Natalie.»

«Er hat dir von Natalie erzählt?»

«Er hat von ihr geschwärmt.»

Dazu hatte Rico kein Recht. Tom fühlte, wie sein Bodyguard-Instinkt erwachte. «Rico kann man nicht vertrauen, das weisst du.»

«Er ist mein Bruder. Blutsbande bei uns Zigeunern sind stark. Ich werde immer auf seiner Seite stehen. Du ziehst den Kürzeren.»

Tom musste sich mit aller Gewalt zurückhalten, um ihr nicht die Wahrheit ins Gesicht zu sagen. Es war der falsche Zeitpunkt. «Sorry, mein Fehler.»

«Du glaubst, die Wahrheit zu kennen? Ich habe geliebt, weisst du, gelitten und Schmerzen ertragen. Aber ich habe erkannt, dass nicht ich das Problem bin, sondern die Welt, in der wir leben. Ich habe Dinge gesehen, die keiner sehen will, und mir jahrelang eingeredet, dass es meine Schuld war. Die war es nicht. Klar, ich war jung und dumm und leichtgläubig. Ich habe die Gefahr gespürt und bin ihr nicht ausgewichen. Nein, ich habe sie besiegt, ohne dass jemand davon weiss. Eine Entscheidung habe ich richtig gefällt. Es war die Entscheidung, zu überleben.»

«Wovon zum Teufel sprichst du?»

«Davon, dass ich das Geheimnis kenne und du bloss geblendet bist von Irrlichtern.» Sie schaute hinaus auf die Autobahn. Die Lichtkegel der Fahrzeuge brachen sich im Regen, der heftig niederprasselte, als wollte er alte Erinnerungen wegspülen.

Erfolglos.

NEUN

«Willst du einen Whisky zu deinem Glimmstängel?», fragte Tom und öffnete das Fenster im Besprechungsraum der Trust. Er schaute auf die Uhr. Es war kurz vor acht an diesem Dienstag. «Natalie verträgt den Rauch nicht, das weisst du.»

Sara streckte ihm die offene Zigarettenschachtel hin.

Er schüttelte den Kopf und griff nach dem Wasserglas auf dem Tisch.

«Verkatert?», fragte Sara. Er schaute sie mit einem Blick an, den sie nicht deuten konnte, so, als ob sie schuld an seiner Laune wäre. «Was?»

«Vergiss es.» Er liess sich auf den Stuhl fallen und zog die Fallakte zu sich heran. «Unsere Täterin ist also auch eine Juwelendiebin.»

Sara tippte hart mit dem Finger auf ihre Akte. «Eine Juwelendiebin und Brotkennerin.» Sie lachte ohne Emotion. «Einen tollen Hinweis habt ihr da gestern ausgegraben.»

Die Tür ging auf, und Natalie trat ein, strahlend und mit einer grossen Papiertüte in der Hand, deren Duft verriet, was sich darin befand. «Leute, ihr müsst mir einen Orden verleihen. Ich wusste es, ich bin die Beste! Uff, hier stinkt es nach Rauch. Wirf die Zigi weg, Sara. Willst du mich vergiften? Wo ist der Kaffee? Ich brauche Kaffee. Ich habe keine zwei Stunden geschlafen.» Sie warf ihre Umhängetasche und die Tüte auf den Tisch und steuerte auf die Kaffeemaschine in der Ecke zu. «Glaubt mir, das will etwas bedeuten, wenn ich am Morgen Lust auf Kaffee und Gipfeli habe. Wo ist der Kaffeerahm? Sagt nicht, der ist alle. Ich kann schwarzen Kaffee nicht ausstehen.»

Sara wechselte einen irritierten Blick mit Tom. «Bist du auf Speed?» So aufgedreht hatte sie Natalie selten erlebt. «Entweder Drogen oder frisch verliebt. Was ist es?»

Natalie schoss herum. «Drogen. Schmerzmittel, eine ganze

Packung. Und Aufputschmittel. Sorry, wenn ich aufgekratzt bin, aber ich konnte nicht ins Bett. Es ist so aufregend.»

«Aufregend?», fragte Tom.

Natalie setzte sich mit dem Kaffee zu ihnen an den Tisch. «Brettschneiders Hinweis, das Brot, es gibt nur eine mögliche Erklärung dafür.»

«Ist das so?», fragte Sara.

«Ich habe gestern Nachmittag kurz Hubi besucht, als wir aus Zürich zurück waren.»

Tom starrte sie mit einer Mischung aus Neugier und Enttäuschung an, sagte aber nichts.

«Hubi geht es gut. Sonja und Klara kümmern sich phantastisch um ihn. Aber die Staatsanwaltschaft macht Ärger wegen des Geldes. Sie haben ihm das Konto eingefroren, bis die Sache geklärt ist. Ach übrigens, Jamiro hat sich gemeldet. Er hat bei der Tex in Rio ein beachtliches Konto angelegt und konnte sich dadurch bei den Angestellten umhören. Die sind nervös. Klar, ihr Chef wurde in der Schweiz ermordet. Die Neuigkeit macht ihre Runde. Ist logisch, die Tat liegt eine Woche zurück und lässt sich nicht mehr verheimlichen. Also, Jacques Reynard war unbeliebt. Jamiro hat mit seinem Charme eine Sekretärin und eine Bankfachfrau umgarnt. Sie erzählten beide, dass Reynard unberechenbar und knallhart war, dominant, vor allem Frauen gegenüber. Ein Chauvi. Die Belegschaft fürchtete ihn.»

«Was hat Jamiro über sein Privatleben herausgefunden?», fragte Sara.

«Leider wenig. Er wohnte in einer Villa am Stadtrand. Keine Frau, aber oft Besuch von jungen Damen, das wusste der Chauffeur zu erzählen, mit dem hat Jamiro auch gesprochen. Er hat ihn in einer Bar aufgegabelt und ihm grosszügig Drinks offeriert. Reynard ging mit den Damen nicht zimperlich um. Oft musste der Chauffeur sie nach der Nacht in Reynards Villa zu einem Arzt fahren. Reynard hat die Rechnungen des Arztes bezahlt.»

Weshalb erschien Sara Katjas Tat plötzlich nicht mehr so

grausam? «Könnte er früher einmal einer von Katjas Freiern gewesen sein?», mutmasste sie. «Sie hat ihn erkannt und in ihrer Wut erstochen?»

«Daran habe ich auch gedacht», sagte Natalie. «Aber wäre das nicht ein unwahrscheinlicher Zufall, dass er ausgerechnet in der Bank arbeitet, bei welcher Katja seit zwölf Jahren die Räumlichkeiten reinigt?»

Sara erzählte von ihrem Gespräch mit Lind. «Reynard hat eine Tochter. Sie lebt in Manaus und ist auf dem Weg in die Schweiz.» Eine Tochter, die vermutlich froh war, dass ihr prügelnder Vater nicht mehr lebte.

Natalie runzelte die Stirn. «Davon wusste Jamiro nichts. Sie scheinen wohl kein gutes Verhältnis gehabt zu haben. Ist er verheiratet?»

«Sieht nicht so aus. Vielleicht geschieden oder verwitwet. Lind wusste es nicht, was seltsam ist. Wir werden mehr erfahren, wenn er mit der Tochter gesprochen hat.»

Tom stellte die nächste Frage. «Was ist mit Reynards Vergangenheit? Wo war er, bevor er die Tex in Rio übernahm?»

«Das weiss leider niemand. Reynard arbeitete seit siebenundzwanzig Jahren in der Niederlassung. Hat sich von der mittleren Etage zum Chefstuhl hochgearbeitet.»

«Er besitzt aber erst seit zehn Jahren den brasilianischen Pass», bemerkte Sara.

«Genau», antwortete Natalie. «Jamiro hat sich in die Datenbank der brasilianischen Behörden gehackt.»

«Der kann das?» Diese Kids heutzutage waren unglaublich, dachte Sara.

«Jamiro hat Freunde, die das für ein gutes Taschengeld können», war Natalies simple Antwort. «Reynard hat vor zehn Jahren seinen österreichischen Pass abgegeben, um Brasilianer zu werden.»

Ein Österreicher, dachte Sara und griff instinktiv nach der Zigarettenschachtel.

Ein Kugelschreiber kam geflogen. «Denk nicht einmal daran»,

drohte Natalie. «Noch etwas hat Jamiro herausgefunden. Ich denke, ich kenne den Grund, weshalb Reynard kürzlich in die Schweiz kam beziehungsweise kommen musste. Der Bank in Rio wurde Geld gestohlen. Ich kenne die Details bisher nicht, daran arbeiten wir.»

«Ein Bankraub?», fragte Tom.

«Hm, eher ein Diebstahl durch einen Computervirus. Ist dubios, die Sache.»

«Was ist mit dem Brot?», wechselte Sara das Thema.

Natalie griff nach der Tüte und verteilte die Gipfeli. «Hubi sagte, dass Katja nie Brot kaufte. Sie backte es zu Hause. Urdinkelbrot, Sauerteigbrot, Butterzopf, Ruchbrot, Burebrot, Walliser Roggenbrot, Tessinerbrot, Grittibänz – sie hat sie alle drauf. Sogar den Teig für die Buttergipfeli hat sie selbst hergestellt. Was sagt uns das? Na? Mensch, Leute, Katja ist Bäckerin, das war mein Gedanke.»

Sara runzelte die Stirn. «Ich dachte, sie sei Mathematikerin. Moment.» Sie blätterte in der Akte vor sich. «Hier steht es. Katja begann mit neunzehn das Studium an der ETH. Wie kann sie da vorher Bäckerin gewesen sein? Um zu studieren, musste sie die Matura haben.»

«Ich arbeite daran, wie das möglich war. Hubi weiss nichts über ihre Vergangenheit vor dem Absturz in die Zürcher Drogenszene, aber er hat mir erzählt, dass Katja damals Zürcher Dialekt sprach, es liegt also auf der Hand, dass sie im Kanton Zürich aufwuchs. Ich habe nach Bäckereien gesucht, die Hess heissen. Fehlanzeige. Also fragte ich Hubi, ob Katja einmal einen bestimmten Ort erwähnte, der einen Hinweis auf ihre Jugendjahre geben könnte. Ihm fiel erst nichts ein, dann erinnerte er sich, dass sie nie mit ihm ins Zürcher Oberland fahren wollte. Er hat einen guten Bekannten in Uster, der sie zu einer Geburtstagsfeier einlud, ist ein paar Jahre her. Es kam zu einem heftigen Streit zwischen Hubi und Katja, weil sie sich weigerte, mit ihm dort hinzufahren. Schlussfolgerung: Katja hat negative Erinnerungen ans Zürcher Oberland. Ich habe mir eine Liste aller Bäckereien zusammengestellt, die in den Jahren von ihrer Kindheit bis zu ihrem neunzehnten Lebensjahr im Zürcher Oberland offen hatten. Leute, das war Knochenarbeit. Ich habe versucht herauszufinden, ob eine dieser Bäckereien mit dem Namen Hess in Verbindung stand. Ganze dreiundsiebzig Betriebe musste ich durchgehen. Freunde von Kipekapeka haben mir geholfen. Wir suchten im Netz nach den Lehrlingen dieser Betriebe. Keine Petra Hess. Doch dann. Bingo! Die Bäckerei Bernet in Bauma.»

Natalie musste Luft holen, und Sara nutzte den kurzen Moment, um die Information zu verarbeiten. «Sag nicht, du hast herausgefunden, wer –»

Natalie strahlte. «Ich habe das Geheimnis gelüftet. Ich weiss, wer Katja Rosenstock alias Katja Keller alias Petra Hess wirklich ist.» Sie machte eine Pause und zog den Moment in die Länge.

«Mach es nicht so spannend», drängte Tom.

«Darf ich vorstellen, unsere Täterin wurde als Petra Bernet geboren und ist die Tochter von Lisa und Urs Bernet.»

Sara erkannte den Zusammenhang nicht. «Wie kommst du darauf?»

«Die Bäckerei hiess zwar Bernet, aber im Handelsregister war ein zusätzlicher Name als Eigentümer eingetragen: Norbert Hess, der, wie sich herausstellte, der Bruder von Lisa Bernet war.»

«War?», fragte Tom. «Und weshalb wechselte Petra den Namen auf Hess?» Er griff nach seinem Gipfeli.

Natalie seufzte. «An dieser Stelle kommen wir zu dem Trauma der Klientin. Die Bäckerei Bernet brannte ab, das Ehepaar kam dabei ums Leben. Sie wohnten in der Wohnung über der Bäckerei. Es geschah in der Nacht. Laut Ermittlungsbericht gab es einen Kurzschluss. Das Gebäude war alt. Durch gelagerte Gasflaschen kam es zu einer Explosion. Katja übernachtete in jener Nacht bei einer Freundin.»

Tom legte das Gipfeli zurück auf den Tisch. «Wie alt war sie bei dem Brand?»

«Zwölf. Ihr Onkel Norbert Hess nahm sie auf. Er adoptierte sie. Deshalb der neue Name. Und ein Kantonswechsel. Norbert Hess wohnte in Schwyz.»

Sara schob ihre Akte auf dem Tisch hin und her. Mit zwölf wurde Katja zur Vollwaise. Mit neunzehn begann sie ihr Studium an der ETH, mit fünfundzwanzig machte sie den Doktortitel, mit neunundzwanzig liess sie sich in einer psychiatrischen Klinik behandeln, und mit dreissig rutschte sie ins Drogenmilieu ab. Ihr Lebenslauf war löchriger als Emmentaler Käse. Je mehr Scheiben sie abschnitten, desto mehr Hohlräume kamen zum Vorschein. «Was ist mit ihrem Onkel, Norbert Hess?»

Natalie seufzte. «Die Nacht hatte nicht genügend Stunden übrig. Ich werde dem heute nachgehen und versuchen, ihn aufzutreiben. Er wird uns einiges über Katja erzählen können.»

«Oder auch nicht», sagte Tom. «Es scheint, dass sie keinen Kontakt mehr zu ihm hat – seit Jahren.»

Natalie senkte den Kopf. Sie sah müde aus. Die Luft war raus.

«Gute Arbeit. Erst gehst du dich ausschlafen», sagte Sara, «dann suchst du Norbert. Es eilt nicht. Katja läuft uns nicht weg, und die Behörden sind auch nicht die Schnellsten. Ich versuche herauszufinden, was Katja nach ihrem Abschluss an der ETH machte. Ein Mathegenie mit Doktortitel verschwindet nicht spurlos von der Bildfläche. Tom, was hast du vor?»

Er überlegte kurz. «Ich werde mich mit Blondie, Brownie und Blacky unterhalten. Es ist etwas Gras über den Mord gewachsen. Ich denke, jetzt können wir mit den Angestellten der Tex plaudern.»

***

Tom hatte sich für das Mittagessen chic angezogen. Er trug Jeans und ein enges schwarzes Hemd, das seinen durchtrainierten Oberkörper betonte. Seine Lederjacke hing lässig über der Schulter. An Aftershave hatte er nicht gespart, auch nicht an Gel in den Haaren. Von Sara hatte er eine Zigarette geklaut, die in seinem Mundwinkel hing. Er lehnte sich cool an die Aussenwand des Uptown-Gebäudes und wartete. Als reicher, heruntergekommener Iten konnte er nicht mehr durchgehen, seine Tarnung war aufgeflogen. Es galt, sein Image als verwegener Schnüffler zu pflegen. Tom fand das nicht gut, aber wenn er Sara die Domina aufzwängen konnte, so konnte er für einen Lunch den Magnum geben, auch wenn Schnauz und roter Ferrari fehlten und Zugs Promenade der von Waikiki Beach nicht das Wasser reichen konnte. Er blickte auf seine linke Hand. Drei rosafarbene Rosen warteten auf neue Besitzerinnen. Die Tex hatte vor fünf Minuten geschlossen. Mittagspause.

Die Tür ging auf.

Blondie, Brownie und Blacky traten aus dem Gebäude.

Sie lachten. Plauderten. Schauten sich um.

Starrten ihn an.

Tom schnippte mit einer lässigen Fingerbewegung den Zigarettenstummel zu Boden, stiess sich mit dem Fuss von der Wand ab und ging auf die drei Damen zu, hielt dabei die Rosen wie einen Schutzschild vor sich.

Die roten Lippen schürzten sich.

Sie waren wütend. Verwirrt. Griffen nach ihren Designerhandtaschen.

«Sorry», sagte Tom und verteilte die Rosen, sein charmantestes Grinsen aufgesetzt. Hoffentlich filmte ihn niemand. «Ich schulde Ihnen ein Mittagessen.»

Das Henry's lag im gleichen Gebäude um die Ecke. Die Damen bestellten Prosecco zu ihrem Lunch – den besten. Tom stöhnte innerlich, da Hubis Bankkonto eingefroren war.

«Du bist also ein Schnüffler?», fragte Blondie alias Amanda.

«Ich tue nur meinen Job. Seid ihr nicht auch daran interessiert, dass der Mord an Jacques Reynard aufgeklärt wird?»

«Die Putzfrau war es», sagte Brownie, die mit richtigem Namen Melissa hiess.

«Wir kennen den Grund für die Tat nicht», sagte Tom.

«Er war ein Arschloch.» Sabrina brachte es auf den Punkt. Sie warf wütend ihre schwarzen Haare über die Schulter.

«Erzählt mir von ihm. Die Details, die ihr der Polizei nicht gesagt habt.»

«Ein Chauvinist.»

«Ein arroganter Snob.»

Zwei klare Meinungen, dachte Tom. Er schaute Sabrina an. Diese verzog den Mundwinkel von rechts nach links und grinste dann, so als käme eine vergessene Erinnerung zurück. «Er war ein grosskotziger Grabscher. Aber es hatte auch Vorzüge, ihn persönlich zu kennen.»

«Richtig!», rief Amanda. «Du warst vor einem Jahr drüben in Rio.»

«Ferien. Ich habe ihn zufällig auf einer Party der Tex kennengelernt, zu der ich eingeladen war», fügte Sabrina kühl an. «Das Nachtleben dort drüben ist heiss. Ihr kennt die Bankerszene. Geld spielt keine Rolle. Heisse Nächte, tolle Partys, sexy Girls und feurige Männer. Und eine nette Bekanntschaft.»

«Erzähl», drängte Melissa.

Sabrina schmunzelte amüsiert. «Nein, das bleibt geheim.»

«Sie kamen Reynard näher?», fragte Tom.

«Reynard? Niemals. Er ist ein Ekelpaket. War. Ich habe mich, so gut es ging, von ihm ferngehalten.»

«Weshalb kam er in die Schweiz?», fragte Tom und hoffte, dass Natalies Vermutung bestätigt wurde.

Melissa antwortete. «Genau wissen wir es nicht. Eine Kollegin von der Buchhaltung liess vor ein paar Wochen eine Bemerkung fallen von wegen Probleme mit der Niederlassung in Rio. Es fehlte Geld.»

«Der Verwaltungsrat traf sich dreimal in den letzten fünf Wochen», erzählte Amanda. «Inoffiziell. Ich musste jeweils einen Saal in einem Restaurant mieten, wo sie unter sich zu Abend assen. Reynard war die letzten drei Sitzungen mit dabei.»

«Seit wann ist er in der Schweiz?»

«Ich habe nachgesehen», sagte Sabrina. «Ich musste ihm den Flug umbuchen, deshalb habe ich sein Flugticket auf meinem Mailaccount. Er flog am 25. Mai mit der Swiss von São Paulo nach Zürich. Der Rückflug war für den 3. Juni gebucht. Ich musste ihn auf den 15. Juni umbuchen. Also morgen wäre er zurückgeflogen.»

Die Servicefachangestellte brachte das Essen: Cesar Salat mit Pouletstreifen für Amanda, gedämpfter Lachs mit Gemüse für Melissa und ein blutiges Rindsfilet mit Rotweinsauce für Sabrina.

Tom hatte sich Henry's Cheeseburger bestellt. «Reynards Probleme müssen gross gewesen sein, wenn er seinen Aufenthalt hier verlängern musste. Kennt ihr jemanden aus der Niederlassung in Rio?»

«Nein», sagte Amanda und stocherte mit der Gabel in ihrem Salat. «Es arbeiten weltweit über fünftausend Angestellte für die Tex.»

«Neo war letztes Jahr auch drüben», bemerkte Sabrina. «Dank ihm war ich zu der Party eingeladen.»

«Genau.» Amanda spiesste einen Pouletstreifen auf. «Ihn sollten wir fragen.» Sie und Melissa schauten Sabrina verwegen an.

Sabrina drückte mit dem Messer auf das angeschnittene Rindsfilet, bis Blut floss. «Da lief nichts zwischen uns.»

«Zumindest nicht verbal», stichelte Melissa und saugte ein gedämpftes Baby-Rüebli durch die geschürzten Lippen in den Mund.

Tom griff nach seiner Stange vor sich auf dem Tisch. Es wurde heiss im Henry's. «Wer ist Neo?»

«Unser IT-Spezialist», erklärte Amanda. «Er heisst eigentlich Othmar Pfyffer, aber der Name ist ihm peinlich. Er nenne sich lieber Neo, wie Neo aus dem Film ‹Matrix›. Sieht ihm sogar etwas ähnlich, was meinst du, Sabrina?»

«Ist es üblich, dass Neo zu Niederlassungen reist?»

«Manchmal», sagte Melissa. «Er schult unter anderem die

IT-Spezialisten der Tex oder kontrolliert die Software bei Problemen.»

«Kann ich ihn treffen?»

Sabrina schüttelte den Kopf. «Er hasst Fremde. Und er hasst unbequeme Fragen. Ausserdem ist er der Tex gegenüber sehr loyal und muss sich an die Schweigepflicht halten. Es geht hier um Milliarden, da plaudert Neo nicht über Probleme der Software.»

Hing ein IT-Problem mit dem Geld zusammen, das bei der Tex gestohlen wurde und das – zumindest ein Teil davon – vermutlich auf Hubis Bankkonto landete? Wie sonst kam er zu seinem Vermögen? Das konnte kein Zufall sein. Tom wechselte das Thema. «Was ist mit Katja Rosenstock? Wie gut kanntet ihr sie?»

«Fast gar nicht», antwortete Amanda. «Sie begann jeweils mit den Sitzungszimmern im obersten Stockwerk. Den Empfang reinigte sie zuletzt. Deshalb sind wir uns höchstens im Lift begegnet.»

«Die Tex veranstaltet bestimmt ein Weihnachtsessen für die Angestellten. War Frau Rosenstock mit dabei?»

Sabrina legte das Messer auf den Tellerrand. «Die Weihnachtsparty ist ein rauschendes Fest, bei dem sich jede Frau warm anziehen muss. Banker und Alkohol ist ein schlechter Mix. Ihr Selbstbewusstsein weckt ihren Jagdinstinkt. Die Bankenwelt ist in Männerhand, Männer mit einem grossen Ego und noch mehr Risikobereitschaft. Glaubst du wirklich, die feinen Herren wollen eine Putzfrau am Weihnachtsessen mit dabeihaben?»

Warum arbeitete Sabrina am Empfang einer Bank, wenn sie so schlecht über die Branche dachte?

«Aber sie bezahlen gute Löhne», beantwortete sie Toms Gedanken unaufgefordert.

«Seit zwölf Jahren arbeitet Frau Rosenstock für die Tex, und niemand kennt sie?», fragte Tom.

«Wir wissen, wie sie aussieht und was sie tut», sagte Melissa, «aber nicht mehr.»

Katja war ein Schatten in der Bank.

«Wer hätte gedacht, dass eine Mörderin bei uns arbeitet», sagte Amanda. «Es hätte jeden von uns treffen können, oder? Es gehen die Gerüchte um, dass sie Reynard zufällig als Opfer gewählt hatte.»

Gerüchte waren gut, dachte Tom. Andererseits, wenn Reynard Probleme machte, wäre es für die Geschäftsleitung und den Vorstand praktisch, wenn er plötzlich tot umfiel. An so eine Verschwörung wollte Tom nicht denken. Das gab es nur in Hollywoodfilmen. «Könnt ihr mit der HR-Abteilung reden? Vielleicht haben die Informationen zu Frau Rosenstock, die uns weiterhelfen.»

Amanda schaute Tom herausfordernd an. «Wenn ich das tue, habe ich etwas gut bei dir.» Sie biss sich auf die roten Lippen. «Heute Abend ins Kino?»

Heute Abend war Tom bereits mit Ahri verabredet. Für keine Blondie, Brownie oder Blacky würde er sie versetzen.

***

Sara sass auf der Matte, atmete heftig und wischte sich die verschwitzte Stirn trocken. Sie hatte den ganzen Morgen am PC gesessen und brauchte Bewegung, um ihren Frust abzubauen. Eine Stunde lang trainierte sie an Toms Boxsäcken. Es war wichtig, dass sie in Form blieb. Während Tom mit vierzig im besten Alter war, gehörte sie mit zweiundvierzig bald zum alten Eisen. Das Leben war unfair. Manchmal fragte sie sich, ob es die richtige Entscheidung gewesen war, die Kripo zu verlassen. Bei der Trust hatte sie zu viel Zeit zum Nachdenken. Sie hustete. Am ersten Arbeitstag als selbstständige Detektivin hatte sie wieder mit dem Rauchen begonnen. Keine gute Idee. Sie klopfte sich mehrmals auf die Brust, stand auf und ging zu den Duschen. Ihr Magen knurrte, als das kühle Wasser auf ihre Haut prasselte. Sie hatte keinen Lunch dabei, aber allein wollte sie nicht in ein Restaurant essen gehen.

Zurück in ihrem Büro setzte sie sich vor den Computer. Unschlüssig. Wonach suchte sie? Katja war wie ein Geist. Mal tauchte sie auf, und dann verschwand sie für Monate, als existiere sie nicht. Man machte keinen Doktortitel, um sich in Luft aufzulösen. Sara dachte über den Brand der Bäckerei nach. Für ein zwölfjähriges Mädchen ist es ein Trauma, wenn es beide Eltern auf einen Schlag verliert. Aber sie kam bei ihrem Onkel unter, lernte fleissig und schaffte es an die ETH. Konnte der Tod ihrer Eltern das Trauma sein, welches sie siebzehn Jahre später in eine psychiatrische Klinik brachte? Wäre sie da nicht als Teenager abgestürzt? Sara bekam das Gefühl nicht los, dass nach ihrem Abschluss an der ETH mit Katja etwas passiert sein musste. Bloss was? Sie fand nirgendwo Hinweise, weder auf ihren Verbleib noch auf ihre Existenz. Verbrachte sie diese Zeit im Ausland? Das wäre die logischste Erklärung für das Fehlen jeglicher Informationen hier in der Schweiz. Ihr kam eine Idee, sie griff nach dem Hörer und rief Hubi an. Sie fragte ihn, ob Katja Fremdsprachen beherrsche. Englisch spreche sie fliessend, sagte er, auch wenn er sie selten Englisch habe sprechen hören. Klar sprach Katja Englisch, dachte Sara. Es war die Sprache der Mathematiker. Sie hatten Hubi bisher nicht informiert, dass seine Frau studiert hatte. Einstimmig hatten sie beschlossen, damit zu warten, bis Katjas Lebenslauf lückenlos aufgeklärt war. Sara fragte weiter, ob Katja nie über alte Zeiten gesprochen habe, über Freunde aus der Kindheit oder den Jahren danach. Nicht mit ihm, meinte Hubi. Er zögerte kurz. Aber mit Ahri habe sie manchmal geplaudert. Die beiden Frauen hätten sich gut verstanden, irgendwie wie Mutter und Tochter. Sara bedankte sich und legte auf. Sollte sie Ahri persönlich kontaktieren oder sie besser Toms Charme überlassen? Wut keimte in ihr. Eifersucht? Blödsinn.

Sie beschloss, Tom aussen vor zu lassen und die Sache selber in die Hand zu nehmen. Ihr Handy klingelte. Sie kannte die Nummer. «Der Staatsanwalt persönlich. Hast du Neuigkeiten für uns?»

«Ich hatte Besuch», sagte Lind. «Sie ist wütend.»
«Wer ist wütend?»
«Jacqueline Reynard.»
«Die Tochter? Wütend? Nicht traurig?»
«Sie hat Temperament.»
«Wie stand sie zu ihrem Vater? Er ist nicht gerade für seine Herzlichkeit bekannt, und sie lebte nicht bei ihm in Rio, sondern in Manaus, hast du mir jedenfalls erzählt.»
«Ich weiss nicht. Sie ist die Art von Tochter, welche die Wahrheit herausfinden will. Sie will zu Katja Rosenstock, was ich nicht zulassen werde.»
«Was ist mit der Mutter?»
«Jacqueline Reynard wurde unehelich geboren. Sie sagt, der Kontakt zur Mutter brach vor Jahren ab.»
«Gibst du mir ihre Nummer?»
«Ah, Bolander klopft gerade an meine Tür. Ich muss Schluss machen.»
Na toll, dachte Sara. Sie musste mit dieser Jacqueline Reynard sprechen.
Ein Anruf auf dem Festnetzanschluss der Trust holte sie aus ihren Gedanken zurück. Eine Handynummer, die ihr unbekannt war. «Trust Investigation, Sara Jung.»
«Hallo», sagte eine freundliche Frauenstimme am anderen Ende der Leitung. «Ich suche Tom Engels. Ich kann ihn am Handy nicht erreichen.»
«Und wer sind Sie?»
«Oh, sorry.» Ihre Stimme klang jung und frisch. «Mein Name ist Mirjam Minder.»

***

Sie hatte um zwei Uhr nachmittags gefrühstückt, danach quälte Musa sie eine halbe Ewigkeit im Beautyzimmer. Es war kurz vor fünf, als Natalie frisch gestylt zur Detektei kam.
Gähnende Leere.

Keine Spur von Tom oder Sara. «Tolle Kollegen», murmelte Natalie und fuhr ihren Computer hoch. Es wurde Zeit, Norbert Hess aufzuspüren, den Onkel, der damals Katja adoptiert hatte. Natalie brauchte zehn Minuten, bis sie Spuren von ihm im Netz fand. Spuren, die sich im Nichts auflösten, sprichwörtlich. Sie starrte auf einen Zeitungsartikel, der fast vierzig Jahre alt war.

Vermisstenanzeige.
Wer hat Informationen über Norbert Hess (45), wohnhaft in Schwyz. Am 15. Oktober wurde er zuletzt gesehen. Er ist 182 cm gross, hat kurze braune Haare und trägt einen Oberlippenbart. Hinweise nehmen die Schwyzer Kantonspolizei oder jede Polizeidienststelle entgegen.

Natalie stand auf und schritt im Raum auf und ab. Katja hinterliess eine Spur von Toten. Womöglich war Reynard nicht ihr erstes Opfer. Das konnte kein Zufall sein. Sie griff nach dem Handy und rief Tom an, aber nur die Combox war erreichbar. Natalie starrte auf das Display. Sollte sie Sara anrufen?

Ein lauter Knall liess sie zusammenfahren. Das Geräusch kam von unten.

Jemand war im Gebäude.

Natalie verliess das Büro und blieb draussen auf der Galerie über dem Dojo stehen. Es war düster, und da Natalie in der Trainingshalle kein Licht angeschaltet hatte, wirkte sie kalt und ungemütlich. Beton, Eisenstreben und Metallgitterboden trugen nicht zu einem heimeligen Klima bei. «Hallo?», rief Natalie in die Halle hinunter.

Sie bekam keine Antwort.

Aber da war ein Geräusch. Ganz sicher.

Es kam von unten.

Ein Schlurfen.

Es wurde beinahe von dem Regen übertönt, der an die Fensterscheiben klopfte und aufs blecherne Dach prasselte.

Ein kalter Schauer lief Natalie über den Rücken.

Sie war nicht alleine, da war sie sich sicher, auch wenn der Blick zur Tür ihr trügerische Sicherheit bot. Sie hatte sie abgeschlossen.

Wieder der Knall.

Draussen fegte ein Windstoss um das Gebäude.

«Wer ist da? Sara?»

Stille. Selbst der Wind hielt sich für ein paar Sekunden zurück, bevor er mit voller Wucht erneut zustiess.

Es knallte.

War ein Fenster offen, fragte sich Natalie. Die Fenster der Halle liessen sich nicht öffnen. Sie waren zu hoch angebracht. Es blieben nur die Fenster unten in den Umkleidekabinen. Das Geräusch kam von dort.

Na toll.

Natalie zögerte. Sie hatte Schiss.

Nein, sie war nicht so blöd wie die Opfer in billigen Horrorfilmen, die ein Geräusch hören und ihm in den dunklen Keller folgen, nur um kurz darauf abgestochen zu werden. Das Abenteuer mit dem Wagen hatte Natalie gereicht. Sie konnte auf Adrenalin verzichten. Rasch ging sie zurück in ihr Büro und schloss sich ein. Dann rief sie Sara an. Es klingelte, aber sie nahm den Anruf nicht entgegen.

Natalie setzte sich an ihren Tisch. Überlegte. Ihre Hände zitterten. Hastig riss sie die Schublade auf und griff nach der Schere. Sie lauschte, hörte einzig den Wind pfeifen.

Ein weiterer Versuch, Tom zu erreichen, schlug fehl. Sie schickte ihm eine Textnachricht, hängte an die Aufforderung, sie sofort zurückzurufen, Totenkopfsymbole und panische Emojis an.

Ein Klingeln unten an der Tür jagte sie vom Stuhl auf. Draussen war jemand und wollte herein. War das gut? Es könnte ein Kunde sein. Und wenn es eine Falle war? Sie musste die Treppe hinunter und durch das Dojo, um die Tür zu öffnen.

Es klingelte erneut.

Natalie wählte Ricos Nummer und betete, dass er für einmal erreichbar war.

Er war erreichbar. «Hey, Nat. Mit deinem Anruf habe ich nicht gerechnet. Alles wieder gut zwischen uns?»

Sie zwang sich ein Lächeln auf und hoffte, dass er das Zittern in ihrer Stimme nicht hörte. Ihr Blick fiel auf die Vermisstenanzeige. Blödsinn. Sie verliess das Büro, Ricos Stimme ganz nah am Ohr. «Ich bin bei der Trust.»

Er schwieg einen Moment, wohl unschlüssig, was er mit dieser Information anfangen sollte. «Arbeitest du?»

«Ja. Jemand hat unten an der Tür geklingelt. Ich schaue nach, wer es ist.»

«Gut. Ruf mich zurück, wenn du Zeit hast.»

«Rico», sagte Natalie, als sie langsam die Stufen hinunterging, die Schere in der Hand.

«Was?»

«Ich muss dich was fragen.» Sie war unten angekommen. Die Eingangstür lag an der Vorderseite der Halle, die Umkleidekabinen ganz hinten. Natalie schaute sich um, konnte aber nichts Verdächtiges entdecken.

«Was denn?», fragte Rico. Seine Laune war unpassend fröhlich.

Natalie ging auf die Tür zu. Es klingelte erneut. «Ähm.» Was sollte sie ihn fragen? «Gehst du am Wochenende mit mir aus?»

«Wow, Nat, heute ist Dienstag. Planst du so weit voraus?» Er lachte.

«Ja», sagte sie. Man konnte nie wissen, wie lange man lebte, dachte sie, sprach es aber nicht aus. Sie war an der Tür. Ihre Hand bebte, als sie diese umständlich, mit der Schere in der Hand, entriegelte und dann nach der Türklinke griff. Wenn sie schrie, wie lange würde es dauern, bis Rico Hilfe rief und die Polizei eintraf?

«Sicher», sagte Rico.

«W-was?», stotterte Natalie und riss die Tür auf.

«Klar gehe ich mit dir aus. Hey, alles okay bei dir? Du klingst –»

«Wow!» Natalie starrte die Frau an, die vor ihr stand. Sie kannte sie von einem Foto.

«Hallo. Ich bin Mirjam Minder. Ist Tom da?»

«Mirjam», wiederholte Natalie perplex.

«Mirjam?» Ricos Stimme überschlug sich.

***

«Hubi hat die Neuigkeiten schlecht verarbeitet», sagte Sara, als sie aus ihrem Wagen stieg.

«Armer Kerl. Er wusste nicht, dass seine Katja eine Waise war.» Tom schloss die Beifahrertür. Sie waren am Nachmittag zusammen zu Hubi gefahren. Er war ihr Auftraggeber und hatte ein Recht darauf, über den Stand der Ermittlungen informiert zu werden, auch wenn sie es ihm erst nicht sagen wollten.

Sie gingen zum Eingang der Detektei. Sara schloss die Tür auf. «Was hast du heute Abend vor?»

Tom grinste.

Sara hob die Hand. «Ich nehme es zurück. Ich will es nicht wissen. Ich hol nur kurz meine Unterlagen und verzieh mich nach Hause.» Sie blieb stehen. «Oben brennt Licht. Ist Natalie hier?»

«Sie hat nichts gesagt.» Tom griff nach seinem Handy. «Mist, es ist auf lautlos gestellt. Sie hat mich zweimal versucht zu erreichen und mir eine SMS mit Totenkopfsymbolen geschickt.»

«Sehen wir nach.» Sara ging vor. «Sie kann auch mal ein paar Stunden ohne dich auskommen.»

«Ich bin ihr Bodyguard.»

«Den Beschützer zu spielen gefällt dir, was?» Sara lachte, als sie die Stufen hochgingen. Sie hatte erstaunlich gute Laune. «Ich habe dich als langweiligen Durchschnittsmenschen gesehen, aber du weist ganz schön viele Facetten auf: Profi-Kickboxer, Bodyguard, Vater und nicht zu vergessen Zuhälter.»

«Nimmst du mir das noch übel?»

«Nein.» Sie hakte sich mit dem rechten Arm bei ihm unter, mit der Linken öffnete sie die Tür zum Büro. «Dich als Domina zu beherrschen hat was Reizvolles. Wir müssen das bei Gelegenheit wiederholen.»

Tom kam nicht dazu, über ihren Witz zu lachen. Er blieb abrupt stehen und starrte die drei Frauen an, die ihn und Sara mit offenem Mund anschauten.

«Tom», sagten Mirjam und Ahri zeitgleich.

Einzig Natalie, die hinter ihnen an der Wand stand, lächelte amüsiert.

Tom schüttelte Saras Hand von seinem Arm. «Was … was tut ihr hier?»

«Du gehst mit einer Domina aus?», fragte Mirjam.

Tom konnte ihr unmöglich sagen, dass sie soeben ihre leibliche Mutter wie eine Prostituierte musterte.

Ahri lachte laut heraus. «Tom, ich habe dir einiges zugetraut, aber dass ihr beiden auf solche Spielchen steht?»

Tom warf Natalie einen flehenden Blick zu, da Sara neben ihm in eine Schockstarre gefallen war.

Unendliche zehn Sekunden liess Natalie ihn im tiefen Wasser schwimmen, ehe sie ihm einen Rettungsring zuwarf. «Die beiden albern bloss herum. Mirjam, darf ich dir – ähm – Sara Jung vorstellen, unsere Kollegin bei der Trust. Sie und Tom haben letzten Freitag undercover im Rotlichtmilieu ermittelt.»

Mirjams Ausdruck entspannte sich. «Ah, Frau Jung, wir haben heute Morgen telefoniert.»

Sara nickte.

Tom bemerkte, dass Natalie nicht so cool war, wie sie sich gab. «Wir haben ein ernstes Problem. Mirjam und Ahri sind gekommen, weil sie mit Tom ausgehen möchten.»

Tom schluckte schwer. Das war peinlich. Er hatte schon die Mittagspause mit drei schönen Frauen verbracht. Dabei war er alles andere als ein Frauenheld. Er hätte im Boden versinken können.

Es klingelte unten an der Tür. Wenn jetzt noch seine Ex Karo den Laden stürmte, würde sich Tom im See ertränken, schwor er sich.

Sara eilte los, um dem Besucher zu öffnen, offensichtlich erleichtert, der peinlichen Situation zu entfliehen.

«Ich dachte, wir sollten uns in Ruhe aussprechen», sagte Mirjam. «Aber du bist schon mit Ahri verabredet.»

«Jaaa», sagte Ahri, keinesfalls verlegen. «Wie wäre es mit einem Date zu dritt?» Sie strahlte Mirjam an. «Du darfst gerne mitkommen.»

War Tom im falschen Film? Flirtete Ahri mit Mirjam?

Mirjam lachte und zeigte ihre Grübchen in den Wangen. «Ich lass dir den Vortritt. Das mit mir und Tom liegt Ewigkeiten zurück.»

Tom hörte Schritte die Treppe hochkommen. Sara war nicht allein. Er musste sich nicht umdrehen, um zu wissen, wer hinter ihm das Büro betrat. Natalie und Mirjam sagten es ihm gleichzeitig.

«Rico!»

ZEHN

«Wir hätten sie aufhalten sollen.» Rico dehnte seinen Nacken. Er war angespannt, stand direkt vor ihr und blickte über sie hinweg in die Ferne.

Wie süss, dachte Natalie und nahm seinen Kopf in ihre Hände. Wäre sie in diesem Moment an ein Elektrokardiogramm angeschlossen, würde der Kardiologe auf einen Herzschrittmacher bestehen. «Gib ihnen Zeit, sich kennenzulernen. Die packen das schon. Ihre Gene werden die Vibes spüren, glaub mir.» Widerwillig liess sie ihn los.

Er prustete laut Luft durch die Lippen, griff nach einem Stein vom Boden und warf ihn in den See.

«Du hast Angst, sie als Schwester zu verlieren.»

«Sie ist meine Schwester!»

«Setzen wir uns», schlug Natalie vor. Nach dem chaotischen Treffen bei der Trust waren sie zusammen nach Arth gefahren und spazierten im kleinen Yachthafen umher. Die Dämmerung brach bereits an, aber zumindest hatte sich der Regen gelegt. Es klarte auf. Rico wusste, dass Natalie keine langen Strecken gehen konnte. Er half ihr, sich an einer Stegkante auf den Boden zu setzen. Ihre Beine baumelten über dem Wasser. Natalie schaute den vertäuten Booten zu, die sanft über den Wellen tanzten.

«Dir ist kalt.» Rico zog seine Jeansjacke aus und legte sie Natalie über die Schultern. Er dachte nicht daran, sie loszulassen, liess seinen Arm auf ihrer Schulter ruhen und zog sie näher zu sich heran.

«Bist du böse, weil ich vorschlug, dass Sara und Mirjam zusammen essen gehen? Es war ein spontaner Einfall, um die peinliche Situation zu retten. Gegen Ahri haben wir keine Chance.»

«Ich bin dir nicht böse.» Rico drückte ihr einen Kuss auf die Stirn. «Aber was, wenn sich Sara und Mirjam nicht verstehen?

Mirjam kann manchmal sehr direkt sein. Sie handelt, bevor sie überlegt.»

Natalie lachte. «Wow, diesen Wesenszug kenne ich. Ist der vererbbar?»

«Als ich Mirjam damals auf dem Campingplatz fand, war sie keine vierundzwanzig Stunden alt.»

«Ihr habt ihr ein Zuhause gegeben.»

«Ja, haben wir.»

Natalie legte ihren Kopf an Ricos Schulter. In diesem Augenblick fühlte sie sich zu Hause. War das naiv?

Er strich ihr mit der Hand über den Kopf. «Was läuft zwischen Tom und dieser Koreanerin?»

Weshalb musste Rico diesen Moment ruinieren? Bei der nächsten Gelegenheit würde sie Tom erwürgen. Er war es, der ihr Leben schwierig machte, nicht Rico. Sie schaute auf das Armband an ihrem Handgelenk, eine feine Kette mit kleinen Anhängern. Ein Geschenk von Tom. Sie kannte ihn seit bald zwei Jahren. Damals war sie so blöd gewesen, sich in ihn zu verlieben. Sie hatte heimlich für ihn geschwärmt wie ein Teenie für einen Rockstar. Geschah das erneut? Sie musterte Ricos Profil. Er starrte gedankenversunken auf den See hinaus. Das perfekte Gesicht, schmal, mit tief liegenden Augen, einer geraden Nase und einer markanten Kinnlinie. Hinzu kamen die langen braunen Haare, die er am Hinterkopf zusammengebunden trug. Am reizvollsten war seine dominante Narbe an seiner Schläfe. Er hatte Natalie nie verraten, wie er zu dieser Narbe gekommen war. Sie hob ihre Hand und fuhr mit dem Zeigefinger daran entlang.

Er lächelte. «Was?»

«Erzähle es mir.»

Er atmete tief ein. «Ein Klappmesser war es.»

«Wann?»

«Vor Jahren.»

Sie stupste ihn mit der Schulter an. «Du bist ein Geheimniskrämer. Vor ein paar Wochen war ich bei Tom zu Hause und sah ein Foto von euch beiden. Damals hattest du die Narbe noch nicht. Das Bild war vor Toms U-Haft aufgenommen worden. Ihr seid mit Motorrädern an den Comersee gefahren.»

«War ein cooler Trip.» Rico nahm ihre Hand. «Das ist lang her. Wir kennen uns bald zehn Jahre, haben zusammen auf einer Baustelle gearbeitet, wo Tom sich etwas dazuverdiente. Mit seiner Kickboxkarriere brachte er es nicht zu Reichtum. Aber wollten wir nicht über die Koreanerin sprechen? Was läuft zwischen ihr und Tom?»

Natalie zog die Hand weg. Idiot.

«Woher kennen sie sich?»

«Es hat mit dem Fall zu tun. Ahri ist eine Bekannte der Rosenstocks.»

«Und sie flirtet mit Tom?»

Nicht nur mit ihm, dachte Natalie und musste an den Morgen am Pool denken. «Ich traue ihr nicht über den Weg.»

Rico schaute sie überrascht an. «Ist Tom in Gefahr?»

«Ha! Alter, er ist Bodyguard und Kickboxchampion und sie nur eine halbe Portion. Ich mache mir keine Sorgen um seinen Körper, aber um sein Herz. Tom hat kein gutes Händchen, was Frauen betrifft. Nehmen wir seine Ex als Beispiel oder Mirjam.» Und mich, dachte Natalie den Satz zu Ende.

«Lass meine Schwester aus dem Spiel.»

Das klang unerwartet hart. Natalie schaute ihn an. «Es lief etwas zwischen den beiden, da war Tom noch verheiratet, richtig?»

«Er und Karo lebten zu diesem Zeitpunkt getrennt.»

«Aber das zwischen Tom und Mirjam war nichts Ernstes?»

Rico überlegte einen Augenblick. «Es hielt nicht lange. War kompliziert. Mirjam ging danach ins Ausland.»

«Warum?»

«Tom kam in U-Haft wegen eines Mordes – unschuldig. Mirjam kannte das Opfer.»

Jetzt war Natalie platt. «Ging sie deshalb ins Ausland? Warum? Vertraute sie Tom nicht?»

«Das ist es nicht. Sie gab ihm das Alibi, damit er freikam. Der Mörder konnte bis heute nicht gefasst werden. Die Polizei hatte auch mich damals im Visier.»

«Erzählst du mir die ganze Geschichte?»

«Nicht heute.»

Natalie zeigte auf seine Narbe. «Hat die etwas damit zu tun?»

Er lächelte traurig. «In deinem hübschen Kopf steckt zu viel Neugier. Lass es für heute gut sein.»

Ein Mordfall war also der Grund für die Trennung zwischen Tom und Mirjam. Wehmütig schaute Natalie hinaus auf das dunkle Wasser. Sie fühlte Ricos Hand auf ihrer Schulter, die Wärme, die er ausstrahlte. Kurz schloss sie die Augen, um Mut für die Frage zu sammeln, die sie ihm stellen wollte. «Rico?»

«Hm?»

«Was läuft zwischen uns?»

Er drehte sich langsam zu ihr um. Es war unmöglich, seine Gefühle zu erraten. Er trug ein perfektes Pokerface zur Schau.

Natalie liess nicht locker. «Sei ehrlich. Ich brauche diese Antwort. Ich will keine Herzschmerzen. Dazu ist mein Körper nicht stark genug.»

Sein Schweigen zog sich ins Endlose. Es war schwer, seinem Blick standzuhalten. Sie drehte den Kopf weg, aber seine Hand griff nach ihrem Kinn und zwang sie, ihn anzusehen.

Er schloss die Augen und küsste sie.

***

Sie verliessen das Hafenrestaurant. Das Gespräch war nicht schlecht verlaufen. Mirjam hatte von ihrer Arbeit bei der Gemeindeverwaltung in Weinfelden erzählt und von ihrem Auslandaufenthalt in Neuseeland. Sara erfuhr, dass sie Rockmusik liebte und einen 125er Chopper fuhr. Eine anständige junge Frau. Wie konnte sie so einen Zigeuner wie Rico zum Bruder haben?

«Euer Fall, an dem ihr arbeitet, macht mich echt neugierig.»

Sara hatte keine Ahnung, wie es über sie gekommen war, Mirjam Details des Schutzengel-Mordes zu erzählen. Es kam selten vor, dass sie sich gegenüber einer Fremden öffnete. Vielleicht, weil sie den gleichen Namen trug, den sie ihrer eigenen Tochter gerne gegeben hätte. Die beiden wären im selben Alter …

Sara musste zu lange geschwiegen haben. Mirjam schien ihre Einsamkeit zu spüren. «Wollen wir noch in eine Bar oder ein Pub gehen? Ich brauche einen Espresso vor der langen Heimfahrt.»

«Wie wär's mit dem ‹Chicago› an der Baarerstrasse?», schlug Sara vor. «Willst du den Wagen nehmen oder zu Fuss gehen? Es wird dunkel.»

«Ein Spaziergang tut gut. Ich bin wetterfest.»

Sara führte Mirjam die Schützenmattwiese entlang ins Stadtzentrum.

«Weshalb wurdest du Polizistin?»

Sara holte die Zigarettenschachtel aus ihrer Jackentasche und hielt sie Mirjam hin. Sie zog eine Zigarette heraus. Sara gab ihr Feuer und zündete dann ihre eigene an. Sie zog den Rauch tief in die Lungen. Es war eine Premiere, dass sie gemeinsam mit einer Frau in einem Park eine Zigarette rauchte. «Ich wollte Polizistin werden, um die miesen Arschlöcher auf dieser Welt hinter Gitter zu bringen. Weil die Gesetze gut sind und Menschen schützen. Ohne die Polizei werden diese Gesetze nicht eingehalten, und die Schwachen und Wehrlosen werden verletzt.»

«Wow, der Satz trieft vor Pathos.» Mirjam blieb stehen und schaute Sara überrascht an. Sie griff lässig nach der Zigarette im Mund und blies den Rauch hoch in den Himmel. «Ist das nicht blauäugig gedacht? Bullen können nicht alle beschützen. Sie verhindern die Verbrechen nicht, sie suchen bloss nach den Schuldigen. Und das Gesetz ist zum Kotzen. Recht und Gerechtigkeit sind zwei Paar Schuhe. Unsere Gesetze haben Tom unschuldig während Wochen weggesperrt.»

«Du wirst frech. Red nicht schlecht über die Polizei.»

Mirjam hob amüsiert die Augenbrauen. «Lass uns nicht über

die Bullen streiten. Du bist nicht mehr in diesem Verein. Warum hast du den Dienst quittiert?»

«Nicht wegen der Arbeit. Meine beschissene Vergangenheit holte mich ein, und ich musste die Konsequenzen ziehen.»

«Erzähl mir davon.»

«Dazu kennen wir uns nicht gut genug.» Sara ging weiter. Was glaubte diese Mirjam, wer sie war? Einzig Lind, Tom und Natalie kannten ihr Geheimnis und dies auch erst seit letztem Herbst. Wütend warf sie ihren Zigarettenstummel weg und wechselte das Thema. «Erzähl mir von dir und Tom und weshalb er in U-Haft kam.»

«Du kennst die Geschichte nicht?»

Nur Bruchstücke, dachte Sara. Es war ein Fall der St. Galler Polizei. Tom sass für drei Monate in U-Haft und wurde des Mordes an einem Mitglied einer Biker-Gang beschuldigt. Es gab eine Schlägerei in einer Autowerkstatt in Gossau. Sie fanden Gewebespuren des Opfers an Toms Händen und Kleidung. Auch Rico musste daran beteiligt gewesen sein. Eine lange Narbe in seinem Gesicht machte die Polizei stutzig. Aber Rico behauptete, gestürzt zu sein und sich an einer Glasscherbe geschnitten zu haben. Da man am Tatort keine DNA von ihm sicherstellen konnte, wurde er von der Verdächtigenliste gestrichen, auch weil er das perfekte Alibi hatte. Er war zur Tatzeit in der Notaufnahme, um die Narbe im Gesicht nähen zu lassen. Das Opfer wurde erstochen, von hinten. Man fand keine Tatwaffe. Der Mord an dem Biker konnte nie aufgeklärt werden. «Ich weiss nur, was in der Fallakte steht. Dass Tom dank deinem Alibi nicht angeklagt wurde und freikam. Du sagtest aus, dass ihr nach der Schlägerei gemeinsam zu dem Wohnwagen deiner Familie gefahren seid und Tom die ganze Nacht bei dir war. Der Mord geschah in den frühen Morgenstunden. Was ist genau geschehen?»

«Puh.» Mirjam lehnte sich an einen der Bäume im Park. Ihre Stimme zitterte leise. «Der ermordete Biker hiess Kurt ‹King Georg› Hemmler.»

«Du kanntest ihn?»

Mirjam schob den Ärmel ihrer Lederjacke zurück. Zum Vorschein kam ein Tattoo am Unterarm: ein weiblicher Totenschädel, hübsch verziert, eingebettet in Rosen und Stacheldraht. Mirjam zeigte auf ein Symbol unter einer der Rosenknospen. «Das sind Initialen. BT. Bobbie Tanner. Eigentlich Robert Tanner. Er war mein Freund. Damit jedes Mitglied der Gang begriff, wem ich gehörte, liess ich mich überreden, mich mit seinen Initialen zu brandmarken. Dieses Wort trifft es wohl am besten. Brandmarken.»

«Du warst in einer Biker-Gang?»

«Überrascht? Ich war ein Bad Girl. Sie nannten mich Skully. Albern, ich weiss. Damals fand ich es voll cool. Ich war gerade achtzehn geworden.»

«Wusste Rico davon?»

«Nein, lange Zeit hielt ich es vor meiner Familie geheim. Irgendwann waren meine Tattoos nicht mehr unauffällig genug. Ich lief weg, dachte, Bobbie sei meine Liebe fürs Leben.»

«Männer», sagte Sara so abschätzig, wie sie konnte.

«Bobbie liebte es, seine Frauen zu kennzeichnen. Als ich dahinterkam, dass ich nicht die Einzige war, wollte ich aussteigen. Aber eine Biker-Gang verlässt man nicht einfach so. Ich suchte Unterschlupf bei Rico, der hatte damals gerade Besuch von Tom. Tom hatte Ärger mit seiner Frau. So lernten wir uns kennen. Ich stürzte mich von einem Desaster ins nächste. Ich wusste, dass Tom verheiratet war, aber bei ihm fühlte ich mich sicher. Bis zu dem Tag, an dem …»

Ohne Details zu kennen, wusste Sara, was geschehen sein musste. «Bobbie wollte dich zurück?»

«Nicht Bobbie. King Georg fand mich. Er wollte zeigen, was mit Frauen geschieht, die nicht gehorchen. Er verschleppte mich in seine Autowerkstatt, schlug mich, wollte mich vergewaltigen, mir einen Denkzettel verpassen.»

Sara musste den Impuls unterdrücken, Mirjam in die Arme zu nehmen. «Wollte?», fragte sie leise nach.

«Tom kam rechtzeitig. Es kam zu einem heftigen Kampf,

den Tom für sich entschied. Er brachte mich in Sicherheit. Wir fuhren aufs Land, wo meine Familie im Wald einen Wohnwagen stehen hatte, den sie selten nutzte.» Sie atmete tief durch. «King Georg lebte, als wir die Werkstatt verliessen. Tom hat ihn nicht getötet. Aber am nächsten Morgen fand ihn Bobbie erstochen in einer Blutlache liegend.»

«Warum sass Tom dann drei Monate in U-Haft?»

«Rico erfuhr am nächsten Tag von dem Mord und verbot mir, bei der Polizei auszusagen. Während meiner Zeit bei der Biker-Gang habe ich bei einigen illegalen Aktionen mitgeholfen. Aber ich entschied mich um und gab Tom nach Wochen endlich das Alibi, das ihn entlastete. Die Polizei wollte mich als Zeugin, die gegen die Gang aussagt, aber ich habe geschwiegen, was ich oft bereut habe. Rico bestand darauf, dass ich für eine längere Zeit ins Ausland ging, zur Sicherheit, bis Gras über den Fall gewachsen war.»

Gut war Sara nicht mehr bei der Polizei. Sie konnte so tun, als hätte sie die Geschichte nie gehört. «Bist du noch in Gefahr?»

«Nein. Nach King Georgs Tod fiel die Gang auseinander.»

«Also hat Tom dich vor einer Vergewaltigung gerettet?»

«Ja.»

«Er sass in U-Haft, um deinen Ruf zu schützen?»

«Ja.»

«Und du hast ihn danach kaltblütig abserviert?»

«Es –»

«Mehr muss ich über einen Menschen nicht wissen.» Sara liess Mirjam stehen und marschierte davon.

***

Tom stieg aus seinem Wagen. «Hier wohnst du?»

«Jaaa.» Ahri lächelte und zeigte hoch zum Dachstock des Mehrfamilienhauses. «Ganz da oben. Komm!»

Er folgte ihr ins Gebäude und die Stufen hoch. Was tat er hier?

«Wie fandest du den Film?», fragte Ahri in Plauderlaune.

«Gut.»

«Und das Ende? Ryan hätte nicht sterben müssen.»

«Nein.»

«Erwischt!» Sie blieb abrupt stehen und drehte sich um. Da sie zwei Stufen höher stand als er, musste er leicht hochschauen. «Du hast nicht aufgepasst. Es gab ein Happy End, aber du hast auf die Leinwand gestarrt, als wäre sie ein Horizont. Wo bist du mit den Gedanken? Ist es wegen ihr?»

Tom war irritiert. «Wegen Mirjam?»

«Nein. Da läuft doch schon lange nichts mehr. Ich rede von Natalie.»

«Wie kommst du auf Natalie? Wir sind nur Freunde.»

Ahri legte ihre Hände auf seine Schultern. «Bist du dir sicher? Ich will dich niemandem wegschnappen.»

«He, schon mal davon gehört, dass Männer eigenständig entscheiden können?»

Sie griff nach seiner Hand. «Komm. Ich will guten Sex.»

Wenn das keine Ansage war.

«Aber nicht so wie beim letzten Mal», doppelte sie nach.

Das war wie eine Faust ins Gesicht. Tom blieb stehen. «Was war falsch beim letzten Mal?»

«Nichts. Er war bloss zu perfekt. Ich will mich nicht verlieben, Tom. Dazu bin ich nicht bereit.»

Lebte er in einer altmodischen Welt?

Oben angekommen, schloss sie die Tür auf und führte ihn in die Wohnung, eine ganz normale Wohnung mit Möbeln von Ikea. Einzig der Esstisch fehlte, dafür war der Salontisch dreimal grösser als üblich.

«Sind nur zwei Zimmer. Für mich reicht es. Nimm dir ein Bier aus dem Kühlschrank, ich zieh mich um.»

Sie verschwand im Schlafzimmer. Mit dem Bier in der Hand schaute sich Tom im Wohnzimmer um. Die Wohnung war ordentlich aufgeräumt, praktisch eingerichtet, mit ein paar Familienfotos auf dem Bücherregal. Sie zeigten Ahri vermutlich mit ihren Eltern in Korea. Tom war lange nicht mehr bei einer Frau zu Hause gewesen. Gut, die Sache mit Natalie war anders. War sie das?

Vor zwei Tagen kam Ahri zu ihm nach Hause, auch wenn sie nicht die Nacht über bei ihm geblieben war. Er grinste, als er daran zurückdachte. Sie hatten zu viel Soju getrunken. Die Leidenschaft hatte ihn überrollt.

Er setzte sich aufs Sofa und wartete.

Wartete lange. Was trieb Ahri im Schlafzimmer? Er rief ihren Namen, bekam aber keine Antwort.

Tom stand auf und klopfte an ihre Schlafzimmertür. «Alles okay bei dir?»

«Nein.»

Tom war alarmiert. «Brauchst du Hilfe?»

«Wie willst du das herausfinden, wenn du da draussen auf mich wartest?»

Wenn das keine Einladung war.

Er öffnete die Tür.

Eine Duftwolke lullte ihn ein.

Das Licht war schummrig. Feine Rauchschwaden von Räucherstäbchen zogen durch den Raum. An der dunkelblauen Decke funkelten Sterne. Klassische Musik drang aus einem kleinen Lautsprecher.

Ein Bett gab es nicht. Ahri räkelte sich nackt auf den weichen Daunen am Boden und winkte Tom mit dem Zeigefinger zu sich. Eine wunderschöne junge Frau mit heller Haut, schlanker Figur, kleinen Brüsten und einem übergrossen Selbstbewusstsein.

Tom sass in der Falle.

Er musste sich seinem Schicksal ergeben, dachte er, als er die Zimmertür schloss, sein Hemd aufknöpfte und auf sie zusteuerte.

ELF

«Sie sind also der Boxer. Hubi hat mir von Ihnen erzählt.»

Katja starrte Tom an, der neben Lind am Tisch Platz genommen hatte. Der Anruf des Staatsanwaltes war heute Morgen unerwartet gekommen. Katja wolle den Boxer treffen, erklärte Lind. Tom war Kickboxer, dies bloss ein Detail am Rande, auf das er verzichten konnte, wenn Katja im Gegenzug mit ihm redete.

«Sie wollen mich sprechen?»

«Falsch. Ich sagte, ich will Sie kennenlernen.»

Tom schaute Lind an. Der lehnte sich im Stuhl zurück und überliess Tom das Feld, so war es abgesprochen. Mit den Behörden werde sie nicht mehr sprechen, hatte Katja klargestellt.

Tom lehnte sich vor. «Hier bin ich. Was wollen Sie von mir?»

Katjas Blick wurde eisig. «Hubi hat am Telefon gesagt, dass sein Bankkonto eingefroren wurde. Sorgen Sie dafür, dass er auf das Geld zugreifen kann. Er braucht es.»

Ein heiserer Laut stiess aus Linds Kehle.

«Das liegt nicht in meiner Hand», sagte Tom und setzte ein freundliches Lächeln auf.

«Die Transaktion war legal.»

Vorsichtig schielte Tom zu Lind hinüber, der eine Augenbraue hob. Sie teilten den gleichen Gedanken. Woher wusste Katja, dass die Transaktion legal war? Tom wagte einen Vorstoss. «Sie kennen sich mit Bankgeschäften und Transaktionen aus?»

«Ha! Ist das ein Witz? Ich habe jahrelang in einer Bank geputzt, schon vergessen?»

«Ich meine, durch Ihr Studium an der ETH, Frau Dr. Petra Hess.»

Kurzes zufriedenes Schweigen. Dann ein böses Lächeln. «Sie haben eine Woche gebraucht, das herauszufinden? Ich bin enttäuscht.»

Der Hieb sass wie ein Kinnhaken.

Lind schoss von seinem Stuhl auf. «Hören Sie auf, mit uns zu spielen.»

«Sie sollten bei diesem Gespräch nicht die Nerven verlieren, Herr Staatsanwalt. Gehen Sie einen Tee trinken. Herr Engels und ich kommen klar. Gefährlich kann ich einem ehemaligen Boxchampion nicht werden, was denken Sie?»

Diese Frau war brandgefährlich, dachte Tom. Der brutale Mord war geplant. Katja war Mathematikerin. Sie war berechnend. Eiskalt berechnend. Tom bezweifelte, dass er ihr das Wasser reichen konnte. Aber wenn er ihr verbal nicht beikommen konnte, dann vielleicht durch Menschlichkeit. Ganz gleich, wie hoch ihr IQ war, sie war ein Mensch, der gelitten hatte. Was machte eine traumatische Vergangenheit mit einem Menschen mit überdurchschnittlicher Intelligenz? Er nickte Lind zu, der den Besucherraum verliess.

Katjas Gesichtszüge entspannten sich. «Wie gefällt Ihnen Ahri?»

Wumm!

Ein knallharter Uppercut.

«Sie hat einen wachen Geist und gute Menschenkenntnis», sagte Katja.

Tom wusste nicht, welche Frage er darauf stellen sollte.

«Ist schon gut, Sie waren unvorbereitet. Aber wenn Ahri nichts an Ihnen liegen würde, würde sie nicht zu Ihnen ins Bett steigen. Das war nicht geplant. Deshalb sind Sie hier. Sie müssen jemand Besonderes sein.»

«Sie haben Ahri –»

«Oh Gott, nein. Ich bin keine Zuhälterin. Ich habe Ahri gebeten, dafür zu sorgen, dass Hubi die Trust Investigation aufsucht, sollte mir etwas Ungewöhnliches zustossen. Der Fall ist eingetroffen.»

«Sie haben also Ahri damit beauftragt, Hubi zu uns zu schicken.»

«Sie hat ihn auf Ihre Detektei aufmerksam gemacht. Sie empfohlen.»

«Weshalb?»

Katja setzte sich aufrecht hin. «Hubi wird einiges über meine Vergangenheit erfahren. Ich will, dass Sie ihn darüber informieren, schonend. Ich habe mich erkundigt. Sie und Natalie Krieger haben den Tollwut-Fall gelöst. Das war gute Arbeit. Stand in den Zeitungen. Aber ist ein Schmetterlingskind stark genug für diesen Job? Sie leitet Kipekapeka, nicht? Bemerkenswert. Sie sind einfühlsam, beide. Allerdings verstehe ich nicht, weshalb Sara Jung mit im Team ist. Ich mag sie nicht. Ihr fehlt Mitgefühl, genau wie den Bullen. Einmal Bulle, immer Bulle, was?»

Tom hatte recht. Katja war berechnend. Und gut informiert. Er hatte genug davon, in der Ecke verprügelt zu werden, und ging zum Angriff über. «Mitgefühl? Hatten Sie Mitgefühl, als sie Jacques Reynard erstachen? Was ist mit seiner Familie? Haben Sie an seine Tochter gedacht?»

Katjas Kinn sackte hinunter. «Tochter?»

Wie konnte diese Information sie so bestürzen? Ihr wich alle Farbe aus dem Gesicht.

«Ja. Lind hat gestern mit ihr gesprochen. Sie flog aus Brasilien her. Sie haben ihr den Vater genommen.»

«Dieser Hundesohn!» Katja schrie Tom die Worte ins Gesicht. Sie schrie, tobte, zerrte an den Handschellen, liess die Fäuste auf den Tisch niederkrachen. In den wenigen Sekunden, die es dauerte, bis der Vollzugsbeamte im Raum Katja unter Kontrolle brachte, wurde Tom klar, dass die Ermordung von Jacques Reynard eine Familienangelegenheit sein musste.

«Hundesohn!», schrie Katja, als sie von drei Männern abgeführt wurde.

So schnell würde Tom sie nicht mehr zu sprechen bekommen. Lind trat ein. «Gut gemacht.»

«Gut gemacht?»

«Es ist das erste Mal, dass sie Emotionen zeigt. Das ist der richtige Weg, um von ihr früher oder später die Wahrheit zu erfahren. Was hast du zu ihr gesagt, dass sie gleich einen Tobsuchtsanfall bekam?»

Hubi wird einiges über meine Vergangenheit erfahren. Ich will, dass Sie ihn darüber informieren, schonend. Ihre Worte liessen ihn nicht los. Er zuckte mit den Schultern. «Wir sprachen über Hubi.»

«Sie nennt ihren Gatten einen Hundesohn? Haben wir etwas bei ihm übersehen?»

«Scheisse, nein, sie nennt das Opfer einen Hundesohn. Katja tut alles, um ihren Hubi zu beschützen.»

«Alles? Was meinst du?»

Gute Frage. Was bedeutete alles? «Ich muss los, zurück zur Trust.» Doch vorher wollte Tom bei Ahri vorbei. Wie tief steckte sie in der Sache mit drin?

Sein Handy klingelte. Die Pflegefachkraft seines Vaters meldete sich. Tom hasste solche Anrufe. «Ja?»

«Herr Engels, schnell. Ihr Vater ist aus der Wohnung ausgebüxt. Ich kann ihn nicht finden. Ich war nur kurz auf der Toilette, ehrlich. Er hat geschlafen. Aber jetzt – die Tür steht offen. Er trägt nur seinen Pyjama, keine Schuhe. Ich bin unten auf der Strasse, aber ich kann ihn nicht finden.»

***

Die Bahnhofuhr zeigte fünf nach zehn. Natalie zog den Reissverschluss ihrer Jacke bis ganz nach oben. Diffuses Sonnenlicht brachte keine Wärme. Sie sass auf der Bank unter dem Vordach vom Bahnhof Zug Schutzengel und blickte erneut auf ihr Handy. Warum ging Tom nicht ran?

«Ich erreiche ihn auch nicht», sagte Sara, welche die Stufen zum Perron 2 hochkam.

«Hat er gesagt, was er heute vorhat?»

«Nein. Aber Lind hat mich informiert, dass Katja Tom sprechen will.» Sie setzte sich neben Natalie auf die Bank. «Was tun wir hier?»

Natalie runzelte die Stirn. «Er hat das gestern nicht erwähnt.»

«Tom steckte gestern tief im Schlamassel. Das war peinlich. Weshalb habe ich nie bemerkt, dass er ein Frauenheld ist?»

«Ist er nicht. Eher der Antiheld. Das macht ihn attraktiv.»

«Schwärm du nicht auch von ihm.»

Natalie strahlte. «Nein, nicht von Tom.»

«Hoppla. Was lief da gestern mit Rico?»

Der Seufzer fiel zu laut aus. Rasch wechselte Natalie das Thema. «Kamst du mit seiner Schwester klar? Mirjam ist toll, nicht?»

«Sie ist ein eiskaltes Miststück.»

Natalie sprang bei den Worten auf die Füsse. «Was?»

«Warum regst du dich auf? Du triffst dich mit Rico, nicht mit seiner Schwester.»

Langsam setzte sich Natalie wieder. So war das nicht geplant gewesen. Wie konnte Sara ihre eigene Tochter ein eiskaltes Miststück nennen? Andererseits … «Ich kenne noch jemanden, der oft ein eiskaltes Miststück ist.»

Baff starrte Sara sie an. «Was habe ich dir angetan? Du hast mich herzitiert, und ich bin nur fünf Minuten zu spät. Weshalb bist du auf ein Kriegsspiel aus?»

«Das Leben ist ein verschissener Krieg.» Natalie rieb sich das Bein. «Katja zog unerschrocken in eine Schlacht.» Sie zeigte auf den Boden direkt vor dem Gleis. «Dort muss er gestorben sein. Es ist nichts mehr zu sehen.»

«Hast du etwas über Reynard herausgefunden?»

«Nein. Aber über Norbert Hess.»

«Den Onkel?»

«Ja, ich habe Informationen über den lieben Onkel Norbert.»

«Den Verschollenen?»

«Soll er auf ewig in der Hölle schmoren.» Natalie schaute hoch zum Bahnhofsschild. Vielleicht wählte Katja als Trotzreaktion diesen Ort, weil Gott ihr einen Schutzengel vorenthalten hatte, als sie ihn dringend benötigt hätte. «Wir wissen nicht, weshalb Katja hier auf Reynard traf. Was wollte er am Bahnhof, mitten in der Nacht? Ich habe herausgefunden, dass er im

Hotel Löwen im Stadtzentrum ein Zimmer hatte. Wenn er den Zug nehmen wollte, dann von da drüben.» Sie zeigte hinüber zu Perron 1 auf der anderen Seite der beiden Gleise. «Aber nicht hier, wo die Züge Richtung Luzern fahren. Ich war vorhin kurz an der Rezeption des Hotel Löwen. Natürlich können sie sich an Reynard erinnern, sie hatten ja die Polizei im Haus, die sein Zimmer durchsuchte. Aber er habe sich unauffällig benommen, sagte die Rezeptionistin. Sie konnte mir nicht weiterhelfen.»

«Eine weitere Sackgasse. Was hast du über den Onkel?»

«Ich konnte ihre ehemalige Oberstufenlehrerin in Schwyz ausfindig machen. Frau Biller lebt heute in einem Altersheim im Aargau. Ich habe am Morgen mit ihr telefoniert. Ihr Körper ist schwach, sagt sie, ihr Geist aber hellwach. Sie konnte sich gut an Katja erinnern. Damals hiess sie noch Petra. Kurz nach dem Tod ihrer Eltern kam sie nach Schwyz zu ihrem Onkel.»

«Wie ging es ihr?»

«Sie war still, sagte Frau Biller, und wirkte gefasst, verbarg ihre Gefühle, und es war schwer, an sie heranzukommen. Ihre Noten waren überdurchschnittlich gut. Aber Frau Biller stellte nach einigen Monaten eine Veränderung bei ihr fest. Sie war unkonzentriert und launisch. Die Trauer wich einer Wut.»

«Behandelte Norbert Hess sie schlecht?»

«Im Gegenteil. Die Lehrerin sagte, er sei sehr fürsorglich und aufmerksam gewesen, habe Katja oft zur Schule gebracht und nie einen Elternabend verpasst. Katja war stets ordentlich gekleidet, die Hausaufgaben waren erledigt.»

«Also war er der gute Onkel?»

«Zu gut. Frau Biller konnte es nie beweisen. Es waren bloss kleine Anzeichen. Die Hand des Onkels auf Katjas Schulter, wenn er zum Elterngespräch kam, und ihre Reaktion darauf. Ihre sozialen Kompetenzen verschlechterten sich rapide. Sie wurde eine Einzelgängerin. Eine perfekt funktionierende Hülle ohne Emotionen.»

«Hat Frau Biller ihren Verdacht gemeldet?»

«Sie war zweimal bei Norbert Hess zu Hause. Er meinte,

Petra leide unter dem Verlust der Eltern. Frau Biller liess nicht locker und sprach mit dem Pfarrer darüber, der auch in der Schulpflege sass. Zu jener Zeit war Kindesmissbrauch ein heikles Thema, über das lieber geschwiegen wurden. Dennoch konnte der Pfarrer veranlassen, dass Petra, mit dem Einverständnis ihres Onkels, mit dem Schulpsychologen sprach. Der kam zum gleichen Schluss wie Norbert Hess. Petra litt unter dem Tod der Eltern. Damit war der Fall erledigt.»

«Was wurde nach der Schule aus ihr?»

«Sie ging in Schwyz ans Gymnasium und machte die Matura. Daneben und danach jobbte sie im Büro eines kleinen Familienbetriebes in Seewen, der mit Agrarprodukten handelte. Den Betrieb gibt es seit zwanzig Jahren nicht mehr. Die Eigentümer sind verstorben, und Nachkommen gibt es keine. In dem Jahr, als Katja achtzehn wurde, verschwand Norbert Hess im Oktober spurlos. Ist das nicht verdächtig?»

Sara überlegte. «Dass ihr lieber Onkel verschwand, nachdem sie volljährig geworden war? Sein Job war getan.»

«Falsch. In den Achtzigern lag die Volljährigkeit noch bei zwanzig Jahren, nicht bei achtzehn.»

«Wann begann sie das Studium an der ETH?»

«Im darauffolgenden Frühling. Sie muss zu dieser Zeit einen Vormund gehabt haben. Dem gehe ich noch nach.»

Sara stand auf. «Gut, ich werde bei meinen ehemaligen Kollegen nachfragen, was sie über das Verschwinden von Norbert Hess in Erfahrung bringen konnten.»

«Er hatte finanzielle Probleme. Die Gläubiger kamen nie zu ihrem Geld.»

«Du denkst, er tauchte unter, um den Schulden zu entkommen?»

Ein Zug fuhr heran und hielt. Die Türen gingen auf, und Menschen strömten heraus.

«Weshalb hast du mich eigentlich hergerufen? Hätten wir das nicht auch im Büro besprechen können?»

Natalie zeigte auf einen grossen jungen Mann, der auf sie

zukam. Er trug seine schwarzen Haare mit Gel nach hinten gekämmt, eine dunkle Sonnenbrille und einen schwarzen Mantel. Durch Bluetooth-Kopfhörer hörte er Musik. Sein Blick war nach unten gerichtet, als er an Sara und Natalie vorbeiging.

«Wer ist er?»

«Folgen wir ihm», sagte Natalie grinsend. «Er hat Informationen für uns. Lass deinen Charme spielen.»

«Ich soll was? Der ist viel zu jung.»

«Das täuscht. Neo ist dreiunddreissig, auch wenn er wie achtzehn aussieht.»

***

Neo war vorsichtig. Sie verfolgten ihn keine einhundert Meter, da blieb er stehen, drehte sich mit wehendem Mantel um, seine Augen hinter dem dunklen Glas verborgen. Die Gesichtszüge hätten einer Schaufensterpuppe gehören können. Eingefroren. «Warum verfolgen Sie mich?», fragte er, die Stimme tief.

Natalie setzte auf Charme. «Reden. Informationen. Wir brauchen Ihre Hilfe. Bitte.»

«Wer sind Sie?»

Sara hingegen setzte auf Dominanz. Sie zog ihre Karte aus der Hosentasche und hielt sie ihm hin, liess dabei die Distanz gross genug, damit er auf sie zukommen musste, um einen Blick darauf zu werfen.

Neo blieb stehen.

Die Karte noch in der Hand, verschränkte Sara die Arme. «Wir sind von Trust Investigation. Sie kennen Jacques Reynard?»

«Falsch», sagte Neo und verstaute seine Hände in den tiefen Manteltaschen.

Log er ihr glatt ins Gesicht?, fragte sich Sara. «Sie kennen Jacques Reynard. Sie arbeiteten in der Niederlassung der Tex in Rio an einem Softwareproblem.»

Natalie stellte sich vor Sara. *«Sorry, she's sometimes creepy.»*

Weshalb sprach Natalie Englisch? Neo hiess mit bürgerlichem Spiessernamen Othmar Pfyffer, erinnerte sich Sara an Toms Aussage. Neo war ein waschechter Zuger. Und was bedeutete *creepy*?

Beherzt streckte Natalie ihm die Hand hin. *«I'm Nat. I'm ‹ww3gfh›.»*

«That's you?» Die Schaufensterpuppe erwachte zum Leben, Mundwinkel zogen sich hoch, die Sonnenbrille landete mit einer coolen Bewegung auf dem gelgetränkten Haar. «Du bist der Kopf von Kipekapeka?» Die Höflichkeitsform war vergessen.

Heller hätte Natalie nicht strahlen können. «Nur die Initiantin.»

Er schüttelte ihr die Hand, trotz Verband. Also hatte er von Natalie gehört und wusste, dass sie ein Schmetterlingskind war. Sara musste ehrlich zugeben, dass sie wenig über Natalies geheimes Schattenleben bei Kipekapeka wusste. Im realen Leben war sie körperlich schwach, aber im virtuellen Raum war sie so eine Art Wonder Woman. Eine Heldin. Dort brauchte sie ihren Körper nicht, um Wunder zu vollbringen.

«Wir brauchen deine Hilfe.» Natalie schleimte sich bei ihm ein.

Neo setzte seine überflüssige Sonnenbrille wieder auf die Nase. «Klar helfe ich. Aber Firmengeheimnisse plaudere ich nicht aus. Jacques Reynard kannte ich nur flüchtig. Er war ein Arschloch. Ein echter Tyrann.»

«Wissen wir», sagte Natalie. «Du warst letzten Sommer wegen eines Softwareproblems in Rio. Machte Reynard krumme Geschäfte? Weshalb holte ihn die Geschäftsleitung nach Zug? Wir wissen, dass Geld gestohlen wurde. Ein Virus?»

Guter Versuch, dachte Sara, aber Neo schwieg. Er sprach nicht über Reynard und die Tex. Sara wagte eine andere Taktik. «Haben Sie seine Tochter kennengelernt?»

«Nein», antwortete Neo. «Aber ich habe gehört, dass sie gestern bei uns in der Bank war.»

«Was wollte sie?»

Neo und Natalie schauten sie böse an. Was wollte eine Tochter am Arbeitsplatz ihres ermordeten Vaters? Antworten? Trost?

«Hast du mit Reynard auch hier in Zug zusammengearbeitet?», fragte Natalie.

«Weshalb stellt ihr all die Fragen?»

«Wir arbeiten für den Ehemann der Verdächtigen», erklärte Natalie. «Er will die Hintergründe der Tat verstehen. Kennst du Katja Rosenstock?»

«Ja.»

Die Antwort überraschte Sara. Niemand bei der Tex schien Katja persönlich zu kennen. Wie ein Geist hatte sie all die Jahre die Büros gereinigt. Weshalb kannte Neo sie?

Er beantwortete die stille Frage unaufgefordert. «Ich arbeite zu ungewöhnlichen Zeiten. Beginne erst am späten Morgen und mache um Mitternacht Schluss. Katja und ich haben oft ein paar Worte gewechselt, wenn sie meinen Arbeitsplatz reinigte. Manchmal tranken wir einen Kaffee zusammen, und ab und zu brachte sie Kuchen mit.»

«Was ist sie für ein Mensch?», fragte Natalie.

«Sie war nett. Höflich. Ruhig.»

«Sonst nichts?»

«Du meinst, ob sich hinter ihr ein Mr. Hyde versteckt hielt? Nein. Ich glaube nicht, dass sie Reynard brutal umgebracht hat, wie alle behaupten.»

«Es gibt Zeugen und Beweise», sagte Sara.

«Hat sie sich nie verdächtig verhalten?», fragte Natalie.

«Nein. Wie gesagt, sie war nett. Und sie war neugierig, interessierte sich für Computer. Sie begriff schnell, wenn ich mit ihr darüber sprach. Die meisten Leute verlieren nach zwei Sätzen mit mir über Informatik den Anschluss. Nicht Katja. Das war seltsam, da hast du recht.» Neo legte den Kopf schief. «Weshalb kennt sich eine Reinigungskraft mit binären Zahlen und Algorithmen aus?»

«Sie ist keine gewöhnliche Reinigungskraft», sagte Natalie. «Katja hat einen Doktortitel in Financial Mathematics.»

Neos erstaunter Ausruf ging in Saras Klingelton unter. Sie nahm den Anruf entgegen. Die Nummer war ihr unbekannt. Ein freundlicher Herr meldete sich, der Stimme nach zu urteilen war er älter. «Ich habe gehört, dass Sie nach Informationen über das Verschwinden eines gewissen Norbert Hess suchen und über den Verbleib seiner Adoptivtochter? Wir sollten zusammen einen Kaffee trinken. Was meinen Sie? Laden Sie mich ein?» Baff starrte Sara Natalie an, die einen «Wer ist am Telefon»-Gesichtsausdruck aufsetzte.

Sara räusperte sich. «Wer sind Sie noch gleich, sagten Sie?»

***

Nach dem Mittagessen im Büro fand sich Sara im Café Speck am Bahnhof Zug ein. Die Temperatur war zu frisch, als dass sie draussen sitzen konnten. Der geheimnisvolle Anrufer wartete an einem Tisch in der Ecke im Tea-Room im ersten Stock. Das edle Kaffeehaus-Ambiente lullte Sara ein und liess sie zur Ruhe kommen. Sie hatte sich während des Mittagessens mit Natalie über Belangloses gestritten, und Tom war nicht aufzufinden. Er machte sich in letzter Zeit ungewöhnlich rar. Was stimmte nicht mit ihm? Machte seine Ex Ärger? Oder die anderen Frauen?

Sara drückte die Zigarettenschachtel in ihrer Jacke zusammen. Es wäre ihr lieber gewesen, ihr Gast hätte eine Kneipe statt dieses alteingesessenen Cafés gewählt, dann hätte sie zumindest einen Whisky bestellen können oder ein Bier.

Peter Küng löffelte genüsslich den mit Schokopulver bestäubten Milchschaum von seinem Cappuccino. Seine Mundwinkel waren weiss, als er aufschaute und Sara anstrahlte. Er schien erfreut. Sehr erfreut. Prima, dachte Sara. Mit mir flirtet ein fast Neunzigjähriger, während Tom eine heisse Koreanerin und eine coole Rockerbraut verführen. Selbst Natalie hatte einen sexy Zigeuner am Haken.

Sara liess sich plump in den Stuhl fallen und schaute den Senior an. Sie musste zugeben, er war trotz seines Alters in guter Form. Das weisse Haar war voll, die Wirbelsäule gerade, und kein Kilo zu viel sass auf seinen Rippen. Die Haut war gegerbt. Er musste oft draussen unterwegs sein. Seine Hand war riesig und der Händedruck stark, als er Saras Hand für einen Augenblick zu lange schüttelte. Er starrte sie an wie ein Fan einen Superstar. Wer war er? Sara hatte kurz recherchiert, aber in der Schweiz und auch in Zug gab es zu viele Peter Küngs.

«Es ist mir eine Ehre, Sie persönlich kennenzulernen», sagte er mit einer tiefen, heiseren Stimme und winkte die Bedienung an den Tisch. «Was trinken Sie? Auch einen Cappuccino? Ich lade Sie ein. Ein Stück Zuger Kirschtorte dazu?»

Sara nickte, auch wenn der Schnaps in der Kirschtorte nicht genügen würde, ihre Nerven zu betäuben. «Sie kennen Norbert Hess? Wissen Sie, wo er ist?»

Küng überlegte, nahm den Kaffeelöffel in die Hand und rührte in seiner Tasse.

Ein Gedanke kam Sara. Sie rechnete nach. Norbert Hess verschwand vor rund vierzig Jahren. Wie alt war er damals? Fünfundvierzig. Dann wäre er heute fünfundachtzig. Sie starrte Peter Küng an. «Sie kennen Petra Hess?»

Der alte Mann nickte. Es lag eine gewisse Traurigkeit in seinem Blick.

Mitgefühl brachte Sara keines auf. Was hatte die ehemalige Lehrerin vermutet? Der Onkel missbrauche seine Nichte. Wäre es möglich, dass Küng …

Die Bedienung brachte den Cappuccino und zwei Stück Zuger Kirschtorte an den Tisch. Sara hätte dem alten Lüstling am liebsten den heissen Kaffee ins Gesicht geschüttet. «Weshalb wollen Sie mich sprechen?»

Küng runzelte die Stirn über ihren Stimmungswandel. «Ich muss mit Ihnen über die Vergangenheit reden.»

«Vergangenheit?» Saras Stimme war eine Oktave zu hoch.

«Als ich damals die Kriminalpolizei in Schwyz und später die letzten vier Jahre meiner Karriere die Kripo in Zug leitete, ermittelten wir nicht wegen Blutdiamanten aus dem Kongo oder kämpften gegen eine tödliche Seuche. Ich hatte auch keine Täterin im Verhörzimmer, die über zwanzig Mal auf ihr Opfer einstach. Aber da gab es diesen Fall, den einzigen, den ich bis heute nicht gelöst habe ...»

«Kriminalpolizei?»

Küng lächelte spitzbübisch. «Ja, Sie haben richtig gehört. Scheint eine Ewigkeit her zu sein. Ich bin seit mehr als dreissig Jahren pensioniert. Es gibt kaum noch Polizisten, die sich an mich erinnern. Eckart Lind hat bei mir sein Praktikum absolviert, bevor er entschied, Jura zu studieren. Er war in meinem letzten Amtsjahr in Zug mein Protegé.»

Beschämt starrte Sara auf den unberührten Milchschaum ihres Cappuccinos. Es war nie ihre Art gewesen, ohne handfeste Beweise die Unschuldsvermutung in Frage zu stellen. Wie hatte sie Peter Küng bloss voreilig verurteilen können? Dieser Fall brachte sie um den Verstand. «Dann hat Lind Sie kontaktiert?»

«Ja. Er fragte mich, ob ich mich an das Verschwinden von Norbert Hess erinnere. Ich habe ihm den Fall offengelegt, so gut ich mich erinnere, und er meinte, ich solle Sie anrufen.»

Sara blickte auf. «Was geschah mit Norbert Hess?»

«Ich weiss es bis heute nicht. Er verschwand spurlos. Ebenso seine Nichte Petra Hess. Ich habe an dem Fall fünf Jahre gearbeitet, bis zu meiner Versetzung nach Zug. Ich konnte die Akte nie schliessen. Norbert Hess gilt nach wie vor als vermisst.»

«Lebt er noch?»

«Ich denke nicht.»

«Was wissen Sie über seine Nichte Petra Hess?»

«Ich fand sie zwei Jahre nach ihrem Verschwinden, ein glücklicher Zufall. Sie studierte an der ETH in Zürich.»

«Haben Sie sie gesprochen?»

«Ja, ich suchte sie in Zürich auf. Sie war wortkarg, unfreundlich, wollte den Namen ihres Onkels nicht hören. Da sie inzwischen volljährig war, konnte ich nichts unternehmen. Es gab keine Beweise für ein Gewaltverbrechen. Aber ich behielt sie im Auge. Sie lebte in einer WG. Bei der ETH habe ich nach ihrem Vormund gefragt. Sie gab Norbert Hess an. Da er nicht offiziell für tot erklärt wurde, konnte sie das, brauchte bloss die Unterschrift zu fälschen. Niemand prüfte das nach.»

«Also lebte sie zwei Jahre ohne Vormund und kam damit durch?»

«Sie ist äusserst gerissen. Ich denke, ja, sie konnte das. Sie ist den Behörden irgendwie immer wieder entwischt.»

Sara stellte die Frage, die ihr auf der Zunge brannte. «Hat Norbert Hess seine Nichte missbraucht?»

Küng seufzte. «Sie haben das Gerücht von der ehemaligen Lehrerin. Ich weiss es nicht. Aber eines weiss ich mit Sicherheit: Das Leben dieser Frau ist gepflastert mit Leichen. Ihre Eltern, dann vermutlich der Onkel, jetzt der Bankdirektor.»

Sara griff nach der kleinen Gabel und schob sich ein Stück Kirschtorte in den Mund.

«Die Bank ist der Grund, weshalb ich sie anrief», sagte Küng.

«Die Bank?»

«Ja. Auch wenn ich Petra nicht mehr kontaktierte und in Ruhe liess, sie hatte weiss Gott genug durchgemacht, so behielt ich sie dennoch im Auge, auch nach meiner Versetzung. Nach dem Abschluss an der ETH wurde sie von einer Bank angestellt. Tatsächlich rissen sich verschiedene Grossbanken um sie. Sie wählte die Tex Global Financial.»

«Die Tex?» Das war ein Ding. Es konnte unmöglich ein Zufall sein, dass sie sich Jahre später bei der Tex als Reinigungskraft bewarb. Was war der Grund? Hastig schob sich Sara das nächste Stück Torte in den Mund. «Und danach?» Es wurde spannend. Jetzt kamen die Jahre, die in Katjas Lebenslauf fehlten.

«Das weiss ich leider nicht. Ich erlitt kurz nach meiner Pensionierung einen Herzinfarkt und war mehrere Monate im Spital und zur Kur. Als ich bei der Tex wieder nach ihr fragte, hiess es, sie habe gekündigt. Sie war verschwunden, und ich entschloss mich, den Fall aufzugeben und meinen Ruhestand zu geniessen. Bis mich Lind gestern anrief …»

***

Natalie starrte lustlos aus dem Fenster ihres Zimmers im oberen Stock der Villa. Es war kurz vor neun Uhr abends. Obwohl der längste Tag des Jahres nahte, war es schon erschreckend dunkel draussen. Eine traurige Welt. Eine traurige Natalie. Es gab Momente in ihrem Leben, da schwelgte sie in Selbstmitleid. Warum sie? Warum war sie ein Schmetterlingskind? Warum die Schmerzen und die Einsamkeit?

Sie wandte sich vom Fenster ab und lächelte ihren vier Helden zu: Superman, Batman, Iron Man und Wonder Woman. Lebensgrosse Plastikstatuen, die vor ihrem Bett standen. Kinder gingen mit Teddybären schlafen, sie bevorzugte von klein auf starke Helden. Als Kind gab sie sich den Namen Butterfly Girl, sah sich mit wunderschönen bunten Flügeln, dünner als Papier und stärker und schärfer als jede Schwertklinge. Fliegen wäre eine ihrer Superkräfte. Und bei Gefahr könnte sie einen Zauberstaub von ihren Flügeln schütteln, der sie einhüllte und unsichtbar machte. Ausserdem wäre ihre Haut hell und unzerstörbar. Und ihre Haare wären lang bis zu den Hüften mit blauen und türkisfarbenen Strähnen. Das war sie in ihrer Helden-Phantasiewelt: Butterfly Girl. Sie existierte nicht einmal auf Papier, bloss als Hirngespinst.

Natalie seufzte und warf sich vorsichtig aufs Bett. Sie war keine Superheldin. Selbst weinen konnte sie nicht, ohne sich dabei zu verletzen.

Ihr Handy piepste zweimal. Eine Textnachricht. Tom.

Natalie setzte sich auf und öffnete die Nachricht. Text gab es keinen, nur einen scheu lächelnden Smiley. Natalie schickte einen zornigen Smiley zurück. Tom hatte sich den ganzen Tag nicht gemeldet.

Es dauerte keine zehn Sekunden, bis er anrief. «Noch wach?»

«Es ist nicht mal neun. Ich bin kein Kind, das früh ins Bett muss. Mensch, wo warst du heute?»

«Meinen Vater suchen. Und danach im Spital.»

Natalie hätte sich ohrfeigen können. «Ist er wieder –»

«Ja. Er wird zu einem echten Ausbruchskönig, mein alter Herr. Wir fanden ihn am See.»

«Am See?»

«Er suchte meine Mutter.»

«Geht es ihm gut?»

«Es geht. Er war unterkühlt, und seine Fusssohlen sind blutig. Er trug keine Schuhe und nur einen Pyjama. Er bleibt zwei Tage zur Beobachtung im Spital, um sicherzugehen, dass er sich keine Lungenentzündung einfing.»

Gott, war sie eine armselige Jammertante, dachte Natalie. Während sie in nutzlosem Selbstmitleid schwelgte, durchlitt Tom Todesängste um seinen Vater. «Willst du herkommen? Alexandra hat Wähe gebacken.»

Tom schwieg einen Moment. «Danke, vielleicht sollte ich dein Angebot annehmen. Ich habe nichts gegessen. Ich werde nur kurz – oh, Moment, da klingelt jemand an meiner Wohnungstür.»

Natalie hörte die Schritte, hörte, wie er die Tür öffnete. Und sie hörte eine fröhliche Frauenstimme durchs Handy. «Ramen mit Frühlingszwiebeln und selbstgemachtem Kimchi als Beilage. Ich hoffe, du hast Hunger, jaaa?»

Tom meldete sich am Telefon zurück. «Ähm, Natalie, ich habe Besuch. Sehen wir uns morgen im Büro, okay?»

«Logo.»

«Tschüss dann. Schlaf gut.» Tom legte auf.

Mit einem leisen Schrei warf Natalie das Handy aufs Bett. «Ich bin doch kein dummes Kind, das du abservieren kannst.»

Es dauerte keine Minute, bis ihr Handy erneut klingelte. Sie griff danach, bereit, Tom gehörig die Meinung zu pfeffern. «Hör zu, du Arsch, du kannst dich nicht einfach jeder …» Warum reagierte Tom nicht? Sie hielt das Smartphone vor sich und starrte auf die Nummer. Anrufer unbekannt. «Hallo? Wer ist da?»

Schweigen.

«Mit dem Arsch waren nicht Sie gemeint. Hallo?»

Sie hörte leises Atmen. Die Stille war unheimlich.

«Wer sind Sie?»

«Katja – Rosenstock – gehört – mir.» Die Stimme war gedämpft, unmöglich zu sagen, ob sie einem Mann oder einer Frau zuzuordnen war. «Lassen – Sie – die – Finger – von – ihr.» Sie sprach Schweizerdeutsch, aber mit einem leichten Akzent. Der Dialekt war nicht auszumachen.

«Katja Rosenstock? Sie kennen sie? Hallo? Wer spricht denn da?»

«Finger – weg – oder – Sie – sind – TOT!»

Piep. Piep. Piep.

Natalie hielt das tutende Handy in der Hand. Instinktiv warf sie es aufs Bett, so als ob sie sich die Hände daran verbrennen könnte.

Hatte sie soeben eine Morddrohung erhalten?

ZWÖLF

Tom griff nach dem Handy auf dem Nachttisch und schaltete es ein. Es war kurz vor sieben an diesem Donnerstagmorgen. Zwei verpasste Anrufe von Natalie gestern Abend zeigte das Display. Er sollte sie zurückrufen. Tat er nicht. Er gähnte und streckte sich. Seine Knochen und Muskeln rebellierten. Muskelkater? War das möglich? Er schloss die Augen und atmete tief durch. Wurde er alt? Er grinste und beantwortete die Frage in seinen Gedanken mit einem Nein. Was ihm definitiv fehlte, war Schlaf. Zwei Stunden waren nicht genug.

Er wälzte sich auf die Seite. Sie lag auf dem Bauch neben ihm, schlafend, mit einem Lächeln im Gesicht. Ahri war unglaublich. Diese zarte Person mit dem Engelsgesicht und einer kosmischen Energie, die keinen menschlichen Ursprung haben konnte. Sie hatte ihn körperlich regelrecht aufgesaugt, bis er leer war. Leer und glücklich. Er strich ihr mit der Hand leicht über das braune Haar.

«Woran denkst du?», fragte sie, ohne die Augen zu öffnen.

«An deine Schönheit.»

«Lüg nicht. Du grübelst über euren Fall nach.»

Tatsächlich brannte Tom eine Frage auf der Zunge, die er gestern nicht hatte stellen können. «Weshalb wollte Katja, dass Hubi uns aufsucht? Und weshalb hat sie dich da mit hineingezogen?»

Tom hätte erwartet, dass Ahri schockiert reagierte, aber sie lächelte unschuldig, die Augen nach wie vor geschlossen. «Oppa, werde nicht zum Verschwörungstheoretiker. Uns beiden liegt Hubi am Herzen, das ist alles. Er ist ein guter Mann.»

Toms Finger spielten mit ihrem Haar, wanderten über ihre Schulter, folgten der Wirbelsäule entlang. Sie war nackt. Das Bettlaken lag am Boden. Als seine Finger auf ihren Hüften ruhten, räkelte sie sich und öffnete die Augen. Ahri brauchte keine

Ermutigung. Blitzschnell packte sie ihn an den Schultern und zerrte ihn auf sich. Worte waren überflüssig. Ihre Lippen sagten alles, als sie Tom zu sich herunterzog. Ihre Beine umschlangen seine Hüften und drückten ihm fast die Luft ab.

Für einmal würde Tom zu spät ins Büro kommen.

***

Hilflos starrte Natalie auf ihr Handy. Tom hatte nicht zurückgerufen. Scheisskerl. Ihre Nacht war verflucht gewesen. Panikattacken wechselten sich mit Wutausbrüchen und Weinkrämpfen ab. Sie hatte sich schon in der einen oder anderen gefährlichen Situation wiedergefunden, aber der Drohanruf gestern Abend war anders. Nur ein Bluff? Von wem? Und warum? Und weshalb jagte er ihr eine solche Heidenangst ein? Die Stimme war eiskalt. Aber womöglich war es nicht der Drohanruf, der sie derart verstörte, sondern die Tatsache, dass Tom sich letzte Nacht mit einer heissen Braut vergnügte und Natalie ignorierte. Zum gefühlt hundertsten Mal holte sie Ricos Nummer auf das Display des Handys, liess ihren Finger darüberschweben, drückte aber nicht auf Anruf. Wollte sie Rico treffen, weil sie wütend auf Tom war?

Natalie verliess im Pyjama ihr Schlafzimmer. Es war kurz nach sieben. Ihre Familie sass am Frühstückstisch, zusammen mit Alexandra und Musa.

«Geht es dir nicht gut? Du siehst müde aus», sagte Alexandra.

«Nur schlecht geschlafen.» Sie wich der Frage aus und setzte sich an den Tisch. Sie schob Joghurt und Orangensaft beiseite.

«Soll ich dich nachher kurz durchchecken?», fragte Rebecca.

Sie musste ahnen, dass Natalie geweint hatte. Man sah es ihren Augen an. Scheiss-EB. «Alles okay. Ich habe ja meinen Haussklaven.» Sie warf Musa ein müdes Lächeln zu.

Dieser biss beherzt in sein Käsebrot. «Das volle Beauty-Programm? Musst du nicht zur Trust?»

«Ich geh erst am Nachmittag hin.» Natalie hatte kein gutes Gefühl dabei, die Villa zu verlassen. Sie musste an den Wagen denken, der sie beinahe die Böschung hinuntergestossen hatte. Tom und Sara wurden beobachtet, aber nur sie bedroht. Weshalb?

«Milchkaffee?», fragte Alexandra.

Natalie lehnte ab und sagte, sie begnüge sich heute Morgen mit einem Frühstück aus dem Beutel.

Imani kam auf wackelnden Beinen um den Tisch herum, hielt sich dabei am Tischbein fest. Sie plapperte fröhlich zusammenhanglose Silben vor sich her und strahlte. Natalie wünschte, sie könnte auch so unbeschwert den Tag beginnen.

Harri hatte bisher geschwiegen. Natalie fühlte, wie ihr Vater sie still beobachtete. Er stand auf, räumte seinen Teller in die Geschirrspülmaschine und räusperte sich. «Rebecca und ich fahren gleich ins Labor. Natalie, kommst du kurz in mein Arbeitszimmer. Wir müssen einige Dinge besprechen.»

Sie folgte ihm eher widerwillig.

Harris Arbeitszimmer war gross, Bücherregale reichten bis unter die Decke. Der mächtige Arbeitstisch stand in der Mitte, daneben ein antikes Sofa. Er schüttelte ein Kissen auf und bot Natalie an, Platz zu nehmen. Sie gehorchte. Lässig setzte er sich ihr gegenüber auf einen Stuhl. Er trug Jeans und ein grünes Hemd. Wären seine Schläfen nicht ergraut gewesen, hätte er als Mittdreissiger durchgehen können. Er war gross und sportlich, und Natalie musste sich eingestehen, dass sie neidisch auf ihn war. Wie konnte so ein toller Paps ihr diese miesen Gene vererben? Die Schuld musste bei ihrer Mutter liegen.

«Was ist los? Wird dir die Arbeit zu anstrengend?»

«Nein. Ich liebe sie.»

«Was dann? Rico, dieser Zigeuner? Hat er dich wieder verletzt?»

«Nein, es ist nicht Rico.»

«Tom?»

Weshalb wusste ihr Vater immer, was in ihr vorging? Natalie entschied, der Frage auszuweichen. «Ich hasse es, wenn ich feststecke. Es ist wie ein Puzzle, das du lösen willst, und am Ende fehlen dir einige Teile. Es treibt mich in den Wahnsinn.»

«Der Fall der Schutzengel-Mörderin?»

«Jetzt nennst du ihn auch schon so.»

«Ist überall in den Medien. Lass die Polizei ihre Arbeit tun.»

«Unser Klient tut mir leid. Hubi hat das nicht verdient.»

«Du kannst nicht alle Menschen beschützen, denen es schlecht geht.» Harri stand auf, trat vor sie und strich ihr über das kurze Haar. «Du musst auf dich achtgeben.»

Ihrem Vater war nicht bewusst, wie recht er mit diesem Satz hatte. Sie wollte sich ihm aber nicht anvertrauen. Unmöglich. Paps machte sich pausenlos Sorgen um sie. «Hubi ist einsam. Er fühlt sich verraten und betrogen.» Nicht nur er.

«Lade ihn zu uns auf einen Kaffee ein. Das bringt ihn auf andere Gedanken.»

Harri hatte recht. Sie sollte Hubi in die Villa einladen. Ein Stück von Alexandras legendärer Kirschwähe würde ihm guttun. Und sie musste die Villa nicht verlassen. War sie feige? Sie wollte immer eine Heldin sein, dabei war sie nichts als ein jämmerlicher Angsthase.

***

Es war kurz nach neun, und Sara sass alleine am Besprechungstisch der Trust. Wie das? Wütend schob sie die Papiere von sich weg. Dabei hatte sie gestern Peter Küngs Aussage fein säuberlich in den Laptop eingetippt, damit kein Detail verloren ging. Heute Morgen war sie nur fünf Minuten zu spät erschienen, erpicht darauf, die beiden anderen mit ihren Neuigkeiten über Katja zu beeindrucken. Vergebens. Auch ans Telefon ging niemand. War sie im falschen Film?

Sara starrte in die leere Espressotasse vor sich. Sie griff nach der Zigarettenschachtel daneben und zündete sich eine Zigarette an. Tief inhalierte sie den Rauch. Ihren Kollegen mangelte es an Disziplin.

Unschlüssig, was sie mit der freien Zeit anfangen sollte, starrte Sara auf Küngs Aussage. Katja arbeitete damals als Petra

Hess bei der Tex. Nun gut, es wurde Zeit, die HR-Abteilung der Bank zu kontaktieren.

Sara wollte ins Büro gehen, als ihr Handy klingelte. Der Anruf kam von einer Zuger Festnetznummer. «Sara Jung. Trust Investigation.»

«Guten Morgen. Hier spricht Jolanda Ryser. Ich arbeite als Sachbearbeiterin bei der Tex Global Financial.»

Unmöglich. Sara starrte auf die Nummer, speicherte sie im Kopf ab und ging hastig in ihr Büro. «Was kann ich für Sie tun?», fragte sie so freundlich wie möglich. Sie startete den Computer und suchte im Netz die Telefonnummer der HR-Abteilung der Tex heraus. Die gleiche Nummer.

«Sie arbeiten an dem Fall, nicht?» Die Stimme klang scheu und verlegen. Sie flüsterte: «Ich meine, an dem Mord an – an Jacques Reynard.»

«Sie kannten ihn?»

«Ja.»

«Wissen Sie etwas, worüber Sie sprechen möchten?»

«Vielleicht, ich …»

«Entschuldigen Sie, wenn ich zu direkt bin.»

«Schon gut. Können wir uns treffen? Heute Mittag? Ich habe um halb eins Mittagspause. Treffen wir uns draussen vor der Tex?»

«Was haben Sie für uns?» Sara wollte nicht warten.

«Die Mörderin, sie kannte Jacques Reynard. Ich habe es zufällig herausgefunden. Ich weiss, was sie früher gemacht hat. Ich habe einen Beweis in unseren Unterlagen gefunden.»

«Sie haben es nicht der Polizei gemeldet?»

«Ich vertraue der Polizei nicht.»

Na, dann war es für einmal von Vorteil, dass Sara in die Privatwirtschaft gewechselt hatte. «Gut. Ich warte um halb eins vor dem Haupteingang auf Sie.»

***

«Sie fahren zu ihr?», fragte Tom. Er sass am Mittag in seinem Büro, Hubi ihm gegenüber. Sonst war niemand bei der Trust. Sara war schon weg, als er um elf Uhr ins Büro kam. Ein Zettel lag auf dem Tisch. «Habe Dringendes zu erledigen», stand darauf. Und Natalie wollte in der Villa bleiben, so stand es in der SMS, die sie ihm geschickt hatte.

Sie mussten an ihrem Teamgeist arbeiten, dachte Tom. Hier führten drei Individualisten ein Detektivbüro, das musste früher oder später in einer Katastrophe enden.

Hubi sah müde aus. «Sie will mich sehen. Es scheint wichtig.»

«Und warum kommen Sie da erst zu mir?»

«Sie will, dass Sie mitkommen.»

Tom blickte auf. «Ihre Frau will mich dabeihaben?»

Hubi nickte. «Sie will Ihnen etwas über den Hundesohn erzählen.» Er schluckte schwer. «Wen meint sie damit?»

Tom wusste, wer der Hundesohn war. «Stimmt es eigentlich, dass Ahri uns als Detektei empfohlen hat?»

«Was? Ah, ja. Ahri war es. Sie kennen sie bereits. Sie hat in ihrer Detektei vorbeigeschaut, nicht? Sie sagte mir, Sie hätten gute Referenzen.»

Hatte die Trust das? «Wann hat sie uns empfohlen?»

«Ähm, gleich am Morgen, als sie mich bei der Polizei abholte. Am Morgen nach dem … dem …»

«Schon gut.» Tom griff nach dem Autoschlüssel auf dem Tisch. «Fahren wir zu Ihrer Frau.»

Katja sass im Besucherzimmer, als Tom und Hubi eintraten. Sie trug Handschellen. Ein Vollzugsbeamter stand stramm in der Ecke wie eine Wachsfigur. Hubi seufzte laut, und Tom sah, wie seine Hände zitterten, als er sich an den Tisch setzte und nach Katjas Fingern griff. Tom blieb diskret stehen und liess den beiden einen Augenblick der Privatsphäre, wenn man dem so sagen wollte.

Er beobachtete eine neue Katja Rosenstock. Ihre harten Gesichtszüge wurden weich, die Wut wich der Trauer, und ihre

Augen verschlangen Hubi, wie es nur der Blick eines Teenagers konnte, der seine erste grosse Liebe traf. Die beiden hielten sich an den Händen wie Frischverliebte. Es lag Trauer in der Luft, Trauer über den Abschied, der folgen würde, ein Abschied auf Lebzeiten. Katja würde das Gefängnis für viele Jahre nicht verlassen, und Hubi blieb zu wenig Zeit auf dieser Welt. Ein paar qualvolle Jahre mit seiner Krankheit. Einsame Jahre.

Toms Brust verengte sich. Ganz gleich, welche bestialische Tat diese Frau vollbracht hatte, er zweifelte keine Sekunde daran, dass sie Hubi liebte. Konnte ein Mensch zwei komplett verschiedene Gesichter tragen? Musste es einen dabei innerlich nicht zerreissen?

Und Hubi? War seine Liebe so stark und unerschütterlich, dass er ihr den Mord verzeihen konnte?

«Nicht traurig sein», sagte Katja zu ihrem Mann. «Ich vertraue dir, das weisst du. Kannst du mir diesmal vertrauen? Alles wird gut. Das hier ist nicht schlimm. Ich habe es verdient und werde die Strafe akzeptieren.»

Hubi schluchzte.

«Sabrina wird heute am späten Nachmittag bei dir vorbeikommen. Du hast sie einmal getroffen, als sie mir vor ein paar Wochen mein Portemonnaie vorbeibrachte, dass ich bei der Arbeit vergessen hatte.»

«Sabrina?»

«Ja. Sie arbeitet am Empfang und hat die Sachen aus meinem Spind zusammengepackt. Sie wird sie dir vorbeibringen, das ist mit der Polizei so abgesprochen. In der Firma bin ich eine Geächtete. Aber sei nett zu Sabrina. Sie hat mich immer freundlich gegrüsst, wenn wir uns bei der Arbeit trafen. Biete ihr einen Kaffee an.»

«Ist etwas unter den Sachen …»

«Nichts Wichtiges. Die Polizei hat bestimmt alles durchsucht.»

Hubi nickte.

«Drei Hemden von dir sind in der Reinigung, die musst du

abholen. Der Abholschein liegt in der obersten Schublade im Schreibtisch in einem Couvert.»

Hubi presste die Lippen zusammen.

«Und vergiss nicht, morgen ist Altpapiersammlung. Stell die Zeitungsbündel um acht vor das Haus.»

Alltagssorgen, dachte Tom. Katja schien zu Hause ihr gemeinsames Leben geregelt zu haben.

Nach einer gefühlten Ewigkeit schaute Katja auf. Ihr Blick fror in Sekundenbruchteilen ein. «Sie sind gekommen?» Sie liess Hubis Hand los, der kraftlos auf dem Stuhl zusammensackte.

Tom setzte sich neben ihn. «Das bin ich.» Musste er sich um Hubi Sorgen machen?

Katja zog die Mundwinkel hoch. Eine mechanische Bewegung, die keine Wärme ausstrahlte. «Hubi wird es sowieso erfahren, und Sie stehen mit Ihren Ermittlungen kurz vor der Auflösung. Sie haben herausgefunden, dass ich Petra Hess hiess, nicht? Sie wissen von der Adoption und dem Studium an der ETH. Suchen Sie nach meinem Onkel?»

Tom kam ein Gedanke, den er schnell verwarf. Jacques Reynard war zu jung, um Katjas Onkel zu sein.

«Täubchen.» Hubi starrte sie an.

«Haben die Detektive es dir verschwiegen? Weil sie es nicht beweisen können? Ha! Das kann niemand.»

«Täubchen, wovon sprichst du?»

Katja verzog ihr Gesicht zu einer Grimasse voller Ekel. «Der liebe Onkel Norbert fand Gefallen an jungen Mädchen.»

Tom holte tief Luft. Der Verdacht der Lehrerin schien sich zu bestätigen. Besorgt schaute er Hubi an. Als Sozialarbeiter musste er einige solcher Geschichten gehört haben, aber wie schlimm konnte es sein, zwanzig Jahre mit einer Frau verheiratet zu sein, ohne ihre Vergangenheit zu kennen? Seiner Reaktion zufolge wusste er von nichts.

Katja griff sofort nach seiner Hand. «Ist gut, Hubi. Das liegt vier Jahrzehnte zurück. Ich erinnere mich nur bruchstückhaft an die Nächte …»

Hubis Augen füllten sich mit Tränen.

«Was geschah mit Ihrem Onkel?»

«Er verschwand.» Die Worte kamen Katja zu leicht über die Lippen. Es lag eine gewisse Befriedigung darin, die Tom schaudern liess.

Hubi weinte.

Katja setzte ein Lächeln auf, diesmal schien es echt. «Ich würde dich gerne in den Arm nehmen und trösten, aber ...» Sie hob die Hände mit den Handschellen. «Hubi, du hast mir versprochen, stark zu sein. Du kennst noch nicht die ganze Wahrheit.»

Tom ging in die Offensive. «Die Wahrheit über den Hundesohn? Die Wahrheit über Jacques Reynard?»

Katja warf die freundliche Maske aus ihrem Gesicht. Hervor kam eine Fratze. «Dieser Hundesohn fesselte mich, trieb mich an den Abgrund und warf mich in eine Schlangengrube. Ich wurde vergiftet, gequält und beraubt. Aber Hubi warf mir das Rettungsseil zu, und ich kroch aus der Versenkung. Und jetzt büsst der Hundesohn im Höllenfeuer für seine Sünden.»

Entsetzt rückte Hubi auf seinem Stuhl vom Tisch ab. War es möglich, dass er zum ersten Mal, seit er Katja kannte, dieses Gesicht zu sehen bekam?

Tom lehnte sich vor. «Weshalb hassen Sie Reynard?»

«Sie suchen nach dem Motiv?» Katja lehnte sich ebenfalls vor. «Reynard hat alles getan, um mich zu brechen, hat mir alles genommen.»

«Was war das Motiv?»

Katja senkte den Kopf auf die Tischplatte und schaute mit ihren funkelnden grauen Augen zu ihm auf. «Das Motiv?» Sie atmete langsam aus. «Das Motiv ist Liebe.»

***

Ihre dritte Zigarette war aufgeraucht. Sara warf den Stummel auf den Asphalt. Warum dauerte das so lange? Halb eins hatte Jolanda Ryser gesagt. Es war zehn Minuten darüber. Sara blickte die Fassade des Uptown-Gebäudes hoch. Die dunklen Wolken spiegelten sich in der Glasfront. Es nieselte. Was für ein verschissener Monat. Sara schloss die Knöpfe ihres schwarzen Blazers.

Auf dem Platz stolzierten einige Tauben laut gurrend um ein prächtig weisses Exemplar herum. Die Vogelbraut musste Pheromone ausstossen. Ihre männlichen Verehrer führten sich wie Pfaue auf. Blöde Viecher.

Ihr Handy klingelte. Der scharfe Ton schreckte die Vögel auf, die hektisch über Saras Kopf hinwegflogen. Sie fuchtelte mit den Armen. Das leise Klatschen war kaum zu hören, aber der gelblich weisse Fleck frischer Taubenscheisse leuchtete unübersehbar auf ihrem schwarzen Blazer. «Oh Hühnerkacke! Scheissvögel!»

«Frau Jung?»

Sara wirbelte herum. Vor ihr stand eine junge Frau mit rotbraunen, krausen Haaren, die ihr wild über die Schultern fielen. «Sind Sie Sara Jung? Bitte entschuldigen Sie meine Verspätung. Ich bekam einen dringenden Anruf im Büro.»

Sara konnte sich schlecht auf die Frau konzentrieren. Die Taubenscheisse auf ihrer Schulter schien die Form eines grinsenden Smileys anzunehmen. Sie hob den Zeigefinger und blickte auf das Display ihres Handys. Natalie. Sie schaltete den Anruf auf stumm und steckte das Telefon zurück in ihre Jackentasche.

Jolanda Ryser lächelte und zeigte auf die Taubenscheisse. «Soll Glück bringen, glaube ich. Hier.» Sie griff in ihre Handtasche und zog ein Papiertaschentuch hervor. «Aber ich fürchte, der Blazer muss in die Reinigung.»

Sara versuchte, den Schaden so gut wie möglich zu beheben.

«Wollen wir hoch in die Sky Lounge?», fragte Jolanda. «Sie hat neuerdings schon am Mittag geöffnet. Um diese Zeit sind nur wenige Gäste oben, da sie kein Essen servieren. Wir können uns in Ruhe unterhalten.»

Sie setzten sich an einen Tisch am Fenster. Die Aussicht auf Zug war atemberaubend. Warum war Sara bisher nie hier oben gewesen? Sie sollte öfters ausgehen, aber allein machte es keinen Spass.

Bevor der gut aussehende Kellner die Getränke brachte, gesellte sich die weisse Taube zu ihnen. Sie hockte sich aussen an der Fensterscheibe auf einen kleinen Vorsprung. Die Schwanzfedern gespreizt, die Brust aufgeplustert, nickte sie mit dem Kopf. Lachte das Federvieh über sie? Sara fragte sich, ob sie im Delikatessenladen statt einem knusprigen Poulet auch gerupfte Tauben bekam. Kurz angebraten und in Rotwein gar gekocht wäre das heute ein leckeres Abendessen, gewürzt mit einer guten Prise Schadenfreude. Sie schaute die weisse Taube böse an, die ihre Gedanken zu lesen schien und aufgeschreckt davonflog. «Geschieht dir recht, wenn ich heute Abend einen deiner Verehrer verspeise», sagte Sara halblaut. Sie drehte den Kopf und bemerkte, dass Jolanda sie intensiv musterte. «Entschuldigen Sie die Ablenkung, aber die Taube –»

«Ist ein mieses Gefühl, wenn man angeschissen wird, nicht?» Die Worte kamen Jolanda eiskalt über die Lippen.

«Alles okay?», fragte Sara vorsichtig. «Habe ich etwas –»

«Nicht Sie. Es liegt an der Tex Global Financial.»

«Ärger in der Firma?»

«Die scheissen auch auf ihre Angestellten.»

Das war eine interessante Ansage, die ihren Fall weiterbringen konnte. «Worüber wollen Sie mit mir sprechen? Sie sagten, Sie wissen etwas über Jacques Reynard und dass er Katja Rosenstock kannte. Sie arbeitete früher bei der Tex, richtig? Aber unter einem anderen Namen. Haben Sie das herausgefunden?»

Jolanda liess den Kopf fallen. Ihre wilden Locken verdeckten das hübsche Gesicht. «Ich glaube, Katja Rosenstock hiess früher Petra Hess. Petra Hess arbeitete zwei Jahre bei der Tex als Analystin. Jacques Reynard wurde ein Jahr später eingestellt. Leider arbeitet bei der HR-Abteilung niemand mehr, der damals schon in der Firma war. Deshalb erinnert sich niemand an sie, auch weil sie den Namen änderte.»

«Wie fanden Sie es heraus?»

«Zufall.» Jolanda blickte auf. Sie musste um die dreissig sein, schätzte Sara. Sie wirkte zart, war aber durchtrainiert.

Sie trug einen klassischen Businessanzug in Dunkelgrün, dazu eine weisse Bluse. «Ich fand in alten Unterlagen ein Foto von einem Firmenessen. Aufgenommen Anfang der Neunziger. Ich kenne das Bild von Katja Rosenstock aus unserer Datenbank der HR-Abteilung. Und ich bin ihr ein paar Mal nach Feierabend im Flur begegnet.» Jolanda atmete tief durch. «Als ich das alte Firmenfoto sah, wusste ich sofort, dass es sich um die gleiche Person handeln musste. Auf der Rückseite des Fotos sind die Namen aller Angestellten notiert. Daher weiss ich, dass Katja Rosenstock damals als Petra Hess angestellt war. Zu dieser Zeit wurden die Stammdaten der Angestellten noch nicht elektronisch abgelegt. Im Personalverzeichnis fand ich den Namen Petra Hess. Dort steht, dass sie nach zwei Jahren entlassen wurde. Ich suchte im Archiv nach ihrer Akte, um den Grund für die Entlassung zu erfahren, fand sie aber nicht. Sie fehlt.»

Dafür musste es eine Erklärung geben, dachte Sara. «Hatte Katja Rosenstock als Reinigungskraft Zugang zum Aktenraum?»

Jolanda nickte. «Natürlich.»

Katja höchstpersönlich musste ihre Akte vernichtet haben. Ergab Sinn. «Haben Sie das Firmenfoto bei sich?»

Jolanda zog es aus ihrer Handtasche und legte es auf den Tisch. Auf dem Bild waren rund zwanzig Personen abgelichtet. Es war auf einer Treppe vor einem ihr unbekannten Gebäude aufgenommen worden.

«Die Tex bezog ihre Büros erst vor gut zehn Jahren im Uptown», erklärte Jolanda. «Davor hatte sie ihren Sitz in einem Geschäftshaus in Baar. Sehen Sie …» Sie zeigte auf eine Frau in der mittleren Reihe. «Das ist Petra Hess.»

Sara musste genau hinsehen, da das Bild leicht vergilbt war, aber es bestand kein Zweifel. Ihre Mörderin arbeitete nach dem Abschluss der ETH also als Analystin bei der Tex, wie Peter Küng gesagt hatte. Sara überlegte, ob sie die HR-Abteilung der Tex darauf aufmerksam machen sollte, ohne Jolanda dabei zu erwähnen.

Jolanda zeigte auf den Mann, der neben Katja stand. «Er hier», sie machte eine kurze Pause, «er ist Jacques Reynard. Damals ebenfalls Analyst. Und schauen Sie genau hin. Man sieht es, hier …»

Sara nahm das Bild in die Hand und hielt es sich näher vor die Augen. Tatsächlich, zwischen den beiden Herren in der vorderen Reihe hindurch sah man, wie sich Katja und Jacques an den Händen hielten. «Die beiden waren ein Liebespaar?»

Jolanda presste die Lippen aufeinander. «Ja.»

Sara legte das Bild zurück auf den Tisch. «Warum sind Sie damit nicht zur Polizei?»

«Ich mag keine Bullen.»

«Bullen?»

«Ich habe gehört, Ihre Detektei sei gut.»

«Ja, das sind wir. Aber warum wollen Sie uns vertrauen und nicht …»

«Bullen sind korrupt.»

«Bei der Zuger Polizei? Ich denke nicht –»

Jolanda fiel ihr ins Wort. «Ich habe schlechte Erfahrungen mit der Polizei gemacht.»

Sara wurde stutzig. «Wovor haben Sie Angst?»

«Bei der Tex ist die Akte von Petra Hess verschwunden. Etwas Grosses wird bei der Bank vertuscht. Wissen Sie von dem Geld, das aus der Filiale in Rio gestohlen wurde? Per Banktransfer. Jemand hat sich ins System gehackt. Bei der Tex läuft etwas, das grösser ist als der Mord an einem ihrer Direktoren. Ich habe Angst, ebenfalls als Leiche zu enden, wenn sie bei der Bank herausfinden, dass ich in den Akten schnüffle.»

«Wurden Sie bedroht?»

Jolanda schüttelte den Kopf. «Bisher nicht. Ich arbeite seit acht Monaten bei der Tex. Viele Freunde habe ich dort nicht und deshalb auch mit niemandem darüber gesprochen.»

War der Mord eine Ablenkung, um einen Diebstahl zu vertuschen? Eine Million war für eine Bank ein verkraftbarer Verlust. Warum landete das Geld auf Hubis Bankkonto? Wurde in Wahrheit ein weitaus grösserer Betrag gestohlen? Wurde Katja zu dem Mord angestiftet, um von einem anderen Problem bei der Bank abzulenken? Aber dann musste zumindest noch jemand anderes bei der Tex von Katjas Vergangenheit als Analystin wissen. Weshalb verliess Katja damals überhaupt die Bank? Half sie bei kriminellen Geschäften? Es gab unzählige Fragezeichen in diesem Fall. Mit ihrer Enthüllung hatte Jolanda Ryser bloss eine weitere Schachtel loser Puzzleteile auf den Boden gestreut.

Eine Gruppe Schlipsträger betrat die Sky Lounge.

Jolanda senkte den Kopf. «Ich muss gehen. Man sollte mich hier nicht mit Ihnen sehen.»

Sara nickte. «Ich übernehme die Rechnung. Seien Sie vorsichtig, ja? Keine Alleingänge. Wenn Sie Probleme haben, rufen Sie mich an, zu jeder Tages- oder Nachtzeit.»

«Was werden Sie unternehmen?»

«Hm, ich bespreche die neuen Informationen mit meinen Partnern. Und heute Abend werde ich wohl Katjas Ehemann einen Besuch abstatten müssen.»

«Wieso?» Die Frage klang harsch.

«Besser, er erfährt von uns von der Beziehung zwischen seiner Frau und Reynard und nicht von der Polizei oder den Medien, sollte die Information durchsickern.»

«Natürlich.» Jolanda verabschiedete sich flüsternd und lief so unauffällig wie möglich zum Ausgang. Aber es war schwierig, mit diesen wilden braunroten Locken unauffällig zu bleiben. Sara sah, wie sich einer der Schlipsträger an der Bar nach ihr umdrehte und ihr hinterherstarrte. Dann drehte er den Kopf und starrte Sara an. Sie kannte ihn nicht. Er war jung und gut aussehend.

Musste sie sich ernsthaft Sorgen um Jolanda Ryser machen?

Ihr Bauchgefühl verhiess nichts Gutes, und die Vogelscheisse auf dem Blazer brachte für einmal kein Glück, das fühlte sie instinktiv.

DREIZEHN

Natalie sass in ihrem Büro bei der Trust. Sie loggte sich aus dem Darknet aus und blickte auf die Uhr an der Wand. Halb vier. Auf ihre Geschäftspartner war kein Verlass. Eigentlich hatten sie sich hier um drei treffen wollen, aber beide gingen Hinweisen nach und machten ein Geheimnis daraus. Lausige Teamarbeit. Sie griff nach ihrem Handy. Rico hatte zweimal versucht, sie zu erreichen, aber sie hatte seine Anrufe ignoriert. Ihr kompliziertes Liebesleben musste warten.

Unten an der Tür klingelte es. Ein Kunde? Sie sollten dringend eine Videoüberwachung aussen an der Tür anbringen. Natalie war nicht begeistert, einem Unbekannten zu öffnen, nicht nach allem, was in letzter Zeit passiert war. Sie musste an den Drohanruf denken und an die unheimlichen Geräusche vor zwei Tagen bei der Trust, als dann plötzlich Mirjam vor der Tür stand.

Widerwillig ging Natalie hinunter zum Eingang.

Es klingelte erneut.

Der Regen prasselte so heftig auf das Blechdach hoch über ihr, dass der Lärm in der Halle beinahe den Klingelton übertönte.

Natalie fror. Sie hätte sich wärmer anziehen sollen. Aber wer trägt im Juni einen Pullover? Sie war in ein schlichtes weisses T-Shirt und eine bequeme Baumwollhose gekleidet.

Natalie zögerte, bevor sie das Schloss entriegelte und nach der Türklinke griff. Vorsichtshalber stellte sie den Fuss so hin, dass die Tür, die nach innen aufging, nur einen Spalt weit geöffnet werden konnte. Vorsichtig blickte sie hinaus. Sofort spritzte ihr Regen ins Gesicht, der diagonal vom Himmel zu stürzen schien.

«Hallo?» Niemand stand vor der Tür. Sie öffnete diese weiter und blickte hinaus.

Da entdeckte sie eine suspekte Gestalt, in einen schwarzen Regenmantel gehüllt, der ihr bis zu den Knien reichte. Auf dem Kopf trug sie einen Hut mit breitem Rand, an den Füssen

Gummistiefel. Sie stand an der Ecke der Werft, Natalie den Rücken zugewandt.

«Haben Sie geklingelt?» Natalie hätte die Tür so schnell wie möglich schliessen sollen, aber für einmal war die Neugier grösser. Hätte die Gestalt ihr Böses antun wollen, würde sie nicht so weit von ihr entfernt stehen. Die rund zehn Meter Distanz gaben ihr Mut.

«Neo?», rief Natalie. Er kam ihr spontan in den Sinn.

Die Gestalt antwortete nicht. Sie ging los, verliess die schützende Ecke und marschierte, ohne sich umzudrehen, Richtung Strasse.

«Hey, warten Sie!» Natalie eilte ihr hinterher, gab aber rasch auf. Nach drei Sekunden war sie komplett durchnässt. Ihre leichten Sommersneakers sogen sich in den Pfützen mit Wasser voll, und der Boden war rutschig und zu gefährlich für sie. Ausserdem konnte sie unmöglich mit der Gestalt Schritt halten. Sie war zu schnell. Natalie verwarf die Hände. Hinterherrufen ergab keinen Sinn, der Regen würde ihre Worte verschlingen.

Fluchend machte sie kehrt, darauf bedacht, nicht hinzufallen. Vor der Tür blieb sie abrupt stehen. Da lag eine Holzbox am Boden, die sie vorhin übersehen hatte. Sie hatte die Grösse einer Schuhschachtel. Vorsichtig hob Natalie sie hoch. Die Box war leicht. Sie schüttelte sie behutsam. Ein Gegenstand befand sich darin. Der Klang war dumpf und jagte ihr einen Schauer über den Rücken. Ihr Herz pochte. Sie musste an den Wagen denken, der sie bedroht hatte. An den Anruf. Hektisch warf sie den Kopf herum zu der Stelle, wo die Gestalt verschwunden war. Sie war weg.

Natalie senkte den Blick auf die Holzbox. Der Deckel war mit einem Scharnier und einem Schnappverschluss versehen. Ihre Finger zitterten, als sie den Verschluss aufdrücken wollte. Sie kam nicht dazu.

Eine Hand legte sich auf ihre Schulter. «Suchst du hier draussen nach deinem Tod?»

Erschrocken schrie Natalie auf und liess die Holzbox fallen.

Er war schneller, fing die Box auf, packte Natalie gleichzeitig am Handgelenk und zog sie ins schützende Innere der Trust. Rico war wütend. «Ist das deine neue Masche?»

«Hm?» Sie war überfordert.

«Erst ignorierst du meine Anrufe, und jetzt machst du mich mit deinem nassen T-Shirt heiss? Ist der Spitzen-BH Absicht?»

«Hä?» Sie blickte an sich herunter. Augenblicklich schoss ihr Röte ins Gesicht. «Ui!» Reflexartig kreuzte sie die Arme vor ihrem Busen. Nie wieder würde sie ein weisses T-Shirt anziehen, nicht an einem Regentag.

***

Sara wartete an der Kasse des Supermarktes. Sie legte die Flasche Rotwein, das Tessinerbrot und die Packung mit dem Hobelfleisch aufs Band. Der ältere Herr vor ihr suchte in seinem Portemonnaie umständlich nach Münzen. Das war Sara recht, und sie nutzte die Zeit, um ihre Gedanken zu ordnen. Konnte sie Tom unangekündigt besuchen? Sie war in Steinhausen, Tom wohnte in einer der Wohnungen über dem Supermarkt. Ja, es musste sein, entschied Sara. Sie musste ihn unter vier Augen sprechen, musste wissen, was er bei dem Besuch bei Katja herausgefunden hatte. Und sie musste ihm von Jolanda erzählen. Der Fall nahm skurrile Formen an. Nach dem Gespräch in der Sky Lounge Bar hatte Sara die HR-Abteilung der Tex gestürmt. Sie hielt der überrumpelten Dame ihren Ausweis vom Fitnessstudio für Sekundenbruchteile unter die Nase und hängte die Polizeichefin raus – diesen Part beherrschte sie. Um den Rüffel von Lind würde sie sich später kümmern. Sie hatte nur eine Frage: Den Kündigungsgrund von Petra Hess bei der Tex vor rund dreissig Jahren wollte sie wissen.

Es dauerte eine Viertelstunde, bis die eingeschüchterte Dame ihr die Antwort lieferte: fristlose Entlassung wegen Verdachtes auf Veruntreuung und Diebstahl von Firmengeldern. Anzeige wurde keine erstattet.

Also war Katja ein Langfinger. Die Bank, das Juweliergeschäft und dann die fragwürdige Million auf Hubis Konto ... Zerbrach damals die Beziehung zu Reynard, weil Katja Firmengelder veruntreut hatte?

Es gab Fragen zu klären. Hinzu kam die latente Bedrohung der Trust. Sie wurden beobachtet, da war sich Sara sicher. Vor allem Natalie schien das Ziel zu sein. Sara wollte Tom unter vier Augen darauf ansprechen. Sein Peugeot stand auf dem Parkplatz, also musste er zu Hause sein.

Sara fühlte, wie hinter ihr eine Kundin ihre Ware auf das Band legte. Haar-Conditioner, Duschgel mit Rosenduft und eine Flasche Rotwein. «Oh, wir haben den gleichen Weingeschmack. Auch ein Primitivo?», fragte eine sanfte Frauenstimme hinter ihrem Rücken.

Sara drehte sich um und schaute in das strahlende Gesicht von Ahri.

«Der Riserva ist die bessere Wahl, glauben Sie mir, jaaa?» Ahri strich mit ihren Fingern sinnlich provozierend über ihre Flasche.

«Was tun Sie hier?», fragte Sara, mehr aus einem Reflex heraus, schielte dabei zornig auf ihren Primitivo, kein Riserva, billige Stahltankgärung. «Wohnen Sie in der Nähe?»

Ahri schüttelte den Kopf. Das Haar war feucht, ihre Kleidung auch. Sie trug ein hochgeschlossenes rosafarbenes Shirt und eine blaue, weite Hose. An den Füssen trug sie offene Sandaletten. Sie bemerkte Saras Blick. «Ich weiss, keine gute Schuhwahl bei diesem Wetter.»

«Sie sollten heimgehen und heiss duschen.»

Ahri lächelte herzhaft. «Das habe ich vor.» Sie zeigte auf die Ware auf dem Band. «Tom hat nur Shampoo, und sein Duschgel ist mir zu herb. Ich will keine Frau verführen.» Sie kam einen Schritt näher auf Sara zu, die instinktiv zurückwich.

«Nicht drängeln», wies sie der Herr vor ihr zurecht.

«Wollen Sie auch zu Tom?» Ahri blinzelte zweimal unschuldig.

«Ähm, nein. Ja. Wir müssen über –»

«Cool. Zwei Flaschen schaffen wir zu dritt.» Ahri streckte ihre Hand aus und kam mit ihren filigranen Fingern Saras Halsschlagader, durch die Blut mit Hochdruck pochte, bedenklich nahe. «Ein Haar. Auf Ihrer weissen Bluse sieht man es gut. Na also, Makel behoben.» Sie schnippte das Haar, welches Sara beim besten Willen nicht sehen konnte, mit einer lässigen Bewegung zu Boden. War das ein symbolischer Akt? Sara musste im falschen Film sein.

«Die Nächste.» Die Kassiererin drängte.

Sara war dankbar für die Ablenkung, bezahlte rasch ihre Lebensmittel und stürmte aus dem Supermarkt. Sie würde heute Abend die ganze Flasche billigen Primitivo allein trinken. Sollte Tom dorthin gehen, wo der Pfeffer wächst. Wütend warf sie Wein, Brot und Trockenfleisch auf den Beifahrersitz und setzte sich rasch hinters Steuer. Im Rückspiegel sah sie, wie Tom über den Platz zu seinem Wagen rannte, der drei Parkfelder von ihr entfernt stand. Flüchtete er vor Ahri? Sara beobachtete, wie er hastig den Rückwärtsgang einlegte und Gas gab. Der Grund musste ein anderer sein. Sie startete den Motor, als ihr Handy klingelte. Stirnrunzelnd nahm sie es in die Hand. Was wollte der Zigeuner von ihr?

***

Er bemerkte Saras Wagen hinter dem seinen, als er den Parkplatz verliess. Da sie ihm folgte, musste auch sie Ricos Anruf erhalten haben. Tom würde sie später nach dem Grund für den unangemeldeten Besuch fragen. Natalie ging vor.

Er schlug auf das Lenkrad ein, als er beim nächsten Rotlicht warten musste. Klar, er war nicht mehr ihr Bodyguard, aber sie zu beschützen war eine seiner Aufgaben, auch wenn sie das nicht wollte. Er fühlte sich elend. Heute Nachmittag war sein Vater aus dem Spital entlassen worden. Er war verwirrt, als er heimkam, rief ständig nach seiner Frau.

Tom parkierte direkt vor dem Eingang der Trust. Ohne auf Sara zu warten, die nur Sekunden später ihr Auto mit quietschenden Reifen zum Stehen brachte, eilte er zur Tür. Er schaffte es nicht, trocken ins Innere zu gelangen. Für Sara liess er die Tür offen stehen und hechtete die Stufen hoch.

Natalie sass in ihrem Büro am Arbeitstisch. Sie trug ein schwarzes Sweatshirt, das zwei Nummern zu gross war. In der Hand hielt sie eine dampfende Tasse. Rico stand in einem Untershirt neben ihr, lässig an den Tisch gelehnt. Sofort bemerkte Tom die Holzbox vor dem Computer. Der Deckel war zurückgeklappt. «Natalie, geht es dir gut?»

Sie lächelte. Es schien nicht erzwungen. «Logo.» Sie legte ihre Hand auf die Box. «Ich habe ein Geschenk erhalten.»

«Was ist es?» Sara trat neben Tom und schüttelte sich das nasse Haar aus der Stirn.

Natalie winkte sie beide heran, und Rico trat einen Schritt zur Seite.

Tom blickte in die Box. Sie war leer.

«Da ist nichts drin», bemerkte Sara.

Natalie grinste. «Dummerweise hat sich der Inhalt verflüchtigt.»

«Wie das?», fragte Tom.

«Ich werde es euch zeigen. Das Problem ist, dass sich die Nachricht ebenfalls verflüchtigt hat.»

«Welche Nachricht?», fragte Sara ungeduldig.

Langsam stand Natalie auf. Sie schien den Moment zu geniessen. «Deshalb seid ihr hier. Wir haben ein Problem zu lösen. Kommt mit.» Sie ging vor, verliess ihr Büro und stellte sich ans Geländer der Galerie über dem Dojo. Sie liess ihren Blick einen Moment unter dem Blechdach hin und her schweifen, dann streckte sie die Hand aus. «Seht selbst.»

Da sass sie, auf einer Querverstrebung direkt unter dem Dach, unschuldig und entspannt, und putzte sich die Flügel. «Eine Taube?», fragte Tom.

«Eine weisse Taube», konkretisierte Natalie. «Sie trägt eine

Nachricht ans Bein gebunden. Bloss, wie kriegen wir das Vögelchen von seinem Hochsitz herunter?»

«Abschiessen», schlug Sara vor.

«Spinnst du!» Natalie trat ihr heftig auf den Fuss. «Bei der Trust wird nicht gemordet.»

«Autsch, ist ja gut. Was frisst eine Taube?»

Rico mischte sich ein. «Ich geh dann mal Vogelfutter kaufen.»

Schweigend starrten Natalie, Sara und Tom eine Weile die Taube an, die es mit der Körperpflege übertrieben genau nahm.

«Sag mal, Natalie, von wem ist die Taube?», fragte Tom.

«Keine Ahnung. Der Typ trug einen dunklen Anorak mit Kapuze. Ich konnte das Gesicht nicht sehen. Er war nicht sehr gross, schlank und sportlich. Es könnte Neo gewesen sein.»

«Der Programmierer?», fragte Sara. «Würde der sich nicht eher digital melden, statt diese unplugged Version einer Kurznachricht zu senden?»

«Wir sollten genauso unplugged darauf antworten», sagte Natalie. «Die Taube scheint kein Virenschutzprogramm zu benötigen. Nicht einmal der NDB, der BND oder die NSA kommen an ihre Daten. Das Ziel ist zu klein für eine Satellitenortung und zu wendig für einen Drohneneinsatz.»

«Ladys, bleibt auf dem Boden. Das hier ist keine Geheimoperation. Bist du sicher, dass es dieser Neo war?»

«Nein, ich habe ihn grösser in Erinnerung. Und weshalb sollte er so geheimnisvoll tun? Das ergibt keinen Sinn.»

«Ich habe eine Idee.» Tom ging in sein Büro. In der Schublade seines Arbeitstisches fand er einen Müesliriegel. Er brach ihn in der Verpackung in kleine Stücke und trat damit hinaus auf die Galerie. Vorsichtig gab er die Nusskrümel in seine Handinnenfläche. «Wenn es eine Brieftaube ist, sollte sie nicht menschenscheu sein, aber ihr beide tretet besser kurz zur Seite.» Tom streckte die Hand aus und rief nach der weissen Taube.

«Vielleicht ist es eine wilde Taube, die gekidnappt wurde», sagte Natalie.

Sara hielt Abstand. «Die Federviecher kacken ohne Skrupel. Seid vorsichtig.»

Natalie verdrehte die Augen.

Tom konnte sich ein Grinsen nicht verkneifen. «Was ist dir denn heute über die Leber gelaufen?»

Mit erhobenem Kinn verschränkte Sara die Arme vor der Brust. «Eine Affäre.»

«Was?» Natalie starrte sie an.

«Du hast eine Affäre?», fragte Tom.

«Ja sicher. Wie denn, wenn ich nicht einmal einen Freund habe? Nein. Ich habe herausgefunden, mit wem Katja eine Affäre hatte.» Sara zog die Antwort in die Länge, genoss ihre Überlegenheit.

Die Taube nutzte das Schweigen, entschlossen, ihr Beautyprogramm zu beenden und sich einen Snack zu gönnen. Elegant landete sie auf Toms Daumen und pickte sich die besten Nüsse heraus.

Sara zeigte auf den Vogel. «Wählerisch ist sie auch, was?»

Vorsichtig griff Tom nach der Taube, welche dies gewohnt zu sein schien. Also doch eine Brieftaube.

Er löste den kleinen Metallcontainer an ihrem Fuss. Kaum war die Taube ihre Fracht los, flatterte sie wild mit den Flügeln. Tom war zu nachlässig. Sie flog auf und davon, zurück an ihren Platz unter dem Dach, wo sie sich provokativ aufplusterte und sich schüttelte.

«Ha! Arroganter Vogel. Für wen hält sich die Diva, hm?», rief ihr Sara hinterher.

Natalie griff nach Toms Arm. «Was steht drauf?»

Er öffnete vorsichtig den Mini-Behälter und zog ein zusammengerolltes Papier hervor. Er wickelte die Nachricht auf und las den kurzen Text.

Finger weg von der Schlächterin. Mit der nächsten Lieferung kommt sonst der Tod.

«Eine Drohung», flüsterte Natalie, «wie am Telefon.»
Tom drehte den Kopf zu ihr. «Du hast am Telefon eine Drohung erhalten? Wieso weiss ich nichts davon?»
Natalie zog den Kopf ein. Nur widerwillig erzählte sie von dem Anruf.
«Weshalb wirst nur du bedroht, wenn wir doch alle an dem Fall arbeiten?», fragte Sara.
Tom wusste keine Antwort.
«Aber was bedeutet die Nachricht? Will jemand Katja beschützen?»
«Na, eigentlich tun wir das ja, indem wir nach dem Motiv suchen», sagte Sara. «Will der Typ nicht eher Katja für sich allein?»
Tom kratzte sich den Kopf. «Du denkst an Rache?»
«Dann müsste unser Unbekannter aus dem Umfeld des Opfers stammen», sagte Natalie.
Sara nickte. «Genau, und deshalb verschiebe ich meinen geplanten Besuch bei Hubi, der kann warten, und fahre gleich zu Lind. Wir müssen mehr über Reynard erfahren. Ich kann Lind das Affären-Bonbon anbieten im Gegenzug für Informationen, welche die Polizei hat. Lasst mich das verhandeln.»
Tom starrte Sara an. «Von welcher Affäre sprichst du die ganze Zeit?»
Sara grinste breit. «Von der zwischen Reynard und unserer lieben Katja vor über dreissig Jahren bei der Tex.»

***

Natalie stieg von Ricos Chopper. Er stellte den Motor ab und zog seinen Helm aus. «Bei euch in der Trust ist ganz schön was los, hm?»
Natalie reichte ihm ihren Helm. «Ich glaube, ich arbeite mit Kindern zusammen. Danke, dass du mich gleich mitgenommen hast.»
«Und ich soll nicht hier warten und dich heimfahren?»

«Nein.» Sie blickte den farblosen Wohnblock hoch, vor dem sie standen. «Das Gespräch mit Hubi könnte länger dauern.»

«Willst du ihn auf die Affäre seiner Frau mit dem Opfer ansprechen?»

«Ich weiss nicht. Ich habe ein Bauchgefühl, dass da etwas in der Vergangenheit schlummert, das Hubi kennt – vielleicht nur unbewusst. Er ist wichtig.»

Rico griff nach ihrer Hand. «Deshalb der spontane Entschluss, ihn aufzusuchen? Sei vorsichtig. Das ist keine Friedenstaube, die dir überbracht wurde.»

Sie schaute hoch zum Himmel. «Das Unwetter scheint vorüber.» Sie entzog ihm ihre Hand.

Rico schnalzte lässig mit der Zunge und setzte den Helm auf. «Ruf an, wenn es Ärger gibt.»

Zum Gruss tippte sich Natalie an die Schläfe. «Klaro. Und jetzt hau schon ab.»

«Aye, Mam.»

Obwohl Rico längst um die nächste Kurve aus ihrem Blickfeld verschwunden war, lauschte sie dennoch dem röhrenden Motor des Choppers nach, der langsam verstummte.

Natalie betrat den Wohnblock und ging hoch zu Hubis Wohnung. Sie kam mit leeren Händen und fühlte sich mies dabei. Es war kein Freundschaftsbesuch. Ihr Instinkt trieb sie an. Sie musste an die Gestalt denken, welche die Taube vor die Tür der Trust gelegt hatte. Skurril. Das Ganze ergab keinen Sinn.

Sie drückte den Klingelknopf und hörte ein lautes Ding-dong.

Sie wartete.

Nichts.

Seltsam.

Sie klingelte erneut.

Ding-dong.

Stille.

War Hubi nicht zu Hause?

Tom hatte von dem Besuch bei Katja berichtet, dass sie Hubi eiskalt erzählte, wie ihr Onkel sie als Kind missbraucht hatte.

Besorgt klopfte Natalie an die Tür. Wie konnte Hubi solch ein Geständnis verarbeiten? Er lebte alleine. Stress war katastrophal bei ALS. Hatte er einen Anfall? Lag er bewusstlos am Boden? Fuck, sie hätte gleich nach ihm sehen sollen. Sie klingelte Sturm.

Ding-dong. Ding-dong. Ding-dong.

Sie hörte drinnen einen Stuhl rücken.

Schritte.

«Hubi, machen Sie bitte auf. Ich bin es, Natalie.» Sie wartete.

Keine Geräusche mehr.

Stille.

Sie versuchte ihr Glück und drückte die Türklinke hinunter.

Nicht abgeschlossen.

Vorsichtig schob sie die Tür einen Spalt auf. «Hubi? Ich komme rein, ja?»

Sie betrat die Wohnung.

Ein Schritt.

Zwei Schritte.

Die Tür wurde ihr aus der Hand gerissen und hinter ihr zugeschlagen.

Natalie wirbelte herum.

Die Gestalt in Schwarz …

Sie war hier.

***

Tom stand vor der Trust, eine Bierflasche in der Hand. Stärkeres hatte er im Büro nicht gefunden. Die kurze Wetteraufhellung war flüchtig gewesen. Tiefschwarzer Himmel zog über den Mythen auf und kroch wie ein drohender Finger auf den Zugersee zu. Grelle Blitze zuckten in der Ferne. Es war erst kurz nach sechs, aber bereits düster an diesem Abend.

Tom scharrte mit dem alten Turnschuh einige Kieselsteine beiseite. Dunst schwebte über den Asphalt. Keine Menschenseele war zu sehen. Eine leere Bierdose schepperte über das Trottoir, getragen von einer Windböe.

Er ging zurück ins Gebäude und schloss die Tür. Drinnen war es finster geworden. Der Lichtschalter befand sich am Treppenabsatz. Tom schlenderte darauf zu. Tief in Gedanken versunken, dachte er nicht mehr an die Taube, die plötzlich wie ein gefallener Engel vom Dachbalken stürzte, wild flatterte, die Flügel weit aufgerissen. Schützend hob Tom seinen Arm vors Gesicht. Im letzten Moment bremste der Vogel den Sturzflug ab, machte eine Neunzig-Grad-Wendung, landete elegant auf dem Treppengeländer und gurrte zufrieden.

Was stimmte nicht mit dem Piepmatz? «Hey, bist du bescheuert?» Energisch drückte Tom den Lichtschalter. Sein Herz pochte.

Die Taube steckte den Kopf unter ihren rechten Flügel. Wollte sie ein Nickerchen machen? Sie reagierte nicht auf Tom, als er an ihr vorbei die Stufen hochging.

Er kam nicht weit.

Es klingelte an der Tür.

Besuch?

Jetzt?

Rasch ging Tom die Stufen hinunter, der Vogel liess sich nicht beirren, und öffnete dem Besucher. Bloss keine Lieferung einer weiteren Holzbox, dachte er.

Ihn erwartete keine Holzbox, dafür bekam er ein strahlendes Lächeln geschenkt. «Rico sagte, dass du allein bist.» Sie hob ihre rechte Hand. Darin lag eine Flasche Jack Daniel's. «Er meinte auch, den guten alten Jack könntest du gebrauchen. Die Gläser musst du zur Verfügung stellen. Pappbecher oder Kaffeetassen gehen zur Not auch.»

«Seit wann ist Rico damit einverstanden, dass wir uns treffen?», fragte Tom und liess Mirjam eintreten.

«Seit ich ihm in den Arsch getreten habe. Grosse Brüder brauchen das, wenn sie übereifrig werden.»

Die Flasche war halb leer, als Tom auf Kaffee wechselte. Sie sassen auf der Galerie über dem Dojo, hatten zwei Stühle aus dem Besprechungszimmer geholt. Eine geschlagene Stunde schwelgten sie in alten Erinnerungen, Geschichten, die längst ihre Bedeutung verloren hatten. War Mirjam jemals mehr als eine Affäre gewesen? Vermutlich schon. Tom hatte sich das nie eingestanden. Er starrte auf ihr Tattoo am Unterarm. Er kannte die Bedeutung der Initialen. Mirjam wollte sich diese niemals entfernen lassen. Sie sind mein Mahnmal, hatte sie ihm erzählt, als sie ihn in der U-Haft besuchte – kurz bevor er entlassen wurde und sie ins Ausland ging.

Sie starrte hoch unter das Dach, wo die Taube es sich gemütlich gemacht hatte. Mirjam hielt an ihrem Whiskey im Pappbecher fest, während Tom den starken Kaffee trank.

«Wie war dein Essen vor zwei Tagen mit Sara?»

«Interessant. Ich mag die Frau. Sie ist schwierig und gefühlskalt, aber ich kaufe ihr das nicht ab.»

«Sie hatte es nicht leicht im Leben.» Er begab sich auf dünnes Eis.

«Wer hat das schon? Kennst du Saras Vergangenheit?»

Tom zögerte einen Augenblick. Dann nickte er. «Ihre Eltern waren religiöse Fanatiker, gehörten einer Sekte an. Sara verliebte sich in ihren Lehrer und wurde mit fünfzehn schwanger.»

«Wow.» Mirjam trank den Whiskey leer und goss sich nach.

«Sie musste das Baby heimlich gebären. Ihre Eltern brachten es weg.»

«Sie brachten es weg?»

«Sara glaubt, dass es bei der Geburt gestorben ist.»

«Ist es das?»

Tom schwieg. Er plauderte zu offen.

«Davon erholt sich eine Frau nie.» Mirjam seufzte. «Ein eigenes Kind zu verlieren muss brutal sein. Es zeichnet eine Mutter für den Rest ihres Lebens. Vielleicht mag ich Sara jetzt sogar ein wenig mehr. Sag mal, kommt ihr in dem Fall der Schutzengel-Mörderin voran?»

«Langsam. Wir suchen nach dem Motiv. Die Lebensgeschichte unserer Täterin liest sich wie ein Thriller. Unglaublich, diese Frau.» Er musste an das Gespräch mit Katja denken. Stimmte Saras Verdacht, dann hatte Katja eine Affäre mit einem Hundesohn, der sie fesselte, vergiftete, quälte und in eine Schlangengrube warf. Wenn das kein gutes Mordmotiv abgab. Tom musste dringend mehr über die Beziehung zwischen Katja und Reynard herausfinden.

«Erzählst du mir von Katja Rosenstocks Leben?»

Tom zögerte erst, wählte dann eine Kurzfassung. Er beendete die Geschichte mit der Lieferung der Holzbox und dessen flatterhaftem Inhalt.

«Jetzt habt ihr bei der Trust ein Maskottchen. Hätte die schwarze Gestalt nicht besser einen Raben statt einer weissen Taube in die Holzbox stecken sollen? Wie auch immer, der Vogel braucht einen Namen.»

«Täubchen», rutschte es aus Tom heraus.

«Täubchen? Echt? Das ist zu kitschig.»

Tom drehte den Kopf zu Mirjam. «Täubchen. So nennt Hubi seine Katja.»

«Er nennt seine mordende Frau Täubchen?»

War es ein Zufall, wunderte sich Tom und blickte hoch unters Dach. «Ich werde Sara vorschlagen, morgen ihre Katze zur Trust zu bringen.»

Mirjam lachte. «Den Bad Boy hast du nicht drauf. Im Herzen bist du ein echter Softie.»

«Du hast mich früher mit Rocky verglichen. Oder war das Van Damme? Ich dachte, ich sei dein Held.»

«Habe ich je behauptet, dass ich einen Muskelprotz brauche, der mich beschützt?» Sie hob ihre nietenbesetzte Lederjacke, die am Boden vor ihren Füssen lag, hoch und zog sie an. «Der Whiskey steigt mir in den Kopf. Du hast nicht zufällig eine Zigarette dabei?»

Er schüttelte den Kopf.

Sie biss sich auf die Lippen. «Unser Gespräch auf der Raststätte … da lief einiges schief. Ich habe nachgedacht. Tom, es wird Zeit, dass du die Wahrheit erfährst.»

Er fühlte, wie sich seine Muskeln versteiften. «Du hast recht. Es wird Zeit für die Wahrheit. Ich muss dir –»

Sie hob die Hand. «Nein, nicht du. Lass mich reden. Über damals. Über die Nacht, als King Georg ermordet wurde. Ich habe Sara davon erzählt.»

«Wieso?»

«Keine Ahnung. Ich spreche sonst nie mit jemandem darüber.»

Tom kannte die Antwort. Sie lag in den Genen.

«Okay, Sara kennt nur die Wahrheit, die du bisher auch kennst. Ich habe dir nie erzählt, wer King Georgs wahrer Mörder ist.»

«Du kennst den wahren Mörder?» Tom griff hastig nach der Whiskeyflasche am Boden, setzte sie an die Lippen und trank einen kräftigen Schluck. Den würde er brauchen, um die Wahrheit zu ertragen, das spürte er instinktiv.

***

Die Fesseln schnitten in ihre Handgelenke. Musa würde fluchen. Natalie wollte sich die Blasen nicht ausmalen, die sich in den nächsten Stunden dort bilden würden, sollte sie überleben. Um Hilfe rufen brachte wenig. Sie wollte ihre Stimmbänder nicht kaputt schreien.

Ihr gegenüber am Küchentisch sass Hubi in sich zusammengesunken, den Kopf hängend. Er weinte still.

Die Gestalt, ein besserer Name fiel ihr für den Einbrecher nicht ein, wütete im Wohnzimmer. Was suchte sie? Durch die offene Tür sah Natalie, wie Bücher umherflogen. Die Aktion schien verzweifelt. Ein professioneller Einbrecher war die Gestalt nicht. Weder war sie besonders stark oder brutal noch besonders überlegt. Irgendwie schlampig und improvisiert wirkte der Überfall. Waffe hatte sie keine dabei. Natalie hatte keinen Schimmer, wer die Gestalt sein könnte, vermutete aber, dass es die gleiche war, die ihr die Taube vorbeigebracht hatte. Kaum hatte Natalie die Wohnung betreten, hatte die Gestalt sie mit den Händen gepackt und in die Küche geschleift. Der Griff war eher lasch gewesen. Natalie hätte sich wehren können, liess es aber bleiben. Sie glaubte nicht, dass sie ernsthaft in Gefahr war. Der Spuk würde bald vorbei sein, und sie hatte keine Lust, unnötige Blasen und Verletzungen ihrer Haut zu riskieren.

Sie versuchte sich zu entspannen, als die Gestalt in die Küche stürmte, ein Papier auf den Tisch knallte und Hubi anstarrte. «Das Passwort für den Laptop», stand darauf geschrieben.

Natalie prägte sich Details der Gestalt ein. Etwa eins siebzig gross, schlank, sportlich. Sie war komplett in Schwarz gekleidet: Jeans, Sweatshirt mit langen Ärmeln, Lederhandschuhe und knöchelhohe Stiefel, Grösse vierzig, schätzte Natalie. Um den Hals war ein Wollschal gewickelt. Sie trug einen Mundschutz, darüber eine dunkle Pilotensonnenbrille, eine Wollmütze, tief ins Gesicht gezogen, und den ganzen Look abgerundet mit der Kapuze des Sweatshirts über dem Kopf. Seltsames Outfit. Mütze, Handschuhe und Schal waren eindeutig Männeraccessoires, Sweatshirt und Stiefel eher Frauenmodelle. Kein Quadratmillimeter Haut war zu sehen. Es hätte ein grüner Marsmensch sein können, Natalie hätte es nicht bemerkt.

Energisch tippte die Gestalt auf die Frage, die sie Hubi hingelegt hatte. Seine Lippen zitterten, aber er schwieg. Wütend verwarf die Gestalt die Hände, drehte sich zur Küchenkombination um und griff nach einem Messer im Messerblock. Kurz erstarrte sie, zog es heraus und wirbelte damit herum.

Natalie war nah dran, loszuschreien.

Mit dem ausgestreckten Arm holte die Gestalt aus und stach das Messer durch das Papier mit der Notiz und in den Holztisch. Senkrecht blieb es stecken.

Keuchend starrte Hubi darauf. Dann blickte er Natalie an, ein Blick voller Schuldgefühle. Scham?

Natalie nickte aufmunternd. Es gab keinen Grund, die Heldin zu spielen.

«1-2-3-4», stotterte Hubi.

Die Gestalt verschwand aus der Küche, kam daraufhin mit dem Laptop unter dem Arm zurück, so, als wollte sie ein Abschiedswort an sie richten, entschied sich aber anders und verliess die Wohnung.

Überlebt, war das erste Wort, das Natalie in den Sinn kam. Sie beugte sich nach vorne über den Tisch und griff mit den Zähnen umständlich nach dem Messer, das in der Tischplatte steckte. Sie benötigte einige Versuche, bis sie es freibekam und mit der Nase vorsichtig zu sich an den Rand der Tischplatte ziehen konnte. Mit dem Stuhl zusammen stand sie auf. Zum Glück war es nur ein leichter Holzstuhl. Sie drehte sich, bis sie das Messer mit den Fingerspitzen zu fassen bekam. Der Rest war Schwerstarbeit für ihre Hände. Es dauerte fünf Minuten, bis sie die Schnur durchgeschnitten hatte, welche ihre Handgelenke an den Stuhl fesselte, Handgelenke, die danach völlig ruiniert waren. Sie ignorierte den Schmerz und die Angst vor dem Leiden, das vor ihr lag.

«Uff, weshalb sieht das in Filmen kinderleicht aus?» Rasch band sie Hubi los, strich ihm tröstend über die Schulter. Er weinte.

Sie ging ins Wohnzimmer, das komplett verwüstet war, griff nach dem Handy und rief die Polizei.

***

«Was für ein Durcheinander.» Sara betrat hinter Lind Hubis Wohnung. Die Kollegen waren vor Ort. Bolander wie auch ein Team der Spurensicherung arbeiteten sich durch das Chaos in der Wohnung.

Sara folgte Lind in die Küche, wo Natalie und Hubi am Tisch sassen. Ein Arzt mass Hubi den Blutdruck. Der Arme war bleich im Gesicht. Seine Hände zitterten. Anders Natalie. Sie winkte Sara selbstbewusst zu sich. Sofort bemerkte sie die einbandagierten Handgelenke.

«Bist du okay?»

«Geht schon.»

«Erzähl.»

Natalie liess kein Detail aus. Sara machte sich Notizen in ihr rotes Buch. Lind hörte aufmerksam zu.

«Und du denkst nicht, dass ihr ernsthaft in Gefahr gewesen seid?», fragte Sara, als Natalie zu Ende erzählt hatte. Sie zeigte auf das Messer, das als Beweisstück auf dem Tisch in einer Plastiktüte lag.

«Scheint so, als habe die Gestalt nach dem Laptop und nach Fotos gesucht. Laut Bolander sind die Fotoalben durchwühlt worden. Einige Bilder fehlen.»

«Eine persönlich motivierte Tat im Zusammenhang mit dem Mord von Katja.» Sara hörte, wie Hubi bei dem Satz laut schnaufte. Sie sollte vorsichtiger mit ihren Behauptungen sein.

«Ich habe die Gestalt wohl überrascht», sagte Natalie. «Sie musste improvisieren. Ich machte es ihr leicht. Das kann ich gut, die Schwache spielen.»

«War es derselbe Mann, der die Taube ablieferte?»

«Dieselbe Gestalt», korrigierte Natalie. «Ich kann nicht sagen, ob es ein Mann oder eine Frau war. Unmöglich.»

«Bauchgefühl?»

«Frau», schoss es aus Natalie heraus. «Liegt wohl an dem Duft. Er war nicht herb genug für den eines Mannes. Aber es gibt auch süssliche Herrendüfte, nicht?»

Sara klopfte ihr leicht auf den Oberarm. «Vertrau deinen Instinkten als Frau. Ich bin froh, dass euch nichts passiert ist. Hätte schiefgehen können, nach all den Drohungen, die du erhalten hast.»

«Aiguuu!» Ahri platzte in die Küche. Sofort ging sie vor Hubi in die Knie. «Geht es dir gut?» Sie griff nach seiner Hand und streichelte sie wie die eines Kindes, den Arzt drängte sie dabei zur Seite, als existiere er nicht.

«Alles zerstört», jammerte Hubi. «Ein ganzes Leben zerstört.»

«Nicht doch. Das bringen wir wieder in Ordnung.»

Sara presste die Lippen aufeinander, als ihr peinlich bewusst wurde, dass sie sich einzig für die Tat und nicht für das Opfer interessiert hatte. Was für ein kalter, emotionsloser Mensch sie geworden war.

«Du kommst erst mal zu mir nach Hause», sagte Ahri. Sie stand auf. «Kann ich ihn mitnehmen?» Sie richtete die Worte an Lind.

«Das alles ist sehr verdächtig. Schon die Geldtransaktion. Leider müssen wir nach wie vor darauf bestehen, dass Sie das Land nicht verlassen und jederzeit für uns zur Verfügung stehen.»

«Er wird verdächtigt?», fragte Ahri entsetzt.

«Seine Frau wird des Mordes angeklagt und Herr Rosenstock plötzlich zum Millionär? Das können wir nicht ausser Acht lassen.»

«Er ist ein Opfer und wurde brutal überfallen.»

«Ich bleibe hier», sagte Hubi entschlossen.

«Hier, hier?», fragte Ahri. «Wie denn?»

«Im Schlafzimmer sieht es nicht so schlimm aus», sagte Natalie. «Sobald die Spurensicherung durch ist, räumen wir auf, sodass Hubi in seinem Bett schlafen kann.» Sie konnte durchaus verstehen, dass er nicht auswärts übernachten wollte. Ahris besorgter Gesichtsausdruck brachte sie auf einen Gedanken. «Sag mal, wie hast du so schnell von dem Überfall erfahren?»

«Ach das.» Ahri warf ihre Haare in den Nacken. «Eine Arbeitskollegin beim Sozialamt kennt Hubi und weiss, dass ich mit ihm befreundet bin. Ihre Tante wohnt gleich gegenüber und hat sie angerufen. Polizei mit Blaulicht vor einem Wohnhaus spricht sich schnell herum.»

Sara runzelte die Stirn. «Tut es das?»

Als Antwort bekam sie ein strahlendes, freudloses Lächeln. «Ich habe Tom angerufen. Er wird gleich hier sein.»

Das Timing war perfekt.

Tom stürmte in die Küche. «Natalie, bist du verletzt?» Er griff sofort nach ihren Händen.

Sara musste zugeben, dass sie den enttäuschten Blick von Ahri genoss.

«Mach kein Drama.» Natalie streckte das Rückgrat durch. «Ich war nur an einen Stuhl gefesselt, habe mich selbst befreit und die Bullen gerufen. Siehst du, ich bin ein grosses Mädchen, das vernünftig handeln kann – wenn es will.»

«Können Sie uns nur einmal als *die Polizei* ansprechen?», fragte Bolander, der zu ihnen stiess.

Es wurde eng in der kleinen Küche.

Sara starrte Tom an. Er schien durch den Wind. Verstört. Wegen Natalie? Ihr fehlte nichts.

Laute Stimmen kamen aus dem Korridor.

Kurz darauf stürmte eine Frau herein, klein, nicht mehr ganz jung, mit einer Tasche in der Hand. «Du meine Güte! Herr Rosenstock, was ist denn mit Ihnen passiert?»

«Oh», stammelte Hubi. «Ist es schon acht Uhr?»

«Wer sind Sie?», fragte Bolander.

«Frau Moser. Die Pflegefachkraft von Herrn Rosenstock. Ich schaue jeden Abend um acht Uhr nach ihm.»

«Aha», sagte Bolander und richtete seine Worte an Hubi. «Wir sind bald fertig. Sie sagen, Wertgegenstände gab es keine in der Wohnung. Was ist mit dem Laptop? Ist etwas darauf, das den Einbrecher interessieren könnte?»

Hubi war mit der Frage überfordert. «Ich benutze ihn nur als Internetzugang und um die Mails zu lesen. Katja hat irgendwelche Programme installiert. Keine Ahnung, ich habe nie gefragt.»

«Was ist mit der Million?», fragte Natalie. «Gibt es auf dem Laptop Hinweise zu der Transaktion?»

Hubi sackte ratlos in sich zusammen. «Ich will das Geld nicht. Ich will Katja zurück.»

Was für eine seltsame Aussage, dachte Sara, sagte aber weiter nichts.

VIERZEHN

Wie Sterne funkelten die Glitzersteine an der dunkelblauen Decke, bestrahlt vom kalten Licht der Stehlampe in der Ecke.

«Zu kitschig?», fragte Ahri. Sie lag nackt auf dem Rücken auf der purpurfarbenen Decke am Boden und rauchte genüsslich eine Zigarette.

«Gewöhnungsbedürftig», sagte Tom. «Wie auch dein mobiles Bett gewöhnungsbedürftig ist.»

Ahri lachte herzhaft. «Ein starres Bettgestell mit Lattenrost und Matratze? Wozu? Meine Decke rolle ich zusammen und lege sie in die Ecke.»

«Schläft man so in Korea?»

«Nicht mehr oft. Früher schon.»

«Und ich dachte, du seist eine moderne Frau.»

Ahri drehte sich auf den Bauch, drückte die Zigarette im Aschenbecher am Boden aus und zwickte Tom in die Brust. «Bin ich», sagte sie mit herzförmigem Mund und Doppelblinzeln. «Es ist bald zwei Uhr nachts. Wieder fit?»

Tom seufzte. Wurde er alt? «Ich brauche erst ein Glas Wasser.» Er zog seine Boxershorts über und ging in die Küche.

Ahri folgte ihm. «Du bist nicht bei der Sache. Du hättest mit in den Club kommen sollen.»

«Ich soll feiern gehen, nach dem was Natalie und Hubi passiert ist?»

«Nicht feiern. Tanzen und negative Energie ausschwitzen. Ich brauche das, wenn ich gestresst bin.»

Wow. Ahri schien für alles eine Lösung zu kennen. Er war nach dem Vorfall heimgefahren, um nach seinem alten Herrn zu sehen, der am Nachmittag aus dem Spital entlassen worden war. Er wollte so viel Zeit wie möglich mit ihm verbringen. Aber Paps hatte geschlafen, war nur kurz aufgewacht und erschrak, weil Tom an seinem Bett sass und er ihn für einen Fremden hielt.

Es war nach Mitternacht, als er bei Ahri vor der Tür stand. Tom wollte nicht allein sein.

«Was bedrückt dich, dass du so ein Gesicht ziehst? Der Fall? Hubi geht es gut, er ist nicht verletzt.»

Aus der Ablage griff Tom nach einem Glas und hielt es unter das fliessende Wasser. «Mein Leben ist gerade chaotisch.»

«Natalie? Machst du dir Sorgen um sie?»

«Auch.» Weshalb sollte Tom lügen. «Ich denke, ich sollte heimfahren.»

«Weshalb Natalie?»

Tom verstand die Frage nicht.

Ahri setzte sich nackt auf die Küchenkombination. «Weshalb ist Natalie in Gefahr?»

«Ist?»

«Na, sie wurde heute an den Stuhl gefesselt und bedroht. Weshalb war sie bei Hubi?»

Tom trank das Wasserglas leer. «Du stellst viele Fragen.»

«Jaaa, mein Problem, ich war schon immer der neugierige Typ, der sich überall einmischt.» Sie packte ihn am Ellbogen und zog ihn zu sich heran. «Du kannst mit mir reden, oder wir gehen zurück ins Bett.»

«Ich nehme die dritte Option und fahre heim. Es ist schon spät.»

Verführerisch legte Ahri ihre Arme um Toms Hals. «Ich habe lange darüber nachgedacht, aber Katja muss triftige Gründe gehabt haben, diesen Mann zu ermorden. Hinter so einer Tat steckt abgrundtiefer Hass, eine Seite, die ich an ihr nie kennengelernt habe. Ja, sie war immer zurückhaltend und kühl, aber irgendwie auch cool, echt taff, und ihr Beschützerinstinkt war übermenschlich.»

Tom kam eine Idee. «Als Sozialarbeiterin bist du bestimmt in Psychologie geschult.»

«Sicher.»

«Was passiert mit einem Mädchen, das in der eigenen Familie missbraucht wird?»

«Wow, diese Frage stellst du mir mitten in der Nacht, während ich nackt vor dir sitze?»

Gab es für solch eine Frage einen guten Moment?

«Von welchem Alter sprichst du?»

«Keine Ahnung. So zwölf bis siebzehn.»

«Missbrauch über mehrere Jahre hinweg?»

Tom nickte.

«Die Frage ist schwer zu beantworten. Das kommt sehr auf das Mädchen und das Umfeld an. Einige zerbrechen daran, andere verdrängen es. Aber unbeschadet übersteht das niemand. In irgendeiner Form bricht das Trauma früher oder später aus jedem Opfer heraus.»

«Ein Mord?»

Ahri fuhr durch Toms Haare. «Dass du von Katja sprichst, ist schon klar, aber das Opfer, dieser Banker, der war in ihrem Alter, er kann also eher nicht der Täter gewesen sein, von dem du redest, oder?»

«Nicht er. Wir verdächtigen den Onkel, bei dem sie nach dem Tod ihrer Eltern lebte. Leider wissen wir nur sehr wenig über diese Zeit.»

«Tja, da kann ich nicht helfen. Damals kannte ich Katja nicht, war noch nicht einmal auf der Welt. Ah, aber ich habe ein Foto.»

«Ein Foto?»

Ahri sprang von der Küchenkombination und eilte ins Wohnzimmer. Sie riss mehrere Schubladen des Sideboards auf und durchwühlte sie. «Wo ist es … Ah! Hier.» Sie kam damit zurück und hielt es Tom unter die Nase.

Das Bild war vergilbt, musste um die vierzig Jahre alt sein, Anfang der achtziger Jahre aufgenommen. Es zeigte eine junge Frau, die ein Papier in die Höhe hielt und neben einem leicht verbeulten roten Fiat Panda mitten auf einem Schrottplatz stand. Sie trug eine gelbe Bluse mit Schulterpolstern, eine hochgeschnittene rosafarbene Hose und einen Haarreif, um ihre wilden rotblonden Locken zu bändigen. «Das ist Katja Rosenstock?»

«Ja. Sie war damals achtzehn und hatte gerade ihren Führerausweis erhalten. Das war ihr erster Wagen.»

Tom betrachtete das Bild genauer. Der Wagen war ohne Kontrollschild, und der linke Kotflügel wies eine Beule auf, die schwarz übermalt war. Kein Prachtstück, der Fiat. «Das Foto wurde bei einem Autohändler aufgenommen?»

Ahri lachte. «Wohl eher ein Schrotthändler.»

Tom blickte auf. «Woher hast du das Bild?»

«Was?»

«Woher?»

«Na, von Katja. Sie hat es mir vor einigen Wochen geschenkt.»

«Warum?»

«Warum? Keine Ahnung. Eigentlich besitzt Katja keine Bilder aus der Zeit vor der Ehe mit Hubi. Dies war eines der wenigen. Sie hat mir das Bild geschenkt, weil ich es toll fand, und sie meinte, die alten Zeiten bedeuten ihr nichts mehr.»

«Was hat Hubi dazu gesagt?»

«Er war an dem Abend nicht zu Hause. Vermutlich kennt er das Foto nicht. Irgendwie kam ich an dem Abend auf die Mode der Achtziger zu sprechen, und sie meinte, sie habe noch ein Foto von sich aus jener Zeit. Es lag in einer Schuhschachtel unter dem Bett.»

«Und du hast es behalten?»

«Wieso nicht? Es war ein Geschenk einer Freundin.»

«Freundin.» Tom stöhnte innerlich. Ahri hatte eine mordende Freundin. «Darf ich davon ein Foto machen?» Tom holte sein Handy aus dem Schlafzimmer, schoss ein Bild und schickte es gleich an Natalie, Sara, Lind und Bolander.

«Und, Lust auf eine weitere Runde körperlicher Betätigung, bevor du nach Hause fährst?» Sie trat hinter Tom und umarmte ihn um den Bauch. Mit dem kleinen Finger spielte sie in seinem Bauchnabel.

Tom war hin- und hergerissen, als plötzlich Ahris Handy klingelte und ihm die Entscheidung abnahm. Wer rief um diese Zeit an?

Ahri ging ins Schlafzimmer, wo ihr Telefon lag, und nahm den Anruf entgegen. Dem Anruf lauschend, kam sie zurück in die Küche. «Jetzt gleich? – Okay. Zehn Minuten. Ich habe noch Besuch.» Sie legte auf. «Tom, ich muss dich rauswerfen. Sorry.»

«Stimmt etwas nicht?»

«Ähm, nein. Nur eine Bekannte. Sie hat ein Problem und will vorbeikommen.»

***

Fröstelnd zog sich Natalie die dünne Strickjacke enger um ihre Schultern. Sie hatte sich für unauffällige Kleidung entschieden.

Der Zug fuhr im Bahnhof Schutzengel ein. Es war kurz vor zehn und die Rushhour an diesem Freitagmorgen vorbei. Nur wenige Passagiere stiegen aus. Neo war nicht zu verfehlen. War es riskant, ihn abzupassen? Natalie studierte seine Bewegungen, als er auf sie zukam, den Blick zu Boden gerichtet, Kopfhörer in den Ohren. Eine schwarze Gestalt.

Aber nicht die Gestalt von gestern …

Nein, sein Gang war anders, flacher, weniger aus der Hüfte heraus, schlaksiger, auch wenn Grösse und Statur übereinstimmten. Natalie beschloss, ihrem Bauchgefühl zu vertrauen. Dennoch nervös spielte sie mit dem Umschlag in ihrer Hand. Sie ging einige Schritte nach rechts, stellte sich in Neos Laufrichtung und zwang ihn, abrupt vor ihr anzuhalten. Erstaunt schaute er auf und nahm langsam einen der Kopfhörer aus dem Ohr. «Du hier?»

«Wir müssen reden.»

«Ich muss zur Arbeit.»

«Gleitende Arbeitszeiten. Die Tex kann fünfzehn Minuten auf dich warten. Setzen wir uns. Du musst mir erklären, weshalb du gelogen hast.»

«Gelogen?»

Natalie wedelte mit dem Umschlag in der Luft. «Der Beweis. Willst du ihn sehen?»

Widerwillig setzte sich Neo auf die Wartebank unter dem Vordach am Perron. Natalie blieb stehen und reichte ihm das Couvert. «Ich habe die Information heute Morgen von Jamiro erhalten.»

«Wer ist das?»

«Mein Mann von Kipekapeka in Rio. Er hat sich über Jacques Reynard schlaugemacht und diese Bilder aus den sozialen Medien aufgetrieben. Geteilte Fotos von Angestellten der Tex in Rio. Kannst du mir das erklären?»

Neo öffnete den Umschlag und schaute sich das erste Foto an, das Natalie heruntergeladen und ausgedruckt hatte.

«Was soll damit sein? Das Bild wurde auf der Firmen-Sommerparty aufgenommen, welche die Tex in Rio jedes Jahr für ihre Angestellten durchführt.»

«Richtig. Und du bist auch dabei.»

Neo lehnte sich lässig zurück. «Das ist kein Geheimnis. Ich sagte dir, dass ich vor einem Jahr wegen eines Softwareproblems in Rio war. Deshalb war ich zu der Party eingeladen.»

«Was ist mit dem nächsten Bild?»

Neo schaute es sich kurz an. «Da halte ich einen Tequila Sunrise in der Hand. Ist das verboten?»

Natalie setzte sich neben ihn. «Die Party fand auf einer Dachterrasse eines Hochhauses statt. Im gleichen Gebäude, wo die Tex eingemietet ist.»

«Klar. Es ist ein Wolkenkratzer mit vierzig Stockwerken. Viele Firmen nutzen die Dachterrasse für ihre Veranstaltungen. Dafür ist sie da. Mit zwei Bars, Swimmingpool, Lounge und so weiter.»

«Die beiden Frauen im Hintergrund, die an der Bar stehen, kennst du die?»

Neo schaute sich das Bild genauer an. «Ja, eine der beiden.»

«Eben. Du hast gelogen.»

«Gelogen. Wieso denn das?»

Natalie holte zum Schlag aus. «Du hast behauptet, Jacques Reynards Tochter nicht zu kennen.»

«Was stimmt.»

Natalie runzelte die Stirn. «Was denn? Soeben hast du gesagt, dass du sie kennst.» Sie zeigte auf Jacqueline Reynard auf dem Foto.

Neo lachte. «Nicht die, die kenne ich nicht. Ich spreche von der Schwarzhaarigen, die neben ihr steht.»

«Was?» Natalie riss ihm das Foto aus der Hand und schaute sich die Frau an, die ihr unbekannt war. «Wer ist die denn?»

«Sie arbeitet hier in Zug am Empfang der Tex. Das ist Sabrina Russo. Sie machte damals zufällig Urlaub in Rio, und ich habe sie deshalb zur Party eingeladen.»

Sabrina? Natalie erinnerte sich, dass Tom den Namen erwähnt hatte. Diese Sabrina kannte also Jacqueline Reynard. War diese Information von Bedeutung oder irrelevant für ihren Fall? Natalie schickte das Foto, das sie auch auf ihrem Handy gespeichert hatte, an Tom und Sara weiter. «Die beiden Frauen im Hintergrund …?!», schrieb sie dazu.

«Kann ich gehen?», fragte Neo ungeduldig.

«Ähm, sag mal, wo warst du eigentlich gestern so gegen achtzehn Uhr?»

«Du bist misstrauischer als ein Steuerprüfer, echt, Nat. Ich arbeite immer bis spätabends bei der Tex. Überprüfe das, wenn du willst.»

Sie seufzte. Natürlich. «Sorry, Mann, du hast etwas gut bei mir.»

Er zögerte. «Eigentlich wollte ich heute Abend bei euch vorbeikommen.»

«Bei uns?»

«Trust Investigation, richtig? Ich bin einigen Hinweisen nachgegangen. Du hast das gestohlene Geld erwähnt und nach einem Virus gefragt.»

Natalie wurde hellwach. Wenn sie einen IT-Spezialisten der Tex auf ihrer Seite hatten, war das Gold wert.

«Du musst mir versprechen, das vertraulich zu behandeln. Und ich darf dir keine Details nennen.»

Natalie nickte.

«Die Firmenleitung hat mich darauf angesetzt, herauszufinden, weshalb bei der Tex in Rio über eine Million Dollar spurlos verschwanden. Das war auch der Grund, weshalb Jacques Reynard in die Schweiz kommen musste.»

«Ja, das weiss ich bereits.»

«Ein Virus war schuld.»

«Also doch.»

«Ja. Der Virus hat von Tausenden von Kundenkonten jeweils einen Kleinstbetrag abgehoben, umgerechnet jeweils nur einige US-Dollar, die in der Buchhaltung erst kein grosses Aufsehen erregten. Der Diebstahl geschah innerhalb von wenigen Stunden. Beim folgenden Quartalsabschluss tauchte in der Erfolgsrechnung der Tex in Rio auf dem Konto der Rundungsdifferenzen plötzlich ein Betrag in der Höhe von über einer Million Dollar auf. Ein Konto, das üblicherweise bloss einige tausend Dollar pro Quartal belastet wird.»

«So wurde die Bank auf den Diebstahl aufmerksam?»

«Ja.»

«Was ist mit dem Virus?»

«Ich denke, er hat sich selbst zerstört, regelrecht aufgelöst, kaum waren die Beträge auf ein anderes Bankkonto überwiesen worden.»

«Wie gelangte der Virus in die Buchhaltungssoftware?», fragte Natalie.

«Eigentlich ist das fast unmöglich, es sein denn, jemand hätte Zugriff auf meine Computer gehabt.»

Wie zum Beispiel eine Reinigungsfachkraft, dachte Natalie. «Wohin floss das Geld?»

«Auf eine Bank auf einer der Cayman Islands. Es war schwer, an die Informationen zu gelangen. Ich habe die Firmenleitung der Tex informiert. Unsere Manager mussten all ihre Kontakte ausspielen. Die Banken auf den Cayman Islands …»

«Sind bekannt für ihre diskreten Anlagen, ich weiss.»

«Es kostete uns einiges an guten Kontakten, Bestechungsgeldern und zweifelhaften Computerhacks, um herauszufinden, dass das besagte Bankkonto mittlerweile bis auf einige wenige Dollar leer geräumt ist.»

«Lass mich raten, das Geld floss in die Schweiz?»

«Ja, auf das Konto einer Stiftung, die niemand kennt. Eine Briefkastenfirma. Diese Stiftung …»

«… hat Hubertus Rosenstock als geheimer Gönner eine Schenkung von einer Million Schweizer Franken gemacht?»

«Ja, unter anderem.»

Und mit dem restlichen Geld die Pflegefachkraft und Haushälterin für Hubi bezahlt, dachte Natalie. Sie schaute Neo an. «Denkst du das Gleiche wie ich?»

«Eine Reinigungskraft, die so einen Coup durchzieht?» Er grinste und nickte.

Wie verrückt war diese Welt, dachte Natalie.

***

Obwohl die Sonne im Zenit stand, liessen die schwarzen Wolken kaum Sonnenstrahlen durch. Der See kräuselte sich im frischen Wind.

Lind stand neben Sara, die Hände in den Hosentaschen vergraben, und starrte auf das Wasser hinaus. «Geht es Frau Krieger gut?»

«Natalie ist erstaunlich zäh. Ich glaube, sie geniesst die Rolle der Heldin.»

Eine Haarsträhne fiel Lind ins Gesicht und tanzte wild mit der Windbö, die über das Ufer fegte. Sie spazierten auf der Schützenmattwiese am See entlang. Lind hatte auf dieses private Treffen bestanden. «Ich verstehe nicht, was der Einbruch bei Hubertus Rosenstock dem Täter brachte. Kannst du mich aufklären?»

«Bin ich deine Wahrsagerin, oder was?» Sara blieb stehen und verschränkte die Arme. «Ich nehme an, es hat mit der Million zu tun, die auf Hubis Konto landete. Verfolgt ihr die Spur des Geldes?»

«Wenn das so einfach wäre. Aber ich glaube, das ist nicht der Hauptgrund für den Einbruch.»

«Nein?»

«Die Fotos.»

«Fotos?»

«Tom hat mir heute Nacht ein Foto aufs Handy geschickt.»

Aha, darum ging es. Sara hatte es auch erhalten. «Ja, das alte Bild von Katja. Was ist daran besonders?»

«Woher hat er es?»

Sara zuckte mit den Schultern.

«Ich kann Tom nicht erreichen. Weisst du, wo er ist?»

«Bin ich sein Babysitter?»

«Sara.»

«Was?»

«Gott, musst du so sein?»

«Wie denn?»

«Wie eine rostige Drahtbürste.»

«Sorry, dass ich dich nicht mit Samthandschuhen anfasse, die hat mir Gott nicht mit ins Leben gegeben.»

Wütend zeigte Lind auf den See hinaus. «Geheimnisse liegen oft tief verborgen.»

Sie folgte seinem Blick. Tatsächlich wirkte der Zugersee heute wie ein schwarzes Grab, fast schon furchteinflössend. Selbst die Wellen, die ans Ufer schlugen, klangen zornig. «Wirst du poetisch? Woher deine melancholische Stimmung?»

Lind schaute sie abrupt an. «Wir haben Norbert Hess gefunden.»

Sie liess die Information einen Augenblick sacken. «Gefunden? Einfach so?»

«Nicht einfach so. Wir haben ihn schon vor gut zehn Jahren gefunden.»

«Und das fällt dir heute Morgen ein? Wo ist er?»

«Seine wenigen Überreste sind eingeäschert.»

«Tot?»

«Ohne Zweifel.»

«Lass dir nicht alles aus der Nase ziehen.» Sara trat ungeduldig von einem Fuss auf den andern.

«Das Foto, das uns Tom geschickt hat, brachte die Lösung. Es war der Wagen.»

«Der verbeulte Fiat Panda?»

«Richtig. Er kam mir bekannt vor. Ich erinnerte mich an einen Fall der Schwyzer Polizei vor gut zehn Jahren. Da warst du noch nicht bei der Kripo. Hobbytaucher fanden zufällig einen Wagen im See auf halbem Weg zwischen Arth und Walchwil. Der Wagen wurde aus über zwanzig Metern Tiefe geborgen. Was geschah, konnte nicht mehr rekonstruiert werden. Der Fiat lag seit dreissig bis vierzig Jahren im See versenkt, vermutete die Polizei. Am Steuer fanden sich Spuren einer Leiche, ein paar Knochen und der Schädel. Selbst von der Kleidung war kaum noch etwas übrig. Zudem war der Wagen am Zerfallen. Eine rostige, leere Hülle. Man nahm damals an, dass der Fahrer betrunken die Zugerstrasse entlanggefahren war, die Kontrolle über den Wagen verloren hatte und im See endete. Der See fällt an dieser Stelle steil in die Tiefe ab. Deshalb war der Wagen vom Ufer unmöglich zu sehen.»

«Du meinst, der Wagen stürzte vor rund vierzig Jahren in den See? Und das ist der Wagen auf dem Bild mit Katja? Wie kommst du darauf?»

Lind tippte sich mit dem Zeigefinger an die Schläfe. «Gutes Erinnerungsvermögen. Dass es sich um einen roten Fiat Panda handelte, konnte die Schwyzer Polizei damals feststellen, allerdings war die Stammnummer nicht mehr auszumachen. Auch ein Nummernschild fehlte. Man nahm an, dass es bei dem Unfall abfiel und irgendwo im Schlamm auf dem Seegrund verloren ging. Allerdings wurde nie ein Fiat Panda als vermisst gemeldet. Man nahm an, dass es sich um einen auswärtigen Fahrer gehandelt haben musste. Da der Unfall schon damals über dreissig Jahre zurücklag, gab man die Suche nach der Identität bald auf.» Lind holte ein Bild auf das Display seines Handys. «Ich habe heute Morgen von den Schwyzer Kollegen Akteneinsicht angefordert und sah mir das Bild von dem verrosteten Wagen aus dem See an. Die gleiche Beule im Kotflügel.»

«Der gleiche Wagen? Und Norbert Hess verschwand vor –»

«Vierzig Jahren. Der See hat ihn sich geholt.»

Sara zeigte mit der Hand auf den Zugersee. «Unser See ist kein gefrässiges Monster. Das Monster sitzt bei euch hinter Gittern.»

Lind spielte mit seinen geknüpften Armbändern. «Du glaubst nicht an einen Unfall?»

«Katja Rosenstocks Leben ist mit Leichen gepflastert. Wie viele werden wir noch ausgraben, bis wir ihre ganze Geschichte kennen?»

«Es wird schwierig, die Identität der Wasserleiche nachträglich zu klären, damit es nicht nur bei der Vermutung bleibt, Norbert Hess gefunden zu haben. Ich bleibe an dem Fall dran.»

«Gut. Ach übrigens», Sara griff nach ihrem Handy, «Natalie hat mir vorhin ebenfalls ein Foto geschickt. Sie hat es von einer vertrauenswürdigen Quelle. Es zeigt eine Party in Rio de Janeiro vor rund einem Jahr. Eine Mitarbeiterin der Tex aus Zug ist darauf abgebildet, was mir verdächtig vorkommt. Schau es dir an. Sie ist im Hintergrund zu sehen. Was denkst du? Ein bedeutungsloser Zufall?» Sara hielt Lind das Foto unter die Nase.

Er betrachtete es eine Weile. «Ich kenne die Frau, und neben ihr steht Jacqueline Reynard. Sie hat nicht erzählt, dass sie je in Rio war. Vor einem Jahr, sagst du?»

«Das ist also Jacqueline Reynard neben ihr? Seltsam. Jolanda hat mir erzählt, dass sie erst seit acht Monaten bei der Tex arbeitet. Weshalb war sie dann vor einem Jahr auf dieser Party?»

«Du meinst Sabrina.»

Sara runzelte die Stirn. «Welche Sabrina?»

«Na, die auf dem Foto.»

«Nein, sie heisst Jolanda. Ich habe sie gestern Mittag getroffen. Von ihr weiss ich, dass Katja und Reynard ein Liebespaar waren.»

Lind kratzte sich überfordert an der Stirn. «Liebespaar? Habe nur ich das Gefühl, dass wir aneinander vorbeireden?»

Sara zeigte auf Jolanda, die im Hintergrund auf dem Bild neben Jacqueline Reynard zu sehen war. «Sie arbeitet seit acht Monaten bei der Tex und hat zufällig –»

«Diese Frau heisst nicht Jolanda.»

«Hä?»

Lind zeigte auf die schwarzhaarige Frau daneben. «Das hier ist Sabrina. Sie arbeitet am Empfang der Tex, schon seit mehreren Jahren.»

«Das ist nicht Jacqueline Reynard?»

Lind schüttelte den Kopf. «Die Frau, die du Jolanda nennst, sie ist Jacqueline Reynard. Wir können sie seit gestern nicht mehr erreichen.»

«Was! Das ist Jacqueline Reynard? Oh verflucht. Und seit gestern ist sie untergetaucht?»

«So ist es.»

***

Sara griff nach dem Bostitch und schmiss ihn gegen die Wand im Besprechungszimmer. «Dieses Biest! Sie hat mich eiskalt angelogen. Und ich machte mir Sorgen um ihre Sicherheit.»

«Schalt einen Gang zurück», sagte Natalie und hob den Hefter vom Boden auf. «Es war für uns alle ein schwieriger Tag. Beenden wir ihn mit einem friedlichen Meeting, ja?» Sie schaute Tom an, der apathisch am Tisch sass und ins Nichts starrte. Sie machte sich ernsthaft Sorgen um ihn. So zerstreut hatte sie Tom nie erlebt. Was stimmte nicht mit ihm? Lag es an seinem Vater? «Wie geht es deinem Paps?»

Tom reagierte nicht.

Sie ging zu ihm und legte die Hand auf seine Schulter. «Wie geht es deinem Paps?»

Tom blinzelte ein paarmal, dann seufzte er tief. «Ich hatte heute Nachmittag ein Gespräch mit dem Arzt. Lange können wir seine Einweisung in ein Pflegeheim nicht mehr aufschieben. Sein Zustand verschlechtert sich rasch.»

«Tut mir leid. Sag mir, wenn ich etwas tun kann.»

Tom griff nach ihrer Hand und drückte sie kurz.

«Mir auch», murrte Sara zwischen zusammengebissenen Zähnen.

Tom richtete sich auf. «Tauschen wir die Neuigkeiten über den Fall aus und machen Feierabend.»

«Dann verrat uns endlich, wie du an das alte Foto mit Katja und dem Fiat Panda gekommen bist?»

«Nein. Das geht nicht.»

Sara blickte grimmig. «Wir sind hier ein Team, oder habe ich das falsch verstanden? In Hubis Wohnung wurden die Fotoalben durchwühlt, und der Einbrecher hat Bilder mitgehen lassen. Tom, kennst du den Einbrecher? Lüg mich nicht an.»

«Nein.»

«Seit wann bist du so wortkarg?»

«Lass gut sein.» Natalie setzte sich an den Laptop, den sie mit dem Fernseher an der Wand verbunden hatte. Sie holte das Foto von der Party auf den Monitor. «Wir wissen, dass letzten Sommer Neo wegen technischer Probleme in der Filiale in Rio war. Dort traf er auf Sabrina, die zufällig Ferien machte und deshalb zur Party eingeladen wurde. Sabrina unterhielt sich mit Jacqueline Reynard, die, wie sich heute herausstellte, Sara Informationen lieferte über eine Beziehung zwischen ihrem Vater und Katja Rosenstock. Meine Fragen: Weshalb stellte sich Jacqueline Sara als Jolanda vor, und was sind ihre Absichten? Ich habe es überprüfen lassen – nicht ganz legal, da wir ja keine Einsicht in Passagierdaten der Airlines bekommen. Ein Freund, der am Flughafen arbeitet, half mir weiter. Jacqueline kam nicht, wie sie der Polizei angegeben hatte, diesen Dienstag aus São Paulo in die Schweiz, sondern schon am Donnerstag davor.»

«Donnerstag?», fragte Sara. «Am Tag zuvor wurde Reynard erstochen.»

«Genau. Vierzehn Stunden nach seiner Ermordung nahm

Jacqueline einen Inlandflug von Manaus nach São Paulo und dort den Direktflug nach Zürich. Sie landete am Donnerstag vor einer Woche um zehn Uhr dreissig in der Schweiz.»

«Die Polizei weiss das nicht?», fragte Tom.

«Nein.»

«Wie hat sie von dem Mord erfahren?» Sara setzte sich.

Natalie zeigte auf das Foto von der Party. «Die Angestellten der Tex wussten rasch, was mit Reynard passiert war, schliesslich hatten sie gleich am Morgen die Polizei im Haus.»

«Sabrina muss es ihr erzählt haben», schoss es aus Sara heraus.

Natalie nickte.

«Aber weshalb kam Jacqueline heimlich in die Schweiz?» Tom schien verwirrt.

«Vielleicht, weil sie das Gleiche tun wollte wie wir. Den Hintergrund der Tat verstehen.»

«Sie hat heimlich Nachforschungen angestellt?», fragte Sara. «Kennt sie Katja?»

Ratlos zuckte Natalie mit den Schultern. «Keine Ahnung, was ihre Absichten sind. Mein Kontaktmann in Rio ist dabei, herauszufinden, welche Beziehung Jacqueline zu ihrem Vater hatte.»

«Moment mal», sagte Tom. «Das heisst, sie war am Freitag, als Sara und ich nach Zürich in den ‹Rosengarten› fuhren, bereits in der Schweiz? Hat sie uns verfolgt?»

«Sie hat bei der Ankunft in Zürich einen Wagen gemietet. Einen grauen Mittelklassewagen mit Innerrhoder Kennzeichen.»

Sara schlug mit der Hand auf den Tisch. «Der Wagen, der dich bedrängt hat?»

Natalie nickte. «Deshalb glaube ich auch, dass es Jacqueline war, die euch nach Zürich gefolgt ist. Noch etwas ist mir in den Sinn gekommen. Ich wurde das Gefühl nicht los, das Gesicht von Jacqueline Reynard zu kennen. Plötzlich fiel es mir wieder ein. Vor einer Woche war ich mit meiner Familie im Restaurant Rössli zum Mittagessen. Am Tisch neben mir sass eine Frau und schrieb etwas in ein Notizbuch. Das war Jacqueline, ganz eindeutig. Sie hat uns bestimmt belauscht. Wir sprachen über

Katja und psychische Probleme. Es gibt mehr. Tom, flipp jetzt nicht gleich aus. Letzten Dienstagabend war ich hier. Ich bekam das Gefühl nicht los, dass jemand mich beobachtete, in die Trust eingebrochen war. Es knallte mehrmals. Ich hörte ein Schlurfen. Und dann klingelte es an der Tür. Mirjam stand draussen.»

«Was?» Sara lehnte sich vor. «Und du glaubst, das war auch Jacqueline?»

«Das Fenster der Damentoilette stand offen», sagte Natalie. «Ich habe das später überprüft. Ich denke, so kam sie rein – und wieder raus.»

«Warum erzählst du uns das erst jetzt?»

Natalie zuckte mit den Schultern. «Ich war mir nicht sicher und wollte nicht wie ein Angsthase dastehen.»

«Und seit gestern ist Jacqueline verschwunden», sagte Tom.

«Ich habe versucht, Sabrina zu erreichen», fuhr Natalie weiter. «Sie nimmt meine Anrufe nicht entgegen.»

«Die Polizei sucht ebenfalls nach ihr», sagte Sara. «Lind will mit ihr sprechen. Sie hat sich den Tag heute freigenommen. War schon länger geplant. Sie ist für ein langes Wochenende nach Italien gefahren. Anscheinend heiratet eine Freundin in der Nähe von Mailand, das sagen zumindest ihre Arbeitskolleginnen.»

«Zufall?», fragte Tom.

Natalie und Sara schwiegen.

Tom drehte einen Stift zwischen den Fingern. «Der Einbruch bei Hubi …»

«Jacqueline», sagte Natalie. «Ich denke, sie will etwas über die Vergangenheit von Katja herausfinden und über das fehlende Geld, das bei der Tex in Rio gestohlen wurde.»

«Will sie den Namen ihres Vaters reinwaschen?», fragte Tom.

«Die Taube.» Sara stand aufgeregt auf. «Die ist auch von Jacqueline. Natürlich. Als ich sie gestern Mittag vor dem Firmensitz der Tex traf, hat mir so ein verfluchter Vogel auf die Schulter gekackt. Warum ist mir die Verbindung nicht gleich aufgefallen? Und ich habe noch gesagt, dass ich am Abend Hubi besuchen will.»

«Willst du damit sagen», bemerkte Tom, «dass die Taube bloss ein Ablenkungsmanöver war, damit wir uns an dem Abend von Hubi fernhielten? Wow, das ist ein Ding.»

«Eine Idee, wie sie an das alte Firmenfoto kam?», fragte Natalie.

«Nein», sagte Sara. «Ich weiss auch nicht, weshalb sie wollte, dass ich von der Beziehung erfuhr.»

«Oder weshalb sie uns droht», sagte Natalie. «Sie könnte mit uns zusammenarbeiten.»

«Vielleicht kennt sie ein Geheimnis ihres Vaters, das sie schützen will», bemerkte Sara. «Es muss einen Grund geben, weshalb sie seit gestern untergetaucht ist. Sie ist aus dem Hotelzimmer, das sie der Polizei angegeben hat, abgereist. Ihr Handy lässt sich nicht orten, es ist abgestellt. Fuhr sie mit Sabrina nach Mailand? Kannst du dem nachgehen?» Sie schaute Natalie an.

«Bin schon dran, meine Kontakte sind aktiviert. Wir werden sie finden, früher oder später. Ich bin auch dabei, Jacquelines Familienhintergrund zu recherchieren. Das dauert. Was ich aber bereits mit Sicherheit sagen kann, ist, dass sie nicht in Brasilien geboren wurde. Sie hat einen Schweizer Pass.»

«Dann stammt ihre Mutter aus der Schweiz?», fragte Tom.

«Wer weiss.»

«Katja?», fragte Sara.

«Nein.» Natalie schüttelte den Kopf. «Es gibt keinen Hinweis, dass Katja verheiratet war oder ein Kind zur Welt brachte. Unter keinem ihrer Namen.»

«Kinder kann man heimlich gebären», sagte Sara leise und fasste sich an den Bauch.

Es wurde kurz still im Raum.

«Wir müssen die fehlenden Puzzleteile finden.» Natalie schaltete den Bildschirm aus. «Katjas Lebenslauf liegt noch nicht komplett offen auf dem Tisch.»

***

Unbewusst spazierte Tom rechts in die Seitengasse. Die mit alten Eichen gesäumte Allee schien in der Abenddämmerung absurd romantisch. Nichts war romantisch, nichts in seinem Leben. Er kippte den Rest des lauen Bieres in seinen Rachen und warf die leere Dose hoch ins Geäst des Baumes. Er war betrunken. Längst hatte er den Grund vergessen, weshalb er hierherkam.

Tom beobachtete, wie die Eiche die Bierdose abstiess, sie der Schwerkraft überliess, bis sie scheppernd auf einen Stein am Boden aufschlug.

Littering war sein kleinstes Problem.

Er musste Dampf ablassen.

Mit drei grossen Schritten ging er auf die Eiche zu und verpasste ihr einen Kick mit dem Fuss.

Es half.

Er ballte die Hände zu Fäusten und haute ihr eine Rechte rein.

Die Eiche zuckte mit keinem Ästchen. Sie schien ihn zu verhöhnen.

Unbeeindruckt.

Kaltherzig.

Ein schmerzerfüllter Kehllaut fuhr aus Toms Brust, als er seine Hand betrachtete. Die Knöchel bluteten.

Eine weitere Niederlage.

Am liebsten hätte er sich diese Hand abgeschnitten. Sie war es nicht wert, bei ihm zu sein.

Diese verfluchte Hand.

Die Hand, die den Stift gehalten hatte.

Die Hand, welche die Papiere unterzeichnete.

Die Hand, die seinen Vater für den Rest seines Lebens in eine Anstalt sperrte, die er nicht verdient hatte.

Tom kämpfte gegen die Tränen an. Wie konnte er seinem Paps das antun? Sein Vater, der ihn grossgezogen hatte, der ihn nie für den Tod seines jüngeren Bruders verantwortlich gemacht hatte, der immer zu ihm hielt, egal, wie mies seine Entscheidungen im Leben waren. Und was tat Tom? Er überwies ihn in ein Pflegeheim, das er nie mehr verlassen würde.

Tom war ein Egoist, denn selbst ertrug er die Einsamkeit auch heute Nacht nicht, genau wie gestern Nacht.

Der Wohnblock war gleich hinter der Eiche.

Tom brauchte ihre Fröhlichkeit, ihr Lachen, die Leichtigkeit, mit der sie das Leben meisterte. Er musste an Mirjam und ihr mörderisches Geständnis denken, an Sara, die an eine Lüge glaubte, und an das schmerzvolle Leben von Natalie. Die Menschen, die er liebte, lebten alle in einer dunklen Welt. Nicht so Ahri.

Er blickte hoch. In ihrem Schlafzimmer brannte Licht.

Tom brauchte dieses Licht.

Er wollte unten am Eingang klingeln, als ein Bewohner aus dem Wohnblock trat. Tom schnappte sich die offene Tür und ging im Treppenhaus hoch in den dritten Stock. In seiner Jeanstasche fand er eine halb leere Packung Kaugummi. Er steckte sich zwei Stück in den Mund. Seine Bierfahne musste abstossend sein. Rasch fuhr er sich mit der Hand mehrmals über das Gesicht, als hoffte er damit, den Alkoholgehalt in seinem Blut zu vertreiben. Nach einem tiefen Atemzug drückte er die Klingel unter dem Namen Go Ahri.

Er hörte Schritte.

Lachen.

Hatte sie Besuch?

Ahri riss die Tür auf. «Tom!» Sie strahlte. «Was tust du hier?»

Überrumpelt von der Frage trat Tom einen Schritt zurück. «Oh, sorry, ich …» Er kratzte sich das Kinn. Plötzlich war ihm die Situation peinlich. Er betrachtete Ahri. Sie trug ihr Haar offen, es war zerzaust. Ihre Füsse und Beine waren nackt. Am Körper trug sie ein überlanges gelbes T-Shirt, bedruckt mit einer grinsenden Comic-Katze mit rosa Halsschleife umgebunden.

«Du bist verletzt.» Ahri griff nach seiner Hand. «Komm rein.»

Es war Tom recht, dass sie die Führung übernahm. Er liess sich von ihr ins Wohnzimmer ziehen und aufs Sofa setzen.

«Warte, ich hole Desinfektionsmittel und Pflaster aus dem Bad.»

Tom starrte ihr hinterher. Dann fiel sein Blick auf den Salontisch. Zwei leere Rotweingläser standen da. Snacks. Der Aschenbecher quoll über vor Zigarettenkippen.

Ahri war nicht allein.

Er sah sie aus dem Bad kommen und einen Blick durch die offene Schlafzimmertür werfen. Sie lachte. «Wir haben Besuch», hörte er sie sagen. «Er ist seeehr attraktiv.» Ahri kicherte und warf dem Typen im Schlafzimmer eine Kusshand zu. Dann kam sie zurück ins Wohnzimmer und setzte sich vor Tom auf den Boden.

«Du hast heute wohl einen schlechten Tag, was? Lust auf etwas Zerstreuung? Du kommst gerade richtig. Uns ist langweilig geworden.»

«Uns?» Mehr brachte Tom nicht über die Lippen.

«Nur eine flüchtige Bekanntschaft. Wir haben etwas Spass, mehr nicht.»

Tom stand auf. Er war nicht bereit, Ahri mit einem anderen Kerl zu teilen. Er musste hier weg, bevor er den Typen aus Frust windelweich prügelte.

Ahri hielt ihn am Handgelenk zurück. «Willst du gehen? Warum?»

«Das ist nichts für mich. Sorry, aber auf so eine Nummer stehe ich nicht. Ich dachte wirklich –»

«Was?»

Tom behielt seine Gedanken für sich. Klar, ein beschissener Tag konnte nur in einem Alptraum enden. Für Ahri war Tom nichts weiter als ein Spielzeug, das man bei Bedarf aus der Kiste holte.

Sie hielt sein Handgelenk umklammert. «Tut mir leid, wenn du gedacht hast, dass wir ein Paar werden könnten. Aber so bin ich nicht. Ich brauche Freiheit, Abwechslung und Spass. Deshalb lebe ich in der Schweiz. Du musst das verstehen. Ich –»

«Lass gut sein.»

«Willst du dich nicht doch zu uns legen? Spass haben? Den Ärger vergessen?» Ahri liess nicht locker. Ihr Griff am Handgelenk wurde fester. Sie zog ihn hinter sich ins Schlafzimmer. «Sie ist toll, wirklich.»

Sie.

Sie?

Sie!

Das Wort spukte in Toms Kopf herum. Ahri teilte sich das Bett mit einer Frau? Gott, war er beschissen blöd, naiv und konservativ.

Ehe er sich versah, stand er in Ahris Schlafzimmer und starrte auf die nackte Frau, die sich auf den Laken am Boden räkelte. Sie lag auf dem Bauch. Ihr Körper war lang und schlank, die Haut hell und makellos. Ihre rotbraunen Locken umgarnten die Schultern, als sie den Kopf zu ihm umdrehte.

«Hallo, Tom. Mit dir habe ich heute Nacht nicht gerechnet.» Sie lachte, rau und kehlig. «Das nennt man dann wohl Schicksal, was?»

FÜNFZEHN

«Was stimmt nicht mit ihm?» Sara verpasste dem Dummy einen saftigen Kick zwischen die Beine. «Nennt er das Teamwork?» Ihre Rechte schoss vor und liess den nackten Oberkörper der wehrlosen, mannsechten Puppe zurückschnellen. Sie prustete Luft aus ihren Lungen und drehte sich um. Natalie sass im Dojo auf den Matten, Vogelfutter in der Hand. «Hör auf, das blöde Flattervieh zu füttern. Die Taube scheisst uns bloss die Trainingshalle voll.»

Natalie grinste. «Nigel hat bestimmt Hunger.»

«Nigel, weshalb bekommt der Vogel einen Namen?»

«Passt perfekt. Hast du den Animationsfilm ‹Rio› nicht gesehen? Okay, Nigel ist keine weisse Taube, sondern ein grimmiger Kakadu und ein echt fieser dazu.» Natalie schnippte mit den Fingern. «Rio ... Die Frau, die uns Nigel vor die Tür legte, kommt auch aus Brasilien. Ich würde zu gerne mit ihr reden.»

Sara ging vor Natalie in die Hocke. «Schon vergessen, sie hat dich mit dem Wagen fast eine Böschung hinuntergestossen.»

«Sie droht nur, auch der Anruf –»

«Der Drohanruf?»

Natalie schwieg.

Ein Grund für Sara, nicht lockerzulassen. «Sie war es?»

«Ja, sie muss es gewesen sein. Ein Drohanruf, die Finger von dem Fall zu lassen.»

«Tom macht sich echt Sorgen um dich.»

Mit schlechtem Gewissen verzog Natalie den Mund. «Ja, er hängt voll den Bodyguard raus. Er ist in letzter Zeit voll schräg drauf. Seit dem Einbruch in Hubis Wohnung am Donnerstagabend läuft er neben der Spur.»

Sara stand auf, ging zu dem Dummy und nahm ihn in den Schwitzkasten. «Wer von uns dreien hat schon ein unbekümmertes Leben, hm?» Sie verpasste der Gummipuppe einen

Punch auf die Nase. «Deshalb liebe ich diesen Kerl. Ich kann ihn täglich verprügeln, und er beklagt sich nie.»

Es klingelte an der Tür.

«Besuch.» Sara liess vom gequälten Dummy ab und öffnete die Tür.

Mirjam trat ein, als wäre die Trust ihr Zuhause. Sie wedelte mit einer Papiermappe und kam auf Sara und Natalie zu. «Ladys, ich habe das Geheimnis gelüftet. Und deshalb bin ich den ganzen Weg von Frauenfeld hierhergefahren, um euch mit der Wahrheit umzuhauen.»

Sara hatte keine Ahnung, wovon sie sprach.

Mirjam setzte sich neben Natalie auf den Boden und klopfte mit der Hand auf die Matte. «Setz dich, Sara, das müsst ihr euch ansehen. Wo ist Tom?»

«Gute Frage», murrte Sara und gehorchte widerwillig. «Von welchem Geheimnis sprichst du?»

Mirjam zog die Lederjacke aus und band ihr schwarzes Haar im Nacken mit einem Haargummi zusammen. «Ich rede von Katja Rosenstock. Von den fehlenden Jahren.»

«Du weisst davon?», fragte Natalie.

«Tom hat mir alles erzählt.» Aus der Mappe fischte Mirjam ein Papier, ein Computerausdruck mit einer Tabelle. «Ich habe ihr Leben zusammengefasst, so gut ich es konnte. Also, vor siebenundfünfzig Jahren als Petra Bernet geboren, wird sie mit zwölf vom Onkel adoptiert und wechselt den Namen auf Petra Hess. Sie studiert an der ETH und arbeitet danach zwei Jahre für die Tex als Analystin. Mit siebenundzwanzig verschwindet sie für drei Jahre von der Bildfläche und taucht danach in der psychiatrischen Klinik in Winterthur wieder auf, von wo sie nach zwei Monaten spurlos verschwindet. Ein Jahr später wird sie als Katja Keller wegen Diebstahls verhaftet. Drei Jahre lebt sie danach als Drogensüchtige und Prostituierte auf der Strasse. Sie macht eine Reha, wird clean und heiratet im Alter von fünfunddreissig Jahren ihren Hubi. Von nun an ist sie Katja Rosenstock.»

Sara verschränkte die Arme. «Wissen wir alles. Es fehlen die drei Jahre, nachdem sie die Tex verlassen hat, bis zur Einweisung in die Klinik.»

Mirjam grinste. «Was denkt ihr, weshalb wir nichts über sie finden?»

«Sie ging ins Ausland?», riet Natalie.

«Sie ist ein Profi im Namen-Wechseln. Deshalb finden wir sie nicht», erklärte Mirjam.

«Versteh ich nicht», sagte Sara. «Sie verschwand bei der Tex als Petra Hess und wurde drei Jahre später als Petra Hess in die psychiatrische Klinik eingeliefert. Gab es dazwischen einen erneuten Namenswechsel?»

«Offiziell war sie bei den Schweizer Behörden immer als Petra Hess registriert», erklärte Mirjam. «Sie zahlte auch die Krankenkasse unter diesem Namen. Die psychiatrische Klinik hat mir den Namen der Krankenkasse verraten. Ich habe dank eines Bekannten, der bei dieser Krankenkasse arbeitet, die Adresse bekommen, an welche die Abrechnungen von Petra Hess damals geschickt wurden. Es war eine Adresse in Winterthur. Da ich bei der Einwohnerkontrolle in Weinfelden arbeite, habe ich weiterrecherchiert und einige Kontakte genutzt. Schliesslich konnte ich eine Liste zusammenstellen mit allen Bewohnern, welche in den besagten drei Jahren an dieser Adresse gewohnt haben. Es handelt sich um einen fünfstöckigen Wohnblock mit zwölf Wohnungen.»

«Das hast du alles herausgefunden?», fragte Natalie beeindruckt. «Wow, du bist gut.»

Sie ist nicht schlecht, dachte Sara. Woher Mirjam wohl dieses detektivische Talent hatte?

«Ich habe des Rätsels Lösung», sagte Mirjam. «Die Drei-Zimmer-Wohnung im dritten Stock mietete damals ein Ehepaar. Haltet euch fest: Sie hiessen Jakob und Petra Reynard.»

«Jakob?», rief Natalie aus. «Jakob wie Jacques?»

«Ein und dieselbe Person.»

«Das passt», sagte Sara. «Auf dem Foto mit den Firmenangestellten bei der Bank ist zu sehen, wie sie sich an der Hand halten. Das Foto …» Sara kam ein Gedanke. «Das lag nie im Archiv der Tex. Jacques Reynard musste es bei sich zu Hause gehabt haben. So kam seine Tochter an das Bild. Jacqueline alias Jolanda konnte nicht ins Archiv der Tex.»

«Aber weshalb haben die Schweizer Behörden sie nicht als Petra Reynard eingetragen?»

Mirjam lehnte sich auf der Matte zurück. «Ich nutzte meine Beziehungen und habe bei den Winterthurern nachgefragt. Tatsächlich haben die beiden geheiratet – in Las Vegas. Die Heirat ist rechtsgültig. Allerdings haben sie es verpasst, die Heirat in der Schweiz zu registrieren. Die Stadt wusste davon, die Bundesbehörde allerdings nicht. Es gab deswegen Ärger. Kompliziert wurde die Sache, da Jakob oder eben Jacques Reynard die österreichische Staatsbürgerschaft besass. Damals musste das für jede Einwohnerkontrolle der Alptraum gewesen sein. Noch etwas habe ich dabei herausgefunden, aber dazu später.» Mirjam holte Luft. «Jakob Reynard wanderte aus. Scheidung gab es keine. Petra blieb in Winterthur, mit einem grossen Schuldenberg bei Kreditinstituten, wie sich später herausstellte. Sie drehte durch und musste in die psychiatrische Klinik eingewiesen werden.»

«Kredite?», fragte Sara. «Ich dachte, sie sei ein Genie mit Zahlen gewesen?»

«Da habe ich beim Betreibungsamt nachgehakt», sagte Mirjam. «Wie es aussieht, hatte Jacques im Namen seiner Frau die Kredite aufgenommen.»

«Jacques hat sie geheiratet, alles auf ihren Namen laufen lassen und sie auf einem Schuldenberg sitzen gelassen?» Natalie rechnete nach. «Du denkst, sie haben drei Jahre zusammengelebt, auf komplizierte Art verheiratet, und er hat weiter bei der Tex gearbeitet. Was hat sie in der Zeit gemacht?»

«Das war die grosse Frage.» Mirjam zeigte mit dem Finger auf Natalie. «Tom hat mich auf die Idee gebracht.»

«Tom?»

«Ja. Wir sassen vor zwei Abenden zusammen. Also, was ist

der Grund, weshalb eine gut ausgebildete Frau plötzlich ihre Arbeit kündigt, Hals über Kopf heiratet und drei Jahre später komplett abstürzt?»

«Die Liebe?», schlug Natalie vor. «Liebe zu einem Arschloch?»

«Nein», sagte Mirjam und schaute Sara an.

Sara bekam keine Luft. Wäre Tom hier, sie hätte ihn jetzt gleich ermordet. Wie konnte er es wagen, mit dieser Fremden über tote Kinder zu sprechen? Sie fühlte, wie sich ihre Muskeln versteiften. Instinktiv presste sie die Hände auf ihren Bauch.

Würmchen.

Mirjam nickte. «Ein Kind. Katja wurde schwanger, heiratete und gab ihre Stelle bei der Tex auf.»

«Was?», stotterte Natalie. «Katja und Reynard haben zusammen ein Kind – eine Tochter? Aber, was geschah mit ihr, als sich Reynard aus dem Staub machte und Katja in die psychiatrische Klinik kam?»

Mirjam holte einen Computerausdruck aus der Mappe und legte das Papier auf die Matte vor sich.

Sara starrte darauf. Sie glaubte, erbrechen zu müssen, würgte hochgekommene Magensäure wieder hinunter.

«Eine Todesanzeige», sagte Natalie. «Jacqueline Reynard? Wie kann das sein? Das Mädchen war nur zwei Jahre alt, als es starb? Was ist passiert? Und weshalb Jacqueline … ein Zufall?»

Mirjam wischte sich über die Augen. «Ich brauche Schlaf, habe zwei Nächte durchrecherchiert.»

«Was ist passiert?» Saras Stimme war eiskalt.

«Sie ertrank im Zugersee», flüsterte Mirjam.

«Katjas Tochter ertrank im Zugersee», rief Natalie aus, «wie damals Onkel Norbert? Hat sie ihre eigene Tochter ermordet?»

Der See entpuppte sich als Grabstätte, dachte Sara.

Mirjam schüttelte den Kopf. «Ein Unfall, der aber keiner war.»

«Hä?» Natalie verstand nur Bahnhof.

«Das Mädchen ertrank im See, glaubten die Eltern jedenfalls, als sie die Polizei riefen. Diese suchte fieberhaft nach der Kleinen. Katja brach zusammen und kam ins Spital. Dann tauchte das Mädchen wieder auf. Offenbar hatte eine Frau es am Ufer gefunden. Jacqueline war wohlauf. Nun wird es spannend. Fünf Tage später erscheint diese Todesanzeige in der Zuger Zeitung. Warum? Weil die Zürcher Behörden nicht misstrauisch werden sollten. Die Anzeige war nur für Katja bestimmt. In Winterthur wussten die Behörden nichts vom Tod von Jacqueline Reynard. Offiziell ist sie mit ihrem Vater ein paar Tage später ausgewandert. Laut Unterlagen der Stadt zog sie mit ihm nach Brasilien. Das Einverständnis der Mutter lag der Stadt vor, aber da Katja nicht mehr ansprechbar war, versandete die ganze Sache über die Monate und Jahre im Nirgendwo.»

«Was willst du damit sagen?», fragte Sara.

«Überlegt. Nach dem Vorfall dreht Katja durch, weil sie glaubt, dass ihre Tochter tot ist.»

Natalie wurde hibbelig. «Du meinst, Reynard hat den Tod der Kleinen fingiert, um sie seiner Frau wegzunehmen, hat Katja auf einem Schuldenberg sitzen gelassen und sich ein neues Leben in Brasilien mit seiner Tochter aufgebaut?»

«Gut kombiniert.» Mirjam schaute Sara an. «Wie wütend kann eine Frau werden, wenn sie erfährt, dass ihre Tochter noch am Leben ist und der Tod nur inszeniert war? Ein fingierter Tod, der ihr ganzes Leben zerstörte?»

«Und die beiden haben sich nie scheiden lassen?», fragte Natalie.

«Nein», antwortete Mirjam. «Die Winterthurer haben wohl versucht, Reynard in Brasilien zu kontaktieren, es gelang ihnen aber nicht. Wie wir wissen, hat er später auch seinen österreichischen Pass gegen den brasilianischen getauscht. Dennoch, rechtlich gesehen waren Reynard und seine Mörderin bis zu seinem Tod ein Ehepaar. Die Behörden haben die Sache versickern lassen, niemand wollte wirklich recherchieren, was genau vor sich ging, niemand wollte für den komplizierten Fall

Verantwortung übernehmen, und mit der Zeit löste sich Petra Reynard schlicht in Luft auf.»

Natalie seufzte. «Keinen festen Wohnsitz mehr, einen neuen Namen … Armer Hubi. Wie es aussieht, war er zwanzig Jahre mit einer Bigamistin verheiratet.»

***

Als Tom vor der Trust parkierte, dachte er daran, sich gleich wieder vom Acker zu machen. Mirjams Wagen stand auf dem Besucherparkplatz.

Sein Magen rebellierte. Nicht nur, weil er seit gestern Mittag nichts gegessen hatte. Das Streitgespräch mit Ahri ging ihm an die Nieren. Sein Vater hatte ihn heute Morgen als Mormonenprediger beschimpft, der an seiner Wohnungstür nichts zu suchen habe, und nun kam die Herausforderung auf Tom zu, mit Sara und Mirjam gleichzeitig fertigzuwerden. Die Last, die Wahrheit über die beiden zu kennen, wog zu schwer.

Er stieg aus.

Kaum öffnete er die Tür, flatterte ihm die Taube um die Ohren. Er schlug mit den Armen um sich. Natürlich war der Vogel schneller, flog hoch auf das Treppengeländer und plusterte sich auf.

«Tom!» Natalie winkte ihm zu. Sie sass mit Sara und Mirjam in einem Kreis am Boden des Dojos. «Endlich! Manno, wir haben hier echt Neuigkeiten, die dich umhauen werden. Wo warst du die ganze Zeit über?»

Tom liess sich zwischen Natalie und Mirjam auf den Boden sinken. «Ist das hier unser neuer Besprechungsplatz?»

Natalie griff nach seinem Arm. «Wir haben das Rätsel gelöst. Nein, falsch, Mirjam hat es gelöst. Katjas Lebenslauf ist lückenlos geklärt.»

Tom pfiff leise.

Natalie liess sich nicht bremsen und erzählte, was Mirjam recherchiert hatte.

«Dann waren Jacques Reynard und Katja verheiratet und hatten eine Tochter, mit der Reynard nach Brasilien zog und Katja im Glauben liess, sie sei ertrunken?» Tom fuhr sich mit der Hand durchs Haar. «Wow.»

«Jacqueline ist uns nach Zürich gefolgt», sagte Sara. «Sie hat Natalie mit dem Wagen bedroht, dann der Anruf und ... na ja, sie hat bei Hubi eingebrochen. Wer weiss, was sie sonst noch alles plant. Ich denke, sie will den Mord an ihrem Vater rächen. Wir sind uns nicht einig darüber, ob sie weiss, dass Katja ihre Mutter ist, oder ob sie glaubt, sie sei eine kaltblütige Mörderin.»

Es half nicht, die neue Information zurückzuhalten. Sein Ego musste das durchhalten. «Jacqueline hat sich an Ahri rangemacht», sagte Tom. «Ich habe sie letzte Nacht in ihrem Bett erwischt.»

Es wurde still im Dojo.

Sara brach als Erste das Schweigen. «Jacqueline steht auf Frauen? Hat sie Ahri verführt oder umgekehrt? Steckt deine Koreanerin da mit drin? Sie hatte ja auch das Foto mit dem Fiat. Bestimmt hatte sie es von Jacqueline. Warum? Hat sie auch etwas mit dieser Sabrina am Laufen? Das kann doch kein Zufall sein, das Foto von der Party in Rio.»

«Halt mal die Luft an», ging Natalie dazwischen und schaute Tom an. War das Mitleid in ihrem Blick? «Eigentlich haben wir den Fall gelöst. Wir kennen Katjas Mordmotiv, auch wenn sie das nicht entlastet: Rache an dem Mann, der ihre Tochter entführte, sie belog und ihr Leben ruinierte. Katja wird wohl auch der Mord an ihrem Onkel angehängt, sollte die Spurensicherung genügend Beweise zusammentragen, oder gilt der Fall als verjährt?»

«Einiges verstehe ich nicht», sagte Mirjam. «Weshalb jetzt? Ich meine, Katja arbeitete seit Jahren als Reinigungskraft bei der Tex. Mit Absicht? Hat sie den Mord all die Jahre geplant, oder war der Job nur Zufall? Hat sie irgendwann erfahren, dass ihre Tochter lebt? Dann die Million auf Hubis Konto. War der Diebstahl nicht dazu da, um an Geld zu kommen, sondern um Jacques Reynard in die Schweiz zu locken? Das würde bedeuten, dass sie den Mord weit im Voraus geplant hatte. Es war keine Tat im Affekt, weil sie plötzlich auf ihren ehemaligen Mann traf.» Mirjam schaute Tom an.

Er konnte ihr nicht in die Augen sehen.

«Also haben wir den Fall nicht komplett gelöst», sagte Natalie. «Wir sollten Sabrina auftreiben und mit ihr sprechen. Tom, was ist mit Ahri? Was weiss sie über Jacqueline? Wie hat sie sie kennengelernt?»

«Ahri behauptet, es sei am Donnerstagabend eine Zufallsbekanntschaft in einem Club gewesen. Nichts von Bedeutung.»

«Diesen Donnerstagabend, an dem Jacqueline Hubi und mich gefesselt hat? Danach geht sie in einen Club und schleppt Ahri ab?»

«Ahri ist eine Komplizin, wetten?», sagte Sara. «Sie war die ganze Zeit an dem Fall interessiert und hat sich deshalb an Tom herangemacht. Sie hat Hubi zu uns geschickt. Aber warum wir? Weshalb sollten wir in dem Fall ermitteln?»

«Weiss nicht.» Tom zuckte mit den Schultern.

Sara seufzte. «Das Rätsel um Katja ist gelöst, aber jetzt stehen wir vor einem neuen Dilemma. Dem Rätsel um ihre Tochter Jacqueline. Was hat sie vor?»

Tom starrte Sara an. «Wir müssen reden. Unter vier Augen.»

Überrascht hob Sara die Augenbrauen.

Natalie legte ihre Hand auf Toms Schulter. «Was ist los?»

«Es wird Zeit für die Wahrheit», sagte er und schaute Mirjam an, die ahnungslos lächelte.

***

Sie nahm Musa mit als Rückendeckung. Lind war nicht erfreut gewesen, als sie ihm ihren Besuch heute Nachmittag zu Hause aufgedrängt hatte. Elfchen werde nicht extra einen Kuchen backen, murrte er. Überredungskunst war nicht nötig, Natalie hatte genug Fakten über Katja zusammen, welche die Polizei und Staatsanwaltschaft vor Neid erblassen lassen würden. Wäre peinlich, wenn sie damit zur Presse ging, bevor Lind die Wahrheit kannte, drohte sie ihm. Siehe da, plötzlich war es für seine Frau ein Vergnügen, Brownies zu backen. Natalie hoffte, dass sie darin keine illegalen Substanzen verarbeitete.

«Na los, so schlimm kann es nicht werden.» Natalie schob Musa zur Haustür der Linds. «Melodie vermisst dich bestimmt.»

«Das Huhn ist liebestoll.»

«Du bist eben ein stattlicher Gockel.»

Die Tür ging auf, bevor Natalie die Klingel drückte. Lind winkte sie herein. Ungewohnt trug er Shorts und ein Beatles-T-Shirt. Er führte sie ins Wohnzimmer. «Elfchen, willst du Musa gleich zu Melodie bringen? Ich bespreche einige Dinge mit Natalie, und danach probieren wir deine Brownies.»

Elfchen drückte ihrem Mausebär einen dicken Kuss auf die Lippen und gab Musa ein Zeichen, ihr in den Garten zu folgen.

Lind nahm Platz, sein Blick wurde ernst. «Ihr von der Trust seid der Polizei also zwei Schritte voraus?»

Natalie grinste. «Wir sind gut.»

«Ja, ja. Also, was habt ihr über unsere Mörderin herausgefunden?»

Natalie fasste zusammen, was Mirjam recherchiert hatte. Auf der Herfahrt hatte sie überlegt, Mirjam ins Team aufzunehmen. Sie war gut, und ihre Beziehungen zu den behördlichen Dienststellen waren Gold wert. Blieb nur das Problem mit Sara. Wollte Tom es ihr heute Morgen tatsächlich sagen, oder warum musste er sie unter vier Augen sprechen? Natalie hoffte, dass die Geheimnistuerei bald ein Ende fand.

Lind war platt. «Unsere Behörden haben mit der Heirat, dem angeblichen Ertrinken des Kindes und dem Wegzug von Vater und Tochter ganz schön geschlampt.»

«Es ist lange her», sagte Natalie. «Beinahe dreissig Jahre. Das Personal ist mittlerweile ausgewechselt, Computersysteme erneuert, Akten abgelegt. Zudem war es kompliziert, die Heirat in Las Vegas, Reynard mit dem österreichischen Pass, das angeblich ertrunkene Kind aus einem anderen Kanton. Welche Behörde kann bei dieser Verwirrung mithalten, die Reynard inszenierte? Ohne Mirjam und ihre Beziehungen hätten wir das nie herausgefunden.»

«Wer ist diese Mirjam?»

Natalie wusste nicht gleich, was antworten. «Ähm, sie ist die Schwester meines – ähm – meines Freundes.»

«Sie haben einen Freund? Etwa der Zigeuner, mit dem Sie auf dem Wildspitz waren?»

«Er ist kein Zigeuner. Er ist ein Jenischer.»

«Ich meine das auch eher im übertragenen Sinn. Ganz schön raffiniert und aalglatt, der Bursche.»

«Sie können ihn nicht ...» Natalie fehlten die Worte. Damals war Rico vor allem bei Sara angeeckt. Klar hatte Lind danach ihre Berichte gelesen.

Lind lachte. «Sie mögen ihn. Gut, lassen wir das. Warum sind Sie hergekommen und haben mir das alles erzählt? Sie hätten damit prahlen und Ihren Ruf als Privatdetektei aufwerten können.»

Natalie überstrahlte sein Lachen und strich sich das bunte Khangatuch über den Beinen glatt. «Ich mache nichts umsonst. Ich bin sehr berechnend, das sollten Sie wissen.»

«Na dann.» Lind setzte sich gerade hin. «Schiessen Sie los, was kostet mich dieses Gespräch?»

«Ausführliche Informationen zu Jacqueline Reynard.»

«Wir wissen nicht, wo sie ist. Sie hat aus dem Hotel ausgecheckt.»

«Findet ihr sie nicht über den Mietwagen?»

«Den hat sie gestern Morgen am Flughafen Zürich zurückgegeben.»

«Ist sie abgereist? Das ergibt keinen Sinn.»

«Oder sie will es uns weismachen.»

«Hm.» Natalie kratzte sich an der Stirn. «Ich werde aus ihr

nicht schlau. Weshalb der ganze Aufwand? Sie kann sich nicht an Katja rächen, die sitzt in U-Haft.»

«Weiss sie, dass Katja ihre Mutter ist?»

«Sie kam als Zweijährige nach Brasilien. An ihre Mutter kann sie sich unmöglich erinnern. Es kommt darauf an, was ihr Vater ihr erzählt hat.»

«Hat sie deshalb die Fotoalben in Hubis Wohnung durchwühlt?»

Natalie vermutete, dass dies der Grund war. Jacqueline suchte nach der Wahrheit, deshalb hatte sie sich an die Fersen der Trust geheftet. Aber warum die Drohungen? Sie hätte mit ihnen zusammenarbeiten können, wenn sie an der Wahrheit interessiert war. «Was wissen Sie über das Leben von Jacqueline in Brasilien?»

«Nur ein paar Eckdaten», sagte Lind. «Rizzo arbeitet daran. Sie wuchs in Rio auf, studierte in São Paulo Naturwissenschaften und arbeitet seit ein paar Jahren für eine Umweltorganisation in Manaus. Öfters kommt sie in Konflikt mit den Behörden und einigen mächtigen Rohstoffunternehmen im Amazonasgebiet. Sie setzt sich dafür ein, den Regenwald zu erhalten.»

Klang sympathisch, dachte Natalie. Sie musste an die Mail denken, die sie vor zwei Stunden von Jamiro erhalten hatte. Er hatte einige Zeitungsberichte ausgegraben und sie für Natalie übersetzt. Offenbar stand Jacqueline vor gut einem Jahr in Manaus wegen Körperverletzung vor Gericht. Sie sollte ihre Freundin geschlagen haben. Ein Beziehungsdelikt, ein Streit aus Eifersucht, der ausartete. Sie bekam eine kleine Geldstrafe aufgebrummt. Dass Jacqueline auf Frauen stand, war kein Geheimnis mehr. In dem Bericht wurde ihr temperamentvoller Charakter beschrieben. Weil ihre damalige Freundin sie verlassen wollte, habe sie impulsiv und gewalttätig reagiert. Natalie fragte sich, ob sie den Charakterzug von ihrem Vater oder von ihrer Mutter geerbt hatte. «Werden Sie Katja sagen, dass ihre Tochter lebt?» Es war ein Déjà-vu. Wollte Tom Sara erzählen, dass auch ihre Tochter lebte?

«Wenn sie es nicht schon weiss.» Lind seufzte. «Erst will ich handfeste Beweise.»

«Was passiert mit Reynards Leiche? Ist sie freigegeben?»

«Ja. Aber da seine einzige Verwandte plötzlich verschwunden ist und er seinen Wohnsitz in Rio hat, wird die Sache kompliziert.»

«Katja ist aber noch seine Frau.»

«Was es komplizierter macht.»

«Ich will mit ihr sprechen.»

«Besuche in der U-Haft müssen angemeldet und von der Staatsanwaltschaft bewilligt sein. Ich schaue, was ich machen kann.»

Elfchen kam zurück. Hinter ihr ging Musa, sein Gesichtsausdruck nicht glücklich, ganz im Gegensatz zu dem von Melodie. Das Huhn lag in seinen Armen, die Augen geschlossen.

«Ich werde Musa unsere Melodie schenken», sagte Elfchen. «Sie frisst nicht mehr richtig ohne ihn.»

Lind stand auf und schaute Musa an. «Geben Sie gut auf unsere Melodie acht. Meine Frau hat sie grossgezogen.»

Natalie begegnete Musas hilfesuchendem Blick. «Unser Garten ist gross», sagte sie. «Sie kann ins Papiliorama ziehen.»

«Sie sollte nicht allein sein», sagte Elfchen. «Kaufen Sie ein paar Hühner dazu.»

Paps würde ausflippen, dachte Natalie. Immerhin war das Huhn ein guter Grund, die Brownies abzulehnen.

Draussen vor dem Wagen zeterte Musa gleich los, strich aber gleichzeitig dem Huhn über das gesprenkelte Gefieder. Das musste Liebe sein, dachte Natalie.

Ihr Handy klingelte.

Rico.

Sie nahm den Anruf entgegen. «Hey, alter Zigeuner, alles klar bei dir?»

«Das weiss ich in einer Minute.» Seine Stimme war fröhlich und energiegeladen. «Es ist Samstag, und für einmal regnet es nicht. Was denkst du, Lust auf ein Date heute Abend?»

«Ein Date?»

«Ja, ein Date mit dem attraktivsten Junggesellen der Zentralschweiz.»

***

«Sag nicht, du willst mich verführen, weil das koreanische Flittchen dich von der Bettkante gestossen hat.»

Tom ging vor, führte Sara über die kleine Brücke hin zum Ufer des Villetteparks in Cham. Es war ein lauer Sommerabend. Einige wenige Pärchen schlenderten Hand in Hand durch die Anlage. Es war still, die Sonne ging gerade unter, die Oberfläche des Zugersees war glatt wie ein Spiegel und ebenso undurchsichtig. Tom betrachtete sein Spiegelbild, als Sara neben ihn trat. «Was ist in der ominösen Tasche, die du dabeihast?» Sie zeigte auf die Plastiktüte in seiner Hand.

Tom stöhnte innerlich. «Setzen wir uns ins Gras.»

«Sind wir dazu nicht zu alt? Dort drüben ist eine Bank.»

«Hier ist es ruhiger.» Er setzte sich ans Ufer, Sara folgte ihm, nach einigen Sekunden des stillen Protests. Aus dem Plastiksack holte Tom eine Flasche Rotwein, zwei Pappbecher, eine Tafel Schokolade und eine Box Kleenex.

«Ist das dein Ernst?» Sara verzog den Mund. «Kein Wunder hat dich Ahri gegen eine heisse Braut eingetauscht. Du bist lausig im Verführen.»

«Das wird keine Verführung.» Tom klopfte mit einer Hand auf seine Schulter. «Die ist zum Trost da.»

«Weswegen willst du mich trösten? Mir geht es gut. Oder ist es andersrum? Brauchst du meine Schulter zum Weinen? Du bist seit zwei Tagen echt mies drauf.»

Tom öffnete die Flasche Rotwein und goss die Pappbecher voll. «Trink aus.»

Demonstrativ verschränkte Sara die Arme vor der Brust. «Willst du mich abfüllen?»

«Du machst es mir echt schwer.»

«Tom, raus damit. Was ist los?»

Er entschloss sich, um den heissen Brei herumzureden. «Ich werde meinen Paps in eine Pflegeanstalt einliefern müssen.»

Saras strenge Gesichtszüge wurden weicher. Sie klopfte auf ihre Schulter. «Also brauchst du die. Komm schon her.»

«Ist okay.»

«Das muss hart sein.»

«Ist es. Aber das ist es nicht, worüber ich mit dir sprechen muss. Es geht um – um deine Familie.»

Augenblicklich versteifte sich Sara. Sie griff nach dem Becher mit dem Wein. «Meine Eltern sind Vergangenheit.»

«Ich rede nicht von deinen Eltern.»

«Musst du die Geschichte aufwärmen? Wie soll ich je darüber hinwegkommen, meine eigene Tochter erstickt zu haben, wenn du ständig davon sprichst?»

«Musst du nicht.»

«Du findest es gut, dass ich jeden Tag vierundzwanzig Stunden leide und die Schuldgefühle mich fast erdrücken? Ja, ich war damals minderjährig, und es war keine Absicht, sondern ein Unfall. Dennoch bin ich schuldig.»

«Nein.»

Sie starrte Tom an, leerte den Becher Rotwein in einem Zug und hielt ihn Tom unter die Nase. «Ich denke, ich brauche mehr davon.»

Er schenkte nach.

«Du trinkst nicht?»

«Du wirst mich nüchtern brauchen.» Tom fühlte, wie sich sein Magen zusammenzog. Die Wahrheit würde Saras Welt, ihren emotionslosen, sicheren Kokon, den sie sich aufgebaut hatte, aufsprengen. «Ich will nicht weiter lügen.»

«Du belügst mich? Ist es nicht eher Natalie, die es mit der Wahrheit nicht so genau nimmt.»

«Wir haben es herausgefunden, nachdem der Fall vom Wildspitz gelöst war. Wir sind zufällig darauf gestossen.»

«Wovon zum Teufel sprichst du?»

Tom konnte ihr nicht in die Augen sehen. «Dein Vater, als er nach der Geburt deine Tochter … wegbrachte … da lebte sie noch.»

Saras Atmung setzte aus.

Tom starrte auf den See hinaus. Es war der richtige Ort für die Beichte. «Er vergrub keine Babyleiche im Wald. Er legte deine Tochter heimlich vor den Wohnwagen einer Familie. Eine Familie, die das Baby als das eigene aufnahm. Es waren Fahrende. Jenische. Sie sahen das Kind als ein Geschenk und meldeten sie als ihre eigene neugeborene Tochter den Behörden.» Toms Stimme zitterte. «Sie weiss es nicht. Sie hat keine Ahnung, dass sie nicht ihre leibliche Tochter ist.» Er schaute Sara an.

Sie war leichenblass. Plötzlich schnappte sie nach Luft wie ein Fisch auf dem Trockenen. Sie fasste sich krampfartig an den Bauch, liess dabei den Becher fallen. Ein hässlicher roter Fleck breitete sich auf der weissen Bluse über ihrem Bauch aus.

Es gab keinen Weg, sie schonend auf die Wahrheit vorzubereiten.

«Wer?» Saras Stimme zitterte. «Wer ist sie?»

«Dein Vater hat den Namen, den du ihr geben wolltest, auf ein Papier gekritzelt und neben sie gelegt, als er sie aussetzte. Rico war es, er fand das Baby. Damals war er selbst noch ein kleiner Junge.»

«Sie …?»

«Ja.»

Sara schaute auf, Tränen in den Augen.

Tom nickte. «Mirjam ist deine Tochter, Sara, und sie lebt.»

SECHZEHN

An diesem Sonntagmorgen hatte Natalie einiges vor. Sie fühlte, dass der Fall um den Schutzengel-Mord zu einem Ende kam. Mit einer Tasse Kaffee setzte sie sich in ihrem Geheimzimmer vor den Computer. Jamiro erwartete ihre Kontaktaufnahme via Videokonferenzschaltung. Natalie loggte sich in das Programm ein und wartete, bis Jamiro am anderen Ende der Welt den Videoanruf entgegennahm.

Sie fühlte sich gut. Phantastisch. Das Date mit Rico gestern Abend war nahezu perfekt gewesen. Selbst der erhoffte Abschiedskuss, als er sie zurück zur Villa brachte, fiel intensiver aus, als sie es sich erträumt hatte. Mit den Fingern strich sie sich gedankenversunken über die Lippen, als Jamiro sich von der anderen Seite der Erde meldete.

«Nat!»

«Hey, Jamiro. *Bom dia.*»

Er wechselte auf Englisch. *«Nat, your Portuguese is awful. So, just stick to English.»*

Sie machten einige Minuten Small Talk. «Du schuldest mir ein Flugticket nach Manaus», sagte Jamiro, um das Thema zu wechseln. «Ich bin erst vor einer Stunde wieder in Rio gelandet.»

«Warst du erfolgreich?»

Er nickte. «Deine Jacqueline ist ein fieses Luder. Ich habe Freunde und Bekannte getroffen. Hat mich einiges gekostet, ihnen Geheimnisse zu entlocken. Sie haben Angst vor Jacqueline.»

«Angst?»

«Sie ist dominant. Ein Alphatier. Sie hasst es, die Kontrolle zu verlieren. Im Kampf gegen die Abholzung des Regenwaldes kann das von Vorteil sein, im privaten Leben eher die Hölle.»

Reynards Charakterzüge, dachte Natalie. «Wie war die Beziehung zu ihrem Vater?»

«Schwieriges Verhältnis.»

Weshalb erstaunte Natalie das nicht. «Was ist mit der Mutter?» Sie enthielt Jamiro die Wahrheit über Katja vor.

«Unbekannt. Jacqueline sprach selbst mit ihren engsten Freundinnen nie über die Mutter. Es gibt Gerüchte, dass sie eine ehemalige Haushälterin von ihrem Vater war.»

Irgendwie stimmte das wohl auch, dachte Natalie.

«Ihr Vater war kurz vor seiner Reise in die Schweiz in Manaus und hat sich mit Jacqueline in einem Restaurant getroffen», fuhr Jamiro fort. «Den Tipp habe ich von einer Arbeitskollegin. Ich habe das Restaurant aufgesucht. Die beiden haben sich dort gestritten, erzählten mir die Besitzer. Es ging um Geld und um Fotos.»

Das fehlende Geld bei der Tex in Rio, dachte Natalie.

«Ich habe mir Jacquelines Wohnung angesehen», sagte Jamiro.

«Wie das?»

«Einbruch. War leicht. Und ich habe etwas Interessantes gefunden. Ich schicke dir ein Foto aufs Handy, das musst du dir ansehen. Es lag in einer Schublade.»

Natalie griff nach ihrem Mobiltelefon. Ein Klingeln kündigte einen neuen Posteingang an. Sie öffnete die Datei mit dem Bild.

Einen Moment starrte sie unschlüssig darauf. Wie kam Jacqueline an so ein Foto?

«Da waren weitere», sagte Jamiro. «Rund ein Dutzend Fotos. Ich werde sie dir zustellen.»

Das Bild zeigte Katja und Hubi, Hand in Hand am Zugersee entlangspazierend. Es konnte nicht alt sein, ein paar Wochen höchstens. Es war Frühling. Das Bild war mit einem Zoomobjektiv aufgenommen worden. Es zeigte eine Halbtotale mit den beiden. Sie schienen glücklich. Verliebt. Gleichzeitig traurig.

Was Natalie verstörte, war ein X auf dem Bild. Katjas Gesicht war mit einem scharfen Gegenstand aufgeritzt worden, bis das Weiss des Fotopapieres zum Vorschein kam. Wut war hier im Spiel gewesen. Viel Wut.

Bedeutete dies, dass Jacqueline oder Reynard Katja seit Wochen beschatten liessen? Vermutete Reynard, dass Katja etwas mit dem Diebstahl zu tun hatte? Und wenn es Jacqueline gewesen war, die das Foto verunstaltet hatte, bedeutete dies, dass sie von ihrer Mutter in der Schweiz wusste?

«Ich habe ein Bild dieser Sekretärin aus der Schweiz in Manaus herumgezeigt.»

«Von Sabrina?»

«Genau. Da lief etwas zwischen ihr und Jacqueline.»

Wie Natalie vermutet hatte.

«Ein Arbeitskollege hat die beiden in einem Club beobachtet. Offenbar kam diese Sabrina letzten Winter nach Manaus. Sie schienen schwer verliebt. Die beiden trieben es auf der Party wild und unsittlich.»

Natalie bekam das Gefühl nicht los, dass diese Sabrina wichtig sein konnte. Lernte sie Jacqueline auf der Sommerparty der Tex in Rio kennen, verliebte sich und besuchte sie später in Manaus? Ein Zufall?

«Hast du etwas über eine Koreanerin herausgefunden, die mit Jacqueline in Kontakt stand?»

«Koreanerin? Nein.»

Dann schien sie sich erst in der Schweiz an Ahri herangemacht zu haben. Weshalb? Weil Ahri Katja und Hubi kannte?

Ihr Handy klingelte.

Unterdrückte Nummer.

Natalie bedankte sich bei Jamiro und versprach, sich zu revanchieren. Sie beendete den Videoanruf und nahm den Telefonanruf entgegen. «Hallo?» Sie hoffte, dass es nicht wieder ein Drohanruf war.

«Ich habe Sabrinas Mailaccount bei der Tex gehackt. Erzähl es nicht weiter.»

«Neo?»

«Keine Ahnung, warum ich euch helfe. Hör zu: Sabrina war es, die Jacqueline, nur Stunden nach dem Mord an Reynard, darüber per Mail informierte.»

Sabrina war für Jacqueline Augen und Ohren bei der Tex. Nutzte Jacqueline diese Sabrina aus, genauso wie Ahri?

«Gibt es weitere Mails zwischen den beiden?»

«Nein. Sabrina kommunizierte bestimmt über eine private Mailadresse mit Jacqueline. Ich denke, weil sie bei der Arbeit war, als sie vom Tod von Reynard erfuhr, schrieb sie Jacqueline die Mail hastig über die Geschäftsmail.»

«Hast du weitere Informationen über das gestohlene Geld?»

«Ja. Ich kann die Transaktion mittlerweile lückenlos zurückverfolgen. Ich werde die Informationen der Geschäftsleitung weiterleiten.»

Hiess, dass Hubi nichts blieb und seine Haushälterin und Pflegerin vermutlich nicht mehr für ihn arbeiten würden. Katjas Plan schien nicht aufzugehen. Hatte sie sich verrechnet?

«Sie hat den Diebstahl nicht sehr clever vertuscht», bemerkte Neo. «Mit ihrem Wissen hätte sie das besser tun können.»

«Wie meinst du das?»

«Ich denke, sie wollte, dass ich den Diebstahl aufklären kann.»

Natalie griff nach der Kaffeetasse. «Willst du sagen, dass der Diebstahl nur dazu diente, Reynard in Verruf zu bringen?»

Sie hörte Neo lachen. «Weisst du, dass Reynard seit bald dreissig Jahren nicht mehr in der Schweiz war?»

«Sie machte den Diebstahl so offensichtlich, dass Reynard gezwungen war, in die Schweiz zu reisen?», fragte Natalie.

«Ja, ich denke, das war der Grund.»

«Er sollte in die Schweiz kommen, damit sie ...»

«... ihn ermorden kann.»

«Aber warum jetzt, nach all den Jahren? Hätte sie es nicht einfacher haben können? Sie geht für ihre Tat ins Gefängnis und lässt Hubi krank und ohne finanzielle Hilfe im Stich.»

Neo gab zu, den Grund nicht zu kennen, versprach aber, weiter zu recherchieren. Vielleicht kam er an den privaten Mailaccount von Sabrina.

Natalie bedankte sich und legte auf. Sofort wählte sie die

nächste Nummer. Lind nahm ab. «Und? Kann ich Katja heute besuchen?»

«Nein. Sabrina Russo ist dir zuvorgekommen. Sie hat einen Besuchstermin.»

«Sabrina? Ich denke, die ist in Italien?»

«Sie hat mich gestern angerufen.»

«Und Sie haben zugestimmt?»

«Ja. Ich bin neugierig. Sehen wir, was dabei herauskommt. Die Kollegen im Untersuchungsgefängnis haben mir vor fünf Minuten berichtet, dass sie eingetroffen ist. Katjas Pflichtanwalt wird bei dem Gespräch dabei sein.»

«Und wann kann ich mit Katja sprechen?»

«Später.»

Seltsame Hinweise gab es. Natalie hatte kurz nach Linds Anruf eine Textnachricht erhalten. Absender unbekannt. Eine Adresse in Hünenberg wurde genannt, mehr nicht. Natalie musste dem nachgehen. Sie hatte die Adresse in den Computer eingegeben und rasch herausgefunden, dass Sabrina Russo dort wohnte. Sie wollte sofort hin, ein Bauchgefühl.

Eine Viertelstunde später lenkte Musa den Wagen in die Quartierstrasse in Hünenberg. «Hier ist es. Es muss die Einliegerwohnung im Parterre sein.»

Natalie stieg aus und ging an die Tür. Sabrina war nicht in Italien, sondern zu Besuch bei Katja. Natalie glaubte auch nicht, auf Sabrina zu treffen, sondern …

Sie hörte Stimmen in der Wohnung. Lief der Fernseher? Statt zu klingeln, schlich sie die Terrasse entlang und versuchte durch die grossen Fenster einen Blick ins Innere zu erhaschen. Tatsächlich lief der Fernseher. Die Lautstärke war hochgedreht.

Auf dem Sofa sass eine Person.

Wegen der Vorhänge konnte Natalie sie nicht richtig erkennen. Die Person sass mit dem Rücken zum Fenster.

Etwas war seltsam.

Genau. Die Person hatte schwarze Haare.

Kein rotbrauner Haarschopf, wie Natalie gehofft hatte.

Wenn Sabrina zu Hause war, wer war dann im Gefängnis bei Katja zu Besuch?

Natalie ging erneut an die Tür und klingelte diesmal.

Nichts.

Der nächste Versuch.

Die Tür blieb zu.

Musa hämmerte dagegen.

Wieder schlich Natalie zum Fenster und schaute in die Wohnung. Die Person auf dem Sofa bäumte sich auf. Zappelte sie? So richtig konnte Natalie es nicht erkennen, da die Rückenlehne des Sofas fast den ganzen Körper verdeckte.

Die Sache stank zum Himmel.

Natalie ging zurück zu Musa an der Tür. «Können wir die aufbrechen? Ich habe ein mieses Gefühl.»

«Rufen wir die Polizei.»

Sie schüttelte den Kopf. «Nein, ich glaube, wir haben keine Zeit dafür.»

Musa drückte vorsichtig die Türklinke hinunter. Es war nicht abgeschlossen. Er ging vor. «Hallo?»

Natalie stürmte an ihm vorbei ins Wohnzimmer.

Da sass sie.

Gefesselt.

Geknebelt.

Weinend.

Sabrina.

Auf dem Salontisch vor ihr befand sich ein kleines Terrarium mit einigen exotischen Blättern und Pflanzen bestückt. Der Deckel stand offen. Natalie beäugte es vorsichtig, während Musa Sabrinas Fesseln und das Klebeband vor ihrem Mund löste.

«Was ist geschehen?», fragte Natalie. Sie schaute sich im Zimmer um. Kroch irgendwo eine Giftschlange herum?

Sabrina schluchzte. «Sie … sie war es. Sie hat meinen Ausweis.»

«Dann ist sie …» Natalie erstarrte. «Was hat Jacqueline vor?»

Musa zeigte auf das Terrarium. «Hat das etwas zu bedeuten?»

Sabrina nickte schluchzend Richtung Küche.

Natalie ging hin. Erst fiel ihr nichts auf. Dann schaute sie in die Spüle und schrie.

Musa eilte sofort zu ihr. «Oh Shit, was ist das?»

Frösche, dachte Natalie. Das sind zwei winzige knallgelbe Frösche. Tote Frösche.

Sie drehte sich zu Sabrina um. «Sind das …»

Sabrina fasste sich an die Brust. «Der schreckliche Pfeilgiftfrosch. Jacqueline hat sie aus Brasilien mitgebracht.»

«Warum?», fragte Musa.

«Sie sind tödlich», antwortete Sabrina. «Die Frösche sind aber nur giftig, wenn sie in ihrer natürlichen Umgebung gefangen werden. Hat etwas mit der Nahrung zu tun. Nachzuchten in Terrarien sind ungiftig.»

«Wie hat sie die Winzlinge in die Schweiz geschmuggelt?» Musa verzog angeekelt den Mund.

Das war das kleinste Problem, dachte Natalie. «Mein Gott, ich weiss, wie Jacquelines Plan aussieht.» Rache, dachte sie. Sie wollte den Mord an ihrem Vater rächen.

Reynard musste geahnt haben, dass er in Gefahr war, als er in die Schweiz kam. Wusste er, dass Katja als Reinigungskraft bei der Tex arbeitete? Was hatte er seiner Tochter erzählt? Und wer hatte auf dem Foto das Gesicht von Katja zerkratzt? Jacqueline, nachdem sie vom Tod ihres Vaters erfuhr?

Plötzlich ergab alles Sinn. Jacqueline hatte die Ermittlungen der Trust verfolgt, um einen Weg zu finden, an Katja heranzukommen. Oder nicht? Gab es einen weiteren Grund?

Auf jeden Fall war Natalie das Ziel klar, das Jacqueline vor Augen hatte.

Sie wollte ihre eigene Mutter vergiften.

Mit dem Gift der Pfeilgiftfrösche?

Das war abartig. Unrealistisch.

«Ich rufe die Polizei.»

«Nein, nicht», sagte Sabrina. «Jacqueline wollte mir nichts

tun. Sie will nur zu Katja. Ich versuchte, sie davon abzuhalten, da – bitte. Ich will nicht, dass die Polizei davon erfährt.» Sie zeigte auf das Seil und das Klebeband am Boden.

«Das wird sich nicht verhindern lassen», sagte Natalie. «Wir müssen sofort los. Bleiben Sie hier, bis wir zurückkommen und über alles reden, ja? Fühlen Sie sich sicher genug?»

Sabrina nickte und wischte sich eine Träne von der Wange.

***

«Lüg mich nicht an.»

«Tom, für wen hältst du mich?» Ahris Augen sprühten Feuer. Sie marschierte in ihrer Küche auf und ab. «Ich habe dir nie die ewige Liebe versprochen. Sorry, Mann, wenn ich als Frau nur Spass haben will.»

Tom zeigte mit dem Finger Richtung Schlafzimmer. «Sie –»

«Sie war Spass, genau wie du. Schockiert? Ich kann Spass haben, mit wem ich will und wann ich will. Diese Freiheit lasse ich mir nicht nehmen.»

Tom wusste keine Antwort. Er wusste nicht einmal, was sein Problem war. War er verletzt, weil er sich eine Beziehung erhofft hatte? Oder war es die Tatsache, dass sich Ahri das Bett mit einer Stalkerin teilte, die ihn auf die Palme trieb? «Wir glauben, dass Jacqueline bei Hubi eingebrochen ist. Und du tanzt in der gleichen Nacht mit ihr in einem Club? Zufall? Wie soll ich dir das abkaufen?»

«Jacqueline soll bei Hubi eingebrochen sein?» Ahri blieb vor Tom stehen. «Was hat Jackie mit dem Fall zu tun?»

«Jackie?» Tom zögerte. Was durfte er Ahri verraten? «Woher hast du das Foto mit Katja und dem Fiat?»

«Von Katja, sagte ich bereits.»

«Ich glaube nicht an Zufälle.» Tom fühlte, wie die Wut ihn überkam.

«Dann tu’s nicht. Aber glaube an Tatsachen und Wahrheiten. Ich kenne Jackie nicht. Ich weiss nichts über sie, ausser dass sie sexy ist und wie ich Spass haben wollte. Ich kenne weder ihren Nachnamen, noch weiss ich, wo sie wohnt oder was sie beruflich macht. All das muss ich nicht wissen, um guten Sex zu haben.»

«Und sie ruft mitten in der Nacht an und will vorbeikommen und mich schmeisst du für sie aus deiner Wohnung?»

«Sie erzählte mir, dass sie Krach mit einer Freundin hatte, und wollte bei mir auf andere Gedanken kommen.»

«Und das lässt du zu?»

«Ich bin Sozialarbeiterin. Ich nehme die Probleme von Menschen sehr ernst. Es ist wichtig, zuzuhören. Genauso wie es wichtig ist, Spass zu haben.»

Tom wusste nicht, ob er Ahri erwürgen oder küssen sollte. Er war hin- und hergerissen. Das Klingeln seines Handys bot ihm eine dritte Option: Time-out.

Er nahm den Anruf entgegen.

«Mord!», rief Natalie am anderen Ende der Leitung. «Jacqueline ist im Untersuchungsgefängnis, um ihre Mutter zu ermorden.»

Toms Verstand hinkte der Bedeutung der Worte hinterher.

Mord?

«Wir müssen sie aufhalten, schnell.»

«Hast du die Polizei informiert?», fragte Tom. «Sie wird nicht zu Katja durchkommen. Sie ist in der U-Haft in Sicherheit.»

«Eben nicht! Jacqueline hat Sabrinas Identität angenommen. Sabrina hat heute um zehn Uhr einen Besuchstermin. Lind hat den genehmigt. Aber ich erreiche Lind nicht. Auch nicht Sara. Ich will nicht, dass das Familiendrama ausartet. Wir müssen sie aufhalten.»

Tom liess sich auf den Küchenstuhl fallen. «Wie will sie das anstellen? Sie kann keine Waffe ins Untersuchungsgefängnis schmuggeln. Sie wird auch nicht mit Katja allein in einem Raum sein.»

«Sie hat einen Weg gefunden, sich an ihrer Mutter zu rächen», sagte Natalie. «Kannst du so schnell wie möglich hinfahren?

Ich erkläre dir ihren Plan unterwegs. Ich muss zu Neo. Er hat mir geschrieben. Er hat etwas Wichtiges herausgefunden.»

«Bin schon auf dem Weg.» Tom steckte das Handy weg und griff nach Ahris Handgelenk. «Vermutlich ist es falsch, dir zu vertrauen, aber du musst sofort zu Hubi. Vielleicht brauchen wir ihn, um eine Katastrophe abzuwenden.»

***

Sie war müde. Die Handschellen wogen schwer, als sie auf dem Laminatboden den Flur entlangschlurfte. Es gab keinen Grund, ihren Schritten Leben einzuhauchen. Die Füsse erfüllten einzig den Zweck, sie zum Besucherzimmer zu tragen. Das hatten sie immer getan. Sie vorwärtsgetragen, auch wenn das Leben stillstand. Beklagen wollte sie sich nicht. Zwanzig Jahre hatte sie geschenkt bekommen. Zwanzig gute Jahre. Das reichte ihr.

«Sie haben eine halbe Stunde», sagte die Gefängniswärterin, die neben ihr herging.

«Wer will mich sehen?»

«Eine Arbeitskollegin von Ihnen. Sabrina Russo.»

«Sabrina?» Katja musste an ihren Hubi denken. Wie es ihm wohl erging? Sein Täubchen war zur Schlächterin mutiert. Es musste sein, war lange überfällig und letztlich die einzige Lösung. In ihrem Leben gab es keine Gleichungen mehr, bloss noch Kräfte, die sich gegenseitig zerstörten, absorbierten oder multiplizierten. Sie war zu einem gefährlichen deterministischen Chaos geworden, ihre Dynamik von den Anfangsbedingungen geprägt, mit einer zeitlichen Entwicklung, die unvorhersehbar wurde. Die Chaosforschung liess grüssen, der Schmetterlingseffekt war längst nicht mehr aufzuhalten. Bald lag der erste Flügelschlag ein Jahr zurück. Oder waren es zwölf Jahre? Wie hatte Edward N. Lorenz gesagt: Der Flügelschlag eines Schmetterlings im Amazonas-Urwald, kann einen Orkan in Europa auslösen.

Katja wusste instinktiv, dass die Frau, die das Besucherzimmer betrat, niemals Sabrina sein konnte und den Orkan höchstpersönlich direkt aus dem Amazonas hierherbrachte.

Endlich.

Ihr Herzschlag setzte für einen Augenblick aus.

Die Augen der jungen Frau funkelten. Die grau melierte Iris mit den kleinen schwarzen Punkten schien lebendig. In diesen Augen tobte kein Orkan, sondern ein galaktischer Sturm.

So wie Fingerabdrücke einzigartig waren, so war es die Iris eines Menschen. Katja besass eine Auffassungsgabe, die einem Genie nahekam, und ein Gehirn, das nicht vergessen konnte, was in ihrem Leben mehr Fluch als Segen gewesen war.

An diese grau melierte Iris konnte sich Katja kristallklar erinnern, besser noch als an die schöne eulersche Formel oder als an die Mächtigkeit des Kontinuums oder die explizite Formel für die Fibonacci-Folge.

Zum ersten Mal seit neunundzwanzig Jahren blickte sie ihrer Tochter in die Augen.

***

Toms Handy lief heiss, als er zur Strafanstalt raste. Sara ignorierte seine Anrufe, und Natalies Nummer war ständig besetzt. Konnte sie Lind erreichen und vor dem Besuch von Jacqueline alias Sabrina warnen? Würde die Polizei bei der Sicherheitskontrolle auf die falsche Identität hereinfallen? Tom rief bei der Kripo an und verlangte nach Bolander oder Rizzo. Beide hatten an diesem Sonntag frei. Der Kriminalbeamte am Telefon wollte wissen, worum es ging. Tom zögerte. Was, wenn sie überreagierten? Er sagte, er würde sich wieder melden, und versuchte es erneut bei Natalie.

Besetzt.

Kaum legte er auf, klingelte sein Handy.

Ahri.

«Bist du bei Hubi?»

«Bin ich, aber er ist weg.»

«Wie, weg?»

«Verschwunden.»

«Du meinst, er ist nicht zu Hause?» Toms Magen drehte sich.

«Nein, Tom. Hubi ist weg. Die Tür war nicht abgeschlossen. In der Wohnung herrscht das reinste Chaos. Persönliche Dinge wie Fotos und Bilder fehlen. Im Schlafzimmer stehen die Türen zum Kleiderschrank offen. Die Kleider fehlen.»

Tom hupte genervt, weil der Fahrer des Wagens vor ihm sich nicht für den rechten oder linken Fahrstreifen entscheiden konnte. «Willst du sagen, er ist verschwunden? Getürmt? Geflüchtet?»

«Hals über Kopf. Jaaa. Sieht so aus. Was soll ich tun?»

Tom überlegte fieberhaft, während er den Wagen überholte. «Bleib in seiner Wohnung. Vielleicht kommt er zurück.»

Tom konnte sich keinen Reim darauf machen, wo und weshalb Hubi untertauchen wollte. Das ergab keinen Sinn. Er besass kein Vermögen, und seine Frau sass in U-Haft. Ausserdem behielt ihn die Polizei im Auge wegen des gestohlenen Geldes auf seinem Konto. Er durfte das Land nicht verlassen, sonst würde er Katja bald Gesellschaft leisten.

Oder nicht?

Tom kam ein völlig neuer Gedanke: Ausbruch? Wollte Katja aus dem Knast ausbrechen und mit ihrem Hubi durchbrennen?

Er griff nach seinem Handy und rief erneut Natalie an.

***

Ich sitze ihr gegenüber. Sie ist es, die fehlende Variable, die mein Leben ins Ungleichgewicht brachte. Eine Variable, die sich hinter anderen Komponenten versteckt hielt, aber deren Existenz ich nie hätte verleugnen dürfen.

Meine blasse Hand zittert, als ich nach dem Wasserglas greife, ohne den Blick von ihr zu nehmen.

Sie regt sich nicht, starrt mich bloss an. Hat sie gelernt, ihre

Gefühle zu verbergen? Eine unendliche Zahl an Fragen drängt sich vor, aber ich sage nichts. Ein Wort könnte alles zerstören.

Mein Pflichtverteidiger, der mit ihr ins Zimmer kam, zieht sich in eine Ecke zurück.

Ihre Lippen bewegen sich kaum, als sie zu sprechen beginnt. «Es ist lange her.»

«Ja.» Wortkarg wie gewohnt bleibe ich.

«Er ist tot.»

«Hm.»

«Du bist auf Nummer sicher gegangen.»

«Ein Stich für jedes gestohlene Jahr. Es war nur fair.»

«Neunundzwanzig Stiche. Er war mein Vater.»

«War er das?»

«Die Biologie lügt nicht.»

«Wie geht es dir?» Ich stelle die Frage mit Vorsicht.

«Ich bin bereit.»

«Wofür?»

«Für das Ende.»

Ich nicke. Das ist gut.

«Es wird nicht lange dauern.» Sie blickt auf die Uhr. Dabei fallen Strähnen der Schwarzhaarperücke in ihre Stirn. «Ich habe alles vorbereitet.» Sie blickt auf. Tränen in den Augen. «Es wird schmerzhaft.»

«Wo ist er?»

«Auf dem Weg.» Sie zieht einen winzigen Gegenstand aus dem Saum ihrer Jeansjacke.

«Was ist das?» Ein mulmiges Gefühl macht sich breit.

«Ein Andenken von dir. Das Einzige, das ich besitze. Wir sehen uns heute zum ersten und zum letzten Mal. Du weisst das.»

Ich nicke. Das war mir bewusst. Schmerzhaft bewusst.

Sie rollt den Gegenstand zwischen Daumen und Zeigefinger. Er ist kleiner als ein Fünf-Rappen-Stück. Goldfarben.

Sie hebt die Hand, ohne dass der Anwalt es bemerkt.

«Vertraust du mir?», fragt sie.

Ich nicke.

«Gib mir deine Hand.»

Ich halte ihr meine offene Hand hin.

Sie berührt meine Finger mit den ihren.

Eine Berührung, die eine Implosion in mir auslöst. Alles zieht sich zusammen, meine Haut, die Muskeln, die Innereien, ja selbst die Zellen, bis hin zu den Strängen meiner DNA, die ich ihr zur Hälfte geschenkt habe.

Es ist das schmerzhafte Ende.

Danach wird eine tote Zeit folgen. Eine Zeit, die ich in Frieden geniessen kann.

In diesem Moment wird die Tür zu dem Zimmer aufgerissen, und zwei Polizeibeamte stürmen herein.

Sie packen meine Tochter an den Handgelenken und reissen sie vom Stuhl hoch. Sie lächelt.

Ich ebenfalls.

Der winzige Ohrring ist längst unter meinem Ärmel verschwunden.

Die helle Gegenwart wird von der Dunkelheit absorbiert, eine Dunkelheit, die nicht nur hinter mir, sondern auch vor mir liegt.

Ich nehme sie an.

Das habe ich immer getan, habe in ihr den Tod gesucht. Vergeblich. Ich habe gelernt, mit ihr zu leben.

***

«Du kommst gerade richtig zum Brunch.» Sie strahlte.

Sara glaubte, den Boden unter den Füssen zu verlieren. Einmal erst hatte sie ihre Tochter in den Armen gehalten. Nur für wenige Minuten, bevor sie ihr das Leben nahm. Bevor ihr Baby an ihrer eigenen Brust erstickte. Bevor ihre Eltern ihr das regungslose Bündel aus den Armen rissen und ihr Vater damit aus ihrem Leben verschwand. Dabei hatte sie es nur beschützen wollen, festhalten, sich so sehr an ihr Kind geklammert, bis sie ihm die Luft zum Atmen nahm.

Und jetzt stand sie vor ihr.
Mirjam.
Sie atmete.
Lebte.
Sie war eine starke, wunderschöne junge Frau.
Ihre Tochter.
Sara stolperte von der Tür zurück und musste sich an der Wand abstützen.
Sie keuchte.
«Wow, alles okay?» Mirjam trat aus der Wohnung und packte Sara am Ellbogen. «Ist dir übel? Du siehst blass aus.»
Sara war überfordert.
Sie liess sich von Mirjam in die Wohnung führen. Eine schlichte Wohnung. Zwei Zimmer. Aufgeräumt. Die Wände voller farbenfroher Bilder und Fotografien.
Mirjam führte sie in die Küche und setzte sie auf den Stuhl am kleinen Esstisch. Sie reichte ihr ein Glas Wasser.
Saras Kehle zog sich zusammen.
Langsam ging Mirjam vor ihr in die Hocke und legte eine Hand auf ihren Oberschenkel. «Was ist passiert? Du bist blass, als hättest du einen Geist gesehen.»
Mit brennenden Augen starrte Sara sie an.
Ein Lächeln huschte Mirjam über das Gesicht. «Ich mache uns starken Kaffee, was denkst du? Ich habe Zeit zum Plaudern, ja?» Sie stand auf und legte eine Kapsel in die Kaffeemaschine.
Meine Tochter macht mir einen Kaffee, ein sinnloserer Gedanke kam Sara nicht in den Sinn.
Ihre seit siebenundzwanzig Jahren tot geglaubte Tochter machte Kaffee.
Und sie lächelte.
War Sara die Last der Todsünde los?
Sie traute dem Frieden nicht.
Das Schicksal war nie ihr Freund gewesen.
Ihr Handy klingelte. Sie nahm es aus der Hosentasche.

Tom. Sein fünfter Versuch, sie zu erreichen. Hinzu kamen drei verpasste Anrufe von Natalie.

Die Kacke war am Dampfen.

Sara schaltete das Handy auf stumm.

Sie hatte all die Jahre gelitten. Diesen Brunch mit ihrer Tochter würde sie sich nicht verderben lassen. Danach konnte das Schicksal mit ihr machen, was es wollte.

SIEBZEHN

Musa drückte aufs Gas. «Wir sind fast da.»

Aufgebracht nahm Natalie das Handy vom Ohr. «Tom ist gleich bei der Staatsanwaltschaft. Sie konnten Jacqueline aus dem Besucherzimmer holen, bevor sie Katja vergiftete. Lind will umgehend mit ihr sprechen.»

«Glück gehabt.»

Nachdenklich presste Natalie die Lippen aufeinander. «Ich weiss nicht. Das ging zu leicht. Jacqueline musste annehmen, dass ihre Tarnung als Sabrina rasch auffliegt. Ich meine ja nur, Katja kennt Sabrina, warum hat sie nicht gleich etwas gesagt? Weiss sie, wer Jacqueline ist? Und wie wollte Jacqueline ihre Mutter ermorden? Mit einem Pfeil aus einem Blasrohr?»

«Du hast erzählt, dass Jacqueline im Amazonasgebiet lebt und für den Naturschutz kämpft. Bestimmt hat sie Erfahrung mit dem Gift dieser Frösche. Es gibt unauffälligere Arten, wie man es einsetzen kann, als mit einem Blasrohr. Was denkst du?»

«Aber in der U-Haft? Wie wollte sie das Gift dort hineinschmuggeln und Katja verabreichen?»

«Benutze deine Phantasie.»

«Besser nicht. Davon wird mir übel.» Natalie schaute aus dem Fenster. Sie fuhren durch Rotkreuz. «Ist es noch weit?»

«Die nächste Querstrasse», sagte Musa und stellte den Blinker.

«Ich frage mich, wer mir die Adresse von Sabrina zugeschickt hat. Sie sollte gefunden werden. Warum?»

«Das muss es sein.» Musa zeigte auf ein Mehrfamilienhaus und parkierte davor.

Sie stiegen aus, betraten das Wohnhaus und fuhren mit dem Lift in den dritten Stock.

Natalie drückte auf die Klingel, die mit «Othmar Pfyffer» beschriftet war. «Wehe, seine Informationen sind nichts wert.»

Vor Kurzem hatte sie von Neo eine Textnachricht erhalten. Er hatte Antworten.

Neo öffnete die Tür und liess sie eintreten.

Natalie war enttäuscht. Sie hatte eine coole Wohnung im Stil von «Matrix» erwartet, in Schwarz und Neongrün, voller Computer und Bildschirme. Fehlanzeige.

Neo führte sie in sein aufgeräumtes Wohnzimmer. Es war komplett «unplugged» ausgestattet: Bücher, Bilder und billige Souvenirs aus Ferienländern zur Dekoration. Nichts Digitales oder Elektronisches. Kein Computer, kein Fernseher, nicht einmal eine Stereoanlage.

Sie musterte ihn. Er trug zu Hause keinen schwarzen Mantel oder eine coole Sonnenbrille, bloss eine verwaschene graue Trainingshose und ein verzogenes T-Shirt mit billigem Printaufdruck. Kleidung, die zu einem Othmar Pfyffer passte und ein Neo niemals tragen würde.

War Täuschung sein Spezialgebiet?

«Was hast du für uns?», fragte sie direkt.

Othmar – Natalie konnte ihn in dieser Umgebung in Gedanken unmöglich Neo nennen – grinste. «Ein Drama.»

«Sag schon, wir haben keine Zeit.»

«Warum die Eile?»

«Jacqueline hat Sabrina überfallen, sie gefesselt und ihre Identität geklaut.»

Othmar hob überrascht eine Augenbraue. «Wo ist Sabrina jetzt?»

«Ähm, zu Hause.» Was war das für eine Frage?

«Alleine?» Othmar griff nach seinem Handy in der Trainingshose und wählte eine Nummer. Er wartete kurz und steckte das Handy zurück. *«Strange.»*

«Was?», fragte Musa.

«Sabrinas Anschluss ist ausgeschaltet.»

«Sie ist in Sicherheit. Wir wissen, dass Jacqueline bei der Polizei sitzt und vernommen wird.»

Othmar lachte. «An ihrer Sicherheit zweifle ich nicht.»

Natalie hätte den Klugscheisser erwürgen können.

«Seid ihr wirklich so naiv? Der schlampige Gelddiebstahl, der brutale Mord, Jacqueline, die zu früh in die Schweiz reist, Sabrina, die gefesselt wird? Was noch? Lasst mich raten. Hubertus Rosenstock ist auch verschwunden.»

«Woher ...» Natalie war platt.

«Leute, hier wird ein abgekartetes Spiel gespielt, und ihr seid mittendrin, ohne es zu realisieren.»

«Willst du damit sagen, Jacqueline und Katja ...»

«Ja, sie arbeiten zusammen. Sabrina steckt auch mit drin. Sie und Jacqueline sind seit letztem Sommer ein Paar. Ich konnte vorhin ihren privaten Mailaccount hacken. Der Mailverkehr zwischen den beiden Frauen liest sich wie ein Liebesdrama. Sabrina will mit Jacqueline zurück nach Rio. Sabrina hat ihre Kündigung am Freitag zur Post gebracht, das stand in der letzten Mail. Die beiden gehen aber nicht allein nach Brasilien.»

«Mit Hubi? Er würde Katja niemals hier zurücklassen.» Natalie verwarf die Hände. Ein neuer Gedanke kam ihr. «Was, wenn Katja aus der U-Haft ausbrechen will und mit Hubi ins Ausland flieht?»

Othmar lachte. «Du liebst Hollywood-Blockbuster, was? Vergiss den Ausbruch. Denk an das Geld.»

«Welches Geld?»

«Das von Jacques Reynard. Ich habe in seinem Privatvermögen geschnüffelt – erzähl es niemandem. Er hat in all den Jahren eine stattliche Summe beiseitegelegt. Nebst seinem Einkommen fette Boni, die er abkassierte, und dann all das Schmier- und Bestechungsgeld, das er annahm, um die Bankkonten zwielichtiger Geschäftsherren sauber zu halten. Reynard war nicht superreich, aber etwas mehr als drei Millionen Schweizerfranken hat er schon. Eine schöne Summe, um damit in Brasilien zu leben.»

«Wurde er wegen des Geldes ermordet?», fragte Musa.

«Hm.» Othmar kratzte sich an der Stirn. «Sagen wir, es gibt einen Mord, zwei Motive, eine Täterin und eine Mitwisserin. Als wir letzten Sommer zurück in Zug waren, hat mir Sabrina von Jacqueline und ihrem dominanten Vater erzählt. Sie teilte sich als Kind das Haus mit seinen Mätressen und wurde von Nannys aufgezogen. Als Jacqueline mit ihrem Studium fertig war, zog sie nach Manaus. Ihr Vater unterstützte sie finanziell nicht mehr. Damals habe ich mir nicht viel dabei gedacht, bloss, dass sich Sabrina während der Sommerparty mit dieser Jacqueline angefreundet hätte. Danach hat sie so gut wie nie mehr über sie gesprochen.»

«Wann hat Jacqueline von ihrer Mutter erfahren?»

Neo schüttelte den Kopf. «Keine Ahnung. Frag sie selbst.»

Natalie überlegte. «Nach Reynards Tod wird seine Tochter das Geld erben.»

Othmar hob den Daumen. «Bingo!»

Wenn Jacqueline und Katja das alles zusammen geplant hatten, weshalb fesselte dann Jacqueline ihre Freundin? Und was sollte das mit den Pfeilgiftfröschen? «Musa, wir müssen sofort zurück zu Sabrinas Wohnung.»

«Wollt ihr keinen Tee?», rief ihnen Othmar nach.

Natalie konnte verzichten.

***

Tom wich Rizzos Blick nicht aus. «Ich muss zu ihr.»

«Wir haben gerade mächtig Ärger am Hals, weil sich eine Person mit falscher Identität Zutritt zum Untersuchungsgefängnis verschafft hat. Bolander und ich mussten extra an unserem freien Tag herkommen.»

«Es ist wichtig.» Tom drängte.

Rizzo warf seine braunen Locken aus der Stirn. «Natalie hat uns gewarnt. Aber es gibt kein Gift, und Katja Rosenstock kann unmöglich fliehen.»

«Bei diesem Fall ist alles möglich. Lasst mich zu ihr.»

Bolander trat in den Flur der Polizeizentrale. «Lind hat mich soeben angerufen. Sein Gespräch mit der Tochter dauert länger.» Er warf Tom einen misstrauischen Blick zu. «Du darfst zu Katja Rosenstock. Die Staatsanwaltschaft hat den Besuch bewilligt. Eine halbe Stunde, mehr ist nicht drin. Aber du lieferst uns besser was. Mit der Polizei will die gute Frau Rosenstock partout nicht sprechen.»

«Euch fehlt es an Charme», bemerkte Tom und konnte das Grinsen schwer zurückhalten.

Zehn Minuten später wartete er im Besucherzimmer der Strafanstalt. Im Kopf ging er die Fragen durch, die er ihr stellen wollte. Eine halbe Stunde war wenig Zeit, um diesen Fall restlos zu klären.

Katja Rosenstock wurde von einer Vollzugsbeamtin in Handschellen ins Zimmer geführt. Sie schaute zufrieden aus.

«Geht es Ihnen gut?», fragte Tom.

Sie setzte sich, und die Wärterin nahm ihr die Handschellen ab. «Bis auf die leichten Bauchschmerzen und den Schwindel, ja», sagte Katja trocken. «Ich habe mir wohl eine Magenverstimmung eingefangen. Das Essen in dieser Institution könnte besser sein. Verkochtes Gemüse und Fleisch so zäh wie Schuhleder. Über das Brot will ich gar nicht erst reden.»

«Seit wann?»

«Wann was?»

«Seit wann fühlen Sie sich schlecht?»

«Fangen Sie auch damit an? Die Besucherin hat mich nicht vergiftet.»

«Die Besucherin war Ihre Tochter.»

«Was Sie nicht sagen.»

«Erzählen Sie mir von ihr?»

«Sollte ich?»

«Wie sonst ergibt das Schauspiel einen Sinn? Bei unserem letzten Gespräch haben Sie mir vorgespielt, nicht zu wissen, dass Ihre Tochter lebt.»

«Und ich dachte, ich sei eine schlechte Schauspielerin. Nennen Sie mein Schauspiel Rache, Vergeltung oder die letzte Abrechnung.»

Tom lehnte sich über den Tisch. «Sie bezahlen einen hohen Preis für Ihre Genugtuung.»

Katja lachte. «Den Preis zahle ich schon mein Leben lang ab. Es wurde Zeit für diese letzte Rate, mit der ich mich freikaufen konnte.»

«Sie sind nicht frei, sondern hinter Gittern.»

«Hm.» Sie überlegte. «Sie sehen das falsch. Ich fühle mich frei.»

War etwas dran an der Vermutung, dass Katja ausbrechen wollte? Aber wie sollte sie das anstellen? «Was ist mit Jacqueline?»

«Meinem Täubchen?»

«Täubchen?» Tom stutzte. «Hubi benutzt den Kosenamen für Sie.»

«Ich habe ihn darum gebeten. Er kennt den Grund nicht, aber indem er mich Täubchen nannte, konnte ich niemals meine Tochter vergessen.»

«Was geschah damals?»

«Sind Sie bereit, meine Geschichte zu hören? Ja, ich denke, es ist der richtige Zeitpunkt, um zu plaudern. Ich sollte mit Jakob beginnen, oder Jacques, wie der Hundesohn sich nannte. Ich lernte ihn an der ETH kennen. Er war ein Jahr unter mir, und ich gab ihm Nachhilfeunterricht. Damals war er süss. Irgendwie unschuldig. Charmant. Aufmerksam. Und ich war zu naiv, um zu bemerken, was für ein Narzisst hinter seinem Charme schlummerte. Was danach passierte, hätte aus einem billigen Groschenroman entspringen können. Ich verliebte mich. Dann kam die Anstellung bei der Tex in Zug als Analystin. Ein Jahr später folgte mir Jakob. Wir hielten unsere Beziehung geheim. Ich machte Karriere und hielt ihm den Rücken frei. Seine Leistungen bei der Bank waren bescheiden, aber dank meiner Hilfe bemerkten die Bosse es nicht. Als Jakob eines Tages beobachtete, wie ein Kollege am Arbeitsplatz mit mir flirtete, zeigte er sein wahres Gesicht. Seine Eifersucht wurde zur Obsession. Er band mich an sich, indem er mich schwängerte. Als ich ihm sagte, ich wolle das Kind abtreiben, schob er der Bank Dokumente zu, die belegten, dass ich Geld veruntreut haben sollte. Sein Werk. Ich wurde entlassen und stand plötzlich auf der Strasse, schwanger und ohne Freunde oder Familie, und eine Anstellung bekam ich auch keine mehr. Mein Ruf war ruiniert. Aber der gute Jakob nahm mich auf. Ich zog aus meiner kleinen Wohnung in Zürich aus und in seine nach Winterthur. Ich beschloss, das Kind zu behalten. Er buchte einen Flug nach Las Vegas, um so rasch als möglich zu heiraten.» Katja erzählte ihre Geschichte, ohne mit der Wimper zu zucken. «Mein Leben blieb in einer Zeitschleife hängen. Alles wieder auf Anfang, wie damals bei meinem Onkel. Schläge, Vergewaltigung, Freiheitsberaubung, absolute Kontrolle. Ich wurde zu Jakobs Besitz. Abends durfte ich seine Arbeit für die Tex erledigen, damit er vor der Geschäftsleitung als Genie dastand.» Sie senkte den Blick. «Er erzählte niemandem, dass wir verheiratet waren. Jacqueline kam zur Welt. Endlich gab es einen Menschen, den ich lieben konnte.»

«Was geschah am Zugersee?», fragte Tom. «Ich kenne die Todesanzeige aus der Zeitung. Ihre Tochter ertrank?»

«Das liess er mich glauben. Es war ein fieser Plan. Jacqueline war damals zwei Jahre alt. Jakob wollte einen Ausflug an den Zugersee machen. Wir sassen beim Picknick am Ufer. Er zettelte einen belanglosen Streit an, um mich abzulenken, während Jacqueline am Wasser spielte. Plötzlich schrie eine Frau vom Spazierweg aus. Sie behauptete, gesehen zu haben, wie Jacqueline in den See gefallen sei.»

«War sie nicht?»

«Ich weiss es nicht genau, aber ich denke, Jakob hat jemand angeheuert, der Jacqueline wegbrachte, und die Frau vermutlich für ihre Behauptung bezahlt. Sie war danach verschwunden und nicht mehr aufzufinden. Jakob rief die Polizei, und wir suchten verzweifelt nach unserer Tochter. Ich drehte komplett durch. Ein Arzt gab mir eine Beruhigungsspritze, und ich wachte erst Stunden später in einem Spitalbett in Winterthur auf, verwirrt.

Jacqueline war längst wiederaufgetaucht, und für die Zuger Polizei war der Vorfall bloss ein Missverständnis.»

«Aber Ihr Mann sagte es Ihnen nicht?»

«Er sagte mir, sie sei tot. Er gab mir heimlich Pillen, und ich döste wieder weg.»

«Was für Pillen?»

Sie lachte bitter. «Keine Ahnung. Irgendwelche Drogen, welche die Ärzte glauben liessen, ich sei unzurechnungsfähig. Er zeigte mir die Todesanzeige aus der Zuger Zeitung. Ich schrie wie eine Verrückte. Jakob steckte mich für einige Tage auf Anraten der Ärzte in eine geschlossene Anstalt. Genug Zeit für ihn, mit Jacqueline zu verschwinden. Was er mir übrig liess, war ein Schuldenberg. Als ich entlassen wurde und nach Hause kam, war die Wohnung leer geräumt. Ich hatte keine Ahnung, wo er hingezogen war. Die Tex gab mir keine Auskunft, da ich bei denen auf der roten Liste stand. Für die war ich eine Kriminelle. Da ich bei der Stadtverwaltung tobte, wollten die mir auch keine Auskunft geben, dafür riefen sie die Polizei. Vor fast dreissig Jahren steckte das Internet in den Kinderschuhen. Wie hätte ich ihn finden sollen? Und weshalb auch? Auf dem Tisch in der Küche hatte er die Zeitung liegen gelassen mit der Todesanzeige unserer Tochter. Aber es gab keinen Hinweis, wo sie begraben war. Ich telefonierte mich durch Hunderte Behördenstellen, Bestattungsinstitute und Friedhofverwaltungen. Schliesslich gab ich auf und suchte Trost im Alkohol.»

«Sie glaubten, Sie seien schuld am Tod Ihrer Tochter?»

«Ich fragte mich immer wieder, weshalb ich sie an dem Tag am See nicht im Auge behielt und stattdessen mit Jakob stritt. Mein Täubchen war tot, und ich wollte mich dafür bestrafen. Drogen, Prostitution – meine Art von qualvollem Selbstmord. Aber nicht einmal das bekam ich hin.»

«Hubi.»

«Der erste gute Mensch, den ich auf dieser Welt nach dem Tod meiner Eltern kennenlernte. Er stellte keine Fragen, sondern liebte mich unvoreingenommen.»

«Erzählen Sie mir von Ihren Eltern?»

«Sie waren gut zu mir. Arbeiteten hart. Nicht so Onkel Norbert. Er fand Gefallen an mir. Meine Mutter bemerkte es. Es gab Streit. Sie wollte ihn als Teilhaber der Bäckerei rauswerfen.»

«Das Feuer?»

«Ein Werk des lieben Onkels. Meine Mutter wollte zur Polizei gehen und ihren Bruder anzeigen. Er hat mir die Wahrheit Jahre später in seiner Wut an den Kopf geworfen.»

«Und da haben Sie …?»

«Die Fahrprüfung gemacht, einen alten Wagen gekauft – mit Geld, das ich Norbert aus seinem Versteck im Haus gestohlen hatte. Den Wagen habe ich nie beim Strassenverkehrsamt eingelöst. Ich fuhr damit heim. Norbert setzte sich fuchsteufelswild ans Steuer, um den Wagen zurückzubringen. Ich fuhr mit. Es war Nacht. Auf der Strecke nach Zug am See entlang bedrohte ich ihn mit dem Messer, zwang ihn anzuhalten, schnitt ihm die Kehle durch – der Mistkerl hat mich genau einhundertundsieben Mal vergewaltigt, ich habe mitgezählt. Dann liess ich ihn mit dem Wagen im See verrotten.»

Tom brauchte eine Minute, um das Geständnis zu verarbeiten. Wie musste sich ein achtzehnjähriges Mädchen fühlen, nachdem sie den Mörder ihrer Eltern und ihren jahrelangen Vergewaltiger ermordet hatte? Er beschloss, das Gespräch wieder auf Reynard zu lenken. «Was ist mit Ihrem Mann? Wie fanden Sie ihn nach all den Jahren?»

«Es war ein Zufall. In einer Wirtschaftszeitung las ich einen Bericht über die Tex und die Niederlassung in Rio, welche von einem Jacques Reynard geleitet wurde. Es war ein kurzes Interview mit ihm, und es gab ein Foto. Er witzelte darüber, dass er wohl Rios beliebtester Junggeselle sei. Das war vor über zwölf Jahren.»

«Deshalb bewarben Sie sich bei der Tex als Reinigungskraft? Man hat Sie nicht als frühere Analystin erkannt?»

«Nein, das Personal war ausgewechselt, mein Name anders.

Bei der erstbesten Gelegenheit liess ich meine Akte von damals mitgehen.»

«Sie erhofften sich, bei der Tex auf Jacques zu treffen?»

«Irgendwann musste er ja in die Schweiz kommen, dachte ich. Er kam nie. Und ich wusste, in Rio hatte ich keine Chance gegen ihn. Das war sein Terrain.»

Tom holte tief Luft. «Planten Sie schon damals, ihn zu ermorden?»

Katja nickte.

«Aber dann erfuhren Sie von Jacqueline? Wie?»

«Durch Sabrina. Sie war letzten Sommer drüben in Rio. Die Tex feierte eine Party, zu welcher Sabrina eingeladen war. Es gab Streit zwischen Jacques und Jacqueline, Sabrina bekam die Szene mit und lernte so meine Tochter kennen.» Katja lächelte. «Manchmal gibt es Märchen. Es war Liebe auf den ersten Blick. Sabrina erzählte Neo von Jacques' Tochter, und ich hörte die Geschichte von ihm. Man braucht keinen Doktortitel in Mathematik, um eins und eins zusammenzuzählen. Ich stellte einige Nachforschungen an. Jacqueline war mein Täubchen.»

«Wie konnten Sie sich sicher sein?»

«Der Vorname, das Geburtsdatum. Sabrina zeigte mir ein Foto von ihr, als ich sie danach fragte. Haben Sie Jacqueline tief in die Augen gesehen? Die Iris eines Babys ändert mit dem Älterwerden die Farbe, aber niemals die Struktur. Mein Täubchen hatte auffällige schwarze Punkte in der Iris des rechten Auges. Punkte, die in der Form eines Dreiecks angeordnet sind. Dieses Muster war so der Beweis, wie es Fingerabdrücke oder ein DNA-Abgleich hätten sein können.»

Tom schaute auf die Uhr. Ihm blieben zehn Minuten. «Wie haben Sie Jacqueline kontaktiert?»

«Ich wusste, dass Sabrina im Winter erneut für zwei Wochen nach Brasilien flog, um Jacqueline zu besuchen. Ich gab ihr einen Brief mit.»

«Wie nahm sie es auf?»

«Mit Interesse. Wir telefonierten danach oft. Sie wollte mich besuchen kommen, aber Jacques hätte es erfahren. Er drohte ihr, sie zu enterben, sollte sie je in die Schweiz fliegen.» Katjas Blick wurde wässrig. «Ich musste mir etwas einfallen lassen. Ich hackte mich durch Neos Computer in die Banksoftware in Rio, platzierte einen Virus, den ich geschrieben hatte, und entwendete etwas mehr als eine Million US-Dollar.»

«Sie wussten, dass der Diebstahl für Jacques Konsequenzen haben würde?»

«Er musste in die Schweiz kommen, um der Geschäftsleitung Rede und Antwort zu stehen.»

«Sie haben einander hier getroffen?»

«In seinem Büro. Er hat mich behandelt wie damals, wie einen Niemand. Wie sein Eigentum. Er drohte, mich zu ermorden. Schlimmer noch, er drohte, Hubi zu schaden.»

«Jacques wusste, dass Sie hinter dem Diebstahl steckten?»

«Er ahnte es, und ich bestätigte es ihm. Er wusste seit Längerem, dass ich für die Tex als Reinigungskraft arbeitete. Er sagte mir, dass er mich all die Jahre nie ganz aus den Augen verlor. Der Hundesohn hat mich beobachten lassen.»

«Wie kam es zum Mord am Schutzengel?»

«Am Tag zuvor sagte Jacques, dass er mich dort treffen wolle nach meinem Feierabend.»

«Warum?»

Sie zuckte nur mit den Schultern. «Ich stellte für ihn ein Risiko dar. Sein guter Ruf stand auf dem Spiel – und mehr. Seine Vergangenheit, die Heirat mit mir, die Schulden, die Entführung der Tochter, käme all das ans Licht, würde er seinen Job bei der Tex streichen können. Sie können sich ausmalen, weshalb er mich nachts bei den Gleisen treffen wollte. Ein kleiner Schubser nur, und seine Probleme wären gelöst. Dumm für ihn, dass ich ihm zuvorkam.» Katja lächelte. Sie griff in den Saum ihres Shirts und holte einen winzigen Gegenstand hervor. Sie hielt ihn in der geschlossenen Faust, als sie diese auf den Tisch legte. «Das hat sie mir heute geschenkt.» Langsam öffnete sie die Faust.

Darin lag ein Steckohrring, eine winzige goldene Taube.

«Mein Täubchen», sagte Katja und nahm den Ohrring zwischen Daumen und Zeigefinger. «Das ist einer der Ohrringe, den sie als Baby trug. Ohrringe von mir.»

Ungläubig starrte Tom darauf und realisierte zu spät, was Katja da gerade tat. Mit dem spitzen Ende des Ohrrings stach sie sich in eine Ader am Handgelenk.

Ein Blutrinnsal lief ihr über die Hand.

«Nein, nicht!» Tom sprang vom Stuhl auf.

«Mein Täubchen», flüsterte Katja und lehnte sich im Stuhl zurück. «Es wird Zeit, es fliegen zu lassen.»

Tom hämmerte an die Tür, die sofort von einer Wärterin aufgerissen wurde. «Schnell», keuchte er. «Frau Rosenstock hat sich soeben vergiftet.»

***

«Sie ist nicht da.» Musa klopfte an Sabrinas Wohnungstür.

«Die Terrasse», sagte Natalie.

Musa stürmte los. Sie folgte ihm und verfluchte ihre Füsse, die schmerzten, als renne sie über glühende Kohlen. Ihr Körper rebellierte. Der Fall ging ihr an die Substanz, dennoch humpelte sie entschlossen hinter Musa her, als ihr Handy klingelte. Sie hoffte, dass Sara sich endlich meldete, aber als sie auf das Display schaute, schlug ihr Herz höher.

Rico.

Sie nahm den Anruf entgegen. «Schlechter Zeitpunkt, hier ist gerade die Hölle los.»

«Weshalb war Sara bei Mirjam?» Seine Stimme klang hart und kalt.

Natalie blieb stehen. «Wo war sie?»

«Bei Mirjam zu Hause. Heute Morgen. Was weiss sie?»

«Rico, ich habe –»

«Lüg mich nicht an! Habt ihr –»

«Natalie», rief Musa, «die Terrassentür ist nicht verschlossen. Soll ich reingehen?»

Ihre Hand mit dem Handy begann zu zittern. «Rico, können wir nachher in Ruhe darüber sprechen?»

«Du hast es mir versprochen, Natalie. Du hast mir versprochen, nicht ohne mich zu entscheiden. Verdammt! Mirjam ist meine Schwester. Blutsverwandtschaft hin oder her. Ihr dürft sie mir nicht wegnehmen. Nicht nach allem, was sie durchgemacht hat.»

Wegnehmen? Durchgemacht? «Rico, wovon sprichst du? Ich habe nichts –»

Es summte in ihrem Ohr.

Hatte der Zigeuner aufgelegt?

Die Hühnerkacke war am Dampfen.

«Natalie?» Musa stand unschlüssig vor der Terrassentür, die er aufgeschoben hatte. Ein weisser Vorhang wehte heraus.

Sie steckte das Handy weg. «Gehen wir rein.»

Vorsichtig folgte sie Musa in Sabrinas Wohnung. Sie war aufgeräumt. Keine Spur mehr von Verwüstung. Kein Seil am Boden und kein Klebeband. Als hätte es nie ein Verbrechen gegeben. «Überprüf den Kleiderschrank», sagte Natalie. Sie atmete heftig und fühlte ihren Puls rasen.

Musa eilte ins Schlafzimmer. Es dauerte nur ein paar Sekunden, bis er antwortete: «Leer.»

Verflucht, dachte Natalie. Sie hatte sich abgesetzt, genau wie Hubi. Aber Jacqueline sass bei Lind fest, das wusste sie mit Sicherheit, und auch Katja war weggesperrt. Sie würde unmöglich fliehen können.

Das Gift!

Natalie humpelte in die Küche. Die Blasen an ihren Füssen brannten wie Feuer.

Sie holte tief Luft, bevor sie einen Blick ins Spülbecken warf. Froschleichen waren nicht ihr Ding.

Es gab keine mehr.

Das Spülbecken glänzte blitzsauber.

Keine ermordeten gelben, winzigen Fröschlein, die sie bedauern konnte.

Natalie riss die Tür unter dem Spülbecken auf, wo üblicherweise der Abfalleimer stand. Er war leer.

Leichen entsorgt.

«Wo ist das Terrarium, das auf dem Salontisch stand?», fragte Musa, als er in die Küche trat.

«Das ist auch weg.»

«Auch?»

«Keine Frösche. Durchsuch alles. Wir müssen einen Hinweis finden, was Sabrina vorhat.»

Natalie wählte Linds Nummer. Sie brauchte drei Versuche, bis er endlich antwortete.

«Sie sind ein echter Plagegeist», beschwerte er sich. «Es reicht schon, dass Tom das ganze Personal verrückt macht. Jacqueline sitzt direkt vor mir, und Tom plaudert mit Katja. Zufrieden? Es geht ihr gut.»

«Sie müssen zu Sabrinas Wohnung kommen, mit einem Durchsuchungsbefehl.»

«So schnell geht das nicht. Nicht an einem Sonntag und nur anhand von Ihrer Behauptung.»

«Sabrina –»

«Hat uns vor einer halben Stunde angerufen und versprochen, bei mir vorbeizukommen und das Problem mit dem Identitätsdiebstahl zu lösen. Sie war sehr kooperativ und wusste nichts von Kidnapping.»

«Was hat sie …?»

«Und Ihr Hirngespinst von wegen tödlichem Pfeilgiftfroschgift grenzt an Wahnsinn. Wir haben Jacqueline Reynard durchsucht. Kein Gift. Sie ist einzig hier, weil sie sich unter einer falschen Identität Zutritt zu ihrer Mutter verschaffen wollte, ohne erkannt zu werden. Es sind noch einige Fragen offen, die ich mit ihr zu klären habe, aber danach werden wir sie gehen lassen müssen.»

«Hören Sie mir zu.» Natalies Stimme überschlug sich. «Fragen Sie Jacqueline nach ihrer Freundin Sabrina und wo sich die beiden ein schönes Leben als Millionärinnen aufbauen wollen.»

«Mir reicht's. Jetzt kommen Sie erneut mit Geld? Der Diebstahl wurde geklärt, auch eine Tat von Katja Rosenstock, und das Geld wird an die Tex zurücküberwiesen werden. Details dazu sind Gegenstand unserer Ermittlungen, auch was die Briefkastenfirma betrifft, die Herrn Rosenstock das Geld überwiesen hat.»

«Ich spreche nicht von diesem Geld, sondern von der Erbschaft. Und von Liebe.»

«Liebe?»

«Die Liebe zwischen Jacqueline und Sabrina.» Wütend legte Natalie auf. Den Rest konnte sich Lind selber zusammenreimen. Sie ging zu Musa ins Wohnzimmer. «So schnell wird die Polizei nicht hier sein. Hast du etwas gefunden?»

Er stand neben dem Sideboard mit der offenen Schublade und starrte auf ein Papier. «Das Terrarium und die Frösche sind weg. Aber sie hat das hier in der Eile wohl vergessen.»

«Was ist das?»

Er hob den Zettel hoch. «Eine Kaufquittung. Zwei Tage alt.»

«Was hat sie gekauft? Flugtickets?»

«Das glaubst du nicht, Natalie. Die spielen mit uns. Wir sind nur dumme Schachfiguren.»

***

Tom stürmte mit Rizzo in Linds Büro.

«Hoppla, was ist denn hier los?», fragte Lind und schoss von seinem Stuhl auf.

Rizzo zückte die Handschellen. «Die legen wir besser der Verdächtigen an.»

«Wegen Identitätsfälschung?», wunderte sich Lind.

«Beihilfe zu Mord – oder Selbstmord, das klären wir noch.» Rizzo las Jacqueline die Rechte vor.

Sie blieb gelassen.

Tom erkannte sofort, dass sie mit der Verhaftung gerechnet hatte. Weshalb ging sie dieses Risiko ein? Sie servierte sich praktisch auf dem goldenen Tablett der Polizei.

Rizzo klärte Lind auf. «Katja Rosenstock wird soeben mit der Ambulanz ins Spital gefahren. Sie wurde vergiftet. Ist im Besucherzimmer zusammengebrochen.»

Tom bekam die Bilder nicht aus dem Kopf, wie sie sich am Boden vor Krämpfen krümmte, zuckte und dann regungslos liegen blieb. Jacqueline brauchte kein Blasrohr mit einem giftigen Pfeil, bloss einen Ohrstecker, den sie …

«Moment.» Tom trat vor Jacqueline und schaute ihr in die Augen. Da waren sie, die dunklen Punkte, die das Muster eines Dreiecks ergaben. Er hob die Hand und strich ihre wilden Locken hinter das rechte Ohr. Ein kleiner goldener Ohrring mit dem Motiv einer Taube steckte im Ohrläppchen. Rasch hob Tom die andere Hand und schaute sich das linke Ohr an. Kein Ohrstecker.

So simpel war es, das kleine Ding in die Strafanstalt zu schmuggeln, irgendwo angesteckt an ihre Kleidung. Wäre er bei der Durchsuchung aufgefallen, hätte sie behaupten können, der Ohrstecker sei ihr hinuntergefallen. «Hat Sie Ihre Mutter darum gebeten?», fragte Tom. «Oder wollten Sie sich rächen, weil Sie sich von Katja im Stich gelassen fühlten und bei einem Vater aufwachsen mussten.»

Jacqueline streckte die Hände aus, damit Rizzo ihr die Handschellen anlegen konnte. «Ich habe ihn nie Vater genannt. Oder Daddy. Oder Papa. Ich habe ihn schon als kleines Mädchen Jacques genannt. Ich sah ihn nur ein paarmal im Jahr, und ich fürchtete diese Treffen. Vor allem kam er nie allein in sein Landhaus. Immer brachte er eine langbeinige junge Schönheit mit, die am nächsten Tag grün und blau geschlagen die Villa verliess.»

«Was wussten Sie über Ihre Mutter?», fragte Tom.

«Lange glaubte ich, dass Doris meine Mutter sei.»

«Doris?»

«Sie zog mich auf. Nicht sehr liebevoll. Dank ihr spreche ich fliessend Schweizerdeutsch. Sie war die Geliebte meines

Vaters, eine Schönheit. Für Doris verliess er meine Mutter. Nein, falsch, zusammen mit Doris inszenierte er meinen Tod und verschleppte mich nach Brasilien. Und nebenbei konnte er so seinem gewaltigen Schuldenberg entkommen, den er durch miese Spekulationen an der Börse angehäuft hatte. Doch die Beziehung zu Doris hielt keine zehn Jahre. Plötzlich war sie weg. Aber nicht ohne mir in einem Brief zu schreiben, dass ich nicht ihre Tochter sei. So habe ich mit zwölf die Wahrheit über mich erfahren.»

«Und nicht nach Ihrer leiblichen Mutter gesucht?», fragte Tom.

«Ich war ein Kind. Mein Vater ein Kontrollfreak. Ja, ich versuchte sie heimlich zu finden, aber es gab nirgends in der Schweiz eine Petra Reynard.»

Natürlich nicht, dachte Tom. Zehn Jahre nach dem Verschwinden ihrer Tochter war Petra Reynard zu Katja Rosenstock geworden.

«Als Jacques dahinterkam, dass ich nach ihr suchte, gab es Prügel. Er drohte mir, sollte ich je in die Schweiz reisen. Er hat meine Mutter schlecht geredet, behauptet, sie habe mich verlassen. Aber in dem Brief von Doris stand etwas anderes. Jacques habe mich entführt, mich meiner Mutter weggenommen. Er war ein sehr starker, dominanter Mann. Ich gab die Suche auf. Dann, vor rund einem Monat, besuchte er mich unerwartet in Manaus. Er habe Ärger bei der Bank und müsse in die Schweiz, sagte er. Er beschuldigte meine Mutter, beschimpfte sie, drohte, sie zu ermorden und mich zu enterben, sollte ich mich einmischen. Natürlich wusste er nicht, dass ich längst mit ihr in Kontakt stand.»

«Was ist mit den Fotos mit dem zerstörten Gesicht von Ihrer Mutter?»

Lind und Rizzo starrten ihn überrascht an.

«Sie waren in meiner Wohnung in Manaus?»

«Ein externer Ermittler der Trust hat sich umgesehen.»

«Das sind Bilder, die hat Jacques in Auftrag gegeben, kurz

nach dem Diebstahl des Geldes. Er wusste, dass Katja als Reinigungskraft bei der Tex in der Schweiz arbeitet, und ahnte, dass sie mit dem Diebstahl etwas zu tun haben könnte, also liess er sie beschatten. Sorry, er suchte sich eine andere Detektei als die Trust aus. An dem Tag, als wir uns in Manaus im Restaurant trafen, stritten wir heftig. Wutentbrannt hat er Katjas Gesicht zerkratzt und liess mir diese Fotos mit einer Todesdrohung zurück. So war Jacques. Nicht einmal ein Bild von meiner Mutter gönnte er seiner Tochter.»

Er muss ein schrecklicher Mensch gewesen sein, dachte Tom.

«Wir wissen immer noch nicht, weshalb Frau Rosenstock in jener Nacht beim Schutzengel auf Reynard traf», sagte Rizzo. «Wissen Sie es?»

Jacqueline nickte. «Er wusste, dass sie die S-Bahn nach Feierabend nahm. Er wollte meine Mutter dort treffen.»

«Warum?», fragte Tom.

«Ich denke, er wollte seine Drohung wahr machen, sie vor den Zug stossen und so ein Problem loswerden. Katja wusste zu viel.»

«Gibt es dafür Beweise?», fragte Lind.

«Erst wenn Leichen sprechen lernen.»

Lind massierte sich die Stirn. «Aber wenn Sie endlich Ihre Mutter gefunden haben und auf Ihrer Seite sind, weshalb vergiften Sie sie? Weil sie Ihren Vater ermordet hat?»

Jacqueline setzte sich. «Ich sage nichts mehr ohne einen Anwalt.»

Lind griff nach dem Telefon. «Ich rufe das Spital an. Ich muss wissen, wie es Frau Rosenstock geht. Womit ist sie vergiftet worden?»

«Gelber Pfeilgiftfrosch», sagte Tom.

Lind schüttelte den Kopf und schaute Jacqueline an, während er sich mit dem Chefarzt der Klinik verbinden liess. «Aber ich verstehe nicht, was Natalie vorhin am Telefon meinte. Ich solle Sie nach Ihrer Beziehung zu Sabrina fragen.»

«Sabrina ist meine Geliebte», sagte Jacqueline.

Langsam fügte sich das Puzzle zu einem Bild zusammen, dachte Tom. «Sabrina wusste bereits am Morgen nach der Tat vom Tod Ihres Vaters, da sie in der Bank arbeitet und die Polizei im Haus war. Sie hat Sie gleich in Manaus angerufen.»

Jacqueline lächelte und schwieg.

Tom fuhr fort. «Von Sabrina wussten Sie auch von mir und der Verhaftung bei der Tex. Sind Sie deshalb auf uns aufmerksam geworden? Wollten Sie wissen, was wir über Ihre Mutter herausfinden? Sie folgten Sara und mir nach Zürich, richtig? Und Natalie?»

«Ich traf sie zufällig beim Lunch mit ihrer Familie, wann war das … einen Tag später?»

«Zufällig? So ein Witz. Weshalb haben Sie Natalie bedroht? Weil Sie glaubten, sie sei am einfachsten von uns dreien einzuschüchtern?»

«Ich habe nichts getan.»

«Auch nicht am Sonntag, als Sie sie mit dem Wagen einen Abgrund hinunterdrängen wollten?»

«Ich war nur auf einer Spritztour. Ein Gewitter kam auf, und ich parkierte kurz an der Seite. Ich habe niemanden bedrängt. Sie sollten Beweise vorlegen, bevor Sie Behauptungen aufstellen.»

«Warum haben Sie als Jolanda Ryser Sara in der Sky Lounge sprechen wollen?»

«Es wurde Zeit, der Trust etwas auf die Sprünge zu helfen. Das ist nicht strafbar.»

«Warum?»

«Um den Fall zu lösen.»

«Haben Sie bei der Trust eingebrochen, als Natalie allein dort war?»

«Ich sage nichts dazu ohne meinen Anwalt.»

Klar war sie es. «Sie haben aber nichts gefunden. Wonach suchten Sie?»

«Wäre ich eingebrochen, dann aus reiner Neugier.»

«Was ist mit Ahri? Haben Sie uns am Sonntagabend am See

beobachtet und sich dann entschlossen, sich an Ahri ranzumachen, um mehr über mich zu erfahren?»

«Ahri ist eine attraktive Frau, die ich zufällig in einem Club kennengelernt habe.»

«Und die Taube? Reine Ablenkung?»

Jacqueline grinste. «Ich mag Tauben, die kacken auf alles, was ihnen nicht gefällt.»

Tom war nah an seinem ersten Mord.

Lind schaltete sich ein. «Was meinte Natalie mit der Erbschaft, nach der ich Sie fragen solle.»

«Erbschaft?», wiederholte Tom. In seinem Kopf explodierten die Synapsen. «Oh Scheisse! Sie haben Ihre Mutter nicht vergiftet!»

Jacqueline lächelte. «Nein, habe ich nicht. Weshalb sollte ich?»

«Hä?», fragte Rizzo.

Tom schlug sich mit der Hand auf die Stirn. «Ein Schauspiel! Katja kämpft nicht ums Überleben. Das ist ein Ausbruch. Sie will entkommen.»

***

«Eine Quittung für den Kauf von zwei gelben Pfeilgiftfröschen? Schweizer Nachzucht?» Natalie liess sich aufs Sofa fallen. Dieses Biest. Es gab nie einen Schmuggel von giftigen Fröschen aus dem Amazonas nach Zug. Es gab auch nie Gift, das Katja hätte verabreicht werden sollen.

«Was ist hier los?», fragte Musa.

Natalie lachte. «Wir sind verarscht worden, das ist los. Ein Mordanschlag auf Katja war niemals geplant. All das war bloss ein Täuschungsmanöver, um uns auf Trab zu halten. Um uns abzulenken.»

«Wovon?»

«Ja, das ist die Quizfrage.» Sie griff nach dem Handy und rief Tom an.

Er nahm beim ersten Klingelton ab. «Katja will entkommen», sagte er aufgeregt.

***

Eine halbe Stunde später lungerten Tom, Natalie und Musa vor der Notaufnahme des Zuger Kantonsspitals herum, als Sara dazukam. Sie musste wütendes Geschnatter über sich ergehen lassen.

«Leute, beruhigt euch. Ich war zum Brunch bei meiner Tochter eingeladen. Da konnte ich unmöglich Nein sagen.»

Es wurde still vor der Notaufnahme.

Sara verwarf locker die Hände. «Keine Sorge, ich habe ihr nichts gesagt, noch nicht. Aber weshalb terrorisiert ihr an einem Sonntagmorgen mein Handy? Über vierzig Anrufversuche? Geht gleich die Welt unter? Und wer ist krank, dass wir uns hier treffen müssen?»

Sie schaute Tom an. Die Farbe wich ihr augenblicklich aus dem Gesicht. «Dein Vater ...»

Tom schüttelte den Kopf. «Paps geht es gut.»

«Katja Rosenstock hat eine Magenverstimmung», sagte Natalie. «Sie wird gerade untersucht.»

«Wegen einem verklemmten Furz muss ich herkommen?» Sara schaute die drei ungläubig an.

«Es ist leicht komplizierter», sagte Tom übel gelaunt.

In diesem Moment trat Lind aus der Notaufnahme. «Magenverstimmung», knurrte er. «Sie kann zurück zur Strafanstalt.»

«Also echt, Herrschaften, was ist denn hier los, dass selbst der Herr Oberstaatsanwalt persönlich an einem Sonntag in die Notaufnahme fährt, um eine Mörderin zu betreuen? Und weshalb stehen auf der Einfahrt drei Polizeiwagen und ein Team der Sondereinheit bereit? Wird der Furz explodieren? Was soll dieses Theater?»

«Theater», wiederholte Tom. «Ich lag erneut falsch.»

«Ja», sagte Natalie niedergeschlagen. «Wir wurden ausgenutzt wie Idioten, wie blutige Anfänger. Das sind wir bei der Trust wohl auch.»

«Es ging nie um einen Mord oder um Flucht?», fragte Musa.

«Nein», antwortete Natalie. «Es war bloss ein Schauspiel, um uns abzulenken und für sich Zeit zu gewinnen.»

«Wofür?», fragte Sara.

«Zum einen, um Hubi und Sabrina Zeit zu verschaffen, damit sie aus der Schweiz verschwinden können», sagte Natalie.

«Und zum anderen», ergänzte Tom, «damit Jacqueline endlich ihre Mutter kennenlernen konnte und um ihr die Chance zu geben, sich bei Katja für den Mord an ihrem Vater zu bedanken.»

«Sie wusste es?»

Natalie nickte. «Die beiden Frauen haben die Sache gemeinsam geplant. Eine war bereit, die Schuld auf sich zu nehmen, die andere, sich dafür um Hubi zu kümmern.»

«Um Hubi kümmern?»

«Durch den Mord kommt Jacqueline an die Erbschaft von ihrem Vater und kann so Hubi ein komfortables Leben im warmen Brasilien garantieren. Sie bekommt keine Mutter, dafür aber einen lieben Stiefvater als Geschenk.»

«Wird sie nicht als Komplizin belangt?», fragte Sara.

Lind verwarf die Hände. «Wie denn? Sie war nie zuvor in der Schweiz, hatte keinen nachweisbaren Kontakt zu Katja. Ja, sie bekommt eine Anzeige wegen Identitätsfälschung. Aber sie hat ja nicht einmal giftige Frösche in die Schweiz geschmuggelt. Und wie soll ich belegen, dass Katja die Bauchkrämpfe nur vorgespielt hat? Und der Ohrring, den hat Jacqueline zufällig verloren, als sie mit ihrer Mutter geredet hat. Da ist nichts, was ich tun kann.»

«Und der ganze Aufwand war nötig?», fragte Sara.

Lind nickte. «Hubi steht unter Verdacht, etwas mit dem Diebstahl des Geldes zu tun zu haben. Er darf die Schweiz nicht verlassen.»

«Jacquelines Einbruch bei Hubi war kein Einbruch. Das

ist mir im Nachhinein klar geworden», sagte Natalie. «Sie war dort, um ihn kennenzulernen und Sachen zusammenzupacken. Deshalb hat sie uns kurz vorher die Taube gebracht. Sie wollte uns beschäftigen und von Hubi fernhalten.»

«Natürlich», sagte Sara. «Ich habe damals Jolanda in der Sky Lounge gesagt, dass ich am Abend Hubi besuchen wollte.»

«Aber ich ging trotzdem hin», sagte Natalie, «und überraschte die beiden. Sie haben improvisiert. Deshalb trug Jacqueline auch Herrenmütze und Schal. Hubis Kleidung. Und deshalb sein schuldiger Blick.»

«Ich glaube es nicht, dass Hubi da mitgemacht hat», sagte Tom.

«Er wusste es nicht von Anfang an», sagte Natalie. «Sabrina muss ihn eingeweiht haben.»

«Sieht so aus», sagte Lind. «Sie brachte Hubi die Sachen von Katja aus dem Spind der Tex.»

«Aber warum hat Katja Hubi überhaupt das Geld auf sein Konto überwiesen?», fragte Musa. «Warum die Haushaltshilfe und Pflegefachkraft?»

«Damit wir nie auf die Idee kämen, dass Hubi flüchten wollte», sagte Sara. «Und das Geld musste bei den Rosenstocks landen, da Katja ja wollte, dass der Diebstahl auf sie zurückzuführen war. Neo sollte es herausfinden, um das Geld wieder zurücküberweisen zu können. Katja wollte nie die Tex bestehlen.»

«Nein», sagte Natalie. «Sie wollte das Geld, das ihr zustand. Jacques' Geld. Sie wollte es für ihren Hubi. Leute, sie ist Mathematikerin, schon vergessen? Sie hat alle Eventualitäten berechnet und einkalkuliert. Ihr Plan ist aufgegangen. Sie hat in ihren Augen Gerechtigkeit ausgeübt, auch wenn sie dafür zur Sünderin wurde. Sie will ihre Strafe annehmen, aber mit der Gewissheit leben, dass es ihrer Tochter und Hubi gut geht. Mehr erwartet eine Katja Rosenstock nicht mehr von ihrem Leben.»

«Krass», sagte Musa.

«Mutter und Tochter haben uns abgelenkt», sagte Lind. «Und

so ist Sabrina mit Hubi wahrscheinlich mit einem Wagen über die Grenze, um von einem unserer Nachbarländer nach Brasilien zu fliegen.»

«Verfolgst du ihn?», fragte Sara.

Lind seufzte. «Das wird umständlich. Und ich denke nicht, dass er etwas verbrochen hat. Lassen wir ihn die letzten Monate seines Lebens glücklich verbringen.»

ACHTZEHN

Sara legte den Hörer zurück auf den Apparat und griff nach der Schachtel mit den Zigaretten. Sie war leer.

Der kurze Blick auf die Wanduhr im Büro war ernüchternd. Es war fünf vor acht an diesem Mittwochmorgen. Sie war die Erste bei der Arbeit. Genau genommen hatte sie die ganze Nacht bei der Trust verbracht. Sie hielt es in ihren eigenen vier Wänden nicht aus. Schlaf hatte sie seit Sonntag wenig abbekommen, dafür endlose Stunden in Selbstmitleid gebadet. Ihr Hass hatte sich all die Jahre vor allem gegen ihre kaltherzige Mutter gerichtet – möge sie in der Hölle schmoren –, aber was ihr Vater ihr angetan hatte … Die Lüge, all die Jahre. Wie konnte er sie in dem Glauben lassen, am Tod ihrer Tochter schuld zu sein, da er wusste, dass Mirjam lebte. Er hatte die Wahrheit mit in sein Grab genommen, und Sara war sicher, dass seine Hölle heisser brannte als die der Mutter.

Sie griff nach dem erstbesten Gegenstand auf dem Tisch, ein Locher, und schmiss ihn in die Ecke des Büros. Dann starrte sie wieder auf das Telefon. Tom glaubte nicht, dass man ihm vertrauen konnte. Ihr blieb nichts anderes übrig. Das Gespräch mit Rico war lang gewesen, emotionsgeladen. Sie hatte geflucht. Üble Worte. Kurz geweint – hoffentlich hatte er es am Telefon nicht mitbekommen. Ihn angeschrien. Sogar gebettelt, bloss auf die Knie war sie nicht gefallen – er konnte es ja eh nicht sehen. Zwischendurch klang sie vernünftig. Nach einer halben Stunde Überzeugungsarbeit gab er nach und versprach, mit Mirjam zu sprechen.

Ein Huhn gackerte.

Lernte die blöde Taube Fremdsprachen?

Sara blickte auf.

Natalie stand unter dem Türrahmen. Hinter ihr Musa. Im Arm hielt er ein Huhn.

Sara lachte hilflos. «Stehst du auf frische Frühstückseier? Reicht ein Vogel bei der Trust nicht?»

«Das ist Melodie», sagte Natalie und setzte sich auf Saras Tisch. «Sie ist verliebt in Musa, aber wir können sie in der Villa nicht aufnehmen. Sie verträgt sich nicht mit den Geckos im Papiliorama.»

«Vielleicht mag sie kein tropisches Klima?», setzte Sara nach.

«Sie wird unser Maskottchen.»

«Ein Huhn? Etwas Blöderes fällt dir nicht ein.» Sara starrte auf den Vogel, der in Musas Armen lag, die Augen geschlossen. Das Federvieh schlief glücklich.

«Hinter der Halle haben wir ein paar Quadratmeter ungenutztes Land. Wir richten es gemütlich her. Mit einer Sitzbank für Zigarettenpausen.» Natalie grinste und starrte auf die zerknüllte Zigarettenschachtel auf dem Tisch. «Musa geht los und sucht für Melodie zwei Freundinnen. Dann haben wir täglich frische Eier zur Morgensitzung. Was denkst du?»

«Mach, was du willst.» Sara hatte an diesem Morgen genug gestritten.

Musa verabschiedete sich und verliess mit dem Huhn das Büro.

Natalie stand vom Tisch auf und tätschelte Saras Schulter. «Geht es dir besser?»

«Keine Gefühlsduselei bei der Arbeit, ja? Das ertrage ich nicht.»

Natalie ging um den Tisch herum zu Toms Platz und nahm die Geschenkpackung in die Hand. «Er hat es nicht geöffnet? Wurde es spät gestern Nacht?»

«Er ging um zwei nach Hause.»

«Und du trägst dieselben Klamotten? Warst du die ganze Nacht hier?»

«Ich bin alt genug dafür.»

«Sicher.» Natalie schüttelte das Geschenk. «Was da wohl drin ist?»

«Sexspielzeug?»

«Weil es von Linda Rose ist? War doch schön, kam sie uns gestern mit Mitch und Küde besuchen. Es war ein lustiger Abend.»

«Lustig? Unsere Kunden oder die Polizei erfahren besser nichts von diesem zwielichtigen Besuch.»

«Ach komm, es sind Toms Freunde, Mitch zumindest, er ist echt cool. Ich mag ihn.»

«Wechsle nicht auf die dunkle Seite, Mädchen.»

«In die wurde ich hineingeboren.» Natalie hob ihre einbandagierten Hände, den Handgelenken ging es nach wie vor mies. «Vielleicht können wir ihre Hilfe bei einem nächsten Fall in Anspruch nehmen. Beziehungen ins Rotlicht- und Drogenmilieu können Gold wert sein.»

«Und den Tod beschleunigen. Lass die Finger von der Szene.»

«Seit du von Mirjam weisst, benimmst du dich echt wie eine spiessige Glucke. Hast du endlich mit Rico gesprochen?»

Sara atmete tief durch. «Er will es Mirjam sagen und sie heute Abend herbringen. Wir treffen uns um acht im Villettepark am See.» Sara konnte Natalies mitfühlenden Blick nicht ertragen und stürmte aus dem Büro, direkt in die Arme von Tom, der die Treppe hochkam.

Er starrte sie mit hochgezogenen Augenbrauen an. «Sag nicht, du hast hier übernachtet.»

«Was geht dich das an?» Sara richtete sich auf und strich die zerknitterte Bluse glatt. Ein nutzloses Unterfangen.

«Lind, Bolander und Rizzo kommen vorbei. Sie wollen plaudern.»

Die hatten Sara gerade noch gefehlt. Blieb Zeit, kurz nach Hause zu fahren, um zu duschen und sich umzuziehen?

Fehlanzeige.

Die Herren von Polizei und Staatsanwaltschaft standen bereits unten an der Tür. «Ich habe frische Gipfeli dabei», rief Lind hoch.

Na toll.

Der Sitzungstisch war belegt mit Papieren, Fotos und Dokumenten. Sie waren fast alle offenen Fragen durchgegangen.

«Dann hat sie deshalb neunundzwanzig Mal auf Jacques eingestochen, jeder Stich als Strafe für ein verlorenes Jahr mit ihrer Tochter?», fragte Natalie.

Lind nickte.

«Und Jacqueline können wir keine Beihilfe zur Tat anhängen?», fragte Tom.

«Nein. Sie bekommt nur eine Geldbusse wegen der Identitätsfälschung. Und wegen Tierquälerei.»

«Die Frösche», sagte Bolander. «Wir haben sie in der Mülltonne vor dem Haus gefunden.»

«Ihr habt den ganzen Müll wegen zwei ermordeten winzigen Fröschen durchwühlt?», fragte Sara ungläubig. «Kein Wunder, habe ich diesen Verein verlassen.»

«Mach mal halblang», schnauzte Rizzo zurück.

«Aber warum der ganze Aufwand?», fragte Tom. «Warum Reynard mit einem Gelddiebstahl in die Schweiz locken?»

«Er war vorsichtig», sagte Lind. «Laut den Papieren ist er immer noch mit Katja verheiratet. Die Behörden hätten es bei der Einreise herausfinden können.»

«Und damals hat er den Tod seiner kleinen Tochter arrangiert, um mit seiner Geliebten nach Brasilien zu fliehen?», fragte Natalie nach. «Warum hat er Katja nicht einfach verlassen?»

«Wegen der Schulden», sagte Bolander. «Reynard hat sich an der Börse verzockt und sich bei mehreren Kreditinstituten verschuldet. Bei einer Scheidung wäre das zum Problem geworden. Er hat sie mit dem Schuldenberg sitzen gelassen und sich in Brasilien mit seiner Geliebten und der Tochter ein neues Leben aufgebaut. Die Tex erfuhr davon nichts, deshalb konnte er in der Filiale in Rio weiterarbeiten.»

«Katja und Jacqueline hielten ihren Kontakt geheim und planten den Mord an Reynard gemeinsam. Da bin ich überzeugt», sagte Sara.

Lind verzog den Mund. «Ich kann nicht beweisen, dass Jacqueline von dem Mord wusste.»

«Auch nicht, dass sie uns beschattet und verfolgt hat?», fragte Natalie.

«Nein. Alles nur Vermutungen.»

«Dann kommt sie davon und geniesst das Erbe ihres Vaters, während die Mutter hinter Gittern verrottet?» Natalie schüttelte ungläubig den Kopf. «Ich mag Jacqueline nicht. Sie ist ein gerissenes Biest. Wer weiss, möglicherweise kam die Idee von dem Mord sogar von ihr, nicht von Katja.»

«Das denke ich nicht», sagte Tom. «Katja hat den Mord von dem Moment an geplant, als sie sich bei der Tex als Reinigungskraft anstellen liess.»

«Was ist mit Hubi?», fragte Natalie. «Habt ihr ihn gefunden?»

Bolander verneinte.

Sara stand auf. «Räumen wir die Dokumente zusammen. Der Fall ist erledigt. Zwei Wochen Arbeit für die Katz.»

Natalie lächelte. «Nicht ganz. Heute Morgen ging eine Einzahlung auf unser Konto ein. Das volle Honorar für die Tage, und alle Spesen sind gedeckt.»

«Hubi?», fragte Tom.

«Ich denke schon. Eine Anwaltskanzlei aus Brasilien hat den Betrag überwiesen. Sie wollen ihren Mandanten nicht preisgeben.»

War er doch eine ehrliche Haut, dachte Sara. «Na dann, ziehen wir endgültig einen Schlussstrich. Ich muss los. Eine neue Mandantin verdächtigt ihren lieben Gatten ausserehelicher Tätigkeiten zu Bürozeiten.»

Lind lachte laut. «Willst du nicht lieber zurück zur Kripo?»

Bolander verschränkte die Arme. «Meinen Posten räume ich aber nicht.»

«Bleibt locker», sagte Natalie. «Unsere Sara bleibt der Trust treu. Schliesslich sind wir als junge Firma in der Aufbauphase. Das wird schon. Der nächste Fall wird bestimmt ein grosser

Fisch, den wir an Land ziehen. Schliesslich leben wir im Kanton Zug, da geht öfters die Post ab, was?»

«Apropos Post», sagte Lind. «Was ist eigentlich mit der Brieftaube, die auf dem Treppengeländer sitzt. Gehört die zum Inventar?»

Tom kramte einen Sack Vogelfutter unter dem Tisch hervor. «Nigel wird heute eingefangen und am Abend am See feierlich in die Freiheit entlassen. Wir treffen uns um acht im Villettepark.» Er schaute Sara an. «Rico hat mich vorhin angerufen. Er kommt auch hin.»

***

«Dass du sauer auf mich bist, kann ich verstehen. Aber mit der ganzen Sache hatte ich nichts zu tun. Die Polizei glaubt mir. Du nicht?»

Tom setzte sich an den Tisch in Ahris Küche. Er hatte wenig Zeit an diesem Abend. In einer Stunde traf er die anderen am See. «Vertrauen ist ein schwieriges Wort.»

«Okay, wir müssen ja keine Freunde sein, aber ab und zu können wir uns eine Nacht vergnügen.»

Nein danke, dachte Tom. Aus diesem Alter war er raus. Er sehnte sich nach Stabilität. Und für seine Töchter sollte er ein Vorbild sein.

Ahri wartete keine Antwort ab. «Dann eben nicht. Wie wäre es mit einem Soju zum feierlichen Abschied?»

«Hast du Kaffee?»

«Jaaa, Tom. Manchmal bist du echt ein Spiesser.»

Da war etwas dran, dachte er. Morgen früh hatte er einen Termin im Pflegeheim, in welches sein Vater kommen sollte. Tom war nicht überzeugt, ob er diesen Schritt übers Herz brachte, aber anschauen konnte er sich das Heim.

«Ich habe nichts mehr von Jackie gehört», sagte Ahri. «Was glaubst du, weshalb hat sie mich in der Nacht, nachdem sie bei Hubi eingebrochen war, in dem Club angemacht?»

«Worüber habt ihr im Bett gesprochen?», fragte Tom. Bilder dazu wollte er sich keine vorstellen. Jacqueline war skrupellos. Obwohl sie sich schwer verliebt in Sabrina gab, zögerte sie nicht, mit einer anderen Frau in die Kiste zu hüpfen, nur um an Informationen zu kommen.

«Eigentlich habe ich ihr von dem Einbruch bei Hubi erzählt. Mir lag die Sache schwer auf, und es tat gut, mit einer Unbeteiligten darüber zu reden.»

«Und das Foto, das mit Katja und dem Fiat?»

«Das habe ich wirklich von Katja bekommen. Ich denke, dass sie wollte, dass irgendwann die Wahrheit über den Tod ihres Onkels ans Licht kommt. Aber dass Hubi bei der ganzen Sache mitgemacht hat, das verstehe ich nicht.»

«Welche Wahl hatte er? Er stand selbst unter Verdacht, an dem Geldtransfer beteiligt gewesen zu sein. Seine Frau würde er nie mehr nach Hause bringen können, und ohne finanzielle Mittel seiner Krankheit ausgesetzt zu sein war keine schöne Zukunftsaussicht. Jacqueline und Sabrina müssen ihn im Namen von Katja überzeugt haben, dabei mitzuspielen.»

«Verrückt. Wie es Hubi wohl geht?»

Bestimmt sass Hubi am Strand in Rio, einen Caipirinha in der Hand, und bestaunte die gebräunten Schönheiten in ihren Bikinis, dachte Tom. Wenigstens hatte Katja ihm seine letzten Monate oder Jahre in einem Paradies gebucht, bei schönem Wetter und Sambamusik. Alles, was Tom seinem Vater bieten konnte, war ein kleines, fremdes Zimmer mit einem Fenster mit Blick auf eine stark befahrene Landstrasse.

***

Die Taube wurde unruhig. Sara war es längst.

Nicht so Natalie. Sie ging voraus und steuerte auf das Ufer zu. «Boah, ist das nicht ein toller Abend? Endlich Sommer. Der Platz ist perfekt.» Sie zog die Decke aus dem Rucksack, den sie bei sich trug, und breitete sie auf dem Gras am Ufer aus.

Tom stellte die Kartonschachtel mit der Taube darin auf den Boden.

«Das ist kitschig», sagte Sara und legte ihre Tasche ab.

Natalie sass bereits und kramte den Rotwein und die Sandwiches aus Saras Tasche. «Gar nicht. Der Fall ist erledigt, und heute ist ein grosser Tag. Sie wird kommen, also beruhige dich und setz dich.»

Tom füllte die billigen Gläser mit dem italienischen Primitivo Gran Riserva.

«Ist unser Zugersee nicht wunderschön?», schwärmte Natalie. «Wer hätte gedacht, dass er so viele Geheimnisse in unserem Fall verborgen hielt.» Sie griff herzhaft nach einem Eiersandwich, liess es aber plötzlich fallen. «Da ist Rico!» Sie sprang auf und eilte ihm leicht humpelnd entgegen.

Mirjam ist nicht bei ihm, dachte Tom und musterte seinen Kumpel argwöhnisch. Er hatte sich chic gemacht, auf seine Art. Lederhose, zerrissenes T-Shirt, Gel im langen Haar, Lederarmbänder um die Handgelenke. Rico fackelte nicht lange, griff Natalie um die Hüften und zog sie an sich – durchaus rücksichtsvoll, wie sich Tom neidisch eingestehen musste.

«Hoppla», kicherte Natalie, liess die Umarmung zu. «Wo ist denn Mirjam? Traut sie sich nicht?»

Rico nahm Natalie bei der Hand und setzte sich mit ihr auf die Decke zu Tom und Sara. «Schön hier», sagte er. Kein Lächeln im Gesicht.

Tom wusste, was das zu bedeuten hatte.

«Sie kommt nicht», sagte Sara, bemüht, jede Emotion in ihrer Stimme zu ersticken.

«Sorry», sagte Rico.

Tom starrte ihn an. Er hat es ihr nicht gesagt, war sein erster Gedanke.

Rico starrte zurück.

Legte den Kopf schief.

Was wollte er sagen?

Rico beschloss zu schweigen.

Beklemmende Stille brach aus. Einzig der See schien in Plauderlaune. Leise klatschten die Wellen durch den aufkommenden Wind gegen das steinige Ufer.

Tom betrachtete die Wolken, die sich hinter den Mythen auftürmten. Doch kein schöner Sommerabend.

«Was ist in der Box?», fragte Rico.

«Nigel», sagte Natalie. «Lassen wir sie fliegen, ja?»

Tom öffnete die Box und griff hinein. Die weisse Taube gurrte aufgeregt, als er sie hervorholte.

«Mach keine sentimentale Szene und lass den Kackvogel frei», sagte Sara und starrte dabei auf das Wasser.

Tom öffnete die Finger.

Der Taube war nicht nach einer Abschiedszeremonie. Sie flog los und steuerte auf den See zu.

«Weg ist sie», seufzte Natalie.

Für eine Minute schauten alle dem Vogel zu, wie er langsam in der Ferne aus ihrem Blickfeld verschwand.

Rico klopfte sich mit den Händen auf die Oberschenkel. «Was denkst du, Nat, Lust auf etwas Spass? Fahren wir ins Zürcher Nachtleben?»

«Zürich?»

«Ein Gewitter zieht auf», sagte Tom. «Dein Motorrad ist nicht –»

«Lass stecken, Alter. Ich bin heute mit dem Wagen meiner Oma hergefahren. Ein echter Klassiker, ein pastellgelber Opel Kadett C GT/E Jahrgang 1977. Neunzig schafft er auf der Autobahn.»

Natalie schaute Sara einen Moment unschlüssig an.

«Was?», fragte Sara harsch. «Ich bin nicht deine Mami und du volljährig. Meine Erlaubnis brauchst du nicht. Ich komme schon klar.»

«Es ist nur wegen –»

«Genug. Es ist wahrscheinlich besser so.»

Natalie nickte mit zusammengekniffenen Lippen.

Rico half ihr auf. «Fahren wir.» Er dachte nicht daran, ihre einbandagierte Hand loszulassen, als er sie durch den Park zu seinem Wagen führte.

«Sie wirken verliebt», bemerkte Sara.

Tom fühlte sich mies. «Das Glück kann mit Rico unmöglich lange andauern. Er wird sie verletzen.»

«Bist du dir sicher?»

«Ja. Ich kenne ihn lange genug.» Vielleicht meinte Rico es im Moment ehrlich, aber ihm war seine Freiheit heiliger als jeder Mensch auf diesem Planeten.

Tom würde warten. Und er würde für Natalie da sein, wenn sie ihn brauchte. Wenigstens hatte sie jemanden, der auf sie wartete.

Betrübt starrte er auf den See hinaus und leerte das Weinglas in einem Zug. Heute würde er für Sara da sein, auch wenn sie eine Meisterin darin war, im Stillen zu weinen.

«Glaubst du, er geniesst sein neues Leben?»

«Wer?»

«Hubi.»

«Keine Ahnung.»

«Ich will es glauben. Manchmal braucht eine Geschichte ein Happy End.» Sie schenkte Wein nach und stiess mit Tom an. «Es gibt genug Geschichten, die traurig enden.» Sie trank das Glas leer, griff in ihre Handtasche und zog das rote Notizbuch hervor. «Fall erledigt», sagte sie, holte kurz tief Luft und warf das Buch in hohem Bogen ins Wasser. «Da unten in der kalten Tiefe bleibt die traurige Lebensgeschichte von Katja Rosenstock ein Geheimnis, das nicht für die ganze Welt bestimmt ist. Der Zugersee ist gut darin, Geheimnisse lange für sich zu behalten, was denkst du? Wir sollten ihm mehr Vertrauen schenken, herkommen, wenn uns etwas quält. Er ist bestimmt ein guter Zuhörer.»

Tom studierte Saras Profil, die in Gedanken versunken blieb. Nein, sie war keine Mörderin, zumindest diese Last war sie los. Mirjam lebte.

Aber der Druck auf Toms Schultern fühlte sich kein bisschen

leichter an. Er musste mit dem Geheimnis weiterleben, dass nicht die Mutter, sondern die Tochter eine Mörderin war. Sara durfte nie erfahren, dass Mirjam damals zurückging, um King Georg zu ermorden. Sie hatte ihm die Geschichte erzählt, als lese sie einen Zeitungsbericht, dabei die fast leere Flasche Jack Daniel's angestarrt. Sie erzählte, wie King Georg sie festhielt und bedrohte, wie Tom dazustiess und es zum Kampf kam. Dann die Nacht in dem Wohnwagen. Als Tom schlief, rief sie Rico an. Er holte sie ab. Sie stritten sich. Wütend schmiss Mirjam eine Glasflasche nach Rico, welche die Narbe an seiner Schläfe hinterliess. Sie brachte ihn zur Notaufnahme, ging aber nicht mit hinein, sondern fuhr zu King Georg …

Die Polizei verdächtigte erst Rico des Mordes, aber die Notaufnahme war sein Alibi. Dann fand die Polizei Toms Blutspuren in der Werkstatt, von dem Kampf mit King Georg. Schliesslich war es Mirjam, die ihm das Alibi gab, das keines war, ihn aber entlastete …

Mirjam.

Er legte sich auf den Rücken und starrte in den Himmel hoch. Ein Schwarm Tauben flog vorbei. Eine unter ihnen war weiss. Nigel?

Er würde die Wahrheit für sich behalten, dachte Tom, auch keinem Gewässer anvertrauen. Er wusste nicht, ob er dem Zugersee vertrauen konnte. Er neigte dazu, Geheimnisse auszuspucken, wenn ihm danach war.

War das Leben nicht verschissen?

Aber es ging zumindest weiter.

EPILOG

Er verstand kein Wort. Sie quasselte ununterbrochen, wedelte mit dem Besen über die Veranda und wirbelte Sand auf, der gleich wieder auf die Bretter fiel.

Hubi schwitzte. Die Sonne stand hoch am Himmel, der keine Wolken zu kennen schien. Das Meeresrauschen quälte wie ein Tinnitus sein Gehör, Tag und Nacht. Er stocherte in seinem Essen herum. Viel zu scharf, der Eintopf mit Bohnen und Fleisch, und mit Gewürzen abgeschmeckt, die ihm fremd waren. Seine Hand zitterte, als er die Gabel auf den Tisch legte. Neben dem Wasserglas lagen die Tabletten. Eine nach jeder Mahlzeit, bis ans Ende seiner gezählten Tage.

Rosaria holte Luft und schwang den Besen mit neuem Elan, diesmal fegte er über die drei Stufen, die von der Veranda zum Strand führten.

Aus dem Radio im Wohnzimmer schepperten Sambarhythmen über den Äther.

Lachen war zu hören.

Schritte.

Jacqueline trat auf die Veranda. Sie strahlte, trug ein kurzes rotes Kleid. An der Hand hielt sie Sabrina, deren Kleid noch knapper geschnitten war und tief blicken liess.

Fast theatralisch legte Jacqueline Hubi die Hand auf den Oberarm. «Wir fahren fürs Wochenende in die Stadt. Morgen Abend sind wir aus Rio zurück. Hast du alles, was du brauchst?»

Hubi nickte.

Jacqueline strahlte. «Prima. In etwa einer Stunde schaut der Arzt vorbei. Luiza hat für das Abendessen Pirarucu eingekauft. Du sollst viel Fisch essen. Nach dem Abendessen kommt Miguel für eine Partie Schach vorbei.»

Hubi quälte sich ein Lächeln auf.

«Wir fahren dann mal.»

Sabrina reichte ihr die neue Handtasche, die ein Vermögen gekostet haben musste. «Tschüss, Hubi. Brauchst du etwas aus der Stadt?»

«Nein, alles gut.»

Jacqueline klopfte ihm auf die Schulter. «Ich habe Katja versprochen, gut auf dich aufzupassen. Das mache ich gerne, wirklich.»

Katja, dachte Hubi. Warum sprach sie von ihrer Mutter immer als Katja. Es klang kalt.

«Wenn du irgendetwas brauchst, ruf an, okay?»

«Sicher», sagte Hubi freundlich.

Jacqueline strahlte ihn an, drehte sich um und folgte Sabrina zum neuen Cabriolet, das auf der Einfahrt stand.

Rosaria fuhr mit ihrem Monolog fort, den sie als Dialog verstand, und forderte Hubi zwischendurch auf, zustimmend zu nicken.

Er stand auf und ging ins Haus. Die Klimaanlage lief. Er hasste Klimaanlagen. In seinem Schlafzimmer schloss er die Tür ab, zog ein abgegriffenes Exemplar der «Dornenvögel» aus dem Bücherregal, schlug das Buch auf und nahm die Bilder in die Hand, welche er darin aufbewahrte. Bilder, die Jacqueline für ihn mitgenommen hatte, als sie den Einbruch in seine Wohnung vorgetäuscht hatte. Hubi wusste, dass es kein Einbruch war. Die Zweifel kamen immer häufiger, ob es richtig gewesen war, mitzuspielen. War das hier nicht die grössere Strafe als die, welche Katja absitzen musste?

Hubi ging die wenigen Fotos durch und starrte dann lange auf das unterste Bild. Es war das letzte gemeinsame Foto, das er mit seiner Katja aufgenommen hatte, am Zugersee, am Sonntagmorgen vor dem Mord. Sie hatte damals auf den Spaziergang am See bestanden, trotz des regnerischen Wetters, und auf dieses Foto, welches ein Passant mit dem Handy aufnahm.

Hubi weinte leise, als er das Bild betrachtete. Sein Blick war in die Kamera gerichtet, Katja hingegen schaute ihn an. Es lag unendlich viel Liebe und Traurigkeit in ihren Augen. Das Licht war diffus. Nebel verdeckte die Sicht auf die Rigi. Und im Hintergrund flog ein Schwarm Tauben über den beinahe schwarzen Zugersee.

Alle Titel von Monika Mansour im Überblick:
Auch als eBook erhältlich

Zug Krimis mit Sara Jung

Höllgrotten
ISBN 978-3-7408-0308-7

Wildspitz
ISBN 978-3-7408-0932-4

Luzern Krimis mit Cem Cengiz

Liebe, Sünde, Tod
ISBN 978-3-95451-361-1

Himmel, Hölle, Mensch
ISBN 978-3-95451-663-6

Luzerner Todesmelodie
ISBN 978-3-95451-950-7

Luzerner Totentanz
ISBN 978-3-7408-0193-9

Die Tote vom Titlis
ISBN 978-3-7408-0519-7

Wenn der Glaubenberg schweigt
ISBN 978-3-7408-1134-1

111-Orte-Reihe

111 mystische Orte in der Schweiz, die man gesehen haben muss
ISBN 978-3-7408-0139-7

111 Pferde, die man kennen muss
ISBN 978-3-7408-0444-2